Espinheiro

Ross Thomas

Espinheiro

TRADUÇÃO DE
Francisco Innocêncio

EDITORA RECORD
RIO DE JANEIRO • SÃO PAULO
2006

CIP-Brasil. Catalogação-na-fonte
Sindicato Nacional dos Editores de Livros, RJ

T382e Thomas, Ross, 1926-
Espinheiro / Ross Thomas, tradução Francisco Innocêncio – Rio de Janeiro: Record, 2006.
. – (Coleção Negra)

Tradução de: Briarpatch
ISBN 85-01-07307-5

1. Ficção policial americana. 2. Romance americano. I. Innocêncio, Francisco R. S. II. Título. III. Série.

06-2520 CDD – 813
CDU – 821.111(73)-3

Título original norte-americano:
BRIARPATCH

Ilustrações de capa e miolo: Lélis

Impresso no Brasil

ISBN 85-01-07307-5

PEDIDOS PELO REEMBOLSO POSTAL
Caixa Postal 23.052
Rio de Janeiro, RJ – 20922-970

EDITORA AFILIADA

Introdução

Por Lawrence Block

Três ou quatro vezes no decorrer dos anos, ouvi Ross Thomas contar como se iniciou no jogo da escrita. Era uma história muito boa por si mesma, mas para mim a melhor parte era observar os rostos dos aspirantes na platéia.

Ross explicava que ficara sem ter o que fazer depois de terminar um trabalho – talvez ele tivesse acabado de concluir a coordenação de uma campanha política para um amigo em Jamestown, Dakota do Norte, ou talvez tivesse regressado recentemente da África – e decidira testar sua mão como romancista. Então, sentou-se para escrever um romance, e depois de um mês ou dois já o havia concluído. Ocorreu-lhe que seria agradável vê-lo publicado, mas não tinha certeza sobre como proceder. Telefonou, então, para um amigo que entendia do assunto.

– Escrevi um livro – disse ele – e me perguntei o que deveria fazer a seguir.

– Tome um drinque – o amigo sugeriu. – Tome uma aspirina. Deite-se, coloque os pés para o alto.

– Pensei em tentar publicá-lo – falou Ross.

– Tem de ser datilografado. E em espaço duplo.

Já estava, disse Ross. Então, contava ele aos ouvintes, seu companheiro ensinou-lhe como agir. Teria de arranjar um envelope marrom, acomodar cuidadosamente o manuscrito dentro dele e mandá-lo para um determinado editor em uma determinada casa editorial.

Ele fez isso.

Duas semanas depois havia uma carta em sua caixa postal, enviada pelo editor para quem ele mandara o manuscrito em seu despojado envelope marrom.

– O editor escreveu que eles gostariam de publicar meu romance – relatou Ross – e que me mandariam um contrato.

Nenhum iniciante quer ouvir uma história como essa. Se você pretende ganhar corações e mentes de escritores aspirantes, é mais aconselhável contar-lhes suas próprias lutas – os fracassos e falsos começos, o desfile interminável de rejeições, os acessos paralisantes de bloqueio criativo e alcoolismo e a aflição da psoríase. Por fim, contra todas as probabilidades, depois de enfrentar e de algum modo sobreviver a mais perigos que Paulina e mais provações que Jó, afinal o escritor consegue, o livro é publicado, e você não está ouvindo os violinos?

Bem, é duro. Ross contou as coisas como aconteceram, mas podia ter pego bem mais pesado com elas. Podia ter prosseguido dizendo que o manuscrito em questão fora publicado como *The Cold War Swap*, que fora amplamente elogiado e ganhara o Prêmio Edgar Allan Poe como romance revelação do ano, e que decolara para uma carreira que lhe trouxe prêmios sem fim, um exército de leitores ferozmente leais e uma prateleira repleta de livros com seu nome, em nenhum dos quais alguém jamais encontrará uma palavra mal escolhida, uma frase infeliz ou uma sentença truncada.

Como Ross era muito modesto para dizer qualquer uma dessas coisas, alguns daqueles iniciantes balançavam as cabeças e diziam para si mesmos o quanto ele tivera sorte. Sim, correto. Do mesmo modo que Ted Williams tinha sorte no beisebol, ou Nijinsky no balé. Sacanas sortudos, todos eles.

Quando Ross morreu, muitos anos antes do que qualquer um gostaria, uma das coisas que nos dizíamos em seu serviço fúnebre era que, embora não tivéssemos mais a presença daquele querido amigo, nem tivéssemos mais um novo livro para procurar a cada ano, ainda teríamos os livros que ele escrevera.

Creio que sempre dizemos isso quando um escritor morre e, embora seja tão indiscutível quanto dizer que Bogart e Bergman sempre terão Paris, geralmente isso é, quando muito, apenas um consolo. Afinal, a maioria dos livros, embora agradáveis e compulsivamente legíveis quando aparecem pela primeira vez, não têm tanto a oferecer quando relidos.

Mas há exceções. Não estou certo sobre o que faz com que um escritor possa ser relido, mas sei que tenho especial apego àqueles escritores cujos livros posso ler prazerosamente, de novo e de novo e de novo. Não há muitos, e sou grato a cada um deles.

Ross Thomas está no topo dessa pequena lista. Li alguns de seus livros três ou quatro vezes, e espero lê-los novamente.

Espinheiro, por acaso, era um dos que havia lido apenas uma vez. Foi publicado em 1984, comprei-o tão logo apareceu e devo tê-lo lido assim que tive uma noite sem interrupções. Minha biblioteca sofreu vários expurgos desde então, no curso de diversas mudanças, mas sempre conservei os livros de Ross, de modo que meu exemplar estava na prateleira quando Ruth Calvin me convidou para escrever uma introdução para o livro. (A oportunidade de lê-lo novamente não foi a última das minhas razões para aceitar.)

E, maravilha das maravilhas, não me lembrava de uma só de suas palavras!

Como não estou inteiramente alarmado pelas implicações que o fato possa ter quanto ao futuro de minha capacidade mental, isso significa que experimentei a grande satisfação de ler um novo romance de Ross Thomas. E foi realmente um prazer, um prazer que devo parar de impedir você de saborear por sua própria conta. Não sei se terei mais deleites dessa natureza reservados para mim – um rápido olhar sobre a minha prateleira de Ross Thomas parece sugerir que conservei pelo menos um pouco de todos os outros, mas quem pode dizer o que mais uns poucos anos de senectude não poderão conquistar para mim?

Basta! Convido você, leitor, a apreciar *Espinheiro*, seja pela primeira ou pela décima vez. É um livro maravilhoso de um homem que jamais escreveu qualquer obra que não fosse simplesmente fantástica.

ESPINHEIRO

A ruiva detetive de homicídios atravessou a porta às 7h30 e saiu para o calor de agosto, que já chegava a 30ºC. Ao meio-dia a temperatura atingiria 35ºC, e às duas ou três da tarde beiraria os 40ºC. Nervos em frangalhos então começariam a se romper e isso produziria um aumento marcante no trabalho dela. Clima cortante, pensou a investigadora. Facas em plena tarde.

A porta pela qual a detetive passou dava para um patamar no segundo piso de um sobrado de tijolos amarelos com telhado de ardósia verde. A detetive se voltou, certificou-se de que a porta estava trancada e começou a descer a escada externa. O sobrado de tijolos amarelos ficava na ainda elegante região de Jefferson Heights e fora bem construído 22 anos antes em um lote de vinte metros agradavelmente sombreado, na esquina sudeste da Thirty-second Street com a Texas Avenue. À força de alguns financiamentos criativos um tanto duvidosos, a detetive de homicídios comprara o sobrado 17 meses antes, vivia sozinha no apartamento de dois quartos do andar de cima e alugava o andar inferior por 650 dólares ao mês para um vendedor de computadores trintão e sua namorada, que geralmente atrasavam o aluguel.

Eram 7h31 da manhã do dia 4 de agosto, uma quinta-feira, quando a detetive alcançou o final da escada externa, virou à direita, parou à porta do vendedor e tocou a campainha. Após trinta segundos ou mais, a porta foi aberta por um Harold Snow de aspecto sonolento e barba por fazer, que fez o melhor que pôde para parecer surpreso, e quase conseguiu.

– Meu Deus, Rusty – disse Snow. – Não me diga que ainda não paguei.

– Você ainda não pagou, Harold.

– Ah-meu-Deus, esqueci – falou Snow. – Quer entrar enquanto preencho o cheque? – Snow vestia apenas o calção enodoado com o qual dormira.

– Vou esperar aqui fora – disse a detetive. – Está mais fresco.

– Já liguei o ar-condicionado.

– Vou esperar aqui fora – falou novamente a detetive, e deu um breve e inexpressivo sorriso.

Harold Snow encolheu os ombros e fechou a porta para manter o calor do lado de fora. A detetive notou uma bolha cinzenta de aspecto suspeito, com cerca de cinco centímetros de diâmetro, na moldura marrom que sustentava a porta. Com a ajuda de uma lixa de unhas, examinou delicadamente a bolha, suspeitando de cupins. Não posso sustentar cupins, pensou ela. Não posso sustentá-los mesmo.

A bolha cinzenta revelou-se apenas isso, uma mancha de tinta, e a detetive deixou escapar um pequeno suspiro de alívio no momento exato em que Harold Snow, agora vestindo uma camisa pólo azul, mas ainda sem calças, abriu a porta e entregou-lhe o cheque do aluguel. Era um daqueles cheques com tintas brilhantes e uma bela pintura estampada. A detetive achava que tais cheques eram tolice, mas aceitou-o e examinou-o cuidadosamente para se certificar de que Harold não o havia pré-datado ou esquecido de assiná-lo ou, ainda, como já fizera antes, preenchido com valores diferentes.

– Droga, desculpe o atraso – falou Snow. – Simplesmente escapou da minha mente.

A detetive ruiva sorriu ligeiramente pela segunda vez.

– Claro, Harold.

Harold Snow respondeu ao sorriso. Era um sorriso de carneirinho, claramente falso, que de algum modo combinava com o rosto alongado e estreito de Snow, que a detetive também achava semelhante ao de um cordeiro, a não ser por aqueles olhos espertos de coiote.

Ainda exibindo seu sorriso, Harold Snow falou o que sempre dizia para ela:

– Bem, acho que você tem de ir arrebanhar os suspeitos habituais.

E, como sempre, a detetive não se deu o trabalho de responder, disse apenas "Até breve, Harold", virou-se e começou a descer a calçada de cimento em direção ao Honda Accord verde-escuro de dois anos e cinco marchas, que estava estacionado na contramão, no meio-fio. Snow fechou a porta de seu apartamento.

A detetive destravou o Honda de duas portas, entrou, pôs a chave na ignição e pisou na embreagem. Houve um relâmpago laranja-esbranquiçado, muito luminoso; então um alto estrondo crepitante, e o súbito redemoinho de uma espessa fumaça branca e oleosa. Quando ela se dissipou, a porta esquerda do Honda estava pendurada por uma dobradiça. A detetive se esparramava com metade do corpo para fora do carro, os cabelos vermelhos agora uma massa fumegante de arame negro esturricado. A perna esquerda abaixo do joelho terminava em algo que lembrava geléia de amora. Apenas os olhos cinza-esverdeados ainda se moviam. Eles piscaram uma vez de incredulidade, uma vez mais de pavor, e depois disso a detetive morreu.

Harold Snow foi o primeiro a sair correndo pela porta do apartamento térreo, seguido de perto por Cindy McCabe, uma loira magra e bronzeada no final de seus vinte e tantos anos, que tinha os cabelos fixados em rolos verdes. Snow agora vestia suas calças, mas não os sapatos. Cindy McCabe, também descalça, vestia uma camiseta masculina grande demais e jeans desbotados. Snow ergueu a mão em alerta.

– Fique longe – disse. – O tanque de gasolina pode explodir.

– Meu Deus, Hal – disse ela. – O que aconteceu?

Harold Snow olhou para o corpo esparramado da detetive de homicídios.

– Acho – disse lentamente –, acho que alguém acabou de explodir nossa senhoria.

Capítulo 1

A ligação interurbana do detetive-chefe de 53 anos alcançou Benjamin Dill três horas mais tarde. Então, por causa da diferença de fusos horários, eram quase 11h30 em Washington, DC. Quando o telefone tocou, Dill ainda estava na cama, só e acordado, em seu apartamento de um quarto, três quadras ao sul de Dupont Circle, na rua N. Havia acordado às cinco naquela manhã e se dera conta de que não conseguiria voltar a dormir. Às 8h30, telefonou para seu escritório e, alegando um resfriado de verão, informou a Betty Mae Marker que não iria naquele dia, uma quinta-feira, e provavelmente nem na sexta. Betty Mae Marker aconselhara descanso, aspirinas e líquidos em grande quantidade.

Dill decidira desertar do trabalho naquela manhã, não porque estivesse doente, mas porque era seu trigésimo oitavo aniversário. Por alguma razão inexplicável, decidira considerar a idade de 38 o divisor de águas em que a juventude corria por um lado e a velhice por outro. Passou a manhã na cama refletindo, com uma curiosidade apenas discreta, sobre como conseguira conquistar tão pouco em suas mais de três dúzias de anos.

É verdade, disse para si mesmo, que você conseguiu se casar uma vez e se divorciar duas – o que é um feito. Um ano depois de sua ex-mulher haver deslizado silenciosamente para fora de sua vida naquela noite chuvosa de junho, em 1978, Dill preencheu os papéis de divórcio no distrito de Colúmbia, alegando abandono do lar. Aparentemente convencida de que Dill jamais faria alguma coisa direito, ela preencheu os mesmos papéis na Califórnia, alegando diferenças irreconciliáveis. Nenhum dos pedidos de divórcio foi contestado e ambos foram concedidos. As duas coisas de que Dill agora lembrava melhor sobre sua ex-esposa eram seus longos e extremamente belos cabelos loiros e seu imperdoável hábito de polvilhar açúcar sobre fatias de tomate. Quanto ao seu rosto, bem, estava se dissipando em uma espécie de névoa – ainda que esta tivesse forma de coração.

Durante aquela longa manhã de reavaliação, que se revelou tediosa e depressiva, Dill sabiamente ignorou seu balanço financeiro por ser, como de costume, ridículo. Não tinha seguros, ações ou títulos, nenhuma aplicação em fundos de pensão, nenhum bem imóvel. Suas principais posses consistiam em 5.123,82 dólares depositados em uma conta corrente na filial Dupont Circle do Riggs National Bank e um Volkswagen 1982 conversível recentemente quitado (amarelo, infelizmente), que estava estacionado na garagem subterrânea do edifício e cujos atributos vulgares Dill não considerava embaraçosos. Admitia que essa nova postura era mais um sintoma da maturidade galopante.

Dill renunciou à sua manhã de introspecção improdutiva quando a chamada interurbana do detetive-chefe de 53 anos iniciou seu sétimo toque. Foi então que ele ergueu o fone e disse alô.

– Sr. Dill? – falou a voz. Era uma voz severa, rude mesmo, cheia de dentes e rosnados, pedregosa e autoritária.

– Sim.

– Você tem uma irmã chamada Felicity... Felicity Dill?

– Por quê?

– Meu nome é Strucker. John Strucker. Sou o detetive-chefe por aqui e se o nome de sua irmã é Felicity, ela trabalha para mim. Por isso estou telefonando.

Dill aspirou profundamente o ar, deixou que parte dele saísse, e falou:

– Ela está morta ou apenas ferida?

Não houve pausa antes que a resposta viesse – apenas um longo suspiro, que já era em si uma resposta.

– Ela está morta, Sr. Dill. Lamento.

– Morta. – Dill não pronunciou isso como uma pergunta.

– Sim.

– Entendo.

Então, porque sabia que tinha de dizer algo para manter a dor afastada pelo menos por mais alguns momentos, Dill falou:

– Hoje é aniversário dela.

– Aniversário dela – disse Strucker, pacientemente. – Bem, eu não sabia.

– Meu também – falou Dill em um tom quase contemplativo. – Fazemos aniversário no mesmo dia. Nascemos com dez anos de diferença, mas no mesmo dia... 4 de agosto. Hoje.

– Hoje, hein? – falou Strucker, sua voz áspera interessada, excessivamente razoável e quase gentil. – Bem, sinto muito.

– Ela tem 28.

– Vinte e oito.

– Eu tenho 38. – Houve um longo silêncio até Dill perguntar: – Como foi... – mas interrompeu a fala para fazer um barulho que podia ser uma tosse ou um soluço. – Como foi que aconteceu? – disse, por fim.

Novamente, o chefe dos detetives suspirou. Mesmo pelo telefone isso tinha um som triste e compungido.

– Carro-bomba – respondeu Strucker.

– Carro-bomba – falou Dill.

– Ela saiu de casa esta manhã na hora habitual, entrou em seu carro, um daqueles Honda Accords totalmente metálicos, pisou na embreagem, e isso foi o que ativou a bomba, a embreagem. Eles usaram C4, explosivo plástico.

– Eles – falou Dill. – Que diabos são eles?

– Bem, pode ser que não existam eles, Sr. Dill. Falei por falar. Pode ser apenas um cara, mas quer tenha sido um ou uma dúzia, nós vamos pegar quem fez isso. É isso que nós fazemos, é no que somos bons.

– Quanto tempo ela demorou para... – Dill fez uma pausa e aspirou profundamente. – Quero dizer, ela...

Strucker o interrompeu para responder à pergunta incompleta.

– Não, senhor, ela não sofreu. Foi morte instantânea.

– Li em algum lugar que nunca é instantânea.

Aparentemente, Strucker sabia que não adiantava argumentar com alguém que acabara de sofrer uma perda.

– Foi rápido, Sr. Dill. Muito rápido. Ela não sofreu. – Fez uma nova pausa, limpou a garganta e disse: – Nós gostaríamos de sepultá-la. Quero dizer, o departamento gostaria, se o senhor estiver de acordo.

– Quando?

– O senhor está de acordo?

– Sim, estou de acordo. Quando?

– Sábado – disse Strucker. – Nós faremos uma grande reunião de todos os distritos. É uma bela cerimônia, realmente bela, e eu estou certo de que o senhor vai querer estar presente, por isso, se houver algo que possamos fazer, uma reserva em algum hotel ou algo assim, bem, é só...

Dill interrompeu.

– O Hawkins. O Hotel Hawkins ainda está em atividade?

– Sim, senhor, está.

– Faça uma reserva nele, sim?

– Para quando?

– Para hoje à noite – Dill falou. – Estarei aí hoje à noite.

Capítulo 2

Dill parou diante de uma das janelas altas, quase do chão ao teto, que se alinhavam no lado norte da sua sala de estar e observou o velho com a Polaroid tirar uma fotografia do sedã Volvo azul estacionado ilegalmente na esquina das ruas 21 e N.

O velho era proprietário de um edifício residencial de quatro andares desocupado que ficava do outro lado da rua, em frente às janelas de Dill. No passado o velho havia arrendado seu prédio verde-bile para um programa do distrito que lotou os apartamentos com viciados em drogas que tentavam se livrar da dependência. Depois que se esgotaram os fundos para o programa, os viciados se mudaram, ninguém sabia exatamente para onde, deixando para trás um saco cheio de desenhos que caíram do caminhão de lixo e se espalharam pela vizinhança.

Dill recolhera um dos desenhos. Havia sido feito com gizes de cera em rudes cores primárias e aparentemente era o auto-retrato de um dos drogados. Mostrava um rosto púrpura com olhos arredondados que tinham cruzes dentro deles e uma grande boca verde com presas em lugar de dentes. O traço era do nível de um brilhante aluno de primeiro ou segundo ano. Sob a face havia a legenda laboriosamente pintada: EU SOU UM INÚTIL FISSURADO DE MERDA. Dill às vezes se perguntava se a terapia servira para alguma coisa.

Depois que os viciados partiram de seu edifício, o velho passou a morar sozinho ali, recusando-se a vender ou alugar a propriedade. Ele se mantinha ocupado tirando instantâneos em polaróide dos automóveis que estacionavam ilegalmente na frente do prédio. Enquadrava suas fotos para que elas incluíssem tanto o sinal de Proibido Estacionar quanto a placa de licença do veículo infrator. Com a prova em mãos, o velho então chamava os tiras. Às vezes eles vinham; às vezes não. Dill observava com freqüência o homem trabalhando e surpreendia-se com o seu rancor.

Dill desviou sua atenção da janela, olhou para baixo e descobriu que segurava um pires e uma xícara vazia. Não se lembrava de ter passado ou bebido o café. Ele atravessou a sala até a cozinha, movendo-se lentamente, um homem alto com o corpo magro e definido de um corredor, um corpo que ele não havia feito praticamente nada para adquirir, mas herdara de seu falecido pai juntamente com o rosto entalhado e quase feio que os homens Dill vinham passando para seus filhos desde 1831, quando o primeiro Dill deu um passo para fora do navio que o trouxe da Inglaterra.

O traço mais destacado daquele rosto era o nariz: o nariz dos Dill. Ele se projetava para fora e depois descia quase em linha reta, sem chegar a se curvar em um gancho. Abaixo dele estava a boca dos Dill: fina, larga e aparentemente implacável, ou alegre, se a piada fosse boa e a companhia agradável. Havia queixo suficiente, muito mais do que se poderia chamar de fraco, mas não o bastante para ser determinado, marcante demais para se considerar sensível. As orelhas de Dill eram razoavelmente grandes para produzir um forte vento se abanadas e felizmente cresceram coladas à cabeça. Mas eram os olhos que quase resgatavam o rosto da feiúra. Eles eram grandes e cinzentos e sob a iluminação certa pareciam suaves, gentis e até inocentes. Depois que a luz mudava, a inocência sumia e os olhos aparentavam gelo envelhecido.

Na pia de aço inoxidável da cozinha, Dill deixou distraidamente que a água enxaguasse a xícara durante dois minutos completos até se dar conta do que fazia, fechar a torneira e pôr xícara e pires no escorredor. Secou a mão direita molhada passando-a em seus espessos e escuros cabelos acobreados, abriu a porta da geladeira, examinou seu interior por pelo menos trinta segundos, fechou-a e voltou para a sala de estar, onde permaneceu em pé, totalmente absorto pela morte de sua irmã, enquanto outra parte de sua mente tentava lembrar o que deveria fazer em seguida.

As malas, decidiu ele, e começou a se dirigir para o quarto apenas para notar a maleta de couro curtido pousada ao lado da porta que dava para o corredor. Você já fez isso, disse para si mesmo, e se lembrou da mala aberta sobre a cama e seu robótico apanhar de meias, camisas, calções e gravatas das gavetas, o terno azul-escuro para o funeral de dentro do *closet*, e depois dobrar tudo para dentro da maleta, fechá-la e arrastá-la para a sala de estar. Então você preparou o café; depois bebeu-o; e depois você observou o velho. Ele olhou para baixo para se certificar de que estava realmente vestido. Descobriu-se trajando o que considerava o uniforme de Nova Orleans: paletó de tecido riscado cinzento, camisa branca, gravata de malha de seda preta, calças leves cinza-escuro e mocassins pretos em couro granulado, cuidadosamente engraxados. Não conseguia lembrar de ter engraxado os mocassins.

Dill verificou se o relógio estava em seu pulso e apalpou seus bolsos à procura de carteira, chaves, talão de cheques e cigarros, que ele não conseguiu encontrar, para então lembrar que não fumava mais. Deu uma última olhada no apartamento, apanhou a mala puída pelas linhas aéreas e partiu. Na esquina a sudoeste entre a 21 e a N ele acenou para um táxi, concordou com o motorista paquistanês que estava mais frio do que no dia anterior e pediu a ele que o levasse primeiro ao banco e depois para o número 301 da First Street, Nordeste: o Carrol Arms.

Um dia o Carrol Arms, bem próximo do Capitólio, havia sido um hotel que concentrava políticos e aqueles que trabalhavam com eles, intercediam junto a eles, escreviam sobre eles e às vezes iam para a cama com eles. Depois ele foi comprado pelo Congresso, que abrigou ali algumas de suas atividades excedentes, incluindo um obscuro subcomitê de três membros do Senado encarregado de investigação e vigilância. Era esse mesmo subcomitê que pagava 168 dólares ao dia a Benjamin Dill por seus serviços de consultoria.

O patrão e rabi de Dill, talvez seu abade, no subcomitê de três membros era o representante mais graduado (e o único) da minoria, o Senador Mirim do Novo México, que era chamado de Senador Garoto até que alguém escreveu uma carta aparentemente séria para o *The Washington Post* acusando o sexismo do termo. Um colunista sindicalizado comprou a questão e compôs uma coluna sobre ela sugerindo que Senador Mirim poderia ser muito mais adequado nestes tempos conflituosos. Também consolou o senador com a observação de que sua idade muito em breve superaria o epíteto. Entretanto, o novo apelido pegara e o senador não estava de modo algum infeliz com o espaço e o tempo na mídia que este havia lhe proporcionado.

O nome do Senador Mirim era Joseph Ramirez e ele era de Tucumcari, onde havia nascido 33 anos atrás. Sua família já possuía dinheiro e ele havia desposado mais. Também recebera o grau de advogado por Harvard e o de bacharel em artes por Yale, e jamais trabalhara um só dia em sua vida até ser nomeado procurador assistente do município um ano depois de concluir a faculdade de direito. Construiu um nome local para si mesmo por ter ajudado a mandar um comissário municipal para a cadeia por aceitar uma propina que supostamente chegava a 15.000 dólares. E embora todos soubessem havia anos que o comissário era corrupto como um verme de praia, ainda assim ficaram surpresos e impressionados quando o jovem Ramirez realmente enviou a raposa velha para trás das grades. O garoto prometia, todos concordavam com isso, e aceitava-se que, com toda a riqueza dos Ramirez (e não esqueçam da esposa, ela também tem dinheiro), o garoto poderia ir longe.

Ramirez foi para o Senado Estadual e depois deu um salto para o Senado dos EUA em seu trigésimo segundo ano de vida. Agora não fazia segredo de seu desejo de se tornar o primeiro presidente latino dos Estados Unidos, o que ele imaginava que poderia acontecer por volta de 1992 ou 1996, ou talvez até mesmo em 2000, quando "os cucarachas iriam compor a maioria do colégio eleitoral, afinal de contas". Nem todos achavam que o Senador Mirim estivesse brincando.

Para Benjamin Dill os corredores do Carrol Arms ainda recendiam à política de grupelhos do velho estilo e a seus perfumes baratos, a sexo sem amor, a álcool puro tomado como *bourbon* e a charutos que vinham embrulhados em celofane e eram vendidos a um quarto de dólar cada e aos pares. Embora se considerasse um agnóstico político, Dill gostava da maioria dos políticos – e da maior parte dos sindicalistas, consumidores que gostam de criar caso, defensores dos direitos civis, observadores profissionais de baleias, abraçadores de árvores, pirados antinucleares e quase qualquer um que se dispusesse a levantar-se de uma das cadeiras dobráveis de madeira do culto de terça-feira à noite no porão da Igreja Unitarista e sinceramente exigisse saber "o que nós que estamos aqui esta noite podemos fazer a respeito disso". Dill há muito tempo havia perdido as esperanças de que houvesse muita coisa que alguém pudesse fazer a respeito de nada, mas aqueles que ainda acreditavam nisso o interessavam e ele os achava, em sua maior parte, companhia atraente e interlocutores sagazes.

Dill atravessou a porta marcada com o número 222 para a desordenada sala de recepção onde Betty Mae Marker exercia um controle de senescal sobre a limitada jurisdição do subcomitê. Ela ergueu os olhos para Dill, estudou-o por um momento e depois deixou que a condolência e a comiseração fluíssem para o seu belo rosto marrom-escuro.

– Alguém morreu, não? – disse ela. – Alguém próximo faleceu.

– Minha irmã – falou Dill enquanto largava sua mala.

– Oh, Deus, Ben, eu lamento tanto. Me diga o que posso fazer por você.

– Tenho de viajar para casa – falou Dill. – Esta tarde.

Betty Mae Marker já estava com o telefone em seu ouvido.

– A American está bem? – ela perguntou enquanto começava a golpear os números.

– A American está ótima – falou Dill, sabendo que se algum assento estivesse vago, ela o colocaria no vôo e, na verdade, faria com que eles chutassem alguém para fora se estivesse lotado. Betty Mae Marker trabalhara no Capitol Hill durante 25 dos seus 43 anos, quase sempre para homens de grande poder e, como conseqüência, sua reputação era impressionante, sua rede de inteligência formidável e seu fundo de dividendos políticos praticamente inexaurível.

A concorrência pelos seus serviços era muitas vezes acirrada, até mesmo feroz, e vários de seus colegas se perguntavam por que ela deixara que o Senador Mirim a seduzisse para aquele subcomitê inoperante encravado no Carrol Arms.

– Abas, querido – ela teria replicado. – O fraque daquele homem tem o mais longo e ágil par de abas que eu já vi por aqui desde Bobby Kennedy. – Depois que a avaliação de Betty Mae Marker se espalhou, a cotação política do Senador Mirim subiu alguns pontos no indicador invisível do Capitol Hill.

Dill aguardou enquanto Betty Mae Marker murmurava suavemente ao telefone, dava risadinhas, rabiscava alguma coisa em um pedaço de papel, encerrava a ligação e entregava a anotação para Dill.

– Parte do Aeroporto Internacional de Dulles às 14h17, primeira classe – disse ela.

– Eu não posso pagar uma primeira classe – falou Dill.

– Eles fizeram *overbooking* na econômica, por isso, pelo mesmo preço, eles vão colocar você na primeira classe com toda aquela bebida grátis e aeromoças mais jovens, o que eu acho que pode consolar um pouco você. – A compaixão autêntica novamente passou pelo rosto dela. – Lamento tanto, Ben. Vocês eram muito próximos, não eram?... Quero dizer, realmente próximos.

Dill sorriu tristemente e balançou a cabeça.

– Próximos – concordou ele, e depois fez um gesto em direção a uma das duas portas fechadas, a que levava ao gabinete do conselheiro da minoria no subcomitê. – Ele está aí?

– O senador está com ele – disse ela, erguendo novamente o telefone. – Deixe-me dar a má notícia e então você só precisará enfiar sua cabeça lá dentro, dizer olá e ficar livre para resolver seus tristes assuntos pessoais.

Novamente, Betty Mae Marker murmurou ao telefone naquele contralto ensaiado, que era pronunciado tão baixo que Dill, parado a apenas um metro de distância, mal podia distinguir o que ela dizia. Ela desligou, fez um aceno de cabeça em direção à porta fechada, sorriu e disse:

– Pode entrar.

A porta se escancarou. Um grande homem loiro com cerca de 36 ou 37 anos estava ali, de pé, em mangas de camisa, com a gravata afrouxada e um cinto cingido quase abaixo dos quadris, de modo que sua barriga tivesse espaço para pender por cima dele. Em seu rosto ele ostentava uma expressão de pura consternação irlandesa.

– Porra, Ben, eu não sei que diabos dizer, a não ser que lamento muito. – Ele esfregou fortemente a metade inferior do rosto rechonchudo e curiosamente belo, como se fosse para arrancar a exibição de dor, embora ela permanecesse firmemente em seu lugar. Então ele balançou dolorosamente sua cabeça, acenou-a em direção ao seu gabinete e disse: – Entre aqui e vamos beber por isso.

O homem era Timothy A. Dolan, o conselheiro da minoria no subcomitê e tenente recentemente licenciado de uma das freqüentes guerras políticas de Boston. Sua parcela dos despojos fora o cargo de conselheiro da minoria. "Dois anos lá em Washington, isso não vai estragar nem um pouco o rapaz", fora a decisão tomada em Boston. "E depois nós veremos. Nós veremos." Dill se convencera havia muito de que Boston era para os políticos americanos o que o Campo de Provas de Aberdeen era para as forças armadas.

Quando Dill acompanhou Dolan para dentro do gabinete, o Senador Mirim se levantou e estendeu a mão. A expressão no rosto de aparência jovem era de profunda consternação. E novamente Dill pensou o que sempre pensava quando via Ramirez: afiado como um espanhol.

O senador Joseph Luis Emilio Ramirez (democrata do Novo México) parecia mais alto do que de fato era, provavelmente por causa de sua postura aprumada e dos ternos de riscado belamente cortados que ele escolhia. Cabelos castanho-escuros arranjados em um cacho sobre a testa alta, os quais ele ficava afastando de seus olhos negros brilhantes que às vezes pareciam ter a profundidade de um quilômetro. Tinha nariz perfeito, pele levemente olivácea e boca larga com uma ligeira sobremordida. Seu queixo tinha uma cova profunda que fazia a maioria das mulheres e alguns homens quererem tocá-lo. Era belo como um ator, não tinha exatamente a inteligência de um gênio, era extremamente rico e, aos 33, parecia ter 23, possivelmente 24.

A voz combinava com o resto dele, claro. Era de um baixo barítono com uma memorável rouquidão. Podia fazer qualquer coisa com ela. Nesse momento fazia com que ela oferecesse suas condolências.

– Você tem toda a minha compaixão, Ben – disse o senador, tomando a mão direita de Dill nas suas –, ainda que eu possa apenas imaginar a sua dor.

– Obrigado – falou Dill, descobrindo que não havia realmente mais nada a dizer quando condolências eram oferecidas. Sentou-se na cadeira ao lado daquela em que o senador estivera sentado. Dolan, agora de volta à sua mesa, começou a servir três drinques de uma garrafa de *scotch*.

– Ela era policial, não era? – disse o senador, sentando-se ao lado de Dill. – A sua irmã.

– Uma investigadora de homicídios – falou Dill. – Segundo escalão. Acabara de ser promovida.

– Como aconteceu? – perguntou Dolan, inclinando-se sobre a mesa para servir os dois drinques.

– Disseram que foi um carro-bomba.

– *Assassinada?* – perguntou o senador, mais surpreso que chocado.

Dill fez que sim com a cabeça, bebeu seu uísque e pôs o copo sobre a mesa de Dolan. Notou que o senador sorveu apenas um pequeno gole e depois deixou seu copo de lado. Dill sabia que ele não iria pegá-lo novamente.

– Vou ficar fora por uma semana ou dez dias – falou Dill. – Achei melhor passar por aqui e avisar vocês.

– Precisa de alguma coisa? – perguntou o senador. – Dinheiro? – Isso aparentemente era tudo em que ele conseguia pensar.

Dill sorriu e sacudiu sua cabeça. Dolan, ainda de pé, olhou com ar pensativo para ele, inclinou sua cabeça para a esquerda e falou:

– Você disse que ficará por lá durante uma semana, talvez dez dias?

– Em torno disso.

Dolan olhou para o senador.

– Talvez possamos pôr Ben na folha de despesas, uma vez que Jack Spivey ainda está entocado lá.

O senador virou-se para Dill.

– Você conhece Spivey, é claro.

Dill confirmou com a cabeça.

– Caramba – disse Dolan –, Ben poderia tomar o depoimento de Spivey, evitar que nós tenhamos que voar novamente para lá e então nós poderíamos lançar as despesas de Ben no caso Brattle.

O senador balançou a cabeça, quase convencido. Ele se virou novamente para Dill.

– Você estaria disposto a fazer isso enquanto estiver por lá, tomar o depoimento de Spivey?

– Sim. Claro.

– Você conhece o caso Brattle? Que pergunta. É claro que conhece. – O senador olhou novamente para Dolan. – Então está arranjado.

Dill se levantou.

– Vou pegar uma cópia do arquivo de Spivey com Betty Mae.

O senador também se levantou.

– Spivey poderia ser de uma tremenda ajuda para resolver este... problema. Se ele não estiver inteiramente receptivo, seja... bem, você sabe... firme. Muito firme.

– Você está falando em ameaçá-lo com uma intimação?

O senador se voltou para olhar para Dolan.

– Sim, acho que sim, você não?

– Porra, claro que sim – falou ele.

Dill sorriu levemente para Dolan.

– Nós podemos conseguir isso pelo comitê?

– Jamais – disse Dolan. – Mas Spivey não precisa saber disso, precisa?

Capítulo 3

Fazia pouco mais de dez anos desde que Dill voltara pela última vez à sua cidade natal, que era também a capital de um estado localizado suficientemente ao sul e a oeste para fazer do *jailhouse chili* um tesouro cultural reverenciado. O trigo crescia em todo o estado, assim como cascavéis, sorgo, painço, algodão, soja, carvalhos e vacas de cara branca. Também havia petróleo, gás natural e algum urânio para serem encontrados, e as famílias daqueles que os haviam descoberto eram freqüentemente prósperas e às vezes até mesmo ricas.

Quanto à cidade propriamente dita, dizia-se que o parquímetro fora inventado ali nos anos 1930, juntamente com o carrinho de supermercado. Seu aeroporto internacional tinha o nome de um navegador quase esquecido, William Gatty, que ajudara a guiar Wiley Post ao redor do mundo em 1931. Não havia muitos judeus na cidade nem no estado, mas uma porção de negros, numerosos mexicanos, duas tribos de índios, um mundo de batistas e 1.413 vietnamitas. De acordo com o censo dos EUA, a população da cidade era de 501.341 em 1970. Em 1980, ela havia crescido para 501.872. Havia, em média, 5,6 homicídios por semana. A maioria deles ocorria nas noites de sábado.

Quando Dill saiu do terminal do Aeroporto Internacional Gatty pouco depois das quatro da tarde, a temperatura havia caído para 38 graus e um forte vento quente vinha fustigando de Montana e das duas Dakotas. Dill não conseguia se lembrar de quando o vento não tivesse soprado quase constantemente, fosse do México ou das Grandes Planícies, torrando no verão, congelando no inverno e torturando os nervos sempre. Agora ele soprava quente e seco, carregado de poeira vermelha e grãos de areia. Rajadas súbitas de mais de 60 quilômetros por hora cortavam o fôlego de Dill e abriam seu casaco enquanto ele se inclinava de encontro a elas e caminhava com dificuldade em direção a um táxi.

A cidade natal de Dill, como a maioria das cidades americanas, era disposta em uma grade. As ruas que corriam para leste e oeste eram numeradas. As que corriam para o norte e o sul tinham nomes, a maioria em homenagem a pioneiros que eram na verdade especuladores imobiliários e o resto a estados, generais da guerra civil (tanto da União quanto Confederados), um ou dois governadores e um punhado de prefeitos cujas administrações foram consideradas razoavelmente livres de corrupção.

Mas à medida que a cidade cresceu, a imaginação começou a escassear, e as mais novas ruas norte-sul recebiam nomes de árvores (Pine, Maple, Oak, Birch e assim por diante). Quando as árvores finalmente se esgotaram – encerrando-se com Eucalipto, por alguma razão – os nomes dos presidentes foram postos no jogo. Estes expiraram com a avenida Nixon, a extremamente distantes 231 quarteirões a oeste da principal rua da cidade, que, nada surpreendentemente, era chamada Main Street. A principal via de grande tráfego a cruzar a Main era, inevitavelmente, a Broadway.

À medida que o táxi se aproximava do centro da cidade, Dill descobria que a maioria dos marcos da sua juventude havia desaparecido. Três cinemas do centro haviam fechado: o Criterion, o Empress e o Royal. O salão de bilhar de Eberhardt acabara, também. Localizado a apenas duas casas abaixo e um andar acima do Criterion, era um lugar maravilhosamente sinistro, pelo menos para o Benjamin Dill de 13 anos, quando ele foi pela primeira vez seduzido a entrar ali numa tarde de domingo pelo maligno Jack Sackett, um colega de 15 anos que acabou por se tornar um dos principais jogadores de bilhar da Costa Oeste.

A febre de construções pós-Segunda Guerra Mundial não atingiu a área central da cidade até a metade dos anos 1970, com uns trinta anos de atraso. Até então, o centro havia permanecido praticamente como era quando foi apanhado de calças curtas pela quebra da bolsa de 1929, com dois arranha-céus de 33 andares quase terminados e outro pela metade.

Os dois arranha-céus de 33 andares foram construídos um de frente para o outro, um deles por um banco e outro por um especulador que mais tarde foi arruinado pela depressão econômica. Houve uma corrida para concluí-los – uma estúpida proeza publicitária, diziam os críticos – e o banco vencera. Um dia depois de o edifício do especulador arruinado ter sua construção completada por um sindicato de petroleiros que o comprara a preço de banana (alguns diziam ter sido por ainda menos), ele tomou o elevador até o topo do seu sonho ruído e saltou. O terceiro arranha-céu, o que estava apenas pela metade quando aconteceu a quebra da bolsa, nunca foi concluído e por fim o demoliram na metade dos anos 1950.

Em 1970, a área central da cidade ainda tinha o aspecto de 1940, exceto porque então não havia tanta gente. As grandes lojas de departamentos há muito haviam fugido para os *shopping centers* distantes, juntamente com seus fregueses. Outras empresas as seguiram; a decadência urbana se estabeleceu; a taxa de criminalidade disparou; e ninguém vinha para o centro. Os desesperados patriarcas da cidade contrataram por sua própria conta uma dispendiosa firma de consultoria de Houston, que chegou com um plano de redesenvolvimento, e depois arrancaram uma enorme verba federal do Departamento de Habitação e Desenvolvimento Urbano em Washington. Um plano de redesenvolvimento demandava que se demolisse a maior parte da área central e se erigisse em seu lugar uma daquelas cidades do futuro. Eles arrasaram quase tudo e depois o dinheiro acabou, como geralmente acontece, e a cidade ficou parecendo bastante com o centro de Colônia depois da guerra. Mas a demolição não começou realmente até meados de 1974, e nessa época Benjamin Dill já havia partido.

Dill ficou surpreso ao descobrir que na verdade não se importava com as mudanças ocorridas – nem mesmo com os reluzentes edifícios novos que estavam começando a despontar do meio da paisagem devastada de sua infância e juventude. Você precisa ser um tanto velho para desconfiar das mudanças, ele disse para si mesmo. Mudanças marcam a passagem do tempo e só os jovens com muito pouco passado abraçam espontaneamente o novo sem protestar – apenas os muito jovens e aqueles que se estabelecem para lucrar com ele. E uma vez que não há absolutamente nenhum modo de você ganhar um tostão com isso, talvez você não seja tão velho, afinal de contas.

O motorista do táxi, um negro taciturno no início da casa dos 40, virou à direita na Our Jack Street, que separava os dois velhos arranha-céus. Originalmente, a Our Jack Street se chamara Warder Street, durante o segundo mandato de Jack T. Warder, o único governador a sofrer *impeachment* duas vezes, a primeira por corrupção, que ele derrubou subornando generosamente três senadores do estado, e a segunda por este próprio suborno. Ele renunciou em 1927, mas não sem antes conceder indulto a si mesmo. O governador caído em desgraça terminou sua última conferência de imprensa com um sorriso matreiro e um gracejo longamente lembrado e freqüentemente citado: "Que diabos, parceiros, eu não roubei nem metade do que poderia."

Depois disso ele foi para sempre o Our Jack, Nosso Jack, recordado com carinho e arrependimento pelos antigos, que ainda gostavam de citar seu chiste, dar um sorriso forçado e sacudir suas cabeças. Finalmente, mudaram o nome da rua para United Nations Plaza, mas todos ainda a chamavam de Our Jack Street, embora poucos ainda soubessem o porquê e o restante dificilmente se preocupasse em perguntar.

O Hawkins Hotel localizava-se na esquina da Broadway com a Our Jack Street, no coração da região central. Era um edifício cinzento e sombrio de 18 andares e 60 anos de idade, tão inabalavelmente gótico em suas linhas quanto a Universidade de Chicago. Por algum tempo, o Hawkins fora praticamente o único hotel da cidade – pelo menos no centro –, os outros tendo ruído pela dinamite e pelas bolas de demolição. Mas depois um novo Hilton foi erguido, seguido rapidamente de um Sheraton e, como sempre, de um enorme Holiday Inn.

A tarifa pela corrida de táxi de 30 quilômetros desde o aeroporto era de um dólar a cada quilômetro e meio. Dill entregou uma nota de 20 ao taciturno motorista e disse-lhe para ficar com o troco. Este disse que assim esperava pela graça de Deus e arrancou. Dill apanhou sua bagagem e entrou no hotel.

Não o achou muito mudado. De modo algum. Ele havia conservado os altos tetos abobadados que lhe davam a atmosfera de quietude de uma catedral longínqua e raramente visitada. O *lobby* ainda era um local para sentar, observar e cochilar em poltronas de couro avermelhado e sofás macios. Também havia mesas baixas com oportunos cinzeiros e uma porção de fartos abajures que facilitavam a leitura dos jornais grátis que ainda eram pendurados em cavaletes: o *Tribune* local; o *News-Post*, publicado na cidade rival ao norte do estado, que se orgulhava de seus ares orientais; o *The Wall Street Journal*; o *The Christian Science Monitor*; e a edição reduzida do *The New York Times*, cujo conteúdo era transmitido por satélite, impresso localmente e entregue pelo correio no mesmo dia, às vezes antes do almoço se você pegasse o carteiro certo.

O grande *lobby* do Hawkins nem de longe estava lotado: meia dúzia de homens de meia-idade que pareciam gigolôs; vários casais; uma mulher jovem que era mais do que bonita; e uma mulher mais velha, de 60 e poucos anos, que por alguma razão encarava Dill por sobre seu *Wall Street Journal*. Ele achou que a senhora tinha o aspecto de uma hóspede permanente do hotel. A temperatura no *lobby* era de amenos 20 graus, e Dill sentiu sua camisa molhada de suor começando a esfriar e secar enquanto ele se movia em direção ao balcão da recepção.

O jovem atendente da recepção encontrou a reserva de Dill e perguntou quanto tempo ele pretendia ficar hospedado. Dill falou em uma semana, possivelmente mais tempo. O atendente disse que estava ótimo, entregou a chave de um quarto para Dill, pediu desculpas por não ter um carregador em serviço (ele havia ligado avisando que estava doente), mas acrescentou que se Dill precisasse de alguma ajuda com sua bagagem, eles poderiam dar um jeito de conseguir alguém para carregá-la mais tarde. Dill respondeu que não precisava de nenhuma ajuda, agradeceu o atendente, apanhou sua mala, virou-se e quase se chocou com a jovem mulher mais do que bonita em quem ele havia reparado antes.

– Você é Pick Dill – disse ela.

Dill sacudiu a cabeça, sorrindo discretamente.

– Não desde que saí do colégio.

– Na escola costumavam chamar você de Pickle Dill. Isso foi no Horace Mann, na 22 com a Monroe. Mas tudo isso acabou numa tarde, no quarto ano, quando você derrotou três dos seus o quê?... algozes?

– Meu momento mais glorioso – disse Dill.

– Depois disso eles passaram a chamá-lo Pick em vez de Pickle até o colegial, mas isso parou quando você foi para a universidade, embora sua irmã sempre o tenha chamado assim. Pick. – A jovem mulher estendeu sua mão. – Eu sou Anna Maude Singe... como chamuscada*... e eu sou... era, droga... amiga de Felicity. Também sou sua advogada e achei que você podia querer a conselheira da família por perto quando viesse para cá, caso exista uma coisa que você queira fazer.

Dill apertou a mão de Anna Maude Singe. Era fresca e forte.

– Eu não sabia que Felicity tinha uma advogada.

– Sim. Eu.

– Bem, eu quero uma coisa... um drinque.

Singe fez um sinal para a esquerda com a cabeça.

---

* *Scorch*, no original. Sinônima de *singe*, ambas as palavras significam queimadura superficial, chamuscamento. (*N. do T.*)

– O Slush Pit serve?

– Ótimo.

O nome original do Slush Pit era Select Bar, mas os petroleiros, no início dos anos 1930, haviam começado a chamá-lo Slush Pit* por causa da sua escuridão, e o nome pegou até que, por fim, em 1946, o hotel o tornou oficial com uma discreta placa de bronze. Era um lugar bastante pequeno, extremamente sombrio, muito frio, com balcão em forma de U e mesas baixas pesadas com cadeiras combinando, as quais eram mais ou menos confortáveis. Havia apenas dois homens bebendo no balcão e mais um casal em uma das mesas. Dill e Anna Maude Singe tomaram uma mesa perto da porta. Quando a garçonete chegou, Singe pediu uma vodca *on the rocks* e Dill falou que ia querer o mesmo.

– Lamento muito sobre Felicity – a mulher chamada Singe falou de maneira quase formal.

Dill acenou a cabeça.

– Obrigado.

Não disseram mais nada até que a garçonete voltasse com os drinques. Dill notou que Singe tinha um pequeno problema com os *rr*, tão pequeno que ele quase não percebeu até que o seu "sobre" saísse quase como "sôbue", mas menos pronunciado que isso. Depois ele viu a pálida cicatriz sobre seu lábio superior, quase invisível, que havia sido deixada pelo hábil cirurgião que corrigira o lábio leporino. Seus *rr* eram as únicas letras que ainda pareciam lhe dar algum problema. Tirando isso, sua dicção era perfeita sem muitos traços de sotaque regional. Dill se perguntou se ela teria feito fonoterapia.

O restante dela, em sua comportada saia preta e sua camisa listrada com colarinho e punhos brancos, parecia bem bronzeada, belamente constituída e até mesmo atlética. Dill tentou adivinhar se ela praticava corrida, natação ou tênis. Tinha certeza de que não era golfe.

---

* Poço de lodo. (*N. do T.*)

Também observou que ela tinha olhos de um azul muito escuro, tão escuro quanto os olhos azuis podem ser sem se tornar violeta, e ela os apertava um pouco quando olhava para coisas distantes. Seu cabelo era de um tom castanho-acinzentado atravessado por mechas loiras. Usava-o no que Dill pensou se chamar um penteado pajem, um estilo que ele soubera de alguém (quem? Betty Mae Marker?) que estava voltando, ou havia voltado, e agora estava novamente em seu declínio.

O rosto de Anna Maude Singe tinha um formato oval e suas sobrancelhas eram um pouco mais escuras que seus cabelos. Seu nariz era um pouquinho arrebitado, o que fazia com que aparentasse ser tímida ou orgulhosa – ou ambas as coisas. Sua boca era carnuda e razoavelmente larga, e quando ela sorria Dill reparou que seus dentes haviam recebido o tratamento sensível de um bom dentista. Tinha um pescoço longo e esguio, bastante bonito, e Dill se perguntou se ela havia praticado dança. Era o pescoço de uma dançarina.

Depois que as bebidas chegaram, ele esperou até ela tomar um gole da sua e perguntou:

– Você conhecia Felicity há muito tempo?

– Eu a conheci um pouco na universidade, mas quando ela se formou eu fui para a faculdade de direito, e quando voltei para cá e abri meu escritório ela foi uma das minhas primeiras clientes. Eu redigi o seu testamento. Não acredito que ela tivesse mais de 25 ou 26 na época, mas acabara de ser transferida para a divisão de homicídios e... bem, ela achou que seria melhor fazer um testamento. Depois... oh, eu diria 16, 17 meses atrás... ela comprou seu dúplex e eu a ajudei nisso, mas nesse meio tempo nós nos tornamos boas amigas. Ela também me mandou alguns clientes, policiais precisando se divorciar, em sua maioria, e falou muito sobre você. Foi assim que eu soube que o chamavam de Pickle na escola e tudo o mais.

– Ela falava sobre trabalho? – perguntou Dill.

– Às vezes.

– Estava trabalhando em algo que pudesse ter levado alguém a colocar uma bomba no carro dela?

Singe fez que não com a cabeça.

– Não que ela tivesse alguma vez comentado a respeito. – Ela fez uma pausa, pediu outro drinque, e disse: – Há uma coisa que eu acho que você deveria saber.

– O quê?

– Ela trabalhava para um homem chamado Strucker.

– O detetive-chefe – falou Dill. – Ele me telefonou esta manhã.

– Bem, ele está bastante perturbado por causa de Felicity. Duas horas depois que ela morreu ele me telefonou, e a primeira coisa que quis saber, mesmo antes de me contar que ela se fora, foi se eu era a executora de sua herança, embora ele não tenha dito executora, ele disse testamenteira.

Dill manifestou com um movimento de cabeça sua aprovação ao gentil pormenor.

– Disse-lhe sim, senhor, eu sou, e então ele me contou que ela havia morrido e antes que pudesse perguntar como ou por quê ou mesmo dizer oh-não-meu-Deus, ele me pediu para encontrá-lo no banco de Felicity.

– Depósito em caixa de segurança?

Ela fez que sim com a cabeça.

– Bem, eu estava lá quando eles abriram, chorando e revoltada com a... a maldita perda. Eles tiraram tudo de dentro da caixa, uma coisa de cada vez. Havia a sua certidão de nascimento, depois seu testamento, depois algumas fotos de seus pais e por fim o passaporte dela. Ela sempre falava em ir para a França, mas nunca viajou. Foi no que ela se formou, você sabe, francês.

– Eu sei.

– Bem, a última coisa que eles tiraram da caixa foi a apólice de seguro. Ela a fez há apenas três semanas. Era uma apólice nomeando você como único beneficiário.

Anna Maude Singe parou de falar e desviou os olhos.

– Quanto? – perguntou Dill.

– Duzentos e cinqüenta mil – disse ela e rapidamente voltou a olhar para Dill, como se fosse para surpreender sua reação. Não houve nenhuma, a não ser nos olhos. Nada mais mudou em seu rosto a não ser os grandes e suaves olhos cinzentos que subitamente se cobriram de gelo.

– Duzentos e cinqüenta mil – falou Dill, por fim.

Ela concordou com a cabeça.

– Vamos tomar outra bebida – disse ele. – Eu pago.

Capítulo 4

Às 5h45 da tarde, Benjamin Dill estava pendurando seu terno azul-escuro do funeral no armário do quarto 981 do Hawkins Hotel quando bateram à porta. Depois que a abriu, ele automaticamente os classificou como policiais. Ambos vestiam roupas civis – bem talhadas, obviamente roupas caras – mas os olhos cuidadosamente entediados, a conduta intimidativa ensaiada e as expressões exageradamente neutras em suas bocas traíam sua profissão.

Ambos eram altos, passando facilmente de um metro e oitenta, e o mais velho era largo e compacto, enquanto o mais jovem era esguio como um ancinho, bronzeado e somente um nada elegante. O corpulento estendeu sua mão e disse:

– Sou o chefe Strucker, Sr. Dill. Este é o capitão Colder.

Dill apertou a mão intensamente sardenta de Strucker e depois aceitou a que era oferecida por Colder. Era magra e excepcionalmente forte. Colder disse:

– Gene Colder, homicídios.

Dill falou:

– Entrem.

Eles entraram na sala um tanto cautelosamente, da maneira como os policiais costumam fazer, varrendo-a com seus olhos e classificando o conteúdo e o ocupante, não por curiosidade, mas por hábito. Dill acenou para que eles ocupassem as duas poltronas de tamanho médio do quarto. Strucker assentou seu corpo cuidadosamente e com um suspiro. Colder sentou-se como um gato. Strucker tirou um charuto do bolso, levantou-o para que Dill o visse e perguntou:

– Importa-se?

– De modo algum – respondeu Dill. – Vocês gostariam de um drinque?

– Acho que vou aceitar, por Deus – disse Strucker. – Está sendo um dia duro.

Dill apanhou uma garrafa de Old Smugger de sua pasta, removeu a capa plástica de dois copos sobre a escrivaninha, trouxe mais um copo do banheiro e serviu três drinques.

– Água? – perguntou ele. Strucker sacudiu a cabeça. Colder disse não, obrigado. Dill entregou-lhes seus drinques, levou o seu para o banheiro, despejou um pouco de água nele, voltou e sentou-se na cama. Esperou até que Strucker acendesse o seu charuto e tomasse um pouco do *scotch*.

– Quem foi? – perguntou Dill.

– Ainda não sabemos.

– Por que fizeram isso?

Strucker balançou sua grande cabeça.

– Isso também não sabemos. – Ele suspirou de novo – aquele longo e pesado suspiro de desânimo. – Nós estamos aqui por duas razões. Uma delas é tentar responder às suas perguntas e a outra é oferecer-lhe as condolências oficiais da cidade e do departamento. Lamentamos terrivelmente. Todos nós.

– Sua irmã – Colder falou e fez uma pausa. – Bem, sua irmã era uma pessoa... excepcional.

– Quanto ela ganhava por ano? – perguntou Dill.

Strucker olhou para o capitão Colder pedindo a resposta.

– Vinte e três e quinhentos – disse o capitão.

– E de quanto é o prêmio anual para uma apólice de seguro de vida no valor de 250 mil dólares para uma mulher de 28 anos com boa saúde?

Strucker franziu o cenho. Quando fez isso a coifa de grosso cabelo cinzento aramoso desceu em direção às sobrancelhas negras que guardavam os olhos já em guarda, cuja cor estava mais próxima do verde que do castanho. Os olhos se alojavam junto a um nariz errante que já fora quebrado uma vez. Talvez duas. Bem abaixo do nariz estava a boca apertada e de lábios finos que parecia desaprovar quase tudo, e sob a boca estava o queixo em degrau. Era um rosto gasto, marcado e altamente inteligente que aos 53 podia muito bem estar em seu terceiro proprietário.

Strucker ainda franzia a testa quando falou:

– Você ficou sabendo, hein?

– Eu ouvi dizer.

Colder deu um ligeiro sorriso, não o bastante para exibir algum dos dentes, apenas o suficiente para manifestar discreta desaprovação e um toque de lástima.

– A advogada dela, certo?

Dill confirmou com a cabeça.

Strucker terminou seu copo de uísque, pousou-o sobre a mesa, e voltou-se novamente para Dill.

– De acordo com o pessoal da Companhia de Seguros Arbuckle, o prêmio foi de 518 dólares e ela pagou no ato, em dinheiro, no dia 14 do mês passado.

– Não é um investimento muito sensato para alguém sem dependentes – falou Dill. – Um valor que não pode ser resgatado. Ela não podia nem mesmo oferecer isso como garantia para um empréstimo. É claro, se ela sabia que ia morrer, podia querer deixar algo para uma pessoa amada... eu, no caso. Mas vocês não acreditam que foi suicídio, acreditam?

– Não foi suicídio, Sr. Dill – disse Colder.

– Não, eu não pensei que fosse – Dill se levantou, caminhou até a janela e olhou para a esquina da Broadway com a Our Jack nove andares abaixo. – Depois, há a casa dela.

– O dúplex – disse o capitão Colder.

– Sim. Quando ela me escreveu a respeito, cerca de um ano e meio atrás, disse que estava comprando uma casinha para ela. Eu presumi que fosse um velho bangalô, por volta de 60 ou 70 mil dólares. Ainda é possível comprar um deles por esse preço aqui, não é?

– Nos arredores – disse Colder –, mas eles estão ficando raros.

– Certo, então quanto ela teria de dar de entrada para uma casa de 60 ou 70 mil dólares? Vinte por cento? Isso seria 12 a 14 mil. Eu tinha uns poucos dólares disponíveis, não muito, por isso telefonei e perguntei se ela queria usar uns 2 mil para ajudar na entrada. Ela disse que não precisava porque o financiamento era criativo. Ela praticamente riu quando falou em criativo. Não a pressionei. Apenas presumi que ela estava dando 5 ou talvez 10 mil de entrada, assinando uma primeira hipoteca de cerca de 50 ou menos, e assumindo uma parcela final pelo restante. Com 23.500 por ano ela mal poderia administrar isso. – Dill fez uma pausa, bebeu um pouco do seu *scotch* com água, e disse: – Mas não foi o que ela fez, foi?

– Não, senhor – disse Strucker. – Não foi.

– O que ela fez – falou Dill – foi comprar um belo e antigo dúplex na 32 com a Texas por 185 mil. Ela deu 37 mil em dinheiro como entrada e assinou uma primeira hipoteca de 100 mil a 14%, o que significa que suas prestações mensais ficariam em torno de 1.300 – com a ressalva de que ela estava recebendo 650 por mês do cara para quem alugava o andar térreo, o que significa que ela tinha que arcar apenas com 650 por mês, talvez 700. Você disse que ela estava ganhando 1.900 brutos por mês, o que daria o quê?... 1.400, 1.500 líquidos?

– Por volta disso – disse Colder.

– O que deixava a ela cerca de 600 ou 700 por mês para sobreviver. Bem, considerando os benefícios fiscais, seria possível, eu acho, com tíquetes de supermercado, roupas compradas nos bazares da Junior League e livros da biblioteca pública e TV como entretenimento. Mas depois haveria o pagamento daquela parcela final – o financiamento criativo. A advogada dela falou que ele venceria no dia primeiro do próximo mês, o que será exatamente 18 meses depois de ela ter comprado o lugar. Essa parcela final é de 48 mil dólares, mais juros.

Dill voltou-se da janela e olhou para Strucker.

– Quanto minha irmã possuía em sua conta bancária?

– Trezentos e trinta e dois dólares.

– Então como você acha que ela ia levantar 50 mil ou mais até o dia primeiro do mês que vem?

– É sobre isso que nós precisamos conversar, Sr. Dill.

– Certo – Dill falou, voltou para a cama, sentou-se e recostou-se contra a cabeceira. – Vamos conversar.

Strucker limpou a garganta, deu uma baforada no charuto, abanou a fumaça e começou.

– A detetive Dill tinha uma ótima folha, excepcional. Em sua idade, não havia ninguém melhor, homem ou mulher. Agora eu tenho de ser o primeiro a admitir que nós a transferimos da estelionato para a homicídios como uma espécie de mulher representativa, juntamente com três pessoas de cor e uma dupla de mexicanos. Era isso ou perder uma verba federal. Mas, por Deus, ela era boa. E nós a fizemos saltar para o segundo escalão por cima de um batalhão de outros caras, alguns dos quais com uma porrada de experiência a mais. Dentro de mais dois anos, talvez menos, ela facilmente seria promovida a sargento. Então, o que eu estou dizendo, Sr. Dill, é que sua irmã era uma policial muito boa, excelente, e ela foi assassinada no exercício de sua função – pelo menos, é o que nós acreditamos –, portanto, vamos sepultá-la no sábado como eu lhe disse e depois vamos descobrir exatamente que diabo deu errado.

– Você quer dizer por que ela agiu mal – falou Dill.

– Nós não sabemos se ela fez isso, sabemos? – disse o capitão Colder. Dill olhou para ele. O meio-sorriso de Colder havia retomado seu lugar – um sorriso quase hesitante, cheio de insegurança. Ou decepção, Dill pensou, pois não havia absolutamente nada de seguro em Colder além do sorriso. É o seu disfarce, concluiu Dill. Ele o usa como uma barba falsa. O sorriso falhava em ocultar o verdadeiro rosto cético, com seu nariz inquisitivo, testa ampla, descrentes olhos azuis, e um queixo que quase chegava a dizer: "Prove". Era um rosto que, com cores ligeiramente distintas, poderia encontrar felicidade na Inquisição. Dill teve a sensação de que seu dono estava razoavelmente satisfeito como um capitão da homicídios.

Quando o chefe Strucker limpou sua garganta novamente, Dill virou-se para ele.

– Nós vamos chegar ao fundo disso, Sr. Dill – ele falou. – Como eu lhe disse pelo telefone: é o que nós fazemos. É no que somos bons.

Dill balançou a cabeça, levantou-se e apontou, primeiro para o copo vazio de Colder, depois para o de Strucker. Ambos hesitaram. Depois Strucker suspirou e disse:

– Não devia, mas vou aceitar, obrigado.

Depois que Dill serviu os novos drinques e os entregou a eles, Colder falou:

– O que exatamente o senhor faz em Washington, Sr. Dill?

– Eu trabalho para um subcomitê do Senado.

– Fazendo o quê?

Dill deu um sorriso.

– Chegando ao fundo das coisas.

– Deve ser interessante.

– Às vezes.

Strucker bebeu um bom gole do seu *scotch*, suspirou de prazer e disse:

– Você e Felicity eram próximos.

– Sim. Acho que sim.

– Seus pais morreram. – Isto tampouco era uma pergunta.

– Eles morreram em um acidente envolvendo apenas o carro deles no Colorado, quando eu tinha 21 e ela 11.

– O que seu pai fazia? – pela primeira vez, Strucker perguntou como se ainda não soubesse a resposta.

– Ele foi piloto de caça do exército durante a guerra – falou Dill. – E depois disso foi um estudante profissional durante quatro anos, que foi o tempo que sua bolsa de ex-combatente durou. Ele estudou na Sorbonne, na Universidade do México e na Universidade de Dublin. Nunca se formou. Quando tudo aquilo finalmente acabou, ele foi piloto de avião pulverizando plantações, depois vendedor da Kaiser-Frazer e uma vez ou outra trabalhou como Mr. Peanut – você sabe, para a Planter's Peanuts. Depois tornou-se promotor de eventos – corridas de carros velhos, beisebol com jumentos, coisas desse tipo, e finalmente comprou uma escola de língua estrangeira por correspondência quase falida. Ainda a estava tocando quando foi para o Colorado para examinar um investimento em uma cidade fantasma. Foi quando o acidente aconteceu. Matou os dois. Às vezes eu penso que para a minha mãe deve ter sido um alívio.

Strucker balançou a cabeça compreensivamente.

– Não deixaram muito então.

– Nem um centavo.

– Você deve ter praticamente criado Felicity.

– Foi no meu primeiro ano na faculdade de direito. Eu a abandonei e arranjei um emprego com a United Press International cobrindo a Assembléia Legislativa estadual. Felicity tinha 11 anos e eu tentei garantir que ela fosse para a escola e fizesse suas lições de casa. Quando tinha 12 anos ela já cuidava das compras, da cozinha e de um monte de tarefas domésticas. Aos 18 ela ganhou uma bolsa de estudos completa para a universidade e eu recebi uma oferta para ir a Washington. Depois disso, ela ficou quase inteiramente por conta própria.

– Bem, senhor – disse Strucker –, eu diria que você fez mesmo um ótimo trabalho com a criação dela. Realmente ótimo.

– Nós sempre gostamos um do outro – falou Dill. – Nós éramos... bem, bons amigos, eu acho.

– Vocês se mantinham em contato? – perguntou Colder.

– Geralmente eu telefonava para ela toda semana ou a cada dez dias. Ela quase nunca ligava para mim. Escrevia cartas em vez disso. Cartas de casa, ela as chamava. Ela achava que todos os que se mudassem deveriam receber cartas de casa e era isso o que eram as dela. Fofocas. Boatos. Escândalos leves. Quem faliu e quem ficou rico. Quem morreu. Quem se divorciou e por quê. Era uma espécie de diário, suponho, não tanto sobre ela, mas sobre a cidade. Ela realmente amava este lugar por algum motivo.

– Devo entender que você não – disse Colder.

– Não.

– Você por acaso não guardou essas cartas, guardou? – perguntou Strucker.

– Gostaria de ter guardado.

– É. Nós também. Ela não conservou cópias tampouco. Nós fomos até a casa dela hoje. Nada.

– E quanto a cheques pagos?

– Mais um vazio – falou Colder. – Serviços, despesas domésticas, contas telefônicas, gêneros alimentícios do Safeway, despesas com o automóvel, algumas compras a crédito em lojas de departamentos. O de costume.

– Nenhum registro da entrada que ela deu pelo dúplex?

– Os 37 mil em dinheiro? – disse Colder. – Tudo que sabemos é que foi inteiramente em notas de 100 dólares, que estão se tornando quase tão comuns quanto as de 20 costumavam ser.

– Sem deixar traços, hein? – falou Dill.

– Nada.

– Quem detém a hipoteca?

– A antiga proprietária, que não apresentou a menor objeção a todo aquele dinheiro vivo – disse Colder. – Ela é uma viúva de 67 anos de idade que vendeu a residência para Felicity e depois se mudou para a Flórida. St. Petersburg. Eu conversei com ela ontem. Não tem queixas. As prestações mensais estavam quase sempre em dia, mas ela estava um pouco preocupada com aquela parcela final.

– Não a culpo – falou Dill.

Strucker revirou os bolsos de suas calças e fisgou uma chave. Ofereceu-a a Dill.

– O que é isso? – perguntou ele.

– A chave da casa dela. O andar de cima está lacrado no momento, mas o nosso pessoal terá acabado antes do meio-dia de amanhã, então não haverá motivo para que você não possa ir até lá e, bem, dar uma olhada... ficar lá, se quiser.

Dill se levantou, pegou a chave e voltou a sentar na cama. Olhou primeiro para Strucker e depois para Colder.

– Em que ela estava trabalhando?

Desta vez o sorriso que Colder deu não foi o tímido. Foi do tipo sardônico, que levou o lado esquerdo de sua boca e exibiu três ou quatro dentes muito brancos.

– Você se refere ao que perturbou o maior traficante de coca da cidade... ou àquele caso em que encontraram um milionário do petróleo no fundo da piscina que vai de dentro para fora de sua casa?

– Não sei a que me refiro – falou Dill. – Mas qualquer um desses serviria.

Colder sacudiu a cabeça de modo quase arrependido.

– Ela estava trabalhando no caso de um proprietário de loja de bebidas que foi baleado e morto no final de uma tranqüila noite de terça-feira por 33 dólares. Também estava no caso de uma esposa na Deep Four que voltou para casa furiosa e cansada de limpar a sujeira dos brancos e encontrou seu marido na cama com a filha de 15 anos deles. Ela matou os dois com a faca de pão. Essa está bem embrulhada. Depois havia aquele outro caso em que Felicity estava, em que um sujeito que trabalhava em Packingtown parou num sinal entre a 13 e a McKinley? E esse outro cara, que estava coçando o saco no banco da parada de ônibus que havia ali, levantou-se, chegou mais perto, apontou a mira do seu 22 para a janela, atirou no sujeito do carro quatro vezes e depois deu as costas e foi embora tranqüilamente. Nós demos esse para Felicity, também. Ela me disse outro dia que podia estar chegando a algum lugar nesse caso.

– Felicity tinha de estar envolvida em alguma coisa – falou Dill. – Ou por alguma coisa.

Strucker suspirou novamente e içou o próprio corpo para fora da cadeira.

– Bem, talvez sim e talvez não. Mas no momento nós temos que descobrir quem a matou. Descobrindo isso, descobriremos o resto. Sabe, Sr. Dill, homicídio costuma ser o crime mais fácil de resolver porque o cara telefona e diz: "Ei, é melhor você vir até aqui porque eu acabei de matar minha namorada com um taco de beisebol." E quando você chega lá, ele está sentado na borda da cama, ela ao lado dele, com um taco de beisebol provavelmente ainda nas mãos, chorando como uma criança de 2 anos de idade. Esse é o homicídio feijão-com-arroz. Mas então, uma vez ou outra, você encontra um complicado. Como este.

Novamente, Strucker deu um de seus suspiros do fundo do peito.

– Eles vão fazer o serviço fúnebre na igreja Batista de Trinity às dez da manhã de sábado. Haverá uma limusine para você ou, se preferir, pode ir de carro comigo e com o capitão aqui.

– Eu não sei – falou Dill. – Acho que prefiro fazer isso sozinho.

– Claro.

Dill franziu a testa.

– Por que Trinity? – perguntou. – Felicity não era batista. Na verdade, ela não era muito ligada a religião alguma.

– Eu sou – disse Colder. – Eu sou diácono.

– Você?

A tristeza então tomou conta do rosto de Colder, afastando o ceticismo crônico.

– Sua irmã e eu – disse ele –, bem, quando meu divórcio se concretizasse daqui a uns dois meses, nós íamos nos casar. – Ele examinou a expressão de Dill. – Ela nunca contou a você, contou?

– Não – falou Dill. – Ela nunca me contou.

Capítulo 5

Ao longo dos dez anos anteriores, Dill havia morado por diferentes períodos em Nova York, Los Angeles, Londres, Barcelona e por duas vezes em Washington. Raramente sonhava com qualquer um desses lugares, nem mesmo com Washington, onde residira por mais tempo. Mas ocasionalmente o fazia, e em seus sonhos com cidades distantes, às vezes estrangeiras, elas invariavelmente se fundiam com sua cidade natal. Wilshire Boulevard, Third Avenue e a Edgware Road e mesmo as Ramblas, de algum modo passavam oniricamente pelas casas em que ele vivera quando criança, as escolas em que ele estudara e os bares que ele mais tarde freqüentara.

Muitos anos atrás, alguns diziam que, em 1926, uma imensa garrafa de leite fora erguida na cidade, no topo do prédio de um andar que se assentava no pequeno pedaço de terra triangular formado pela junção da Ord Avenue com a rua 29 e o TR Boulevard, que era como os moradores locais chamavam a sinuosa via que recebera o nome do primeiro Roosevelt. Era uma garrafa de leite gigantesca, pelo menos 10 metros de altura, com a nata em formação claramente visível em seu gargalo. Estivera empoleirada por quase 60 anos no alto da minúscula loja de alimentos prontos que Dill recordava ter pertencido a uma fábrica de laticínios. Springmaid Dairy. Ele supôs que a rede de lojas 7-Eleven houvesse assumido loja e garrafa desde então. Por algum motivo a garrafa de leite gigante estava sempre surgindo em seus sonhos com climas estrangeiros. Algo freudiano havia ali, pensou ele, algo freudiano, fantástico e fálico, favorecido como de hábito pelo auxílio artificioso da aliteração.

Às 19h15 daquela noite, a noite do dia em que sua irmã fora vítima de uma bomba, Dill estava dirigindo o grande Ford alugado pelo TR Boulevard, uma das três vias que cortavam a rede metropolitana, descrevendo curvas e ferindo seu trajeto pela cidade de sul a norte. Houve um tempo em que bondes sibilavam ao longo do divisor central do TR Boulevard, mas haviam sido abandonados no final dos anos 1940. Todos agora reconheciam que isso fora um erro estúpido e sugeriam sombriamente um complô da General Motors e das companhias de petróleo para descartar os bondes em favor dos ônibus. Essa era uma teoria de conspiração que perdurava há quase quarenta anos.

Dill havia alugado o grande Ford da Budget. Era o maior Ford que eles tinham, mas ele preferiria alugar um Lincoln se houvesse algum disponível. Dill, o proprietário de um VW, sempre alugava carros espaçosos de Detroit com o máximo de potência, porque sentia que era uma oportunidade que não podia ser perdida – algo como alugar o seu próprio dinossauro.

Logo depois da longa curva da 27 com a TR, a garrafa de leite gigante finalmente entrou no seu campo de visão, mas ela não era mais branca. Ao contrário, era completamente preta. Dill reduziu a velocidade para olhar. O pequeno edifício estava desocupado, exceto por alguns mostruários de vidro vazios que pareciam empoeirados. Sobre a entrada havia um grande letreiro em desbotadas cores psicodélicas: Nebuchadnezzar's Head Shop*, mas parecia que a Neb havia quebrado há muito. Dill concluiu que a loja falida era ainda um outro prego cravado no caixão dos anos 1960 e 1970.

Três quarteirões além da garrafa de leite preta, na esquina da 32 com a TR, erguia-se uma grande casa de madeira de três andares

---

* *Headshops*, gênero de comércio surgido com a psicodelia dos anos 1960 e 1970, são lojas especializadas em produtos para usuários de drogas. Ainda podem ser encontradas em países onde o uso de substâncias como a maconha é legalizado. (*N. do T.*)

em estilo vitoriano, decorada em dois tons com uma pintura verde-pastel que já havia começado a descascar. A casa era sede do que se supunha o terceiro ou quarto mais antigo clube de imprensa a oeste do Mississippi. Durante seus primeiros sessenta anos ou mais, o clube havia compartilhado um edifício em uma conveniente localização central com a Benemérita e Protetora Ordem dos Alces. Mas o prefeito ficou furioso com a mídia (com razão) no momento em que o plano de renovação da cidade se pôs em marcha, e a sede central do Clube dos Alces e da imprensa foi o primeiro a ter sua queda decretada.

O clube, na verdade, nunca havia oferecido muito mais do que um bar que freqüentemente permanecia aberto após o horário legal de fechamento, bifes de ótima qualidade provenientes de uma fonte misteriosa em Packingtown, e um pôquer que mantinha seus jogadores pregados na mesa por muito tempo, que começava pontualmente ao meio-dia de todo sábado e se encerrava quase tão pontualmente às cinco da tarde de domingo para que todos pudessem ir para suas casas assistir às vítimas entusiasmadas que passariam por sua auto-imolação semanal no *60 Minutes*.

Membros da imprensa pertenciam efetivamente ao clube. Pelo menos trinta por cento dos associados tinham uma coisa ou outra a ver com o ramo jornalístico. O resto atuava na publicidade, na advocacia, política ou relações públicas. Estes eram chamados de membros associados, e suas quotas eram cinco vezes mais altas que as dos que trabalhavam na imprensa. A minoria achava que se a maioria não-votante quisesse conviver com os membros da imprensa podia muito bem pagar pelo privilégio. O mote não-oficial do clube estava gravado em uma placa de bronze pendurada atrás do balcão do bar há anos: Eu Também Já Fui Jornalista.

Dill não aparecia no clube desde que ele se mudara para sua nova sede. Era quase um *habitué* do lugar quando este dividia o edifício de cinco andares no centro com os Alces – o clube da imprensa nos dois andares superiores, a benemérita e protetora ordem logo abaixo. De fato, quando trabalhava no turno da noite para a UPI, Dill com freqüência fechava o local.

Ele estacionou o Ford o mais perto que pôde da casa vitoriana – a um quarteirão de distância – e tentou recordar se havia pago sua última conta no bar. Se não tivesse, estava certo de que alguém iria lembrá-lo. O Grego, se ninguém mais o fizesse.

Ainda faltava uma hora para escurecer quando Dill subiu os seis degraus que conduziam ao pórtico revestido de tela. Ele atravessou o pórtico até a porta trancada e tocou a campainha. Uma voz metálica, irascível como sempre, fez a sua pergunta monossilábica habitual:

– Quem?

– Ben Dill.

– Meu Deus – disse a voz. Um momento depois a cigarra soou, destrancando a porta. Um pequeno vestíbulo conduzia a uma sala que, à exceção da cozinha no fundo, parecia ocupar todo o primeiro andar de uma grande casa antiga. Mesas e banquetas ficavam à direita. Perto do vestíbulo havia uma área de descanso concentrada em uma grande varanda onde, pensou Dill, era possível sentar exatamente como se faria em clubes privados de qualquer lugar do mundo e, como disse alguém uma vez, olhar a chuva cair sobre os pobres coitados. Ele achou que esse podia ser o verdadeiro motivo por que os clubes privados foram inventados.

Dill dirigiu-se ao balcão em L que ficava à esquerda da área de descanso. Notou que era o mesmo balcão de mogno que eles usavam na sede central. Haviam trazido até mesmo as velhas barras de bronze que corriam sobre o balcão. Delas pendiam correias de segurança em couro, como as dos bondes, proporcionando apoio adequado para aqueles que sorviam gim durante muito tempo.

O homem parado atrás do balcão, apoiado sobre ambas as mãos, estava ali havia trinta anos, como gerente do clube e principal *barman*. Seu nome era Christos Levides, ou Cristo, o Grego! ou geralmente apenas o Grego. Estava na metade da casa dos 50, mas não parecia muito diferente de quando tinha 25. Os olhos negros ainda eram tão cheios de malícia, o bigode elegante tão bem-cuidado e a expressão de desdém fatigado tão astuciosa e digna de Ulisses como sempre. Havia algumas novas rugas, é claro, correndo em profundas trincheiras a partir de seu nariz notável e em sulcos horizontais que cruzavam sua testa. Era um rosto cuidadosamente entediado que obviamente ouvira a maioria das mentiras da vida e todas as suas desculpas.

Levides não se moveu nem falou até que Dill tivesse se acomodado em um banco e olhado em volta para ver se havia mais alguém que ele ainda conhecesse. Não havia. Dois homens estavam na outra extremidade do balcão, mas tinham aparência de advogados. Uma dúzia ou mais de pessoas jantavam sentadas nas mesas.

– Bem – disse finalmente Levides. – Você voltou.

– Eu voltei – concordou Dill.

Levides balançou pensativamente sua cabeça, como se Dill estivesse tão feio quanto imaginava que ele estaria.

– Eu soube sobre sua irmã. – Houve uma longa pausa enquanto Levides pareceu considerar cuidadosamente o que deveria ser dito a seguir. – Eu lamento.

– Obrigado.

– Uma coisa terrível.

– Sim.

– Eu me lembro de quando você costumava levá-la para a velha sede, quando ela não era maior que isso. – Ele ergueu uma das mãos à altura do ombro para mostrar qual era a estatura da irmã morta de Dill. – Dez, talvez 11 anos na época?

– Mais ou menos isso – falou Dill. – Não era muito mais velha, de qualquer forma.

Levides fez lugubremente que sim com a cabeça e, com sua breve compunção já dissipada, disse:

– O que vai querer?

– Uma cerveja. Beck's, se você tiver.

Levides balançou novamente a cabeça, girou o corpo, sacou uma garrafa do engradado, tirou sua tampa, girou novamente e pousou-a sobre o balcão juntamente com um copo gelado.

– Duas pratas – disse ele – e você ainda deve 38,82 de sua conta, que parece ter esquecido de pagar quando partiu para Washington... quando foi isso? Dez anos atrás?

– Mais ou menos isso – Dill falou, tirou uma nota de 50 dólares da carteira, fez com que ela deslizasse sobre o balcão e disse a Levides para descontar tudo dela.

Levides virou-se para a caixa registradora, lançou a venda e voltou-se novamente com o troco de Dill.

– Como vão as coisas? – perguntou Dill.

– A mesma merda de sempre.

Dill deu uma olhada em torno.

– Isso aqui parece bastante bem.

– É, se você gosta de bolor.

– Os bifes ainda são passáveis?

Levides ergueu os ombros.

– Eu comi um anteontem e ainda não morri – ele desviou os olhos. – Quem fez aquilo?

– Eles não sabem.

– Quem eles colocaram no caso?

– Eu conversei com o detetive-chefe – falou Dill. – Strucker.

– Ele eu conheço.

– E?

O Grego deu de ombros.

– Inteligente. Não exatamente uma inteligência acadêmica, mas a de um policial inteligente. Está na polícia há pelo menos 25 anos. Talvez mais. Freqüentou a faculdade noturna de direito. Tomou aulas de como falar em público com Dale Carnegie. Casou-se pela segunda vez com um baú repleto de dinheiro. Sabe viver, veste-se bem. E não tem mácula alguma.

– Capitão Colder – falou Dill. – Gene Colder.

– Ele.

– Ele.

– Bom, esse eu não conheço tão bem. Eles o trouxeram há uns dois anos do leste... Kansas City ou Omaha, acho, um desses lugares. Eles o estão treinando, pelo que eu soube.

– Para o cargo de Strucker?

– Se Strucker o deixar, e há rumores de que ele está correndo atrás de alguma coisa, Colder pode ocupá-lo, mas dificilmente ele irá esquentar lugar. Colder vai subir ao topo quando o velho Rinkler finalmente se aposentar.

– Rinkler ainda é chefe de polícia? – havia mais do que um toque de incredulidade no tom de Dill.

– Ainda.

– Caramba, já faz trinta anos. Pelo menos trinta.

– Quase – disse Levides. – Eles o puseram no cargo quando tinha 35 e ele tem pelo menos 64 agora. Seja como for, ele vai embora quando tiver 65. Essa é a norma.

Dill bebeu um pouco de sua cerveja e perguntou:

– Quem o *Trib* coloca na cola da polícia agora?

– Quem mais? – disse Levides. – Freddie Laffter.

– Meu Deus, nada muda por aqui?

O Grego pareceu dedicar alguns de seus pensamentos a isso e depois deu de ombros.

– Não muita coisa.

– Laffter ainda vem aqui todas as noites?

– Às oito em ponto, logo depois de fechar a edição.

– Ele saberia a respeito de Colder, não?

– Se alguém sabe, é ele. – O Grego desviou o olhar antes de fazer sua próxima pergunta. Dill lembrava disso como uma atitude afetada destinada a fazer as perguntas de Levides parecerem casuais e mesmo indiferentes. – Por que você está tão interessado em Colder? – perguntou ele com uma voz entediada.

– Porque ele afirma que ia casar com minha irmã.

O Grego olhou novamente para Dill e sorriu.

– É – disse ele – essa é uma razão bem boa. Quer outra cerveja?

– Por que não? – falou Dill.

Dill ainda poupava a sua segunda cerveja quando o velho entrou, pelo menos 70 anos já, pensou Dill, talvez até mais. Ele estava caminhando com um andar arrastado enganosamente rápido que o fazia apressar-se em direção aos fundos do salão de jantar. Seus olhos estavam fixos diretamente à sua frente por trás de bifocais com aros de metal. Em sua cabeça havia um chapéu, um panamá encardido com uma aba ondulada, possivelmente um dos quatro panamás verdadeiros na cidade, ou mesmo no estado, e usava-o com a aba totalmente virada para baixo.

O paletó de verão listrado do velho parecia feito de tecido para colchão. Ele vestia uma camisa de ponjê branca que já estava amarelada pelo tempo e cujo colarinho era pelo menos dois números grande demais. Sua gravata velha e cinzenta parecia engordurada. Um bloco de repórter despontava para fora do bolso esquerdo de seu paletó. A edição da manhã seguinte do *Tribune* estava enfiada no bolso direito. Nos pés do velho havia um par de mocassins Gucci novos. Dill presumiu que fossem falsificados.

– Ei, Chuckles – chamou o Grego.

Fred Y. Laffter interrompeu sua trajetória precipitada em direção ao fundo, virou-se e olhou Levides com desprezo.

– Que porra você quer?

– Alguém aqui quer conversar com você.

– Quem?

O Grego apontou com a cabeça para Dill.

– Ele.

Laffter virou a cabeça. Era uma cabeça oval, com a parte mais larga afortunadamente voltada para cima, e de coloração rosa pálido, exceto pelo nariz, que era um botão quase carmesim. As sobrancelhas eram brancas e quase invisíveis sobre olhos que haviam se desbotado do azul para algo quase incolor. A boca era um delgado traço mesquinho e surpreendentemente afetado. Uma fina teia de velhice havia se delineado em toda a face, mas os olhos muito pálidos ainda eram atentos, curiosos, e agora examinavam Dill com interesse.

– Dill – falou Laffter. – Ben Dill.

– Certo.

– Esteve na UP.

– UPI.

– Que se foda, eu ainda a chamo de UP. Sobre o que você quer falar, sua irmã?

– Se você tiver alguns minutos.

– Eu ainda não comi.

– Nem eu. Talvez possamos jantar juntos. Por minha conta.

– Eu ia comer um bife.

– Chuckles – disse o Grego. – Você não pede um bife aqui há cinco anos.

Laffter ignorou Levides.

– Eu ia comer um bife – disse ele novamente. – Um bife grande e grosso com aspargos frescos e talvez um coquetel de camarões para começar.

– Ótimo – falou Dill. – Eu vou pedir o mesmo.

Laffter voltou-se para Levides.

– Ouviu isso, seu pederasta ignorante? Diga para Harry, o Garçom que o cavalheiro e eu vamos pedir dois grandes bifes, *porterhouse*,* eu acho. No ponto. Coquetéis de camarão para começar. Aspargos. Mas primeiro dois vodca-martínis, para abrir o apetite. Duplos, eu diria. E também uma garrafa de vinho – algo encorpado, para variar. Um borgonha, talvez. Depois conhaque, é claro, e talvez até mesmo um charuto, embora eu pretenda decidir sobre isso mais tarde.

– Coma essa merda toda e você vai acabar voltando direto para a UTI – falou Levides.

Laffter já havia se virado para Dill.

– Ele perdeu sua verdadeira vocação, sabe – disse o velho com um pequeno aceno de cabeça para trás em direção ao Grego. – Ele devia ter sido um cafetão em Pireus, vendendo traseiros de garotinhos gregos para marinheiros desembarcados de navios turcos.

Com uma voz aborrecida, Levides disse alguma coisa grosseira sobre a mãe do velho e se afastou para o outro lado do balcão para ver se os dois advogados queriam reabastecer.

---

* Filé de lombo e costela. (*N. do T.*)

Capítulo 6

Eles sentaram-se em uma mesa de canto no salão de jantar. Depois que os vodca-martínis duplos chegaram, Laffter tirou a edição do *Tribune* dobrada de seu bolso e passou-a para Dill.

– Página três – disse ele.

Dill abriu na página três e a manchete de uma coluna em corpo 36 e alinhamento à esquerda no lado superior direito dizia:

CARRO-BOMBA
MATA DETETIVE
DA CIDADE

Dill leu rapidamente o artigo assinado e achou que continha pouca coisa que ele já não soubesse. Dobrou novamente o jornal e devolveu-o a Laffter.

– Ela estava com 28, não 27 – falou Dill.

– Eles me disseram que era 27.

– Hoje é aniversário dela. Ela fez 28 hoje.

– Oh.

– Fale-me sobre o capitão Colder.

– Seu quase cunhado.

– Você sabe sobre isso então.

O velho deu de ombros.

– Eles não estavam exatamente tentando esconder o fato.

– Eles haviam marcado a data do casamento?

Laffter olhou para Dill com interesse, mas este logo desapareceu.

– Ele ainda não era divorciado e por isso eles vinham se encontrando apenas socialmente, como se costumava fazer nos belos dias passados além da memória. Mas eu não acho que eles tenham montado casa juntos. Pelo menos não que alguém tenha percebido. – O interesse brilhou mais uma vez nos olhos pálidos do velho, mas novamente se extinguiu. – Ela não contou a você sobre Colder, contou?

– Não.

– Bem, ela deve ter tido suas razões.

– Como quais?

– Como diabos eu posso saber? Pergunte a Colder.

– Ele disse que pensou que ela tivesse me contado. – Não era exatamente o que Colder havia falado, mas Dill estava interessado na reação do velho.

– Ele a chamou de mentirosa, é?

– De certo modo.

– Isso não foi muito gentil, mas quem liga para gentileza hoje em dia?

Laffter acabou seu martíni de um gole e olhou em volta à procura de Harry, o Garçom. Dill pegou seu próprio martíni intocado e pousou-o na frente do velho.

– Tome – disse ele. – Eu não o toquei.

– Meu Deus, se há uma coisa que eu não suporto é um bebedor controlado.

Laffter levantou seu novo drinque em um brinde debochado.

– Ao nosso mito mais duradouro: o jornalista beberrão. – Ele tomou um gole da bebida, pousou-a novamente, apanhou um maço de Pall Mall sem filtro, ofereceu a Dill, que recusou, e acendeu um com um Zippo novo.

– Adivinhe há quanto tempo eu estou nesta atividade – disse o velho.

– Cem anos?

– Cinqüenta a completar no dia 3 de setembro. Meu Deus, meio século. Eu tinha 22, estava sem trabalho e fora da universidade havia mais de um ano quando o velho Hartshorne me contratou a 17,50 por semana, e a semana era de 48 horas naquele tempo. Um dia de folga. Eu tinha a terça-feira. Que babaca quer a terça-feira de folga? Ele ainda está lá, sabe?

– Quem?

– Hartshorne.

Dill sacudiu sua cabeça.

– Não pode ser.

O velho sorriu. Dill notou que ele tinha alguns dentes novos muito brilhantes.

– Caminha para o trabalho toda manhã, aos 97 anos de idade. Ele vacila pela Grant até a Fifth e depois segue para o sul pela Our Jack, o Cadillac à espreita logo atrás com o velho Pete, aquele seu chofer de cor que deve ter ele próprio pelo menos 80, ao volante. Noventa e sete anos e o Hartshorne chega ao trabalho toda manhã às oito. É por isso que eu ainda estou lá. Ele pensa em mim como o jovem Laffter.

– E quanto a Jimmy Júnior?

– Uma coisa dos diabos, não é, ter 77 anos de idade e todos ainda o chamarem de Jimmy Júnior? Ele é editor e diretor-executivo e o velho ainda é o presidente e o editor-chefe e detém 62% das ações, portanto você pode imaginar quem é que dá as cartas.

Harry, o Garçom se aproximou e serviu os dois coquetéis de camarão. Harry, o Garçom, cujo nome verdadeiro era Harold Pond, era negro, gordo e tinha 40 anos, e havia começado no Press Club como um lavador de pratos magrela aos 16. Havia se convertido no que poderia muito bem ser o mais refinado garçom da cidade. O Cherry Hills Golf & Country Club tentara contratá-lo pelo menos 12 vezes, mas Harry, o Garçom sempre recusava e permanecia no Press Club, onde fingia desprezar o pessoal da imprensa. Ou fingia fingir. Ele ultrajava seus produtos, zombava de sua inteligência e troçava de sua pretensão. Os membros estimavam-no como a um tesouro e repetiam seus insultos com orgulho.

Depois de acomodar o coquetel de camarão na frente de Laffter, Harry o Garçom começou uma de suas arengas:

– Coma esse camarão, velho, e você vai levantar da cama duas ou três vezes em busca do Gelusil, como sempre. Você não consegue ver, por tudo que é mais sagrado, que qualquer pessoa velha como você e com o bom senso que Deus deu a um ganso, que coma e beba coisas proibidas pelo médico está se matando? Um dia destes eu vou servir a você um *chili-mac* como o que você sempre come, em vez deste ótimo *porterhouse* que você proporcionou a si mesmo esta noite, e você vai mergulhar sua colher nele e empurrá-lo para dentro dessa boca grande e feia que você tem e engoli-lo, e então seus olhos vão ficar inchados assim, e você vai ficar com o rosto todo vermelho, ainda mais vermelho do que a bebida o deixou, e depois você vai cair morto e adivinha quem vai ter que esfregar toda a sujeira? Eu. Serei eu. O Grego disse que você queria um borgonha. Você não entende nada de vinhos franceses. Eu vou lhe servir um velho *pinot noir* excelente de Napa que deve cair muito bem. – Harry o Garçom voltou-se para Dill. – Como está você, Ben? Lamento sobre sua irmã. Coisa terrível. Ia dizer algumas palavras a respeito disso antes, mas não tive chance.

– Obrigado, Harry – falou Dill.

– Caia fora – disse Laffter. – Volte para a cozinha e cuspa na sopa ou seja lá o que for que você faça.

– Cuspir na sopa? – disse Harry o Garçom. – Bom-Deus-Todo-Poderoso, eu nunca pensei nisso! Deixe-me contar para os outros crioulos.

Depois que ele partiu, Laffter perguntou:

– Como é que você consegue que ele o trate como a um homem branco?

– Harry e eu nos conhecemos há muito tempo.

– Quanto tempo?

– Quinze, dezesseis anos. Nós dois estávamos quebrados na época e emprestávamos dinheiro um ao outro. Às vezes ele me dava uma carona para casa.

– Por quê?

– Por que ele me dava carona para casa?

Laffter fez que sim com a cabeça, interessado.

– Porque eu não tinha carro – falou Dill.

– Ah. – Laffter arpoou um dos grandes camarões do Golfo, mergulhou-o no molho de ketchup picante e rábano, mordeu uma metade e mastigou-a completamente. – Sua irmã subiu bem rápido no Departamento de Polícia – disse ele por cima do que restava do camarão.

– Eles me disseram que ela era boa.

Laffter deu de ombros.

– Ela trabalhava bem. Como foi que ela se tornou policial, a propósito?

– Era isso ou lecionar francês para garotos do ensino médio que não tinham muita vontade de aprender francês. E também a pensão. Ela gostava da idéia de se aposentar aos 42 ou 43.

– Ela gostava da Homicídios?

– Dizia que era melhor que a Estelionatos.

O velho lambeu um pouco de molho de seus dedos.

– Eu escrevi um pequeno artigo sobre ela cerca de um ano atrás, talvez um pouco mais, mas eles nunca o publicaram.

– Por quê?

– Eu não sei. Era uma peça bastante boa. A nova garota prodígio da homicídios e toda aquela merda legal. Pelo menos eu consegui evitar chamá-la de nova Sherlock Holmes, mas foi uma batalha. Ela havia acabado de fazer algumas capturas, uma delas bem espetacular, e eu achei que ela valia um artigo, mas eles cortaram.

– Quem?

– Eu não pergunto mais. Não pergunto porque não me importo. Acho que deixei de me importar por volta de 1945. Depois que eles me embarcaram do *Stars and Stripes* de volta para Nova York.

Depois de vários momentos, Dill suspirou e finalmente perguntou:

– O que aconteceu em Nova York?

Laffter fez uma pausa em sua refeição para fixar o olhar em algo acima do ombro esquerdo de Dill.

– Já ouviu falar do *PM*?

– Era um tablóide de Nova York que se inclinou um pouco para a esquerda antes de fechar.

Laffter balançou a cabeça e dirigiu seu olhar de volta para os camarões. Apanhou um deles com os dedos e mordeu-o em dois pedaços.

– Bem, na França eu esbarrei com Ralph Ingersoll, que praticamente fundou a coisa, o *PM*, e ele tinha visto alguns dos meus trabalhos para o *Stars and Stripes*, por isso fez alguns arranjos para que eu encontrasse esse cara do *PM* quando chegasse em Nova York. Foi a minha primeira vez lá. – Ele fez uma pausa. – Foi a última, também.

O velho esperou que Dill dissesse alguma coisa. Depois que quase um minuto se passou, Dill falou:

– E?

– Ah, o cara me ofereceu o emprego pagando cerca de três vezes o que eu estaria ganhando aqui. Falou até numa coluna, mas isso foi apenas uma conversa de "talvez"... sobre a coluna, quero dizer. Bem, eu voltei para o meu hotel e pensei a respeito. Era minha chance de ter a vida feita. Era assim que nós dizíamos naquela época. Ter a vida feita. Eu não achava que o *PM* fosse chegar a algum lugar, mas podia tê-lo usado como trampolim para o *News* ou mesmo o *Times*. Eu escrevia bastante bem naquela época. Bem, eu nunca voltei a telefonar para o cara. Em vez disso, tentei pegar o primeiro avião saindo de lá, mas estava lotado, por isso tomei o trem. O carro-salão na viagem toda até aqui.

O velho fez uma pausa e esperou que Dill falasse algo. Ele quer que eu lhe pergunte por quê, pensou Dill.

– Chuckles – disse ele.

– O quê?

– Eu não acreditei de fato nessa história da primeira vez que a ouvi 15 anos atrás, quando eu tinha 23 e você corria atrás de qualquer um para contá-la a não ser a mim. Mas naquela época você estava envolvido com uma atriz loira de Nova York que implorou que você ficasse, e como você não ficou, ela se matou ou foi para Hollywood. Não lembro qual das duas opções.

O velho encarou Dill friamente.

– Eu jamais contei essa história para ninguém mais em toda minha vida.

– Jamais contou o quê para quem? – falou Harry, o Garçom, materializando-se na mesa com duas grandes baixelas de peltre com os bifes em seu braço esquerdo. Ele deslocou habilmente as vasilhas de coquetel de camarão, colocou-as em outra mesa e serviu os dois grandes bifes com um pequeno floreio. Laffter olhava para o seu com uma expressão faminta.

– *PM*, Ingersoll e sua última chance em Nova York – falou Dill e apanhou seu garfo e faca.

– Putz, eu mesmo devo ter ouvido essa umas duas dúzias de vezes. Ele pôs a atriz loira no meio?

– Ele a deixou fora.

– Ele vem fazendo isso ultimamente, mas duas, talvez três semanas atrás, ele pegou aquela senhora nova da *Associated Press* e a fez se debulhar em lágrimas e pagar bebidas para ele por metade da noite com sua história da atriz loira e tudo o mais.

Laffter deu uma olhada para Harry, o Garçom.

– Você se esqueceu do vinho.

– Eu não me esqueço de nada – disse Harry, o Garçom, levando as mãos para trás de suas costas e apresentando uma garrafa como por mágica, para então tirar a rolha e servir uma pequena amostra na taça de Dill. Este provou-a e sorriu.

– Bom, hein? – disse Harry, o Garçom, enchendo as duas taças.

– Muito.

Harry, o Garçom inspecionou a mesa cuidadosamente, balançou a cabeça de satisfação e se afastou. Laffter cortou seu bife, levou um pedaço até a boca com o garfo e disse:

– Eu já paguei uma porção de jantares e bebidas com aquela história. – Fez uma pausa para mastigar e depois engolir. – Mas nunca voltei para Nova York. Talvez devesse ter voltado. O que você acha?

Dill ficou surpreso com o pedido de conselho.

– Eu não sei – disse ele. – Talvez você devesse.

Laffter balançou a cabeça e voltou a trabalhar em seu bife, sua salada, seus aspargos e sua batata ao forno, que ele lambuzou com seis passadas de manteiga. Não voltou a falar até ter acabado. Erguendo a garrafa de vinho quase vazia, ele olhou interrogativamente para Dill, que sacudiu sua cabeça. Laffter serviu o final do vinho em sua própria taça e o bebeu. Arrotou discretamente, acendeu um cigarro e acomodou-se em uma nova posição que o fazia inclinar-se ligeiramente para a frente, com ambos os braços sobre a mesa. Era uma posição que convidava a confidências, segredos até. Dill se perguntou quantos milhares de vezes o velho se havia sentado exatamente assim.

– Certo – disse Laffter –, o que você realmente quer saber?

Dill encarou-o pensativamente por um momento e depois voltou a escavar o último bocado de filé do osso. Dill sempre comia o filé por último. Por algum motivo, desconfiava dos que não o faziam. Sua ex-mulher, lembrou ele, comia-o primeiro.

– Minha irmã – disse ele. – Quem você acha que a matou?

– O quem genérico, você quer dizer?

– Certo.

– Alguém com dinheiro.

– Por quê?

Laffter soprou um pouco da fumaça do Pall Mall no ar.

– Aquela bomba. Foi feita por um profissional. O explosivo plástico C4. O detonador de mercúrio. Muito refinado. Isso provavelmente significa um talento vindo de fora e isso custa dinheiro. *Ergo*, alguém rico.

– Certo – falou Dill. – Esse é o quem. E quanto ao por quê?

– Um palpite?

– Claro.

– Ela descobriu algo que poderia impedir quem quer que tenha contratado a pessoa que plantou a bomba de ficar ainda mais rico.

– O quê?

– Quer dizer, o que ela descobriu?

Dill balançou a cabeça.

– Bem, ela estava na homicídios, portanto talvez tenha descoberto quem matou John – nosso John genérico, é claro. – Ele fez uma pausa. – Eu soube a respeito do dúplex, do dinheiro e tudo o mais. Não fiz uso disso. Não ainda, seja como for. Mas posso ter de fazê-lo.

– Você acha que ela estava num esquema? – disse Dill, cavoucando a derradeira isca de filé do osso.

– Eu não sei – falou Laffter.

– Nem eu... e ela era minha irmã. – Dill pôs o último pedacinho de carne na boca, mastigou-o, engoliu-o e depois arrumou sua faca e garfo sobre o prato.

– Você sempre come o filé por último? – perguntou Laffter.

– Sempre.

– Ah – disse o velho. – Eu sempre como o meu primeiro.

Capítulo 7

O mostrador do relógio e termômetro computadorizado do First National Bank marcava 23h12 e 30 graus quando Dill entrou no *lobby* do Hawkins Hotel depois de estacionar seu Ford alugado na garagem subterrânea. A mulher idosa que para Dill parecia uma hóspede permanente ainda estava sentada ali, lendo um livro. Dill tentou descobrir o título enquanto passava. Era algo que ele sempre fazia. Ela o surpreendeu fazendo isso, abaixou o livro rapidamente, e sustentou o olhar. Dill sorriu para ela. O título na lombada do livro era *The Oxford Book of English Verse.*

Um novo atendente estava atrás do balcão da recepção. Dill se deteve o tempo suficiente para ver se havia alguma coisa em seu escaninho. Não havia, por isso ele deu um sorriso tranqüilizador para o atendente e afastou-se para a fileira de quatro elevadores. Apertou o botão, ergueu os olhos para o indicador de andares e viu que o mais próximo elevador em descida estava no quinto. Algo bateu em seu ombro e uma voz masculina falou:

– Sr. Dill?

A voz era de um baixo muito profundo com um R interiorano suavizado no senhor. Quando Dill se virou, viu como a voz combinava belamente com seu proprietário, que parecia necessitar do baixo para dar conta do seu tamanho, que era tão alto e largo quanto uma porta de garagem. Também era extremamente feio. Meu

Deus, pensou Dill, ele é ainda mais feio do que eu. Mas então o homem imenso deu um sorriso e não parecia mais feio. Isso tampouco era verdade, concluiu Dill. Ele ainda era feio, mas aquele sorriso era tão glorioso que ofuscava.

– Aposto que você sorri muito – falou Dill.

O grandalhão concordou com a cabeça, ainda sorrindo.

– O tempo todo. Se não fizer isso, os homens crescidos empalidecem e as criancinhas fogem. – Ele parou de sorrir e voltou a ser feio e brutal ou extremamente duro. – Clay Corcoran – disse o grandalhão, e olhou com um ar esperançoso para o rosto de Dill.

Este sacudiu sua cabeça.

– Não parece familiar.

– Tinha esperança que fosse. Então eu não teria de explicar o quanto sou ridículo.

– Ridículo?

– Amantes rejeitados são sempre ridículos. Esse sou eu. Clay Corcoran, o amante rejeitado. Talvez até mesmo um corno, que é ainda mais ridículo, embora eu não tenha certeza de que se possa ser um corno sem ser casado.

– Nós podemos verificar isso – falou Dill.

– Agora você já deve ter deduzido que eu estou falando de sua irmã.

Dill balançou a cabeça.

– Estou mais do que triste a respeito de Felicity – disse Corcoran. – Eu estou despedaçado. – E como para provar isso, uma lágrima saída do canto do olho esquerdo rolou pela face bronzeada. Ambos os olhos eram verdes, embora o esquerdo tivesse algumas pintas amarelas. Eram olhos pequenos, dispostos muito para trás em seu crânio e muito distantes de um nariz que parecia ter sido desastradamente remodelado. A própria cabeça era um bloco achatado encimado por um novelo ralo de cabelos loiros que estavam quase brancos. O cabelo era tão fino que flutuava ao mais leve movimento de seu grande corpo. Até sua voz grave fazia-o flutuar um pouco. Sob o cabelo havia uma escassa polegada ou mais de testa que havia se enrugado em um franzido permanente. E muito abaixo dela estava o queixo lembrando um arado partido. O efeito do conjunto poderia provocar o bravo e assustar o tímido, até que aquele branco sorriso ofuscante viesse banhar tudo com seu brilho cálido e apaziguador.

Corcoran levou a mão até a lágrima solitária e distraidamente esfregou seus dedos na camisa de juta branca de manga curta que cobria seu peito e seus ombros maciços.

– Bem, eu apenas pensei em vir apresentar meus pêsames – disse ele.

– Obrigado – falou Dill.

O grande homem hesitou.

– Acho que é melhor eu deixar você ir dormir um pouco.

– Gostaria de conversar sobre ela?

Quando o sorriso voltou, Dill pensou que havia descoberto a palavra certa para ele: angelical. A enorme cabeça balançou ansiosamente e girou sobre o largo pescoço enquanto os olhos procuravam algo.

– O Slush Pit ainda está aberto – disse Corcoran.

– Ótimo.

Começaram a se dirigir ao bar e Corcoran falou:

– É muito honrado de sua parte, Sr. Dill.

– Qual a sua idade? – Dill perguntou.

– Trinta.

– De trinta para cima pode me chamar de Ben.

– Felicity era o quê... dez anos mais jovem que você? Vinte e sete?

– Vinte e oito – falou Dill. – Hoje era aniversário dela.

– Oh, Deus – disse Corcoran e parou de sorrir.

Eles escolheram a mesma mesa em que Dill havia sentado mais cedo naquele dia com a advogada, Anna Maude Singe. Ele pediu um conhaque para a garçonete do bar. Corcoran solicitou um *bourbon* e água. Quando ela lhe perguntou que marca de *bourbon*, ele disse que não importava. Dill gostou da indiferença do grandalhão.

Depois que as bebidas vieram e Dill tomou seu primeiro gole, ele disse:

– Onde você conheceu Felicity?

– Na universidade. Eu era veterano e ela caloura e eu estava tendo um pequeno problema com meu francês no nível intermediário porque havia ido para o banco de reserva no ano anterior e...

– Banco de reserva?

– Fã de esportes você não é.

– Não.

– Eu larguei a escola por um ano porque meu joelho foi contundido, e interrompendo os estudos eu mantive minha vaga.

– Para quê?

– Jogar futebol americano.

– Quando o joelho melhorasse. Entendo.

– Bem, havia um intervalo de um ano entre o francês básico e o intermediário, de que eu precisava para me formar, por isso eu pedi ao chefe do departamento de francês que indicasse um tutor. Ele sugeriu Felicity. Nós saímos algumas vezes, mas não houve um grande romance ou coisa parecida, e depois que eu me formei os Raiders me escolheram e eu fui embora para lá.

– Lá em Oakland, certo?

– Oakland na época. Hoje é em Los Angeles.

– Eles se mudaram?

Corcoran fechou a cara. Sem que pudesse evitar, Dill tentou recuar. Corcoran notou e sorriu.

– Não se impressione comigo, é apenas minha expressão profissional de raiva intimidadora. Há alguma coisa no futebol que o desagrada?

– Nada. Simplesmente eu não acompanho de perto os esportes de equipe, provavelmente porque nunca joguei nenhum.

– Nunca? – Corcoran pareceu quase chocado. – Nem mesmo beisebol... Liga Júnior?

– Nem isso. É necessário alguma complacência, mas você pode mesmo passar pela vida sem jogar em um time.

– Você está caçoando de mim, não está?

– Um pouco.

Corcoran sorriu.

– Tudo bem. Poucas pessoas fazem isso. Eu até gosto.

– Você estava jogando pelo Oakland.

– Certo. Mas dessa vez o joelho estourou em vez de apenas se contundir e esse foi o final da minha carreira como um zagueiro promissor. Bem, eu consegui meu diploma de filosofia, um Pontiac GTO novinho, dois ternos e nenhum emprego – a não ser que quisesse ser um filósofo, no que eu realmente não era muito bom. Por isso voltei para casa e me alistei com os tiras e lá estava Felicity. E então nós começamos realmente e foi muito, muito bom. Na verdade, foi quase perfeito.

– O que aconteceu?

Corcoran suspirou.

– O capitão pode-me-chamar-de-Gene Colder foi o que aconteceu. Felicity e eu estávamos, bem, você sabe, saindo juntos...

– Encontrando um ao outro socialmente – falou Dill, lembrando a frase do velho repórter policial.

– É um modo de descrever, mas foi diabolicamente mais do que isso. Nós chegamos até a falar em casamento... ou algo próximo disso, seja como for. – Ele olhou Dill com curiosidade. – Ela nunca falou nada mesmo sobre mim?

– Não. Nem uma vez. Pelo que sei, ela vivia como uma freira. Eu nunca perguntei por que não era da minha conta. Ela nunca me perguntou sobre minhas amigas pela mesma razão, suponho. Tirando isso, nós éramos bastante próximos. Pelo menos, acho que éramos.

– Ela falava muito de você – disse Corcoran.

Dill concordou com a cabeça.

– Então, o que aconteceu entre vocês?

– Esse é o ponto. Não aconteceu nada. Um dia tudo estava ótimo e no dia seguinte havia acabado. Ela disse que precisava conversar comigo, mas nossos turnos foram conflitantes naquela semana e ela não saía antes das 11. Por isso nós nos encontramos em um lugar onde costumávamos ir muito, um bar, e ela disse sinto muito, mas conheci outra pessoa e não poderei mais ver você. Bem, eu simplesmente fiquei sentado durante um ou dois minutos tentando me acostumar com o choque e a dor – e não se deixe enganar, é dor verdadeira – e finalmente soube que tinha de dizer alguma coisa, por isso perguntei quem era. Ela disse que isso não era importante e eu respondi que era importante para mim. Ela apenas balançou a cabeça como se realmente lamentasse tudo. Bem, eu fiquei sentado lá como um idiota e não consegui pensar em mais nada para dizer. Ela se levantou, inclinou-se e me beijou na testa – na testa, meu Deus! – e disse: Obrigada, Clay. Depois ela partiu e foi assim que acabou.

– Quando tudo isso aconteceu? – Dill perguntou.

– Aos seis minutos para a meia-noite do dia 12 de fevereiro, um ano e meio atrás. Dezoito meses. Era uma sexta-feira.

– Ela estava na homicídios na época.

– Estava lá havia dois ou três meses. Transferida da estelionatos.

– Você deu baixa?

Corcoran fez que sim com a cabeça.

– Eu fiquei bêbado e tentei vê-la uma vez e dei um vexame. Depois telefonei para ela três vezes. Da primeira vez ela disse: "Sinto muito, Clay, eu não posso falar com você", e desligou. Na segunda vez eu liguei para ela e disse: "Olá, sou eu", e ela disse: "Não me telefone mais", e desligou. Na terceira vez que eu telefonei e disse que era eu, ela não respondeu nada. Simplesmente desligou. Eu parei de ligar.

– Não o culpo. Você estava na estelionatos com ela?

– Nós nunca trabalhamos juntos ou algo parecido. Ela fazia muitas ações sob disfarce quando estava na estelionatos. Eu estava nas relações públicas e quase tudo o que eu fazia era sair e conversar com garotos de escola – garotinhos mesmo – sobre o quanto o pessoal da polícia é maravilhoso. Eu tornava esta divertida conversa mais estimulante com *slides*. A relações públicas se perguntava se os garotos se acostumariam comigo, eles nunca sentiam nenhuma ansiedade com tiras de aspecto normal. De certa forma eu gostava disso. Mas então comecei a ver Felicity com o capitão Colder e não pude agüentar, por isso eu me demiti.

– O que você faz agora?

– Eu sou um intimidador. – Corcoran fechou a cara e mais uma vez Dill sentiu vontade de se encolher. O grandalhão deu uma pequena risada. – O que eu faço agora é quase tão ridículo quanto ser corno. Sou detetive particular e você vai me perguntar como é possível alguém do meu tamanho ficar disfarçado.

– Eu estava mesmo subindo para o meu quarto para pensar a respeito.

– É, bem, eu faço muito serviço de guarda-costas, na maioria das vezes para companhias de petróleo, que estão em lugares onde os políticos são um tanto suspeitos: Angola, Indonésia, lugares como estes.

– Você vai até lá?

– Não, eles recorrem a mim quando aquele pessoal vem para cá, e meu emprego é garantir que nenhum nativo doido se aproxime. Eles me dão um fixo mensal – as companhias de petróleo – e isso paga as despesas gerais, que não são tão altas, a não ser conta telefônica. Como intimidador, eu trabalho bastante pelo telefone.

– Quem você intimida?

– Caloteiros. Imagine um cara que perde seu emprego em Packingtown e atrasa as prestações do seu carro. Bem, ele é um caloteiro, certo? Agora, alguns caras diriam que ele é vítima de um sistema econômico ultrapassado que descarta pessoas do mesmo modo como se descartam carros velhos, mas você e eu não caímos nessa, certo? Você e eu sabemos que qualquer um neste nosso grande e glorioso país pode encontrar trabalho se vestir uma camisa branca limpa e sair para procurar. Eu estou dizendo que um cara com 54 anos que embalou *bacon* durante 17 anos para a Wilson's em Packingtown e acabou demitido, bem, que diabos, ele pode embalar *bacon* em qualquer outro lugar. Eu o contrataria se precisasse embalar algum *bacon*, você não? Claro que sim.

"Então esse cara, esse experiente ex-embalador de *bacon*, atrasa as prestações do seu carro e a financiadora o passa para mim. E se o telefone de sua casa não tiver sido cortado, eu ligo para ele e digo na minha voz realmente profunda e ameaçadora: 'Meu nome é Corcoran, companheiro, e você está devendo dinheiro para nós e se não nos pagar, alguma coisa vai ter de ser feita... entendeu?' Eu sou realmente muito bom assustando os outros. Bem, às vezes o cara paga... eu não sei como, mas isso não é da minha conta. Se ele não pagar, eu encontro um rapaz que costumava roubar carros para viver e nós vamos até lá e retomamos o carro, de modo que o cara pode tomar o ônibus quando sair para procurar um emprego como embalador de *bacon*. – Corcoran fez uma pausa. – Como eu disse, sou um pouco ridículo. – Houve outra pausa, mais longa. – Acho que vou pedir outra bebida.

Corcoran teve apenas que dar uma olhada por cima de seu ombro para fazer a garçonete vir apressada até eles. Depois que ela se afastou com o pedido, ele disse:

– Há dias em que eu só tenho vontade de sair para quebrar alguma coisa, entende o que eu quero dizer?

Dill assentiu.

– Acho que sim. – Ele tomou um gole do seu conhaque. – O serviço fúnebre será às dez de sábado, na Igreja Batista de Trinity.

– Por que lá? Felicity era atéia que não estava nem aí para essas besteiras.

– Da última vez que eu soube – falou Dill – ela era uma espécie de agnóstica bem-intencionada.

– Isso foi antes de ela ir para a homicídios. Depois de umas duas ou três noites de sábado na South Broadway ela teve sua crise repentina de fé e foi até o fim. Nós ainda estávamos juntos na época. Eu me lembro que ela telefonou para mim numa manhã de domingo por volta das seis. Eu disse alô e ela falou "Deus não existe" e desligou. Eu descobri mais tarde que algum cara havia acabado de massacrar a própria família com uma machadinha de escoteiro. Havia seis pessoas, sem contar com a esposa. Seis crianças, quero dizer. O mais velho tinha oito anos. Felicity foi a primeira a entrar na casa.

– Eles vão mandar uma limusine para mim – falou Dill. – Você gostaria de uma carona?

O grande homem pensou a respeito por pelo menos 15 segundos e depois balançou lentamente sua cabeça em recusa.

– Eu não tenho nenhuma intenção de manifestar desrespeito... diabo, essa não é a palavra. Indiferença é a palavra. Eu não estou indiferente, mas não quero ir ao funeral de Felicity. Enterros são horrivelmente definitivos e eu ainda não quero dizer adeus. Mas obrigado por me convidar.

– Há mais alguém que eu deva convidar... alguém próximo?

Corcoran pensou a respeito.

– Bem, você pode convidar Smokey.

– Quem é Smokey?

– Anna Maude Singe – *singe, burn, scorch*... Smokey*. A advogada de Felicity. Minha também. Elas eram próximas. Foi Smokey quem me contou que você estava aqui.

– Você conversou com ela hoje?

Corcoran confirmou com a cabeça.

– Ela lhe contou sobre a apólice de seguro de vida no valor de 250 mil dólares que Felicity assinou nomeando a mim como único beneficiário?

– Não. Quando?

– Quando ela assinou? – perguntou Dill. – Três semanas atrás.

– Smokey não me contou isso. – A expressão do grandalhão tornou-se pensativa enquanto ele fixava o olhar em sua bebida. Quando levantou a cabeça, Dill notou que os olhos verdes ligeiramente desiguais haviam mudado. Antes eles eram muito pequenos, muito fundos, e demasiadamente separados, mas espertos. Ainda havia muita coisa errada neles, mas agora eram mais do que espertos. Haviam se tornado inteligentes, talvez até mesmo brilhantes. Ele tenta disfarçá-los por trás de todo esse tamanho e feiúra, pensou Dill, mas ocasionalmente isso simplesmente transparece. – Não havia um motivo para que Smokey o fizesse, havia? – disse Corcoran. – Me contar, quero dizer.

---

* Na seqüência de Singe, "chamuscar", seguem-se: *burn* = queimar; *scorch* = tostar e *smokey* = fumacinha. (*N. do T.*)

– Acho que não.

– Mas isso significa que Felicity sabia, não?

– Sabia?

– Que alguém ia matá-la.

– Suspeitava.

– Certo. Suspeitava. Se soubesse com certeza, ela teria feito algo.

– O quê?

Corcoran sorriu, mas era um sorriso pequeno que apenas o fazia parecer triste.

– Ela era policial. Havia muitas coisas que ela poderia fazer e ela conhecia todas.

– A não ser que ela estivesse fazendo algo que um policial não deveria fazer.

Dessa vez a carranca não foi fingimento. Corcoran inclinou-se por cima da mesa, com os olhos verdes agora furiosos, a expressão bastante assustadora. Dill permaneceu muito imóvel, determinado a não se encolher.

– Você é irmão dela – falou Corcoran, quase sussurrando as palavras, o que de algum modo as tornava ainda mais terríveis. – Se você não fosse irmão dela e dissesse isso, eu teria de arrancar a sua maldita cabeça fora. Talvez seja melhor você explicar isso.

– Deixe-me contar uma história a você – falou Dill. – É sobre um dúplex de alvenaria, uma entrada paga em dinheiro com uma parcela final de 50 mil dólares que vence no dia primeiro.

Corcoran, com sua expressão ainda suspeitosa, voltou a se acomodar em sua cadeira.

– Está bem – disse ele. – Conte-me.

Dill levou dez minutos para contar o que sabia. Quando terminou, Corcoran permaneceu em silêncio. Por fim, suspirou e disse:

– Isso não soa muito bem, não é?

– Não.

– Talvez seja melhor eu dar uma olhada nisso. Sabe, eu sou um farejador bastante bom. É como uma pesquisa. Eu sempre gostei de pesquisar. Alguma objeção contra eu investigar isso?

– Eu realmente não me importo com o que ela fez – falou Dill. – Só quero descobrir quem a matou.

– E por quê.

– Exato – falou Dill. – E por quê.

Capítulo 8

Na sexta-feira, 5 de agosto, Dill acordou pouco depois das sete, levantou-se e foi para a janela. Nove andares abaixo ele podia apenas distinguir o mostrador do relógio e termômetro do First National. O horário era 7h06. A temperatura era de quase 30 graus. Enquanto ele olhava, a temperatura clicou para 32 graus. Dill estremeceu, virou as costas para a janela e foi até o telefone. Discou para o serviço de quarto e pediu o café-da-manhã, uma refeição que ele raramente comia. Pediu dois ovos pochês com torradas de pão integral, *bacon* e café.

– Que tipo de suco? – a voz feminina perguntou.

– Sem suco.

– Ele é servido com o café.

– Eu não quero, obrigado.

– Batata picadinha ou cereal em flocos?

– Nenhum deles.

– São grátis, também.

– Vou passar.

– Bem – disse relutantemente a mulher. – OK.

Enquanto esperava o café-da-manhã, Dill tomou um banho e se barbeou. Por não ter escolha além do terno azul do funeral, vestiu novamente o paletó cinzento de riscado e as calças cinza-escuro de tecido leve. Ele notou que a umidade do ar-condicionado durante a noite havia alisado a maior parte das rugas da calça. Depois de vestido, Dill foi até a porta, abriu-a, e apanhou o exemplar grátis do *Tribune* local, engordado gentilmente pelos anúncios dos classificados do fim de semana. Ele contou quatro cadernos e 106 páginas.

O *Tribune* sempre (e sempre para Dill era o mais longe que ele podia lembrar, o que era 1949 ou 1950) devotara três quartos de sua primeira página às notícias locais e estaduais. Assuntos nacionais e notícias internacionais disputavam o resto. Assassinatos, crimes passionais, agressões relevantes e outros itens picantes não considerados adequados para a leitura no café-da-manhã eram relegados à página 3. Dill abriu nessa página e viu que o assassinato da irmã ainda ocupava sua posição de uma coluna no lado superior direito.

Dill folheou o restante do jornal, observou algumas notas de dois parágrafos de agências de notícias nas páginas 5 e 9, que teriam dado primeira página tanto no *The York Times* quanto no *The Washington Post*. Ele se deteve na página do editorial do *Tribune* para ver o que havia mudado e ficou perversamente gratificado ao descobrir que nada mudara. Todos eles ainda estavam lá: Buckley, Kilpatrick, Will, Evans e Novak – como uma velha firma de advocacia sempre discutindo seu caso deprimente diante do tribunal da história.

Enquanto virava as páginas, Dill notou que o *Tribune* não continha mais uma página com Coluna Social – pelo menos ela não se chamava mais assim. Agora era chamada Notícias Locais – mas isso ainda implicava seis páginas de festas, casamentos, noivados, receitas e colunas de conselhos. Dill concluiu que em sua totalidade o *Tribune* ainda era o mesmo jornalzinho podre e próspero que sempre havia sido.

Houve uma batida na porta e Dill deixou entrar o copeiro do serviço de quarto, que pôs a bandeja do café-da-manhã sobre a mesinha-de-cabeceira e sorriu quando Dill lhe deu uma gorjeta de 2 dólares, em vez do único dólar que ele geralmente recebia. Dill se delongou em seu café-da-manhã até as nove horas, bebendo café da grande garrafa térmica prateada até depois de a bebida ter ficado fria. Às nove ele se levantou, pegou sua pasta, tirou o arquivo de Jack Spivey que Betty Mae Marker lhe entregara, abriu-o, anotou um número de telefone, atravessou o quarto de volta para a mesa e discou o número. Foi atendido no início do terceiro toque por uma voz de mulher que lhe deu apenas os quatro últimos números do telefone. Dill sempre achara esse hábito irritante.

– Sr. Spivey, por favor.

– O Sr. Spivey não pode atender no momento, mas se você deixar seu nome e telefone, tenho certeza de que ele retornará a sua ligação. – Tinha uma voz jovem, Dill pensou, indiferente e profissional, e com um vago sotaque do Leste, de algum lugar nas imediações de Massachusetts.

– Você me faria um favor? – falou Dill.

– Vou tentar.

– Você poderia, por favor, dizer ao Sr. Spivey que aqui é o Sr. Dill e que a menos que venha até o telefone neste exato minuto ele vai ser o filho-da-puta mais arrependido que já viveu.

A mulher não respondeu nada. Soou do outro lado da linha como se ela tivesse apertado o botão de espera. E então a voz grande e alta veio rugir alegremente ao telefone.

– É você, Pickle, sério?

– Eu amassei a sua cara na quarta série por me chamar assim e espero ainda conseguir fazer isso.

Então veio o riso, um maravilhoso gargalhar tão contagiante que Dill achou que devia ser posto em quarentena. Era a risada totalmente desinibida de um homem que achava a vida uma passagem muito breve, feita de arcos-íris, céus azuis, potes de mel e mais um longo pescoço de vantagem na corrida pela felicidade. A gargalhada pertencia a John Jacob Spivey. De repente o riso parou.

– Eu não assisti ao noticiário na noite passada, Pick. Falaram alguma coisa?

– Eu não sei – disse Dill.

– Eu acabei de ler a respeito cinco minutos atrás no *Tribune* Fiquei chocado. Por Deus como fiquei. Eu sentei, li e depois pensei: Não, eles têm de estar falando de outra pessoa. Não de Felicity

Depois eu li novamente, bem devagar, e, bem, tive de acreditar. Eu estava justamente me preparando para telefonar para você em Washington quando você me ligou. Porra, sinto muito.

Dill disse obrigado. Era tudo o que havia a dizer. Aparentemente, ninguém jamais esperaria que ele dissesse qualquer outra coisa.

– Felicity – disse Spivey, prolongando o nome, pronunciando cada sílaba com cuidado e afeto. – Um pássaro. Ela era uma garotinha independente mesmo quando era muito pequena, logo depois que seus pais morreram. Um minuto ela tinha 10 ou 11 e depois, de modo completamente repentino, ela agia como se tivesse 18, bem, 16 de qualquer forma. – Spivey suspirou. – Onde você está, garoto?

– No Hawkins.

– Caramba, Pick, ninguém fica aí.

– Eu fico.

– Você ficaria. Quando entrou?

– Na noite passada – mentiu Dill. – Tarde.

– Quanto tempo leva para você cair fora daí?

– Bem, eu não sei, Jake. Eu...

Spivey interrompeu.

– Deixe-me adivinhar. Embora isso não seja adivinhação, pelo menos é melhor que não seja, não com todo o dinheiro que eu estou pagando para aqueles advogados burros que tenho em Washington. Você está aqui a serviço do Senador Garoto, certo? Porra se isso não é bem a sua cara, Pick, misturar trabalho e dor. Bem, nós podemos tratar disso mais tarde. Agora você precisa encontrar seus amigos, e você não tem nenhum amigo mais antigo do que eu, certo? Ninguém mais antigo e ninguém melhor, para dizer a verdade.

– Você é uma brasa, Jake.

– Pare de usar palavras antiquadas. Brasa! Tem certeza que sabe escrever isso direito? Eu não ouço ninguém dizer brasa há vinte anos. Talvez trinta. Talvez nunca. Mas até aí você é o único homem, branco ou negro, que eu já ouvi chamar alguém de cocota. Quando você costumava chamar Lila Lee Cady assim?... na terceira série? Você se lembra de Lila Lee.

– Eu me lembro dela.

– Ela ficou gorda como o porquinho dos restaurantes Pat's. Eu a vi descendo a rua na semana retrasada. Andando como um pato... – entende o que estou dizendo? Eu me esquivei para que ela não me visse. – Veio novamente a risada seguida de uma pergunta: – Quer que eu mande alguém buscá-lo?

– Eu aluguei um carro.

– Quanto tempo você leva para chegar aqui?

– Eu não sei nem onde você está morando, Jake. Só tenho o número do seu telefone e uma caixa postal.

– Meu Deus, nós perdemos contato. Bem, pelo menos não vou ter que dar instruções a você. Adivinhe o que eu fiz?

– Não faço idéia.

– Há cerca de seis meses fui lá e comprei a velha casa Dawson.

– Meu Deus.

– Uma coisa e tanto, não? O velho Jake Spivey morando na casa de Ace Dawson.

– A mansão Dawson – falou Dill.

– É, isso mesmo... é assim que eles sempre a chamavam no *Tribune*, não é? A Mansão Dawson com M maiúsculo. A porra do lugar tem cupins, acredita? Me custou uma fortuna para arrumá-la e torná-la habitável.

– Você pode pagar, Jake... e aproveitá-la. Não consigo imaginar alguém que a aproveitaria melhor.

Spivey riu novamente a sua risada maravilhosa. Dill deu um sorriso. Era impossível não fazê-lo. Ainda com uma risadinha, Spivey falou:

– Ela tem 36 quartos. Trinta e seis, meu Deus! Para que diabos eu preciso de 36 quartos?

– Você pode se esconder neles.

– Você está falando de quando vierem procurar por mim.

– Claro.

– Isso nunca vai acontecer.

– Esperemos que não – falou Dill.

– Quanto tempo você vai levar para chegar aqui?

– Cerca de uma hora. Vou ter que parar para comprar algo.

– O quê?

– Um gravador.

– Você não precisa disso – disse Spivey. – Pode usar um dos meus. Eu tenho uma dúzia de gravadores.

– Certo – falou Dill. – Eu vou usar um dos seus.

Capítulo 9

Em 1915, dois anos antes de os Estados Unidos entrarem na Primeira Guerra Mundial, um próspero dentista que atendia pelo nome de Dr. Mortimer Cherry comprou sete lotes de matagal dez quilômetros ao norte dos limites da cidade e prosseguiu projetando o que acabaria por se tornar o subúrbio mais exclusivo do estado. Ele o chamou de Cherry Hills.

Ali, decidiu o Dr. Cherry, não haveria ruas em linha reta – apenas estradas suavemente curvas, alamedas sinuosas e talvez dois ou três bulevares mais extensos. Além disso, os nomes de todas as ruas teriam uma pronunciada cadência britânica: Drury Lane, Sloane Way, Chelsea Drive e assim por diante. O lote mínimo – para os meramente abastados – teria 30 metros de largura e 45 de fundo. Os ricos poderiam construir em terrenos com o tamanho de 10, até 15 acres.

Em 1917, os lotes estavam delimitados, as ruas mapeadas e o nivelamento estava para começar quando o país entrou na guerra. O Dr. Cherry sabiamente decidiu adiar os desenvolvimentos ulteriores até depois que a guerra acabasse.

No início de fevereiro de 1919, o *Tribune* publicou matéria de primeira página revelando que o Dr. Cherry havia nascido no que se chamava a fé hebraica como Mordecai Cherowski, na Polônia ou na Ucrânia. O *Tribune* jamais precisou o local exato. Mas isso foi o suficiente para convencer quase todo mundo de que o Dr. Cherry não era realmente um dentista. Na verdade, o *Tribune* admitia, ele havia extraído vários dentes no Texas, mas isso aconteceu quando era um preso de confiança que trabalhava como auxiliar de saúde na Prisão Estadual de Huntsville, cumprindo dois anos por fraude. Libertado em 1909, o Dr. Cherry havia mudado de nome e se deslocado para a cidade onde estabeleceu consultório. Suas credenciais consistiam em um diploma de uma faculdade de odontologia de Wichita Falls, pendurado orgulhosamente em sua sala de espera. Sua clínica teve sucesso e quase todo mundo concordava que era um dentista terrivelmente bom. O *Tribune* revelou que o diploma era falsificado. A 1º de março de 1919, o Dr. Cherry dirigiu para casa vindo de sua clínica agora inexistente, trancou a porta do banheiro e deu um tiro na própria cabeça. Tinha 49 anos.

No final do verão de 1919, o loteamento conhecido como Cherry Hills foi adquirido por quase nada pelo milionário do petróleo Phillip K. "Ace" Dawson, um ex-contrabandista de bebidas e jogador trapaceiro de Beaumont que uma vez cumpriu ele próprio um período de seis meses em Huntsville. Ace Dawson detinha dois terços do capital do negócio. Um terço remanescente pertencia a seu sócio oculto, James B. Hartshorne, o redator e editor-chefe de 29 anos de idade do *Tribune*.

Em 1920, as ruas de Cherry Hills já estavam pavimentadas, as melhorias implantadas, a construção do Cherry Hills Golf & Country Club estava quase completa e a mansão estilo Tudor de 36 quartos de Ace Dawson estava se erguendo sobre 15 acres de terra de primeira, onde apenas carvalhos e laranjeiras-bravas estiveram de pé anteriormente. Ace Dawson morou na mansão até o dia de Natal de 1934, quando foi seqüestrado pelos gêmeos, Dan e Mary Jo McNichols, que exigiram e obtiveram um resgate de 50 mil dólares e depois balearam Ace Dawson nove vezes pela costas. Dan e Mary Jo também foram mortos a bala por Texas Rangers em Galveston, a 3 de junho de 1935, pouco depois do 25º aniversário dos gêmeos e muito depois de eles terem gastado todo o dinheiro.

A viúva Dawson construiu um muro de tijolos com arame farpado de 10 metros de altura em volta de toda a propriedade depois que o corpo de seu marido acabou sendo encontrado nos arredores de Liberal, Kansas, na traseira de um sedã Essex Super Six 1929 abandonado. Ela e seu filho de 17 anos, Ace Jr., moraram sozinhos na mansão, a não ser pelos criados. Ela morreu com a idade de 85 anos, em 1973, deixando tudo, inclusive a mansão de 36 quartos, para Ace Jr., que há muito havia escapado para Marin County, na Califórnia. Ace Jr. tentara durante anos se desfazer da velha casa, sem sucesso, até que Jake Spivey veio para tirá-la de suas mãos por um preço não revelado, que alguns diziam ser menos de dois milhões e outros diziam ser mais. Muito mais.

Dill conhecia a maioria das histórias de Cherry Hills, o dentista suicida e Ace Dawson e tudo o mais. Era parte do folclore com o qual ele havia crescido. Chegou a pensar sobre algumas dessas coisas enquanto dirigia para o norte pelo Lee Boulevard. O Lee, juntamente com os bulevares TR e Grant, era uma das três vias sinuosas que quebravam a grade monótona da cidade. Como dirigia de modo automático, sem precisar pensar para onde estava indo, Dill tentou lembrar se havia escutado alguma vez alguém expressar compaixão pelo malfadado Dr. Cherry. Pensou que seu pai podia ter feito isso uma vez, quase de passagem, mas o pai de Dill era uma alma sentimental que, a despeito de sua prolongada educação no exterior, obtinha a maior parte de sua filosofia cotidiana das canções populares dos anos 1930 e 1940. Dill pai considerava a letra de *September Song* especialmente profunda e tocante. O filho era grato pelo pai ter morrido antes que o *hard rock* realmente começasse.

Quando saiu da North Cleveland Avenue, que também seguia para o sul por todo o trajeto até Packingtown, Dill notou que eles finalmente haviam demolido a guarita. A guarita fora construída na entrada de Cherry Hills que dava para o Grand Boulevard pouco depois que Ace Dawson fora seqüestrado. Até 1942, guardas particulares uniformizados faziam revistas esporádicas em todos os carros que entravam no condomínio. Mas então veio a guerra e todos os guardas se demitiram e se alistaram no exército ou foram para a Lockheed ou a Douglas, na Califórnia. A velha guarita, que parecia ter sido desenhada por um discípulo de Disney, ficou desocupada depois disso, mas agora ela se fora, e Dill achava que devia ter sido demolida recentemente, porque a terra ainda parecia revirada.

As árvores ao longo do Grand Boulevard haviam progredido, notou ele. Elas estavam mais altas, dez anos mais altas. Os álamos haviam esticado mais, seguidos mais lentamente pelos olmos, as nogueiras, os caquizeiros e os plátanos. Enquanto ele cruzava o rio Cherry Hill, que um dia se chamou riacho Split-Tail, viu que os choupos também haviam florescido e isso, por alguma razão, o agradou mais do que tudo.

Dill virou para o leste saindo do Grand Boulevard para a Beauchamp Lane. Os lotes eram maiores ali, começando com três acres e aumentando para 5, 8 e, finalmente, 15 acres, que era onde a velha mansão Dawson se erguia. As casas ao longo da Beauchamp Lane (pronunciada como em inglês: *beau* como *bo* e "*tchamp*" como em *champion*) eram um grupo eclético, variando de ranchos esparramados a singelas residências mediterrâneas, sem ter quase nada em comum umas com as outras a não ser o tamanho, que era uniformemente imenso.

Dill seguiu ao lado do sinuoso muro de tijolos da propriedade, agora coberto com lascas de vidro, até chegar ao portão de ferro trancado. Ele apertou o botão de um interfone e uma voz de mulher disse:

– Sim.

Dill respondeu:

– Ben Dill.

O portão foi aberto. Dill o atravessou e seguiu por uma estrada de asfalto em curva passando pelos borrifadores que mantinham sempre verde o gramado bem aparado, mesmo sob o calor de agosto, que o rádio dizia já chegar aos 35 graus e que deveria atingir 40 ao meio-dia. Ali havia árvores altas e frondosas o bastante para fazer com que a velha e enorme imitação de Tudor parecesse quase fria. Nenhuma de suas janelas fasquiadas estava aberta, e Dill deduziu que Spivey tinha o ar-condicionado funcionando a toda a carga.

Enquanto dirigia de passagem pela garagem aberta para seis carros ele contou um Rolls, um cupê Mercedes 500 SEL, uma picape

Chevrolet de suspensão alta, um velho Morgan aberto, um Mustang conversível e uma grande perua Ford Country Squire. Nenhum dos automóveis, à exceção do Morgan, parecia ter mais do que seis meses de uso.

Dill parou seu carro em frente a uma ampla porta de carvalho lavrado com dobradiças de ferro forjado preto. Ele saiu dos 20 graus do Ford para o sol de 35 graus e imediatamente deixou cair seu paletó de riscado. Dobrou-o sobre o braço esquerdo que também pressionava o envelope marrom ao seu lado. O envelope continha o arquivo sobre Jake Spivey. Com seu indicador direito, Dill tocou a campainha. Em algum lugar, no interior distante, sinos tocaram "How Dry I Am". Dill se perguntou quem os teria colocado, Ace Dawson ou Jake Spivey, mas por fim concluiu que poderia ter sido qualquer um dos dois.

Para Dill a mulher que abriu a porta teria parecido inalcançável, se sua ex-mulher não tivesse um aspecto muito semelhante. Ele havia então concluído que todas as mulheres de aparência a tal ponto inatingível não eram tão corpulentas, tão esguias ou tão belas. Elas pareciam espertas e facilmente entediáveis. Também pareciam ricas ou como se houvessem sido um dia. E, estava quase convencido, todas exalavam um certo perfume tênue que, se ele pudesse enfrascar, teria chamado de Distinção de Classe.

Esta, que parecia toda longas pernas bronzeadas e bronzeados braços nus, encarou Dill por vários segundos e por fim disse com uma pronúncia lenta que parecia ao mesmo tempo oriental e cara:

– Você é o Sr.... Dill, certo?

– Certo.

– Você foi horrivelmente rude ao telefone.

Dill sorriu.

– Eu estava tentando atrair a atenção de Jake.

– Sim, bem, você certamente conseguiu. – Ela abriu totalmente a grande porta. – Suponho que seja melhor você entrar. – Dill entrou.

Ela estava vestindo um short branco curto, um top sem mangas e cavado, com listras azuis e brancas, e nada mais que Dill pudesse ver, nem mesmo sapatos. As unhas dos pés estavam pintadas com um coral discreto. Tinha cabelos cor-de-mel marcados pelo sol, olhos castanhos avaliadores, uma boca tenuemente divertida e um nariz levemente queimado de sol. Ela não usava maquiagem. Dill achou que ela não usava por jamais ter precisado. Ela se virou para olhá-lo novamente e ele sustentou o olhar, concluindo que ela tinha o aspecto de dinheiro há muito perdido.

– Você está me encarando – disse ela.

– Sim.

– Eu faço você lembrar de alguém?

– Minha ex-mulher... um pouco.

– Ela era legal?

– Ela suspirava muito e espalhava açúcar sobre suas fatias de tomate.

– É, eu posso entender por que ela fazia isso... – suspirar muito, quero dizer. Pode me chamar de Daffy. – Ela não estendeu a mão.

– Como Daffy Duck, o Patolino, ou como Daffodil?

– Como Daphne. Daphne Owens.

– É claro. Eu devia saber.

– Eu trabalho para o Sr. Spivey.

– Estou vendo.

– Sou sua assistente executiva, caso você seja aficcionado em títulos.

– Deve ser agradável aqui... a atmosfera informal e tudo o mais.

– Sim. É mesmo. Eu também moro aqui, é claro.

– É claro.

– Bem, acho que é melhor você ir encontrar Jake. – Ela se virou e começou a seguir por um amplo e longo *hall* adornado com lambris e guarnecido com mesas longas e baixas que continham jarras brilhosas e sem uso. Era um *hall* muito longo, e se um descanso fosse necessário, havia uma dúzia de cadeiras de encosto reto em madeira escura, com assentos de pelúcia vermelha desbotada. Em ambas as paredes pendiam retratos a óleo belamente pintados de homens barbudos com roupas do século XIX. Todos os homens pareciam extremamente alinhados, e Dill tinha certeza de que nenhum deles possuía parentesco de qualquer natureza com Ace Dawson ou Jake Spivey.

– Você conhece a casa? – perguntou Owens sobre seu ombro.

– Jake e eu estivemos aqui uma vez há muito tempo.

– É mesmo? Quando?

– Todos os natais até 1959, eu acho. A Sra. Dawson costumava dar uma festa para as cem crianças mais carentes da cidade. Jake e eu usávamos a lábia para entrar na lista. – Ele fez uma pausa. – Era o Natal de 1956.

– Mas vocês não eram realmente, eram?

– O quê?

– Dois dos cem mais carentes.

– Quem sabe?

– É uma história charmosa, seja como for.

– Pergunte a Jake sobre isso – falou Dill.

Ela parou e se virou. Surpreendentemente, Dill achou que ela parecia mais velha longe do sol. Mais próxima dos 30 que dos 25.

– Eu gostaria de fazer outra pergunta a você – disse ela.

– Vá em frente.

– Você pretende causar algum problema a ele?

– Não sei – falou Dill. – Eu posso.

Capítulo 10

No final do longo *hall*, Daphne Owens parou diante de um par de portas duplas de 2,5m de altura e as fez deslizar de encontro às paredes. Dill acompanhou-a para dentro de uma grande sala, que obviamente era a biblioteca da mansão, com prateleiras de livros guarnecendo três de seus lados. Seis altos vitrais na extremidade da sala arredondavam-se no alto em ventanas. As janelas davam para um jardim, um jardim bastante elaborado, onde três mexicanos estavam desenterrando algo. No momento em que Dill olhou, dois deles pararam de cavar, enxugaram seus rostos gotejantes e começaram a supervisionar o terceiro homem. Além dos mexicanos e através de algumas pálidas rosas brancas, podia-se ver o azul da piscina.

John Jacob Spivey se levantou de trás da grande mesa de nogueira escura de aparência antiga que ficava posicionada em frente às altas janelas. Ele se inclinou para a frente, com suas palmas plantadas sobre a mesa, sua grande cabeça ligeiramente erguida para a esquerda e seus perversos olhos azuis fixos na aproximação de Dill. Ele ainda é redondo, gorducho e rosado, pensou Dill, e daqui ainda parece o valentão das redondezas, maior e mais esperto que qualquer outro. Então Jake Spivey sorriu e depois deu uma risadinha que o transformou no mais adorável dos homens sobre a Terra.

Havia calor no sorriso, genuíno interesse na expressão e aguda expectativa nos olhos desde que eles abandonaram sua calculista fixidez azul e começaram a cintilar. Não lhe restava mais um fiapo de autoconsciência, pensou Dill. Não estava mais atento a si mesmo que ao seu dedão do pé. É em você que ele está interessado, Dill. Como está sua aparência?, ele quer saber, e como você se sente? E o que você pensa? E em que raio de lugar você tem estado?

Spivey havia começado a balançar a cabeça enquanto Dill se aproximava da mesa. Era um aceno de prazerosa confirmação.

– Sabe o que nós fizemos, Pick? – perguntou ele. – Nós ficamos um mais velho que o outro.

– Isso acontece – disse Dill enquanto aceitava a mão que Spivey estendia por sobre a mesa.

– Você conheceu Daffy.

– Eu conheci Daffy.

– Ela veio do Leste – Spivey falou. – Massachusetts. Freqüentou a escola por lá.

– Holyoke – palpitou Dill, e sorriu para Daphne Owens.

– Nem perto – disse ela.

– Sente-se, Pick. Você vai ficar para o almoço, não vai?

– Tudo bem. Obrigado.

Agora acomodado novamente em sua velha cadeira giratória de madeira, Spivey ergueu os olhos para Owens.

– Docinho, você se importaria de avisar Mabel de que seremos três para o almoço? – ele se voltou para Dill. – Mabel é a cozinheira.

– Mais alguma coisa antes de eu ir? – perguntou Owens.

Spivey olhou solicitamente para Dill.

– Você quer um pouco de coca ou alguma outra coisa?

– Que tal uma cerveja gelada?

– Eu tenho cerveja aqui mesmo nesta velha geladeirinha embutida – disse Spivey enquanto estendia o braço, abria a porta de um pequeno refrigerador e providenciava duas latas de Miller's.

– Nada de coca, então? – perguntou Owens.

– Não espere por isso, docinho – disse Spivey e abriu as latas de cerveja. – Não agora, pelo menos.

– Vejo você no almoço, Sr. Dill.

– Espero que sim – falou Dill.

Ela deu as costas e atravessou as portas duplas. Spivey observou sua saída com evidente apreciação, depois sorriu, voltou-se para Dill e entregou-lhe uma das latas de cerveja.

– Acho que eu posso me deixar levar e casar com essa aí – disse ele.

– Vocês dois têm muito em comum, Jake: antecedentes, gosto, educação, idade.

– Não esqueça do dinheiro – disse Spivey. – Ela não tem nenhum e eu tenho um monte.

– Isso deveria fazer uma combinação perfeita.

Spivey reclinou-se em sua cadeira giratória e examinou Dill cuidadosamente.

– Ainda não passou todo o seu luto, não é?

– Não. Ainda não.

– Leva tempo, Pick. Meu Deus, isso leva tempo. – Ele tomou um gole de sua cerveja. – Quantos anos faz?

– Sete, quase oito.

– Gênova, certo?

– Certo.

– Eu estava com Brattle e você com, como era o nome dela? Lorna, Lana? Lena?

– Laura.

– Isso mesmo. Laura. Vocês se separaram?

– Você ficou sabendo, hein?

– Não. Só que você parece separado por algum motivo. Divorciado. O que aconteceu?

Dill deu de ombros.

– Tédio terminal, eu acho. Ela saiu uma noite para assistir a uma peça – Tchekhov, eu acho – e nunca mais voltou.

Spivey sorriu.

– Está falando sério? Tchekhov?

– O *cerejal*.

Spivey balançou sua cabeça em divertimento ou comiseração.

– Ela era uma mulher bonita. Sabe quem me faz lembrar dela?

– Sua Srta. Daphne. Eu também notei. – Dill bebeu da lata de cerveja. – Deixe-me contar a você por que estou aqui, Jake.

Spivey balançou a cabeça, interessado.

– O senador quer um depoimento seu.

– Nenhum problema até aí, mas você estará chovendo no molhado. Eu já conversei com a justiça mais vezes do que posso contar. A Receita me mantém em auditoria permanente. Até o Tesouro mandou um bonitão aqui, e nós ficamos enrolando por três dias. A única que ainda não caiu em cima de mim foi a porra da CIA e eu espero que eles venham xeretar por cima do muro uma noite destas só para descobrir o que eu já contei para todo mundo.

– Localizaram Brattle, Jake.

Os olhos azuis se abriram um pouco mais e a boca larga se partiu em um encantador porém cético sorriso.

– Encontraram Clyde? Clyde Brattle? Onde ele estava desta vez, Cidade do Cabo? Rangum? Uma das Trípoli? No centro de Tulsa, talvez? Que merda, Pick, eles têm avistado o velho Clyde aqui, ali e acolá há meses. Sabe o que eu acho?

– O quê?

– Acho que o velho Clyde está morto.

– Você espera que sim, de qualquer forma.

– Bem, não posso dizer que estaria à frente das carpideiras.

– Mas você tiraria o seu da reta.

– Eu não estou exatamente me esquivando agora. Onde estão dizendo que o avistaram?

– Londres.

– Quando?

– Dois meses atrás.

– Por que não o pegaram? Caramba, ele é extraditável.

– Eles o perderam.

– Que porra são eles?

– Os ingleses.

– Bem, não admira. Olhe, vamos resolver logo essa coisa. Você disse que quer um depoimento para o senador? Vamos fazê-lo.

Dill olhou em volta da sala.

– Onde está o gravador?

Spivey balançou sua cabeça tristemente.

– Pick.

– O quê?

– Ele começou a rodar no instante em que você entrou.

Dill sorriu.

– Eu devia saber. Eu vou começar, então.

– Você começa e depois Daffy vai entregar a fita para que uma das garotas datilografe, tire fotocópias, assine como testemunha e tudo mais.

– Certo – falou Dill –, lá vamos nós. – Ele fez uma pausa, contou silenciosamente até quinze, e depois começou. – Este é o depoimento sob juramento de John Jacob Spivey, apresentado de livre vontade neste dia de agosto qualquer que seja ele, senhoritas, em sua casa no endereço correto em Beauchamp Lane e assim por diante.

Dill pôs sua cerveja sobre a mesa e abriu o arquivo sobre Jake Spivey. Ele olhou para o arquivo e depois para Spivey.

– Seu nome é John Jacob Spivey.

– Sim.

– Sua idade?

– Trinta e oito.

– Você é um cidadão dos Estados Unidos, morando permanentemente no endereço citado acima.

– Sim.

– Sua ocupação?

– Aposentado.

– Sua ocupação prévia?

– Eu estive engajado na compra e venda de armamentos de defesa.

– Por quanto tempo?

– Sete anos, quase oito.

– E antes disso?

– Era contratado de uma agência governamental.

– Qual agência?

– A Agência Central de Inteligência.

– Onde você foi empregado?

– Você quer dizer onde eles me contrataram ou onde eu fiz meu trabalho?

– Ambos.

– Eu fui contratado na Cidade do México e trabalhei na Tailândia, Vietnã, Laos e Camboja.

– Por quanto tempo?

– De 1969 a 1975.

– Qual era a natureza de suas funções?

– O juramento que eu prestei quando fui contratado pela CIA me impede de revelar a natureza das minhas funções a não ser que o requeira e me seja dada permissão por escrito pela Agência Central de Inteligência.

– Você solicitou tal permissão?

– Sim.

– Ela foi dada?

– Ela foi recusada.

– Quando foi a última vez que ela foi recusada?

– Em 14 de junho deste ano.

– Por que você pediu a permissão?

– Fiz isso a pedido do Bureau Federal de Investigação.

– E a permissão foi negada?

– Sim.

– Você está disposto a violar seu juramento desta vez?

– Não, senhor, não estou.

– Por que não?

– Fundamentado em que isso poderia ser auto-incriminação, e eu cito a Quinta Emenda.

– Quando você conheceu Clyde Tomerlin Brattle?

– Em 1970, em março ou abril. Não estou exatamente certo da data.

– Onde foi isso?

– Bangkok.

– Como você o conheceu?

– Ele era meu supervisor.

– Seu oficial de operação?

– Meu supervisor. Ele me instruía nas funções que eu desempenhava no Vietnã, no Laos e no Camboja, cuja natureza exata eu sou impedido pelo meu juramento de revelar.

Dill fez uma careta e gesticulou com o dedo atravessando sua garganta. Spivey, com um sorriso largo, estendeu a mão para baixo da mesa e interrompeu o gravador.

– Meu Deus, Jake.

– O que você esperava?

– Isso foi ensaiado.

– Você está absolutamente certo, foi preparado por Dump, Diddle e Squat,* que é como eu chamo aqueles advogados babacas que tenho em Washington e que estão me sugando até secar. Quando foi a última vez que você recebeu uma conta de advogado?

– Faz um bom tempo.

– Bem, aqui vai um conselho. Sente-se antes de abri-las... ou melhor ainda, deite-se, porque tão certo quanto maçãs verdes dão dor de barriga você vai cair morto.

– Mas e toda aquela merda sobre o juramento?

– Eu prestei juramento exatamente como disse. Langley nega isso? Caramba, claro que não, eles não negam. Eles só negam que eu já trabalhei para eles.

– Eles não negam nem isso – falou Dill. – Eles apenas se recusam a confirmar.

– Pick, na verdade eu estou cagando para qualquer juramento que tenha feito para aqueles babacas. Eu tinha 23 anos de idade na época e quando os deixei tinha 30 e era um velho. Velho até o pescoço, eu quero dizer. Aqui – Spivey deu um tapa na testa – eu tinha 102. E eles me pagavam mil dólares por semana, o que na época era dinheiro sério, e eu fiz coisas que não faria agora e coisas em que nem me permito mais pensar muito. Mas o que eu fiz não foi por Deus, uma bandeira ou um país. Eu fiz aquilo por mil dólares por semana em dinheiro vivo e, acredite ou não, eu paguei um preço. Qual preço, você está pensando, certo? Bem, velho camarada,

---

* Enrolão, Corpo Mole e Vaselina. (*N. do E.*)

eu nunca consegui ter 24, 25 ou 26 ou qualquer um daqueles bons anos, porque um dia eu tinha 23 e seis meses mais tarde eu estava com 102 e prestes a completar 103.

– Pobre Jake.

Spivey ergueu os ombros, com repentina indiferença, tédio até.

– E o que aconteceria se você violasse o seu assim chamado juramento? – falou Dill. – Quer dizer, o que você acha que aconteceria?

– Não muita coisa – disse Spivey. – Poderia render algumas manchetes suculentas por um dia ou dois, mas jamais haveria algum julgamento ou coisa parecida porque Langley ficaria de olhos bem fechados. Exatamente como fez antes – tudo pelo interesse da segurança nacional. Diabos, Pick, o Vietnã agora é coisa do passado. Você tem aí uma geração chegando à idade adulta que pensa no Vietnã, se é que eles pensam nisso, como eu e você costumávamos pensar na Segunda Guerra Mundial. História antiga. Quando você e eu tínhamos 21, a guerra havia acabado há 22 anos. Talvez 23. – Ele fez uma pausa. – Quer outra cerveja?

– Claro.

Spivey apanhou mais duas latas de Miller's do frigobar e tirou seus lacres. Dill tomou um longo gole e disse:

– Ok, quer começar novamente?

– O que vem agora... Brattle?

– Brattle.

Spivey moveu sua mão para baixo da borda da mesa.

– Ok, está rodando. Agora.

Novamente, Dill contou silenciosamente até 15 e fez sua primeira pergunta:

– Clyde Brattle trabalhou para a CIA durante quanto tempo?

– Vinte anos.

– Ele era funcionário de carreira?

– Sim.

– Quando ele se demitiu?

– Ele não se demitiu. Foi despedido em 1975.

– Por quê?

– Não tenho certeza.

– Tem um palpite?

– Eu não sou advogado, mas não acho que um palpite seria admissível.

– E isso teve alguma coisa a ver com verbas sob o controle dele?

– Seria pura especulação da minha parte.

– As verbas foram apropriadas indevidamente?

– Ouvi dizer que foram, mas eram apenas boatos.

– Sua ressalva foi anotada. Quanto dinheiro estava envolvido?

– Algo em torno de 500 mil, ouvi dizer.

– Dólares?

– Dólares.

– Quando você deixou o emprego na CIA?

– Em abril de 1975, logo após a queda de Saigon.

– Onde você estava na época?

– Quando ela caiu? Em Saigon.

– Onde estava Clyde Brattle?

– Ele estava lá também.

– Nem você nem Brattle fizeram qualquer tentativa de fuga?

– Não.

– Por que não?

– Porque não estávamos mais no ramo da espionagem. Éramos simples homens de negócios, então.

– Descreva a natureza de seus negócios, por favor.

– Nós formamos uma empresa que comprava equipamento excedente do novo governo vietnamita e vendia no mercado aberto para quem quisesse comprar.

– Que tipo de equipamento?

– Armamentos defensivos, transporte, comunicações.

– Que tipo de armamentos?

– Armas de pequeno porte. Morteiros. Artilharia leve. Alguns veículos... jipes e caminhões. Equipamento para comunicação de campo. Alguns helicópteros. Qualquer coisa da qual eles quisessem se livrar. Eles precisavam mesmo de dinheiro e nós tínhamos um pouco e sabíamos onde conseguir muito mais.

– Você e Brattle investiram dinheiro para formar a sua empresa?

– Sim.

– Quanto ele investiu?

– Perto de 400 mil.

– E você?

– Tudo o que eu tinha. Cem mil.

– E os lucros eram divididos como?

– Um quarto para mim, três quartos para Clyde. Isso porque eu tinha os contatos.

– Os contatos vietnamitas.

– *Norte*-vietnamitas. Embora na época fosse tudo um grande e alegre país, norte e sul iguais.

– E para quem você vendia os armamentos americanos excedentes?

– Não eram americanos. Eram vietnamitas. Eles lutaram numa guerra. Eles venceram a guerra. Os despojos eram deles.

– Mas eram de fabricação americana?

– Correto.

– Então para quem você os vendeu?

– Para quem quisesse comprá-los.

– Por exemplo.

– Pessoas em Angola, Etiópia, Líbano, Iêmen, tanto do Sul quanto do Norte, Bolívia, Equador e um pouco, mas não muito, para uns caras no Uruguai.

– Quanto desse equipamento de fabricação americana e aquisição vietnamita você vendeu?

– Cerca de 100 milhões de dólares.

– E sua parcela dos lucros?

– Quer dizer, só a minha?

– Sim.

– Eu faturei pouco acima de 4 milhões, tirando as despesas, que acabaram resultando altas.

– E Brattle. Quanto ele lucrou?

– Eu diria que em torno de 6 milhões, tirando as despesas.

– E isso continuou por quanto tempo?

– Quer dizer, Brattle e eu?

– Sim, sua sociedade, sua parceria.

– Por cerca de cinco ou seis anos.

– Então o que houve?

– Então ele quis entrar em um negócio suspeito e eu caí fora.

– Que tipo de negócio suspeito?

– Tecnologia de computação, armamentos sofisticados, sistemas teleguiados, todo tipo de novidades em que você pode pôr a mão nos Estados Unidos, mas que jamais conseguiria o OK para vender. Clyde disse que podia contrabandeá-las para fora. Eu disse foda-se e saí.

– Risque o "foda-se" e substitua por "não, obrigado", por favor. Então foi isso que você fez... você saiu.

– Isso mesmo.

– O Sr. Brattle ficou contrariado?

– Bem, ele não estava exatamente cantarolando de alegria.

– Houve alguma coisa desagradável?

– Eu tive que contratar uns advogados e ele contratou os dele e todos eles gaguejaram e hesitaram em falar uns com os outros e eu saí com um lucro de cerca de 13 milhões, que foram todos declarados à Receita, onde eu estou sob permanente auditoria, como lhe contei.

– Quando foi a última vez que você viu o Sr. Brattle?

– Cerca de um ano e meio atrás.

– Onde?

– Kansas City. Ele tinha alguns papéis de rotina para eu assinar. Eu voei para lá, assinei-os e tomei um drinque com ele. Depois voei de volta para cá.

– Você o viu desde então?

– Não.

– Foi pouco depois de seu encontro que ele fugiu do país, certo?

Spivey deu sua gargalhada alta.

– Sim, acho que você teria de dizer que o velho Clyde foi de certo modo forçado a fugir.

– Apague a risada – falou Dill. – Você sabe por que ele caiu fora, é claro.

– Porque eles queriam prendê-lo por negociar com as pessoas erradas.

– Onde você acha que ele está agora?

– Morto – disse Spivey.

– Vamos admitir que ele não esteja morto – falou Dill. – Vamos admitir que ele seja preso e levado a julgamento. Você estaria disposto a testemunhar contra ele?

– Não tenho comentário a fazer neste momento – disse Spivey, dirigindo sua mão esquerda para baixo da borda da mesa e desligando o gravador. Analisou Dill por vários momentos. – Você está me oferecendo imunidade, Pick?

Dill assentiu lentamente.

– Garante isso por escrito?

Dill sacudiu a cabeça em negação.

– Me dá alguns dias para pensar a respeito?

Novamente, Dill fez que sim com a cabeça.

Spivey sorriu.

– Você acha que tem outro gravador funcionando, não acha?

Dill sorriu e concordou com a cabeça.

Capítulo 11

Eles almoçaram na sala de jantar "da família", que era grande o suficiente para conter um armário de carvalho entalhado, um armário de porcelanas que combinava com ele e uma mesa com lugar para 12 – ou até 16 com todas as pranchas colocadas. Para chegar até a sala de jantar da família, Spivey conduziu Dill através da sala de jantar para "comitivas", cuja mesa podia facilmente comportar 36, embora Spivey dissesse que nunca a usava porque não conhecia três dúzias de pessoas com quem realmente quisesse sentar para comer.

Eles sentaram na extremidade da mesa mais distante da porta da cozinha ou – como Dill mais tarde observou – da despensa. A sala de jantar da família dava vista para a piscina, que tinha forma oblonga e havia sido construída mais tarde, no início dos anos 1930, pouco antes de as piscinas começarem a assumir formas de rins e bumerangues. Era uma piscina grande, pelo menos 10 por 20, e Dill pensou que ela se parecia com a piscina municipal em que ele e Spivey haviam aprendido a nadar no Washington Park.

Spivey estava sentado na cabeceira da mesa com Dill à sua direita, quando Daphne Owens entrou. Ela havia mudado sua roupa para uma saia e blusa. Dill levantou-se quando ela chegou. Spivey não. Ela dirigiu a Dill um olhar surpreso que fez com que ele se sentisse como um desastrado insignificante por alguma razão.

– Quem ensinou boas maneiras a você, Sr. Dill – perguntou ela –, sua mamãe ou a irmandade de universitários?

– Minha mamãe – disse ele.

– Ela era uma senhora agradável – disse Spivey. – Um pouco... – Ele olhou para Dill. – Qual é a palavra que eu procuro... distante?

– Vaga – falou Dill.

– Também não é isso. Etérea é a palavra. Mas eu espero que isso a tenha poupado de muita dor de cabeça, considerando o que ela tinha de agüentar do seu velho.

Dill sorriu e balançou levemente a cabeça.

– O que o seu pai fazia, Sr. Dill? – perguntou Owens.

– Era um sonhador profissional.

– O que há de errado com os sonhos?

– Isso implica que ele deveria ser pago por eles. Raramente era.

– Pick e eu éramos os garotos mais pobres na escola fundamental Horace Mann – disse Spivey com orgulho. – E nós seríamos os garotos mais pobres do ensino médio, mas eles se integraram mais ou menos naquela época e trouxeram alguns garotos de cor e mexicanos que eram ainda mais pobres que Pick e eu, mas nós ainda éramos os mais pobres garotos *brancos* no Colégio Coolidge. Certo, Pick?

– Com certeza.

Antes que Spivey pudesse dragar memórias mais longínquas, um dos mexicanos que estavam escavando o jardim entrou trajando um paletó branco engomado e jeans cuidadosamente passados. Todos pediram bebidas e o jardineiro/copeiro saiu pela porta de vaivém, que Dill notou que dava para uma despensa. Também observou que a toalha da mesa era de linho irlandês; a prataria inglesa; a porcelana vinha da França – Limoges, ele pensou – e as duas taças de vinho ao lado de seu prato eram de um pesado cristal lavrado e possivelmente tchecas. Conhecendo Spivey, estava quase certo de que o almoço seria Tex-Mex.

– Então vocês dois realmente vieram aqui nos anos 1950, quando eram garotos – Daphne Owens falou para Spivey.

Ele sorriu para Dill.

– Você contou a ela sobre aquilo?

– Ela me perguntou se eu já havia visto a casa antes. Eu e Pick éramos dois entre os cem garotos mais carentes da cidade, pelo menos era assim que nos promovíamos. Tínhamos que idade então, Pick... dez?

– Dez – concordou Dill.

– Bem, docinho, tínhamos ouvido histórias sobre a velha mansão de Ace. Meu Deus, todo mundo tinha. Acessórios de banheiro de ouro maciço. Coisas assim. E nós simplesmente *tínhamos* de ver isso. Então Pick veio com a idéia de nos vestirmos com nossas roupas mais velhas – e realmente não havia tanta diferença assim entre nossas mais velhas e nossas melhores – e depois irmos ver a diretora, a velha Sra. McMullen... – que idade você calcula que ela teria na época, Pick?

– Velha – falou Dill. – Pelo menos 40.

– Mais velha que Deus para nós – disse Spivey. – Então, foi o que nós fizemos.

– Jake passou a conversa – falou Dill. – Eu apenas fiz cara de tristonho. Muito pobre; muito tristonho.

– E a próxima coisa que você precisa saber é que eu e Pick estávamos em um ônibus fretado com cerca de 58 lindos garotinhos de cor e 35 ainda mais lindos mexicaninhos e outros cinco brancos pobres nos dirigindo para Cherry Hills e a velha mansão de Ace Dawson para uma festa de Natal.

– Vocês não ficaram constrangidos? – perguntou Owens. – Quero dizer, vocês não acharam isso... bem, pelo amor de Deus, humilhante?

– O que há de humilhante na curiosidade? – perguntou Dill. – Ace Dawson era um mito. Nós queríamos ver como um mito vivia.

– E é certo como a morte que nós não mentimos, docinho – disse Spivey. – Nós *éramos* pobres, embora Pick aqui fosse uma espécie de maltrapilho requintado e eu fosse simplesmente pobre e sujo. – Ele se voltou para Dill. – Lembra do que eu falei para você naquela noite no ônibus a caminho de casa? – antes que Dill pudesse responder, Spivey se virou novamente para Daphne Owens. – O que você acha que eu disse a ele?

– Que algum dia você seria dono dela, é claro. A mansão Dawson.

Spivey sacudiu sua cabeça como se estivesse confuso e desapontado.

– Daffy, há um lado romântico em você que eu nunca suspeitei. – Ele virou-se para Dill. – Conte a ela o que falei para você naquela noite no ônibus para casa.

Dill sorriu.

– Que ser rico certamente parecia muito mais tranqüilo que ser pobre, e que você achava que poderia muito bem tomar o caminho mais fácil.

Owens encarou Spivey com quantidades quase iguais de admiração e desconfiança.

– Você realmente disse isso aos 10? – perguntou ela, o espanto sobressaindo em seu tom.

Spivey riu.

– Bem, talvez não tenha sido palavra por palavra – falou ele, ainda rindo. – Mas foi quase.

Enquanto estacionava em frente ao dúplex de tijolos amarelos de sua irmã morta, na esquina da rua 32 com a Texas Avenue, Dill ainda podia sentir o gosto das *quesadillas* e dos *tamales* de milho verde que havia comido no almoço. E dos abacates, também. Dill não gostava muito de abacates e havia pedaços deles demais em sua salada. Comera-os por polidez, mas agora desejava não ter feito isso.

Ficou sentado no sedã Ford, o motor funcionando, o ar-condicionado ligado no máximo, e examinou o dúplex. Lembrava-se dele agora, não porque tivesse alguma vez estado dentro dele, mas porque havia passado por ali dezenas de vezes e, pela simples passagem, absorvido-o em sua memória.

O rádio estava ligado e sintonizado na estação de notícias. Dill estava esperando que o comercial da Delta Airlines acabasse e a garota do tempo aparecesse. Ela possuía uma voz baixa e arfante que pretendia fazer com que o clima soasse lascivo. Quando o comercial acabou, ela arfou o horário, que era 14h49; a temperatura, que era de 40 graus Celsius; a umidade, que era de exatamente 21%; e o vento que, para variar, soprava gentilmente de sudoeste a 10 quilômetros por hora. Quando ela começou a sugerir maneiras engraçadinhas para vencer o calor, Dill desligou a ignição e silenciou o rádio.

Antes de sair do carro, ele trancou o arquivo sobre Jake Spivey no porta-luvas. O arquivo agora incluía o depoimento sob juramento, cujo conteúdo Dill sentia que era quase sem valor. Ele havia sido transcrito pelas datilógrafas invisíveis de Spivey – processadoras de texto, na verdade – e testemunhado por Daphne Owens, que se havia revelado uma escrivã pública, cuja concessão expiraria em 13 de junho do ano seguinte.

Quando Dill saiu do Ford, o calor seco e abrasador quase o fez engasgar. Com seu paletó de riscado jogado sobre o ombro esquerdo, ele se apressou em direção aos altos e convidativos olmos verdes com sua promessa de sombra refrescante. A promessa foi desfeita e o convite revelou-se falso, pois não havia alívio na sombra, e a camisa de Dill estava ensopada e seu queixo pingando suor quando ele começou a subir lentamente os degraus externos. No patamar, ele usou a chave que o detetive-chefe havia lhe dado, destrancou a porta, empurrou-a e entrou.

Ele procurou em primeiro lugar o ar-condicionado e encontrou um conjunto de controles na parede próxima. Os controles serviam tanto para aquecimento quanto para refrigeração. Ligou o sistema, moveu o indicador de ar frio de médio para alto, caminhou para o centro da sala de estar, olhou em volta e descobriu que não havia nada que indicasse que sua irmã havia algum dia morado ali. Nem, para falar a verdade, qualquer outra pessoa com algum fragmento de personalidade.

Havia mobília na sala de estar, é claro: um sofá verde-escuro que lembrava um caixote, uma poltrona combinando e uma mesa de centro de vidro e metal cromado com nada sobre ela além de um exemplar do *Guia da TV* da semana anterior. No chão, porque parecia não haver outro lugar para ele, estava um pequeno aparelho de TV portátil Sony preto-e-branco. Não havia livros, nenhum, o que Dill achou estranho, pois sabia que Felicity desprezava a televisão e quando criança lia oito ou nove livros por semana, às vezes dez, embora fossem livros para jovens, que aos 11 ela acabou por desprezar como "quase tudo lixo". Durante o verão do seu 12º aniversário, ela havia se voltado para os romancistas russos e, depois de dispor-se deles, apanhou *O último puritano*, de Santayana, de algum lugar. Ela consumiu uma semana inteira de agosto lendo-o, com uma ruga em sua testa e um jarro de refresco Kool-Aid ao alcance da mão. Disse que achou Santayana "limitado e aborrecido" e devotou o restante daquele mesmo agosto a Dickens.

Dill ainda podia vê-la sentada na mesa dobrável, com *Little Dorrit* aberto em frente a ela, um bloco grande à sua direita para notas e anotações e no outro canto da mesa o raramente usado *Webster's Collegiate Dictionary*. No lado oposto ao dicionário estava a jarra de Kool-Aid. Uva, pelo que Dill recordava. Dickens, Felicity informara ao seu irmão, era material muito bom (alto louvor) mas "um pouco meloso". Dill às vezes sentia que sua irmã era a pessoa menos sentimental que ele já havia conhecido.

Ele examinou a sala de estar cuidadosamente, tentando achar algum indício da personalidade dela, um traço dos seus hábitos. Havia um tapete em padrão areia neutro no chão, poucos quadros na parede, os quais pareciam ser impressões baratas de Dufy, Cézanne e Monet encomendadas pelo correio, e em um canto um estéreo coreano de aparência pouco dispendiosa, tão novo que parecia sem uso. Dill não se incomodou em examinar as duas dúzias ou mais de discos. Ele sabia que se eram de Felicity, seriam Beethoven, Bach, os primeiros Beatles, além de todas as canções que Yves Montand havia gravado.

A sala de estar era unida com uma área de refeições onde quatro cadeiras circundavam uma mesa elástica de bordo que parecia ter sido encomendada pelo catálogo da Sears. Uma imitação de lustre Tiffany pendia de uma pesada corrente dourada sobre a mesa. Aquilo também não era Felicity, pensou Dill.

Na cozinha ele espiou na geladeira e encontrou quatro garrafas de Perrier, um tablete de manteiga, três ovos, um pote de mostarda Dijon e um pão integral com três ou quatro fatias faltando. Lembrou que sua irmã sempre conservava o pão no refrigerador. Ele pegou uma das Perrier, tirou a tampa e bebeu do gargalo.

Com a garrafa na mão direita, Dill abriu as portas dos armários da cozinha. Havia um conjunto de pratos – imitações japonesas bastante boas de Dansk –, meia dúzia de copos e algumas taças. Mais nada. Onde os alimentos enlatados, os temperos e os artigos de consumo deveriam estar havia apenas duas latas de feijoada Van Camp's, um pote de café instantâneo Yuban, quase vazio, uma caixa redonda de sal Morton's, uma caixinha de pimenta Schilling, mas nenhum outro tempero, nem mesmo estragão, que Dill lembrava ver sua irmã despejando em praticamente tudo.

Para se cozinhar havia apenas uma frigideira, quase nova, e um par de panelas de alumínio amassadas que serviriam para cozer os ovos e esquentar os feijões. Em uma das gavetas, Dill descobriu facas, garfos e colheres de aço inoxidável suficientes para duas pessoas. Ele abriu o resto das gavetas, mas não encontrou nada além de algumas bugigangas de cozinha. Perguntou-se o que Felicity teria feito com a prataria de sua mãe.

Ainda carregando sua garrafa de Perrier, Dill saiu da cozinha de volta para a sala de estar e depois passou por um pequeno corredor. A segunda porta à esquerda dava para o que aparentemente havia sido o dormitório de sua irmã. Havia uma cama de casal, caprichosamente arrumada, um gaveteiro e uma penteadeira com espelho. Era um conjunto feito de nogueira envernizada e parecia barato e relativamente novo. Uma mesinha do lado esquerdo da cama sustentava uma luminária Tensor. Dill abriu a gaveta da mesinha. Continha apenas uma caixa plástica redonda com pílulas anticoncepcionais.

Em seguida, Dill abriu o armário. Pendurados ali havia poucos vestidos, algumas saias, várias blusas, um sobretudo leve, mas nenhum casaco de inverno. Cinco pares de sapatos estavam alinhados com precisão no chão do armário. Havia um par de *escarpins* pretos e o restante eram sandálias, mocassins e um par de tênis verdes desgastados.

Nas gavetas da penteadeira e na cômoda Dill encontrou apenas alguns suéteres acomodados em sacos plásticos de lavanderia a seco, algumas camisas e blusas dobradas, algumas calcinhas, meias-calças e não muito mais. Havia roupas o suficiente, ele concluiu, para alguém passar um mês ou dois, possivelmente três. Mas não havia recordações, lembranças, suvenires ou nada mais, quanto a isso, que revelasse caráter, personalidade ou maus hábitos – exceto que quem quer que morasse ali era obsessivamente organizado e aparentemente desprezava cozinhar e comer.

Dill deixou o grande quarto e seguiu pelo corredor para o segundo – e menor – dormitório, que se revelou o covil de alguém que tivesse ficado sem dinheiro. Havia uma mesa de armar, um abajur, e sobre a mesa uma máquina de escrever portátil Remington muito velha. Uma cadeira dobrável de lona estava encostada na mesa. À direita desta havia um arquivo de metal cinzento de duas gavetas. Dill parou, abriu a gaveta de cima do arquivo e depois a de baixo. Ambas estavam vazias. Ele presumiu que a polícia tivesse removido o conteúdo. Não havia absolutamente nada no armário do segundo quarto exceto três cabides de arame.

Do pequeno quarto/covil, Dill foi até o banheiro e abriu o armário de remédios. Encontrou aspirinas, Tampax, anti-séptico bucal Crest, maquilagem, uma navalha, mas nenhum medicamento controlado. O porta-sabonete continha uma barra de Yardley's e o porta-escova sustentava duas escovas dentais e uma pequena embalagem de fio dental verde encerado. Não havia mais nada no banheiro além de algumas toalhas e esfregões e uma touca plástica para banho. Não havia nem mesmo, notou Dill, uma balança para banheiro. Ele pensou que isso podia ser significativo; podia mesmo ser uma pista.

Dill deixou o banheiro e começou a voltar para a cozinha para ver se conseguia descobrir onde Felicity guardava suas bebidas. Pensou que sob a pia da cozinha seria o local mais provável. Estava quase chegando à cozinha quando a campainha tocou. Dill deu meia-volta, atravessou a casa até a porta e a abriu. Parada ali vestindo um minúsculo short amarelo e um igualmente minúsculo colete azul com bolinhas e descalça estava uma mulher bem bronzeada e de longas pernas, cujos flexíveis cachos loiros pareciam arquejantes por ar. Tinha grandes olhos azuis, muito grandes na verdade, um nariz rosado e brilhante e uma boca larga revestida com batom vermelho-escuro que era exatamente do tom errado.

– Você é o irmão, não é? – disse a mulher.

– Eu sou o irmão – concordou Dill.

– Você tem o mesmo cabelo que ela, um tipo de cor de cobre. Mas você não parece muito com ela, tirando o cabelo.

– Ela era bonita; eu não sou.

– Bem, homens não precisam ser bonitos, precisam? – falou a mulher, e por um momento Dill temeu que ela pudesse dar um sorriso afetado, mas ela não fez isso.

– Você é o quê... uma amiga, uma vizinha? – Dill perguntou.

– Oh, eu sou Cindy. Cindy McCabe. Eu e Harold moramos no andar de baixo. Somos, você sabe, os inquilinos.

– Harold é o Sr. McCabe. – Dill não fez disso uma pergunta.

– Bem, não, não exatamente. Quer dizer, nós não somos exatamente casados. O sobrenome de Harold é Snow. Harold Snow. Nós estamos juntos por, ah, eu acho que dois anos agora. Pelo menos dois. – Ela fez uma pausa. Quando falou novamente sua voz era baixa, seu tom grave. – Harold viu aquilo acontecer a Felicity... bem, quase.

– É melhor você entrar – falou Dill.

– Acho que deve estar um pouco mais fresco que aqui fora, não é?

Capítulo 12

Cindy McCabe entrou e sentou-se na poltrona que combinava com o sofá verde. Ela estendeu seu lábio inferior e soprou para cima, como se soprasse a leve película de suor que cobria sua testa e seu lábio superior.

– Esse calor não está terrível? – disse ela, obviamente sem esperar uma resposta.

– Eu estava prestes a tomar algo – falou Dill. – Quer me acompanhar?

– Bem, uma cerveja gelada *seria* ótimo.

– Desculpe. Sem cerveja. A não ser que eu descubra onde Felicity guardava as bebidas, terá de ser uma simples Perrier.

– Debaixo da pia da cozinha – disse McCabe.

– Foi o que eu pensei – Dill falou e se dirigiu para a cozinha.

Havia duas garrafas de Jim Beam de rótulo verde sob a pia, ao lado do sabão líquido Ivory, do Easy-Off e do desinfetante Comet. Uma das garrafas ainda estava selada. O nível da outra estava cinco centímetros mais baixo. Dill lembrou que Felicity sempre tomava *bourbon*, quando bebia, porque afirmava que tinha um sabor mais honesto que o *scotch*. Também recordou que ela achava que vodca era uma bebida de bêbados e que gim era para quem havia ficado sem loção pós-barba. Rum, porém, era bom, especialmente misturado com Kool-Aid. Enquanto derramava o uísque sobre o gelo e adicionava a Perrier, Dill se perguntou por que não havia encontrado Kool-Aid. Mais uma vez, Watson, disse para si mesmo, o cão não ladra.

Ele levou as bebidas de volta para a sala de estar e entregou uma delas para Cindy McCabe, que agradeceu com um aceno de cabeça e passou o copo gelado em sua testa.

– Deus, isto é bom. – Ela tomou um grande gole, sorriu, e disse: – Isto é ainda melhor.

Dill, sentado no sofá, provou um pouco do seu próprio drinque.

– Tem razão – concordou.

– Harold e eu estamos terrivelmente tristes por Felicity, Sr. Dill. Aquilo foi tão... bem, horrível. Num minuto ela estava tocando a nossa campainha e no minuto seguinte ela estava morta.

– Há quanto tempo vocês moram aqui?

– Cerca de um ano e meio. Um pouco menos talvez. Nós nos mudamos logo depois que Felicity comprou o lugar. Ela era mesmo uma ótima senhoria. Alguns deles, você sabe, aumentam o aluguel a cada seis meses, mas Felicity não aumentou o nosso nenhuma vez porque Harold a ajudava a conservar o lugar, consertando tudo que estragasse. Ele é bom nisso... consertar coisas.

– O que Harold faz?

– Bem, no momento vende computadores domésticos e está indo bem, mas ele diz que os negócios vão esfriar neste mês ou no próximo do modo como eles estão inundando o mercado novamente. O que ele realmente quer fazer é voltar para a eletrônica. Ele freqüentou por dois anos a universidade, você sabe, estudando engenharia elétrica, mas teve de abandonar. Harold é realmente bom nisso. Eletrônica. Ele gosta disso muito mais do que de vendas.

Cindy McCabe, aparentemente, ficou sedenta ao falar e tomou um grande gole de sua bebida. Dill observou seu pomo-de-adão quase invisível subir e descer três vezes. Ela abaixou o drinque e sorriu, se não nervosamente, pelo menos de modo desconfortável.

– Eu odeio ter que trazer isto à tona agora – disse ela.

– O quê?

– Bem, ontem, pouco antes daquilo... você sabe, acontecer, bem, Felicity parou em nossa porta e lembrou Harold que ele havia esquecido de pagar o aluguel novamente. Às vezes eu não sei o que acontece com Harold. As coisas simplesmente escapam de sua mente. Ele faz o tipo do professor distraído, sabe?

Dill balançou a cabeça confirmando.

– Seja como for, isso é embaraçoso. Então ontem ele preencheu o cheque e entregou a ela e depois aquilo aconteceu, bem aí na frente, e, bem, nós não sabemos exatamente o que fazer. Você acha que devemos sustar o pagamento daquele cheque e preencher outro? Em nome de quem nós faremos? É um tanto desagradável, eu acho, incomodar você com isso agora, mas não queremos que ninguém venha aqui mais tarde para reclamar que nós não pagamos o aluguel.

– Esqueça isso até o final do mês – falou Dill. – Até lá as coisas deverão ter se ajeitado e a advogada de Felicity irá ligar e dizer a vocês para onde mandar o aluguel e para quem fazer o pagamento.

– E nós sustaremos o pagamento do que demos a Felicity?

– Sim, acho que sim.

– Bem, isso é um alívio. – Como se fosse para provar isso, ela terminou sua bebida em três goles. Dill levantou-se e estendeu a mão para apanhar seu copo.

Cindy McCabe franziu a testa.

– Creio que não... ah, bem, mais um, eu acho.

Quando Dill retornou com as bebidas viu que o colete azul de bolinhas havia escorregado ou sido puxado dois centímetros ou mais para baixo, revelando a porção superior dos seios altivos de Cindy McCabe, que pareciam tão bronzeados quanto o resto de seu corpo. Dill entregou-lhe a bebida, sorriu por seus seios, ou pelo que podia ver deles, e disse:

– Você tem um belo bronzeado.

Ela deu uma risadinha e olhou para baixo.

– Eu me esforço bastante para consegui-lo. – Ela deu um puxão no colete, mas foi um puxão meio sem vontade. – Sabe aquela cerca viva nos fundos? – disse ela, fazendo de sua afirmação uma pergunta.

Dill balançou a cabeça indicando que acreditava.

– Bem, ela contorna todo o quintal e tem cerca de 2,5m de altura e é bastante espessa. Ninguém consegue ver através dela. Por isso neste verão eu deitava lá totalmente nua até o meio da última semana, quando ficou terrivelmente quente. Quero dizer, era exatamente como deitar em um forno, mesmo sem estar vestindo nada. Mais no início deste verão, quando estava mais fresco, Felicity vinha se juntar a mim algumas vezes, quando trabalhava à noite ou no turno da madrugada.

– Totalmente nua? – perguntou Dill.

– Ah, não, não era nada assim.

– Assim como?

– Bem, quando ela saía eu vestia alguma coisa. Quero dizer, depois de tudo.

– Você e Harold viam Felicity com freqüência?

– Para dizer a verdade, não, porque ela trabalhava naqueles horários estranhos. Uma semana durante o dia, outra durante a noite e na semana seguinte no turno da madrugada. Às vezes nós não a víamos por várias semanas. Na verdade, nós nem a ouvíamos aqui em cima. Quero dizer, quando ela estava trabalhando à noite, chegava em casa de manhã antes que nos levantássemos, e depois ela geralmente saía enquanto Harold ainda estava no trabalho e eu estava nos fundos. Ela nunca fazia barulho. Disse a ela uma vez que nós nunca a escutávamos, ela apenas sorriu e falou que andava descalça na maior parte do tempo. Mas sempre que alguma coisa quebrava ela deixava um bilhete pedindo que eu avisasse Harold para que ele cuidasse disso. E quando ele o fazia ela ficava tão contente que convidava nós dois para tomar um drinque. Mas nós nunca saímos juntos para lugar algum e, como disse, quase não sabíamos quando ela estava aqui. A única vez que nós ouvimos alguma coisa foi quando aquele cara grandão veio aqui gritando e batendo na porta.

– Que cara grandão? – perguntou Dill.

– Acho que era namorado dela. Ele era grande mesmo, disso eu sei. Harold falou que ele costumava jogar futebol americano na universidade, mas se ele me disse o nome eu esqueci porque acho futebol um saco.

– Com que freqüência o cara grandão vinha aqui?

– Você não acha que ele teve alguma coisa a ver com o que... bem, com o que aconteceu, acha?

– Não. Estou apenas curioso sobre Felicity e sobre quem eram seus amigos... e mesmo seus ex-amigos.

– Bem, ele era loiro e grande como um armário e jovem, não mais de 30 anos em todo caso, que eu acho que ainda é jovem e eu tenho 28 e não me importo que saibam disso.

– Você não aparenta – Dill mentiu.

– Bem, eu tenho.

– Com que freqüência ele vinha aqui gritando e batendo na porta?

– O cara grandão? Ah, isso aconteceu apenas uma vez, no primeiro mês depois que nós nos mudamos para cá. Eu pensei: Aonde nós viemos nos meter? Aquilo foi tão ruim que eu pedi para Harold fazer alguma coisa, mas ele não fez. Harold disse que não era da nossa conta o que um policial fazia, mesmo uma policial feminina. Acho que ele estava com um pouco de medo do cara grandão – e ele era grande mesmo. É claro que Felicity mesmo não era tão pequena... 1,75m pelo menos. Mas eu ainda não sei como ela e o cara grandão... bem, você sabe. – Sua expressão ficou um pouco sonhadora e Dill imaginou quantas vezes ela tivera fantasias com o grandalhão.

– Então o que aconteceu? – perguntou Dill.

– Ah, eu levantei na manhã seguinte e fui vê-la e disse a ela que toda aquela bagunça fizera Harold ficar acordado, o que era uma mentira, porque ele dormiu durante a maior parte daquilo, fui eu quem ficou acordada. Ela foi doce como um bombom. Mas até aí ela sempre era, mesmo quando Harold fazia cagada com os cheques do aluguel... Oops. Desculpe. Deve ser o *bourbon*. – Ela deu uma risadinha. Dill sorriu.

– O sujeito grandão não voltou? – perguntou.

– Não. Nunca. Felicity falou que aquilo havia parado e parou mesmo. Nunca mais um ruído depois daquilo. Ela quase sequer ligava sua televisão, nem mesmo pela manhã para o *Good Morning America*, e isso é o que eu sempre assisto. Às vezes ela ligava para ver as notícias da noite, mas nunca alto.

– O capitão Colder vinha com freqüência? – perguntou Dill.

– Quem?

– O capitão Colder. Gene Colder.

– Ah. Ele. Ele esteve aqui ontem. Fez perguntas a mim e Harold e fingiu que nós nunca o havíamos visto antes.

– Mas vocês viram?

– Ah, claro. Ele costumava vir apanhar Felicity, talvez uma ou duas vezes por semana.

– Ele sempre a trazia de volta?

– Às vezes trazia. Mas às vezes ela não voltava para casa.

Dill pensou que o olhar que ela lhe deu por cima da borda de seu copo pretendia ser ardente. Em vez disso, era um pouco vidrado. Ele se deu conta de que ela estava um pouco bêbada.

– Você está dizendo que às vezes ela não voltava para casa depois de sair com Colder? – perguntou.

– Isso o incomoda?

– Não.

– Quer dizer, quando duas pessoas são adultas e tudo mais, é a coisa natural a fazer, certo?

– Certo.

– Tome eu e você, por exemplo.

– Ok.

– Ok o quê?

– Ok, vamos tomar você e eu.

– Sim, bem, se você e eu tivéssemos um desejo súbito um pelo outro e decidíssemos fazer alguma coisa a respeito, quem se importaria?

– Harold?

– Ele não se importaria. Ele tinha tesão por Felicity, mas nunca conseguiu nada. Puxa, eu não teria me importado se ele conseguisse. Quando ela batia à porta, ele sempre atendia vestindo short e com o pau meio duro. Acho que é por isso que atrasava o aluguel de vez em quando. Assim ele podia abrir a porta para Felicity com short e com o pau meio duro.

– Harold parece ser uma figura e tanto.

– Ele é mais ou menos o que você esperaria. Mais *bourbon* lá dentro? – Balançou um pouco seu copo e Dill concluiu que ela estava ainda mais bêbada do que ele havia pensado.

– Claro – disse ele, levantando-se, apanhando seu copo e voltando para a cozinha, onde preparou outro drinque para ela, mas encheu seu próprio copo com o que restava da Perrier. Quando retornou para a sala de estar, o colete havia saído totalmente. Dill entregou a bebida a ela, sorriu e falou: – Parece bem mais fresco assim.

– O que acha deles? – ela perguntou, segurando seu seio esquerdo com a mão em concha e oferecendo-o em exibição.

– Belos.

– Só belos?

– Extremamente belos.

– Isto é um tipo de cantada que eu estou dando em você.

– Eu sei.

– E então?

– Bem, é uma pena que eu tenha de estar no centro em 15 minutos.

– Está falando sério?

Dill balançou a cabeça com arrependimento.

Cindy McCabe bebeu um terço de seu novo drinque. Quando o copo foi baixado, seus olhos estavam ainda mais vidrados e até um pouco vesgos. Eles encararam Dill mesmo assim.

– Sabe de uma coisa? – disse ela.

– O quê?

– Eu cantei Felicity uma vez... lá no quintal.

– O que aconteceu?

Cindy McCabe riu. Foi um riso curto e áspero, mais triste que alegre.

– Ela me esnobou direitinho. – McCabe fez uma pausa, franziu a testa, baixou os olhos para seus seios nus, olhou para cima e acrescentou: – Quase do mesmo jeito como você está me esnobando agora.

Capítulo 13

Depois de finalmente se livrar de Cindy McCabe, Dill dirigiu até o centro, estacionou o Ford alugado na garagem subterrânea e, às 15h46, caminhou para dentro do agradavelmente fresco Hawkins Hotel. A temperatura do lado de fora, de acordo com mostrador do First National Bank, era de 40 graus. Não havia vento. Dill não conseguia lembrar de quando não houvesse vento antes.

A mulher idosa, que ele tomou por uma hóspede permanente, estava sentada em sua cadeira habitual no *lobby* trabalhando em uma intrincada peça de bordado. Ela ergueu os olhos quando Dill se aproximou, mas dessa vez não franziu a testa nem olhou feio. Também não sorriu. Ela meramente o encarou. Dill sorriu e fez um aceno de cabeça. Ela acenou de volta e disse:

– Clima de tornado.

Dill falou:

– Você pode ter razão – e continuou até chegar ao balcão da recepção, onde se deteve para ver se havia alguma mensagem em seu escaninho. Havia uma em uma tira de papel cor-de-rosa. Ele a pediu ao atendente. Este, o mesmo que havia feito seu *check-in*, consultou primeiro seu relógio, apanhou o bilhete do escaninho e se inclinou por sobre o balcão, com seus modos subitamente confidenciais ou conspiratórios. Ou ambos, pensou Dill.

– O capitão Colder – disse o atendente, mal movendo seus lábios.

Dill gostava de melodramas, especialmente à tarde.

– Onde?

– No Slush Pit.

– Há quanto tempo?

O atendente encolheu seus ombros magros.

– Quinze, talvez vinte minutos.

– E?

– Ele está procurando o senhor.

– Tem alguma saída pelos fundos?

– O senhor pode ir... – o atendente parou. As pontas de suas orelhas se tornaram rosadas. – Ah, que inferno, Sr. Dill, o senhor está brincando comigo.

– Não mesmo – falou Dill, virando-se e dirigindo-se ao Slush Pit. Enquanto caminhava leu a mensagem no bilhete. Ela pedia para ele "Por favor telefonar para o Sr. Dolan, Washington, D.C., antes das 18h. Horário de verão." Dill olhou novamente para seu relógio. Faltava mais de uma hora para as 18h em Washington. Mas realmente não havia pressa. Timothy Dolan nunca deixava o escritório do subcomitê antes das 19h, de qualquer maneira, nem mesmo nas noites de sexta-feira.

O Slush Pit, fazendo jus ao seu nome, estava retinto como sempre. Foram necessários vários segundos para que os olhos de Dill se ajustassem. Por fim ele localizou o capitão Gene Colder em uma mesa perto da parede norte. Colder estava sentado com as costas contra a parede, um copo de cerveja à sua frente. A cerveja parecia intocada. Dill suspeitou que Colder não fosse um grande bebedor, apesar dos dois *scotches* que havia engolido em seu quarto na tarde anterior. Dill pensou que aqueles dois drinques podiam bem ter consumido a ração semanal de Colder.

Dill cruzou o bar até a mesa. Colder ergueu os olhos para ele e acenou com a cabeça. Não era um aceno amigável. Tampouco era hostil. Era o aceno frio que um estranho poderia fazer para outro, economizando qualquer julgamento até que o segundo estranho fizesse alguma coisa estranha.

– Sente-se – falou Colder.

Dill devolveu seu próprio cumprimento de cabeça para estranhos, puxou uma cadeira e sentou.

– Bebida?

Dill na verdade não queria nada. Mas disse:

– Claro, vou tomar uma cerveja. Um chope.

Colder ergueu sua mão. A garçonete do bar aproximou-se apressada. Ultimamente, Dill disse a si mesmo, você tem bebido com pessoas que demandam atendimento instantâneo.

– Ele quer uma cerveja, Lucille – disse Colder à garçonete.

– Tudo certo com você, capitão? – ela perguntou.

– Estou bem.

Lucille se afastou. Colder apanhou seu maço de Salem e ofereceu um cigarro a Dill. Este sacudiu a cabeça.

– Eu parei.

– Se eu continuar fumando estas coisas, vou fazer o mesmo. – Colder acendeu o cigarro com um isqueiro descartável e inclinou-se para a frente, com os cotovelos sobre a mesa. – Achei que podíamos ter uma conversa sem o chefe bafejando em nossos cangotes.

– Certo.

– Felicity – disse Colder. – Eu gostaria de falar sobre ela.

– Tudo bem.

– Eu posso não demonstrar, Dill, mas estou quase desabando.

Dill balançou a cabeça no que ele esperava que fosse uma demonstração de compaixão. Aparentemente não foi, pois Colder o encarou como se esperasse algo mais.

– Eu também – falou Dill. – Desabando. Quase.

Isso foi melhor, Dill constatou. Não muito, mas era alguma coisa. Colder desviou os olhos e disse:

– Sou casado com uma vaca.

– Isso acontece.

– Ela é filha de um ex-chefe de polícia em nossa terra. Em Kansas City. – Ele amassou o cigarro quase sem fumar. – E foi por isso que eu casei com ela... porque ela era filha do chefe de polícia. – Continuou amassando cuidadosamente o cigarro. – Eu cometi um erro.

– Eu os cometo o tempo todo – Dill falou porque viu que Colder esperava que ele dissesse algo. A garçonete veio, pôs o copo de cerveja na frente de Dill e se afastou. Dill tomou um gole experimental. Colder ainda não havia tocado na sua.

– Eu tenho 36 anos de idade e se jogar direito posso ser chefe quando tiver 40. Talvez até antes. E não estou dizendo chefe de detetives como Strucker. Quero dizer chefe de polícia... o *queso grande*.

– Mas – falou Dill.

– O que quer dizer com mas?

– É por isso que você está me contando tudo isso, porque existe um mas.

Colder encarou Dill. Era o seu olhar de Grande Inquisidor, concluiu Dill, o que dizia: confesse. Revele. Exponha. Vomite.

– Exatamente de que tipo de mas você acha que se trata? – perguntou Colder.

Dill ergueu os ombros.

– Não vou nem tentar adivinhar por que você está para me dizer. – Na verdade, pensou ele, você está morrendo de vontade de me contar. O Inquisidor se tornou o Inquirido, embora suspeite que quaisquer que sejam as revelações, capitão, elas o deixarão isento de culpa.

– Minha esposa – começou Colder –, bem, minha esposa estava me fazendo passar um mau bocado muito tempo antes de eu sequer conhecer Felicity. Na verdade, eu me separei dela.

– Antes de conhecer Felicity.

– Bem, logo depois, de qualquer forma.

– Entendo.

– Eu não quero que você fique com a idéia de que Felicity desmanchou um lar feliz.

– Tenho certeza de que ela não faria isso.

– Minha esposa e eu não temos filhos. Por isso a única discussão que eu tive quando saí de casa foi com ela.

– Ela está aqui?

– Correto. Ela está aqui.

– Qual a idade dela?

– Um pouco mais velha que eu. Trinta e oito.

– Quase tarde demais para crianças, seja como for.

– Eu não acho que ela realmente quisesse filhos – Colder falou e tomou um melancólico gole da cerveja, que Dill achou que já devia estar choca. Colder não pareceu pensar assim.

– Então o que aconteceu depois? – falou Dill. – Quero dizer, depois que ela descobriu sobre Felicity?

– Você já ouviu isso, não?

– Ouvi o quê?

– Que minha esposa ameaçou matar Felicity.

– Não, não ouvi.

– Vai ouvir.

– Ela fez isso?

– Ameaçá-la? Claro.

– Não – falou Dill. – Não foi o que eu quis dizer.

– Está perguntando se ela matou Felicity?

– Sim.

– Não – disse Colder. – Ela não fez isso.

– Como sua esposa a ameaçou?

– Ela telefonava e gritava com Felicity. Ligou para a casa dela e disse: "Se você não se afastar do meu marido, eu vou matá-la." Ligou para ela no trabalho, também. Quando Gertrude – esse é o nome dela – não conseguia encontrar Felicity, deixava recado com quem atendesse. Recados como: "Aqui é esposa do capitão Colder. Diga à detetive Dill que eu vou matá-la se ela não o deixar em paz." Isso continuou por cerca de duas semanas.

– Depois o que aconteceu?

Colder acendeu outro de seus cigarros mentolados. Ele tragou e fez uma careta por causa do gosto. Ou pelo que estava para dizer.

– Neste estado, dois médicos podem internar alguém. O departamento tem dois deles de prontidão… caras que poderiam ter um probleminha com o conselho estadual de medicina, se nós quiséssemos fazer alguma coisa a respeito. Nós os mantemos à mão. – Ele fez uma pausa. – Isso não é horrível?

Dill balançou a cabeça.

– É – disse ele. – É mesmo.

– Então eu a tirei do caminho por um mês.

– Gertrude.

– É. Gertrude.

– Quando foi isso?

Colder puxou por sua cabeça.

– Um ano atrás, em setembro.

– Então ela saiu há... o quê? Dez ou 11 meses?

– Isso mesmo.

– E?

– Ela se acalmou. Eles a puseram sob Valium. Ela está até saindo com um cara que conheceu naquele lugar. Eu o verifiquei. É um bebum que está sempre parando e voltando e eles o estavam mantendo a seco quando ela o conheceu. Ele tem um fundo fiduciário, que é o que todo bebum deve ter, por isso não precisa se preocupar com dinheiro. Isso garante a ele uns dois mil por mês e às vezes ele vende uma propriedadezinha. Mas o que faz a maior parte do tempo é girar em torno de Gertrude. Ele lhe oferece flores e a leva ao cinema e ao teatro, sempre que um deles tem alguma atração aqui, e ela gosta desse tipo de coisa. Ele é mais velho. No início da casa dos 50, e eu imagino que ele a está comendo, mas não com muita freqüência, e isso certamente está fazendo bem a ela, também.

– Ela concordou com o divórcio então? – Dill perguntou.

– Ah, sim. Ela finalmente concordou com isso depois que foi embora.

– Onde ela esteve?

– Millrun Farm. Já ouviu falar?

Dill fez que sim com a cabeça.

– Era a residência do velho Dr. Lasker quando ele era o aborteiro de plantão aqui. Elas vinham de todo lugar na época... de Nova York, L.A., Memphis, Chicago. Costumava ser um lugar bem agradável, mas isso foi anos atrás.

– Ainda é – disse Colder. – Lasker morreu, você sabe.

Dill sacudiu sua cabeça.

– Não sabia.

– Ele estava velho e seu negócio havia mesmo ido para o inferno quando eles legalizaram o aborto, por isso ele a vendeu para um casal de jovens psiquiatras e eles fizeram a vida ali. Deus sabe que eles cobram bem.

Dill terminou o que restava de sua cerveja.

– Eu me pergunto por que Felicity nunca me contou que estava para se casar.

Colder sacudiu a cabeça como se estivesse desorientado. Dill não acreditou no gesto. Desorientação não tinha mais espaço no modo de ser de Colder do que a humildade. E seja você o que for, capitão, você não é humilde.

– Ela me disse que escreveu para você a respeito – disse Colder.

– Não escreveu.

– Talvez fosse por causa de Gertrude e tudo mais.

– Talvez. – Dill decidiu que queria outra cerveja. Ele olhou na direção do bar, atraiu o olhar de Lucille, a garçonete, e fez um movimento circular sobre a mesa com seu indicador apontando para baixo. Lucille fez um gesto de entendimento com a cabeça. Dill voltou-se novamente para Colder e sorriu seu sorriso mais agradável.

– Deixe-me perguntar uma coisa a você – falou Dill, com seu sorriso agora quase ardente de calor, compreensão e compaixão.

Colder aparentemente não acreditou no sorriso nem por um momento. Ele tirou seus cotovelos da mesa e reclinou-se para trás em sua cadeira. Era uma posição defensiva. Quando replicou sua voz havia reassumido seu tom de conversa com estranhos.

– Perguntar-me o quê?

– Onde Felicity morava? – Dill manteve seu sorriso cuidadosamente aceso.

– Entre a 32 e a Texas – Colder falou sem hesitação.

O sorriso sumiu e Dill sacudiu a cabeça em desapontamento.

– Acho que eu não me expressei direito.

– Você me perguntou onde ela morava. Eu disse. Entre a 32 e a Texas.

– Lá era onde ela acampava – falou Dill. – Eu estive lá esta tarde. Revistei o lugar. Ninguém morava ali. Ninguém. Alguém conservava algumas roupas ali. Alguém tomava uma xícara de café de vez em quando. Uma vez ou outra, alguém até dormia ali. Mas ninguém morava lá. Pelo menos, ninguém que se chamasse Felicity

Dill. Portanto, o que eu estou perguntando, acho, é onde Felicity realmente morava? Sua casa? Era lá que ela lambuzava o forno com seu molho *rémoulade*, e lia nove livros ao mesmo tempo e deixava a maioria deles aberta no chão, e fumava seus dois maços de Lucky por dia, e se pesava pelo menos duas vezes ao dia, e mantinha sua cozinha abastecida de comida suficiente para durar dois meses mesmo sabendo que jogaria boa parte dela fora? Esta era minha irmã, capitão. Era assim que ela vivia. Não era obsessivamente organizada. Ela não pendurava gravuras impressionistas compradas pelo reembolso postal na parede. Pusesse Felicity durante cinco minutos em um quarto, qualquer quarto, e ela o faria parecer como se sempre tivesse morado ali. Ela vivia em ninhos, capitão, e construía seus ninhos com coisas... coisas esquisitas, coisas divertidas, até coisas estúpidas como o hidrante de bombeiros que ela comprou quando tinha 15 anos, soldou uma tina recortada em cima dele e transformou-o no bebedouro de pássaros do jardim. – Dill respirou profundamente, segurou o ar por um longo instante, depois o deixou sair e perguntou em uma voz calma e razoável: – Então onde ela morava, capitão?

Lucille, a garçonete, chegou com duas cervejas e as serviu. Ela ia dizer alguma coisa a Colder, mas mudou de idéia quando viu sua expressão e se afastou às pressas. Colder, ainda olhando para Dill, pôs a mão esquerda no bolso da calça, apanhou sua cerveja com a mão direita e bebeu vários goles.

Depois de pousar sua cerveja na mesa, ele disse:

– Fillmore com a 19. Conhece?

Dill percorreu o mapa da cidade em sua memória. O mapa se provou indelével.

– A Fillmore se interrompe no parque, o Washington Park, e depois reinicia do outro lado. Há algumas casas velhas naquela esquina. Casas velhas muito grandes.

– A esquina a sudoeste. Fillmore um-sete-três-oito. Um arquiteto a comprou e a dividiu em apartamentos. Há uma edícula nos fundos. No beco. Era de Felicity. – Sua mão esquerda saiu do bolso e depositou uma chave solitária sobre a mesa ao lado da cerveja de Dill. – Aí está a chave.

Dill olhou para a chave e depois novamente para Colder. Pensou por um segundo ter visto algo nos olhos do outro homem. Talvez dor. Mas desapareceu quase imediatamente.

– Por que duas casas? – Dill perguntou.

– Eu não sei.

– Mas você sabia sobre os dois lugares.

– Meu Deus, sim, eu sabia. Olhe, amigo, talvez você devesse tentar aceitar algo simples: eu estava para *me casar* com ela. Não porque ela pudesse fazer algum bem para minha carreira. Não porque ela fosse rica. Não porque ela... que inferno. Eu a amava. Era por isso que eu ia me casar com ela.

A dor, percebeu Dill, havia retornado aos olhos de Colder. Ela não se dissipou dessa vez.

– O que ela dizia... sobre ter duas casas?

– Ela dizia que a outra, o dúplex, era um investimento para você e ela. Dizia que você estava pensando em voltar para cá para morar. Ela dizia que você a havia ajudado a comprá-lo.

– Ela dizia isso?

Colder balançou a cabeça, a dor em seus olhos ameaçava se espalhar para o resto da face.

– Ela mentiu – Dill falou.

– É – disse Colder. – Nós dois sabemos disso agora, não é?

Capítulo 14

Depois de deixar o Capitão Colder, Dill voltou para a garagem subterrânea do hotel, retirou o arquivo sobre Jake Spivey do porta-luvas do Ford e tomou o elevador da garagem até o nono andar. Ele planejava telefonar para Timothy Dolan em Washington e ler para ele algumas das passagens mais relevantes do depoimento de Spivey.

Dill destrancou a porta do 901, empurrou-a e entrou no quarto. Virou-se para fechar a porta e então o braço enlaçou o seu pescoço. Era um braço encorpado, muito musculoso, muito forte. Dill só teve tempo de pensar "chave de braço" e notar que o dono do braço não estava ofegante e nem com a respiração pesada. Talvez ele faça isso para ganhar a vida, Dill pensou, mas então seu oxigênio e sua artéria carótida se interromperam e, sem ar suficiente descendo para seus pulmões nem sangue o bastante fluindo para seu cérebro, ele perdeu a consciência e só a recobrou nove minutos mais tarde.

Encontrou-se caído no chão ao lado da cama. A primeira coisa que fez depois de abrir os olhos foi engolir. Nada havia sido partido. Nada sequer doía demais – apenas um leve incômodo na garganta que ele sentiu que logo desapareceria. Não é muito pior do que quando Jake e eu descobrimos como fazer isso um ao outro na quinta série, Dill pensou. A diferença é que nós não sabíamos que se chamava carótida na época. Apenas achávamos que era uma maneira segura de desmaiar.

Ele sentou-se lentamente, cautelosamente até, e olhou à sua volta para ver se o perito em chave de braço ainda estava presente. Não estava. Dill apalpou o bolso do paletó à procura de sua carteira. Ela estava ali. Ele a tirou, olhou seu interior e contou o dinheiro. Nada havia sido tirado. Seu relógio ainda estava em seu pulso esquerdo. Dill ficou de joelhos e depois se levantou e olhou em torno à procura do arquivo sobre Jake Spivey. Foi apenas um ligeiro olhar, desprovido de esperança. Sabia que o arquivo teria sido levado e fora mesmo.

Dill sentou-se na cama e examinou cuidadosamente sua garganta com a mão direita. O incômodo já estava passando. O dano cerebral seria mínimo, disse para si mesmo, umas poucas centenas de milhares de células perdidas quando muito, mas há milhões mais e desde que você não as use demais, será tão inteligente quanto sempre foi, o que significa que ainda pode atravessar ruas largas por conta própria.

Tentou recordar tudo que podia sobre o atacante. Lembrou-se do antebraço. Era um antebraço infernal, o direito provavelmente, porque a mão esquerda estaria travada em torno do punho direito, exercendo pressão. Depois havia aquela respiração tranqüila, normal. Ele não estava exatamente em pânico enquanto esperava que você aparecesse. Seus nervos, se ele tinha algum, estavam em perfeita forma. E sua pulsação provavelmente subiu para cerca de 72 quando ele ficou excitado – se é que ficou. Dill não precisava sentir o seu próprio pulso para saber que estava disparado.

E uma vez que seu atacante fez aquilo tão tranqüilamente e com um esforço aparentemente tão pequeno, Dill concluiu que ele devia ter feito isso com freqüência no passado, o que possivelmente indica, inspetor, que antes de voltar sua vida para o crime ele pode muito bem ter sido um policial honesto, ou mesmo desonesto, possivelmente de Los Angeles, onde se diz que todos os campeões de chave de braço residem. E este poderia facilmente se qualificar para as olimpíadas de chave de braço. Havia uma chance, claro, de que ele pudesse ter adquirido sua habilidade em outro lugar. Podia ser um veterano ligeiramente enlouquecido das Forças Especiais, um Boina Verde encanecido, que tivesse aprendido tudo sobre chaves de braço e assassinato silencioso no forte Bragg, praticado até a perfeição no Vietnã, e agora vendesse suas habilidades duramente adquiridas para qualquer um que quisesse comprar. Aprenda um ofício no exército, alguém o aconselhou, e ele fez isso.

Dill se levantou da cama, cruzou o quarto até a garrafa de Old Smuggler que ainda repousava na escrivaninha, abriu-a, farejou suspeitoso o seu conteúdo (para quê? perguntou-se a si mesmo. Cianeto?), serviu pouco mais de uma dose num copo e bebeu. Ardeu ligeiramente e fez com que ele estremecesse, mas não mais do que de costume.

Depois de largar o copo, Dill pegou o telefone, fechou os olhos, lembrou o número que desejava e o discou. A resposta veio ao terceiro toque com a voz de Daphne Owens, que novamente recitou os quatro últimos dígitos do número telefônico.

– Aqui é Ben Dill novamente. Eu gostaria de falar com Jake por um minuto.

– Só um instante – disse ela, e dez segundos depois Spivey estava na linha, transbordando com sua boa animação costumeira. – Eu estava prestes a telefonar para você, meu bom companheiro.

– Sobre o quê?

– Domingo. Você ainda estará na cidade no domingo, certo? Bem, o homem do tempo disse que será outro dia abrasador, por isso pensei que você gostaria de vir aqui e comer umas costelas, mergulhar na piscina e azarar umas garotas seminuas. Passar o dia.

– Parece ótimo – falou Dill. – Talvez eu leve uma.

– Uma garota seminua?

– Exato.

– Eu realmente admiro o modo como vocês rapazes descolados da cidade agem.

– Estou com um problema, Jake.

– Grande ou pequeno?

– Pequeno. Eu perdi seu depoimento.

Spivey ficou em silêncio por alguns momentos.

– Perdeu?

– Por falta de cuidado.

– Acho que devo perguntar onde você o perdeu, mas então você diria que se soubesse onde o perdeu você o encontraria. Então, onde você o perdeu?

– Eu guardei na minha pasta de documentos – Dill mentiu. – Larguei a pasta na banca de jornais aqui do hotel para olhar algumas revistas e quando estiquei a mão para apanhá-la, ela havia sumido.

– Tem acontecido muito disso no centro – falou Spivey. – O que mais havia na sua pasta?

Dill decidiu enfeitar a sua história.

– Minha passagem aérea, alguns papéis, mas nada importante. Estava pensando se você poderia providenciar outra cópia de seu depoimento.

– Não há problema. Só o que eu preciso fazer é pedir para uma das garotas apertar um botão e a impressora irá cuspir outra cópia. Porra, computadores são uma coisa e tanto, não são? – Antes que Dill pudesse responder, Spivey prosseguiu, com seu tom se tornando pensativo. – Não havia nada naquele depoimento, de qualquer forma. Quero dizer, nada com que eu tenha de me preocupar. Sabe de uma coisa, vou mandar elas imprimirem outra cópia, entregar para Daffy reconhecer a firma e mandá-la por um dos meus mexicanos. Deverá estar aí em cerca de uma hora para o caso de você ter de telefonar para o seu pessoal em Washington e contar a eles o trabalho de primeira que está fazendo aqui.

– Você é uma brasa, Jake.

– Juro que eu queria saber como você escreve isso. Quanto a domingo, por que você não chega por volta do meio-dia, você e sua amiga?

– Parece ótimo.

– Vejo você no domingo então.

Dill agradeceu a Spivey novamente e desligou. Ele ficou em pé, olhando para o telefone, memorizando cuidadosamente as mentiras que havia contado a Spivey, apanhou o fone novamente, discou 11 números, ouviu os chiados e bipes da ligação interurbana, o telefone tocando e depois a voz de Timothy Dolan dizendo:

– Dolan.

– É Ben, Tim.

– Eu tenho algumas notícias. Clyde Brattle está de volta.

– De volta para onde?

– Para os Estados Unidos. Ele cruzou a fronteira do Canadá.

– Mas não o reconheceram, certo?

– Não até dois dias depois, quando um deles finalmente decidiu dizer ei, aquele cara parecia familiar, foi vasculhar seu álbum de fotos e reconheceu Brattle.

– Onde foi isso?

– Detroit.

– Quando?

Dolan suspirou ou soprou um pouco de fumaça de cigarro.

– Dez dias atrás, mas ninguém divulgou ou nos comunicou até esta tarde. O senador já partiu para Santa Fé para algumas atividades políticas de fim de semana e eu não consegui localizá-lo ainda. Ele vai abrir as portas de todos os infernos. Eu já abri uma boa cota das minhas.

– Por que você acha que Brattle voltou?

– Eu diria que ele pode estar precisando amarrar algumas pontas soltas.

– Como Spivey?

– Talvez. Você já conversou com ele?

– Esta tarde.

– E ele concorda em prestar um depoimento a você?

– Ele já prestou, sob juramento completo.

– Alguma coisa interessante?

– É o que não está nele que interessa.

– O que ele quer pelo que não está no depoimento... imunidade?

– Exato.

– O que você disse?

– Eu balancei a cabeça.

– Bem, ele não pode registrar um balançar de cabeça na fita.

– Há mais uma coisa – Dill falou.

– Não gosto do seu tom, Ben. Ele tem sugestões de calamidade e desastre absoluto.

– Eu fui atacado.

– Meu Deus. Quando?

– Há cerca de 15 minutos no meu quarto de hotel. Eles levaram o arquivo sobre Spivey.

– E o que mais?

– Era só o que eles queriam.

– Eles?

– Era grande o bastante para ser considerado eles. Aplicou uma chave de braço em mim, e não, eu não estou ferido, mas foi gentileza sua perguntar.

– Estou pensando – disse Dolan. – O arquivo em si não é importante. Nós temos cópias.

– E Spivey vai me mandar outra cópia do seu depoimento. Eu disse a ele que alguém roubou minha pasta de documentos.

– Você não tem uma pasta de documentos.

– Spivey não sabe disso.

Houve um silêncio na extremidade da linha em Washington, até que Dolan falou:

– Eu estava pensando em algo mais. O que havia no depoimento... nas entrelinhas?

– Nas entrelinhas, se eu as ouvi e li corretamente, Jake Spivey poderia enforcar Clyde Brattle se quisesse, e se nós lhe garantirmos imunidade para que ele não se enforque quando fizer isso.

– Depois de Detroit – Dolan falou vagarosamente – eu me pergunto para onde Brattle foi.

– Você não está se perguntando, você está sugerindo que ele está bem aqui e que ele quis dar uma rápida olhada nos arquivos sobre Spivey.

– É uma possibilidade.

– Talvez seja melhor eu alertar Jake.

– Vá em frente, mas se Clyde Brattle quer ele morto, ele está morto. Nosso problema é manter Spivey vivo por tempo o bastante para... – Dolan se interrompeu. – Veja, se eu puder ajeitar as coisas aqui, conversar com o presidente do congresso e com aquele bosta, o Clewson, bem... – Sua voz quase sumiu. Clewson era Norman Clewson, o representante da maioria do subcomitê. Dolan o desprezava. – Eu posso fazer isso – disse ele subitamente.

– Fazer o quê?

– Agendar uma audiência aí com o subcomitê, na próxima terça ou quarta-feira. O senador pode conduzi-la. Diabo, fica bem no caminho dele. Eu vou até aí e então nós podemos nos encontrar no edifício da federação, oferecer imunidade a Spivey e deixar que ele desembuche até a alma enquanto ainda está vivo.

– Eles nunca vão liberar isso – falou Dill.

– Eles vão liberar – disse Dolan, com um tom confiante. – Eles não vão ter uma porra de escolha depois que eu lhes contar que, se eles não aceitarem, nunca vão conseguir o testemunho sincero de Jake Spivey porque ele estará, com toda a maldita certeza, morto.

– Você acredita mesmo nisso?

Dolan fez uma pausa por um curto momento antes de responder.

– Claro. Você não?

– Você não conhece Jake tão bem quanto eu.

– Está querendo dizer que pode ser Brattle o morto?

– Sim, pode.

– Que porra, Ben. Se você estiver certo, nós ainda saímos na dianteira.

Capítulo 15

Aos três minutos para as seis daquela tarde de sexta-feira, Anna Maude Singe, a advogada, atendeu o telefone de seu escritório com um decidido e profissional "Anna Maude Singe".

– Aqui é Ben Dill.

– Ah – disse ela. – Bem. Oi.

– Não tinha certeza de que ainda conseguiria achar você.

– Eu estava de saída.

– A razão por que estou ligando é que eles – eles são os policiais – vão mandar uma limusine para mim amanhã, e eu estava me perguntando se você gostaria de ir comigo ao serviço fúnebre e depois ao cemitério.

Houve um breve silêncio até que Singe finalmente falou:

– Sim. Eu gostaria. – Houve mais uma pausa e depois ela disse: – Eu preciso conversar com você de qualquer forma.

– Que tal esta noite? – Dill falou.

– Esta noite?

– Jantar.

– Você quer dizer como um encontro de verdade?

– Razoavelmente perto disso.

– Com comida de verdade?

– Isso eu posso prometer.

– Bem, soa melhor que Vapza. Onde eu encontro você?

– Por que eu não passo para apanhá-la?

– Quer dizer na minha casa?

– Claro.

– Meu Deus – disse ela – é mesmo como um encontro de verdade, não é?

Anna Maude Singe morava na 22 com a Van Buren em um prédio residencial de sete andares que havia sido construído no início de 1929 pelo mesmo grupo de industriais do petróleo que mais tarde comprou o arranha-céu do especulador imobiliário arruinado. Ostensivamente, os industriais construíram o edifício em estilo vagamente georgiano para abrigar os pais dos novos-ricos do petróleo, que não queriam os velhos atrapalhando. Era um edifício bem planejado e cuidadosamente projetado e os novos-ricos do petróleo prontamente abocanharam longos contratos de aluguel – apenas para descobrir que seus pais rejeitavam a idéia de morar em apartamentos (a maioria achava isso imoral) e se recusavam a pôr os pés no local.

Os membros do sindicato, encalhados em 1930 com o que parecia ser um elefante branco, deram de ombros e instalaram suas próprias namoradas e concubinas no que viria a ser conhecido zombeteiramente como o Lar dos Velhinhos, embora seu nome verdadeiro fosse Van Buren Towers.

Era uma estrutura sólida e extremamente bem construída que empregou uma generosa quantidade de mármore italiano, especialmente nos banheiros de considerável mau-gosto. Mais tarde, quando os petroleiros e suas amantes envelheceram, separaram-se e morreram, os apartamentos começaram a conseguir aluguéis excepcionais, com unidades de dois dormitórios chegando, no final de 1941, a até 100 dólares ao mês. Para deleite dos inquilinos sortudos da época, foi aí que os aluguéis se congelaram pelas medidas de guerra até meados de 1946.

Dill estivera no edifício apenas uma vez, e isso fora em 1959, quando o maligno Jack Sackett convidara ele e Jake Spivey para conhecer a sua "tia Louise", uma beleza de 33 anos de idade que se descobriu ser a bem guardada namorada do pai de Sackett, na época o porta-voz da Assembléia Legislativa do estado. A tia Louise serviu a seus jovens cavalheiros visitantes Coca-Cola e *bourbon* e depois conduziu um a um até seu quarto. Dill e Spivey não chegavam a ter 14 anos. Sackett, o futuro melhor jogador de sinuca da Costa Oeste, tinha 15. Isso permaneceu na lembrança de Dill como uma memorável tarde de verão.

Enquanto esperava no átrio de mármore do Van Buren pelo único elevador que o levaria até o quinto andar, Dill notou como os tapetes do saguão agora estavam um pouco desfiados, suas paredes manchadas por dedos pegajosos e suas grossas portas de vidro precisando ser lavadas. No elevador, que cheirava a urina de cachorro, ele tentou lembrar o número do apartamento da Tia Louise, mas não conseguiu. Dill era esperto o bastante para não ter esperanças de que o número de Anna Maude Singe fosse o mesmo.

Ela estava vestindo uma túnica de algodão listrado e áspero quando abriu a porta depois que ele apertou o botão cor de marfim. Ela sorriu e deu um passo atrás. Enquanto ele entrava, ela falou:

– Bem-vindo ao esplendor desvanecido.

Dill olhou à sua volta.

– Você tem razão. É isso mesmo.

– Conhece a sua esplendorosa história? Do edifício, quero dizer.

Ele balançou a cabeça.

– Bem, este apartamento em particular foi ocupado de 1930 até o início do ano passado por uma certa Eleanor Ann Washburn, mas então a senhorita Ellie bateu as botas e deixou isso tudo para mim – móveis, roupas, livros, quadros, tudo – incluindo suas memórias. Isto se tornou um condomínio, você sabe.

Dill falou que não sabia.

– Nos idos de 1972 – disse ela.

– Por que ela o deixou para você?

– Eu a ajudei a recuperar os *royalties* de umas ações de petróleo que o velho Ace Dawson dera a ela no início dos anos 1930. Ela era amante de Ace. Ele lhe deu o que ela chamava de uma jarra transbordando de ações que perderam o valor nos anos 1950, mas quando sobreveio a crise do petróleo – não a de 1973, mas a de 1979 –, bem, tornou-se lucrativo começar a esvaziar aqueles velhos poços.

Foi por isso que, depois que o homem da companhia de petróleo apareceu, a senhorita Ellie mandou me procurar, porque disse que nunca conheceu um proprietário de terras que não fosse mais sujo que um poleiro de pombo e ela dizia saber do que estava falando. Eu consegui para ela o melhor acordo que pude, que não era ruim, e então ela foi até outro advogado, mudou seu testamento e me deixou seu apartamento e tudo o que há nele.

– E ela era namorada de Ace Dawson?

– Uma delas. Ela me contou que Ace tinha meia dúzia ou mais espalhadas por todo o estado.

– Eu conheço o cara que comprou a casa dele.

– Jake Spivey – disse ela.

– Você conhece Jake?

– Todo mundo fala dele, mas não são muitos os que parecem conhecê-lo.

– Gostaria de ser apresentada a ele?

– Está falando sério?

– Claro.

– Quando?

– Domingo. Eles vão assar umas costelas e dar uns mergulhos na piscina.

– Domingo – disse ela.

Dill balançou a cabeça.

– A que horas?

– Nós vamos começar por volta do meio-dia.

– O dia inteiro então?

– Provavelmente.

– Bem, eu não sou nenhuma tiete, mas seria capaz de matar para ver o interior da casa dele.

Dill deu um sorriso.

– Você acha que Jake é uma celebridade?

Ela ergueu os ombros.

– Nesta cidade ele passa por uma. – Ela passou o olhar pela sala e franziu a testa. – Por que você está de pé? Sente-se. – Ela indicou uma poltrona forrada com um tecido estampado intacto porém desbotado. A estampa parecia ser de rosas vermelhas e amarelas entrelaçadas com espinhos agudos e ramos de um verde muito pálido. Dill sentou-se. Anna Maude Singe sorriu. – Como eu disse, esplendor desvanecido. – Ela deu as costas e se dirigiu para a entrada do corredor. – Eu volto logo.

Enquanto ela esteve ausente, Dill examinou o tamanho considerável da sala de estar com seu pé-direito de três metros de altura. As paredes eram de gesso grosso escovado de cor creme. Os móveis tinham um ar dos anos 1930 e 1940. Havia até um toca-discos Capehart, do tipo automático que apanha os discos de 78 rotações e os coloca gentilmente em uma ranhura. Dill lembrou ter visto um em operação na casa de um amigo em Alexandria, Virgínia. O amigo dizia que era uma antigüidade.

O restante da mobília possuía linhas pronunciadas regulares e toda ela parecia raramente usada ou recentemente restaurada. As cores, à exceção da poltrona de estampa desbotada, era em padrões obscurecidos de marrom, canela, creme e branco acinzentado, embora houvesse várias almofadas em vermelho brilhante, amarelo e laranja espalhadas em volta. Dill achou que as almofadas combinavam belamente com a grande reprodução de *Daybreak*, de Maxfield Parrish. Ele se levantou para inspecioná-la mais de perto, tentando descobrir se as figuras adolescentes que havia nela eram rapazes ou garotas. Ainda estava indeciso quando Anna Maude Singe retornou usando um vestido de seda creme cuja barra acabava logo abaixo dos joelhos. Dill achou que o vestido parecia elegante e caro. Ele sorriu e disse:

– Você está terrivelmente bela.

Ela desceu os olhos para o vestido, que tinha o decote cavado e mangas muito curtas.

– Esta velharia. Eu posso dizer isto honestamente porque ele tem 48 ou 49 anos e é de autêntica seda lavada chinesa. A senhorita Ellie e eu tínhamos quase o mesmo tamanho... pelo menos, no passado dela. Depois ela ficou um pouco gorda.

Descendo pelo elevador, Anna Maude Singe delineou de maneira sucinta os passos que Dill teria de seguir para resgatar a apólice de seguros de 250 mil dólares de sua irmã morta. A caminho do carro estacionado dele, ela esboçou os obstáculos que ele poderia encontrar se tentasse vender o dúplex de tijolos amarelos. Dill achou sua análise concisa e objetiva. Enquanto entravam no Ford, ele disse:

– Acho que posso precisar de um advogado.

Ela ergueu os ombros.

– É, você pode.

Ele pôs a chave na ignição e deu partida no motor.

– Você pode ser minha advogada.

Ela não respondeu nada. Dill arrancou do meio-fio. Depois de dirigir uma quadra, ele disse:

– E então?

– Estou pensando.

– Sobre o quê?

– Pensando se quero ser sua advogada.

– Meu Deus, eu não estou pedindo que você case comigo.

– Não é por você – disse ela. – Você daria um ótimo cliente estúpido. É por Felicity.

– Felicity está morta.

– Eu ainda represento seu espólio.

– E daí?

– Pode haver um conflito de interesses.

– O ano que passei na faculdade de direito, embora não recorde com muita nitidez, me diz que tudo isso não passa de bobagem.

Ela se virou para olhar para ele, apoiando suas costas contra a porta e enfiando os pés sob seu corpo sobre o assento.

– Felicity costumava conversar comigo... me fazer confidências, na verdade, como sua amiga e advogada. Às vezes é difícil distinguir onde a confiabilidade legal começa e termina.

– Você não está sendo clara.

– É porque eu acho que não devo dizer mais nada.

Dill olhou para ela e devolveu sua atenção para a rodovia à sua frente.

– Eu sou o maldito irmão dela – disse ele –, não a porra do Departamento de Receita. Minha irmã foi assassinada. Ela estava levando uma vida bem estranha antes que eles a explodissem. Ela comprou um dúplex em que sequer morava com dinheiro que ela não tinha. Ela fez uma apólice de seguro de vida de 250 mil dólares, pagou por ela em dinheiro e morreu três semanas depois – como se tivesse agendado. Ninguém se pergunta – você, por exemplo – de onde, com os diabos, o dinheiro estava vindo? Ninguém, pelo amor de Deus, acha que o dinheiro e o assassino podem estar ligados? Mas só o que você faz é ficar aí sentada e falar sobre confiabilidade. Cristo, garota, se você sabe de alguma coisa vá contar para os tiras. Felicity está morta. Ela não vai se importar se você revelar suas confidências. Ela não vai se importar com mais nada.

– O sinal está vermelho – disse Singe.

– Eu sei que o sinal está vermelho – Dill falou, pisando nos freios e travando as rodas do Ford.

Eles esperaram o sinal vermelho em silêncio até que ela falou:

– Ok. Eu serei sua advogada.

Dill balançou a cabeça de um modo dúbio.

– Eu não sei nem se você é esperta o bastante para ser minha advogada. Afinal, eu tenho alguns negócios terrivelmente complicados que precisam ser desembaraçados. Tenho de vender uma casa e resgatar uma apólice de seguro. Isso pode exigir um jogo de cintura muito criativo com a lei. Pode envolver até a redação de uma carta e dois, talvez três telefonemas.

– O sinal está verde – disse ela.

– Eu sei que está verde – Dill falou, e fez o carro atravessar aceleradamente o cruzamento.

– Bem? – disse ela.

– Bem o quê?

– Você quer que eu seja sua advogada?

Dill suspirou.

– Ah, inferno. Por que não? O que você quer comer?

– Miúdos.

Ele olhou para ela sorriu.

– Sério?

– Eu adoro miúdos – disse ela.

– Isso quer dizer Packingtown. Chief Joe's?

– Onde mais?

– Cristo – Dill falou alegremente. – Miúdos.

Tudo o que ficava ao sul do Yellowfork era chamado Packingtown,* embora a Armour tivesse ido embora havia muito, assim como a Swift, e agora apenas a Wilson permanecesse abatendo os porcos, os novilhos e os eventuais carneiros – eventuais porque comer carneiro era geralmente tido como coisa de maricas. O Yellowfork, é claro, era o rio que todos descreviam como tendo um quilômetro e meio de largura e dois centímetros de profundidade – não era uma descrição muito original, mas a cidade nunca deu grande valor à originalidade.

Às vezes havia água no Yellowfork, bastante água, mas outras vezes, como agora, era apenas um largo rio sinuoso de areia seca amarelo-brilhante, margeado por salgueiros e choupos.

Durante anos o Yellowfork serviu à cidade como uma conveniente linha de demarcação econômico-social. Ao sul do rio moravam os brancos pobres e os outros, pobres de cores variadas. Embora as linhas de certa forma se tornassem indistintas depois da Segunda Guerra Mundial, era principalmente por conveniência e hábito que tudo que ficasse ao sul do Yellowfork ainda fosse chamado de Packingtown. A JFK High School até mesmo chamava seu time de futebol de Kennedy Packers. E embora todos, com exceção de um dos abatedouros, tivessem partido, havia vezes, Dill pensou, em que numa tarde quente de verão, com o vento soprando direto do sul, ainda se podia sentir o fedor do gado condenado e agonizante. Era possível senti-lo até mesmo num local tão ao norte quanto Cherry Hills.

Dill sentiu que estava quase no piloto automático enquanto dirigia para o sul pela Van Buren, para leste pela Our Jack, e depois virava novamente para o sul no Hawkins Hotel tomando a Broadway. Ao sul do hotel, a Broadway mantinha sua respeitabilidade bastante bem até alcançar a South Fourth Street, ou Deep Four, como os nativos a chamavam. Depois da Deep Four, a South Broadway era uma desordem. A South Fourth, a Third, a Second

* Packingtown, "cidade dos embutidos". (*N. do E.*)

e a First Streets haviam um dia encerrado o quase solitário enclave negro ao norte do Yellowfork. O antigo gueto era agora completamente integrado e largamente habitado pela escória de tòdas as raças, credos e sexos – os últimos sendo às vezes bastante ambíguos. Tanto os respeitáveis quanto os não tão respeitáveis negros haviam desde muito tempo se mudado para o mais perto da região nobre da cidade que podiam se permitir pagar, abandonando a área da Deep Four para a ralé e seus propósitos freqüentemente medonhos. Dill lembrou que sua irmã havia trabalhado na área da South Broadway e da Deep Four pouco depois de ser transferida para a Homicídios. A região era, em sua maior parte, de bares, clubes suspeitos, lojas de bebidas, cinemas pornôs e hoteizinhos baratos com nomes pomposos como Biltmore, Homestead, Ritz e Belvedere. Havia também um grande número de antigas casas de madeira conjugadas e com largas varandas frontais. As pessoas sentadas nas varandas pareciam violentas, malvadas, intratáveis e desesperadas o suficiente para a revolta, se isso as pudesse refrescar um pouco. A temperatura pouco depois das 19h era de 35 graus. O sol ainda não havia se posto. Vários ocupantes das varandas frontais bebiam cerveja em lata e não vestiam nada além de suas roupas íntimas. Não havia brisa.

– De onde vêm todas essas putas? – Dill perguntou quando se aproximaram da South First Street.

– Do escritório de combate ao desemprego – falou Singe. – Felicity conversava com elas algumas vezes. Todas lhe diziam que era trepar ou passar fome.

Eles pararam no sinal vermelho. Um homem saiu cambaleando do meio-fio, abriu caminho contornando a dianteira do Ford, e parou na janela de Dill. O homem tinha cerca de 35 anos. Vestia uma camiseta verde imunda e calças cáqui. Dill não pôde ver seus sapatos. Tinha olhos azuis que pareciam flutuar sobre pequenos lagos cor-de-rosa. Ele precisava se barbear. Alguma coisa branca e nojenta estava encrostada em volta de sua boca. Ele bateu na janela de Dill com uma grande pedra. Este abaixou o vidro.

– Me dá uma moeda, cara, ou eu vou quebrar a porra do seu pára-brisa – o homem disse com absoluta ausência de inflexão.

– Vá se foder – falou Dill, e ergueu o vidro. O homem deu um passo atrás e apontou cuidadosamente para o pára-brisa com a sua pedra. Dill acelerou, furando o sinal vermelho.

– Eu devia ter dado a moeda a ele.

– Você não devia nem ter aberto a sua janela – disse Singe.

Logo depois da South First Street, a Broadway iniciava uma curva para a direita até onde começava a ponte sobre o Yellowfork. A ponte de concreto de quatro pistas havia sido construída em 1938 e recebera o nome do então secretário do Interior, Harold F. Ickes. Quando Truman demitiu MacArthur em 1951, o conselho da cidade – quase incandescente de brilho patriótico – renomeou a ponte em homenagem ao general de cinco estrelas, mas quase todo mundo ainda a chamava como sempre havia chamado: a ponte da First Street.

Quando eles começaram a subir a ladeira que dava acesso à ponte, Dill perguntou:

– Por que não puseram a Deep Four e a South Broadway abaixo quando estavam demolindo todo o resto?

– Eles pensaram nisso – disse Singe. – Mas depois ficaram com medo.

– De quê?

– Medo de que todos os esquisitos e indesejáveis se mudassem para algum outro lugar... talvez até mesmo para a casa ao lado.

– Ah – falou Dill.

Capítulo 16

Para o jantar eles tiveram miúdos, quiabo, feijão macassar, salada de repolho e pão de milho, *buttermilk** para beber e, para a sobremesa, torta merengue de limão. Sentaram sob a cabeça barbada de um bisão que estava morto havia 39 anos. As paredes do Chief Joe's eram cobertas de cabeças empalhadas de bisões, veados, renas, alces, linces, pumas, coiotes, lobos, cabritos monteses e três tipos de urso. Depois que Dill e Anna Maude Singe terminaram seus jantares, ambos concordaram que seria aquilo que escolheriam se tivessem que pedir a última refeição.

O restaurante havia sido fundado por Joseph Maytubby, que era meio *cherokee* e meio *choctaw* misturado com um pouco de *kiowa*. Todos o chamavam de Chefe porque era assim que todos os índios eram chamados. Maytubby havia sido cozinheiro do exército na França durante a Primeira Guerra Mundial. Ele permaneceu lá depois da guerra, casou-se com uma francesa de 23 anos, trouxe-a de volta com ele para sua cidade e juntos eles abriram o Chez Joseph, em 1922. Tinha apenas um balcão e quatro mesas para começar, mas a comida era soberba e quando os vaqueiros descobriram o que madame Maytubby sabia fazer com testículos de touro, ele se tornou

---

**Buttermilk*, espécie de coalhada. (*N. do E.*)

um dos dois restaurantes mais populares de Packingtown. O outro era o Puncher's, especializado em carnes. Também era possível pedir um filé no Chief Joe's, mas poucos o faziam, preferiam em vez disso especialidades como miúdos, testículos, miolos com ovos mexidos, carneiro ensopado, sopa de rabada e o maravilhoso prato sem nome que o restaurante preparava com patos selvagens durante a estação de caça.

As cabeças empalhadas de animais haviam começado quando um vaqueiro que freqüentava o local matou um urso cinzento nas Rochosas Canadenses, em 1927. Ele mandou empalhar a cabeça e presenteou-a a Chefe Joe. Sem saber o que fazer com ela, Chefe Joe pendurou-a na parede. Depois todos que atiravam em alguma coisa começaram a presenteá-lo com as cabeças empalhadas de suas presas até que as paredes ficaram cobertas de animais com olhos de vidro. Chefe Joe morreu em 1961; sua esposa em 1966. O único filho deles, Pierre Maytubby, assumiu e alguns velhos fregueses tentaram chamá-lo de Chefe Pete, mas ele não aceitou. Sob Pierre, a qualidade do restaurante permaneceu a mesma, assim como o letreiro do lado de fora, que ainda dizia Chez Joseph, embora ninguém jamais o tivesse chamado assim à exceção de madame Maytubby.

Quando o café e o conhaque vieram, Dill recostou-se e sorriu para Anna Maude Singe. A mesa deles estava em frente a uma das banquetas, e Singe estava sentada de encontro à parede diretamente abaixo do bisão morto, que estava começando a parecer um tanto roído de traças.

– Você gosta de *buttermilk* no jantar – falou Dill. – Não acho que já tenha saído com alguma mulher que gostasse disso.

– Eu fiquei conhecida por beber isso até no café-da-manhã.

– Exige uma certa dose de estômago.

– O que você toma no café-da-manhã?

– Café – Dill falou. – Costumava ser café e cigarros, mas eu parei de fumar. Remarque dizia que café e um cigarro eram o desjejum do soldado.* Eu li isso numa idade impressionável.

---

* Erich Maria Remarque (1898-1970), autor de *Nada de novo no front*. (*N. do T.*)

– Você já foi soldado?

– Por quê?

Ela ergueu os ombros.

– Você devia ter a idade certa para o Vietnã.

– Eu não estive no Vietnã.

– Mas você esteve no estrangeiro.

– Eu estive no exterior. Civis vão para o exterior; soldados vão para o estrangeiro.

– Então você não foi soldado.

– Não.

– Alguns caras dizem que hoje se sentem culpados por terem deixado passar o Vietnã.

– Brancos de classe média e formação universitária?

Singe balançou a cabeça.

– Eles sentem que perderam algo que nunca terão outra chance de recuperar.

– Eles perderam – falou Dill. – Perderam a chance de levar um tiro em suas bundas, embora eu não ache que isso teria acontecido. Você não vê muitos caras brancos de classe média e nível universitário na linha de fogo.

– Você não parece sentir culpa – disse ela.

– Eu obtive um adiamento. Era o único arrimo de uma órfã de 11 anos.

– Você teria ido?

– Ao Vietnã? Eu não sei.

– Suponha que eles tivessem dito: "Ok, Dill, você está na lista. Apresente-se à Junta para ser recrutado na próxima terça-feira." O que você teria feito?

– Teria ido para a Junta de Recrutamento ou para o Canadá. A um deles por condenação; ao outro por curiosidade.

Ela o analisou por vários segundos.

– Acho que você teria ido para a Junta de Recrutamento.

Dill deu um sorriso.

– Talvez não.

– O que você fez no estrangeiro? Quero dizer, no exterior.

– Felicity não contou a você?

– Não.

– Pensei que ela costumasse falar sobre mim.

– Sobre quando vocês cresceram juntos. Não sobre quando você foi para Washington ou para o estrangeiro.

– O exterior.

Ela sorriu.

– Certo. O exterior. O que você fazia lá?

– Eu xeretava.

– Para quem?

– Para o governo.

Anna Maude Singe franziu a testa, e quando ela fez isso Dill sorriu.

– Não se preocupe, eu não estava na agência, embora costumasse esbarrar com eles de tempos em tempos.

– Como são aqueles caras da CIA na realidade? – disse ela. – A gente lê sobre eles. Fazem filmes sobre eles. Mas eu nunca conheci nenhum. Acho que nem mesmo cheguei perto de conhecer um deles.

– Eles eram... – Dill fez uma pausa, tentando lembrar como eles eram realmente. Lembrou de narizes pontudos e orelhas muito juntas, unhas roídas e bocas afetadas com expressões arrogantes. – Acho que você teria de dizer que eles são assim como... como eu. Enfadonhos.

– Enfadonhos?

Ele balançou a cabeça.

– Todos eles? – perguntou ela.

– Eu não conheci todos eles. Mas domingo você vai encontrar um que não era muito enfadonho.

– Quem?

– Jake Spivey.

– *Jake Spivey* era da CIA? Meu Deus!

– Eles não vão admitir isso, mas ele era. Talvez Jake lhe conte algumas histórias. E ele foi para o Vietnã, Laos e Camboja, mas não por patriotismo, ou porque tivesse sido alistado ou mesmo por curiosidade. Jake foi porque aos 23 anos eles eram a única unidade que pagaria mil dólares por semana para ele fazer o que fazia.

– O que ele fazia?

– Jake? Acho que provavelmente ele matou um monte de gente.

– Isso o incomoda?

– Quer saber se ele sente culpa?

Ela assentiu.

– Jake nunca se sentiu culpado de nada.

Dill escolheu outra rota para retornar ao prédio de apartamentos de Anna Maude Singe. Tomou a South Cleveland Avenue até ela se converter na North Cleveland, do outro lado do Yellowfork. Ele seguiu a North Cleveland por pouco mais de três quilômetros até atingir a rua 22 e depois cortar para leste para a Van Buren e o Lar dos Velhinhos.

Singe não esperou que ele abrisse a porta do carro para ela. Quando ela saiu, disse:

– O que eu tenho é só um pouco de *brandy* californiano.

Dill tomou isso por um convite e disse achar que o *brandy* californiano tinha muito a seu favor, especialmente o preço. Já no apartamento dela, Dill retomou sua inspeção da grande reprodução de Maxfield Parrish enquanto ela trazia o *brandy*. Quando ela voltou com a garrafa e dois copos *baloon*, Dill havia quase decidido que as duas figuras na pintura eram garotas. Também reparou que Singe vestira novamente a túnica de algodão áspero listrado. Pelo modo como seus seios se moviam sob o tecido, ele teve certeza de que ela não vestia mais nada. Tomou isso por mais um convite e se indagou se aceitaria ou iria arranjar uma desculpa.

Singe sentou-se no sofá branco acinzentado, os copos sobre o vidro da mesinha de centro de estilo eclético, e serviu dois *brandies*. Enquanto ela fazia isso, Dill apanhou seu talão de cheques, preencheu rapidamente um cheque de 500 dólares em nome de Anna Maude Singe, acrescentou "honorários de advogado" no espaço para observações, destacou-o e o entregou a ela.

Ela leu o cheque, colocou-o cuidadosamente sobre a mesa, olhou para ele com frieza e disse:

– Foi uma coisa terrivelmente rude o que você acabou de fazer.

Ele balançou a cabeça.

– Sim, eu achei que fosse.

– Aqui não é meu escritório. Aqui é onde eu moro... minha casa. Onde eu levo minha vida social e também minha vida sexual, por piores que sejam. Eu estava pensando que esta noite eu poderia até enriquecer um pouco as duas, mas acho que estava errada.

– Você aceita o cheque? – falou Dill.

Ela hesitou antes de responder.

– Que diabo é isso?

– Você aceita o cheque? – Dill perguntou novamente.

– Tudo bem. Sim. Eu o aceito.

– Então você é realmente minha advogada... contratada por um honorário modesto, devo admitir, e se eu me meter em problemas com a lei, você virá correndo, certo?

– Que tipo de problemas?

– Isso é outra pergunta, não uma resposta.

– Ok. Eu virei correndo. Que tipo de problemas?

– Quando eu estava no estrangeiro...

– No exterior – ela interrompeu.

Ele não sorriu.

– Certo. Quando eu estava lá xeretando, desenvolvi um tipo de instinto. Não conheço outra maneira de chamá-lo. Mas eu aprendi a depender dele. Era uma espécie de sistema de alarme.

– Intuição – disse ela.

– Ok. Intuição está ótimo. Mas ela me livrou de problemas algumas vezes porque eu me certificava de que teria um ponto de apoio e uma posição estratégica. Bem, desde que cheguei aqui estou recebendo aqueles mesmos tênues sinais.

– Você está falando de Felicity e tudo mais.

– Em parte.

Ela bebeu um pouco de seu *brandy*.

– Você falou em problemas com a lei.

– Isso mesmo.

– Então, sobre o que nós estamos realmente conversando... complô, conspiração, paranóia, o quê?

– Vamos tentar paranóia – falou Dill. – Por volta de cinco horas desta tarde eu subi para o meu quarto no hotel. Um braço muito grande passou em volta do meu pescoço em um golpe. Eu fiquei desmaiado por cerca de nove minutos. Quando acordei, ainda tinha meu relógio, minha carteira e todo o meu dinheiro.

– O que sumiu?

– O arquivo sobre Jake Spivey.

– Que arquivo?

– Eu trabalho para um subcomitê do Senado. Ele está investigando Spivey.

– Seu amigo.

– O mais antigo.

– Ele sabe?

– Claro que sabe.

Ela franziu a testa.

– Você chama ser atacado de intuição. – Ela balançou a cabeça. – Não, é claro que não. Isso foi como se alguém batesse com uma tábua no seu nariz para chamar sua atenção. – Os olhos dela se arregalaram, não muito, mas o suficiente para que Dill relaxasse e se congratulasse por sua escolha de advogada. Ela sente algo, disse para si mesmo, mas não está bem certa do que é. Mas nem você está.

– Que mais? – perguntou Singe.

– Que mais – Dill repetiu, apanhou seu copo e bebeu um pouco do *brandy*, notando que os produtores de vinhos da Califórnia ainda teriam um longo caminho a seguir antes de superar seus competidores franceses. – Bem, "o que mais" inclui um velho repórter do *Tribune* que já tem toda a história das finanças estranhas de Felicity, e só está segurando até receber a autorização.

– De quem?

– Ele não disse e eu achei melhor não perguntar. Depois há o ex-namorado de Felicity, o intimidador e ex-craque do futebol americano.

– Clay Corcoran – disse ela.

– Eu achei que ele havia se conformado em levar o fora com muita facilidade, mas a inquilina de Felicity, aquela garota, confirmou mais ou menos a história dele. O nome da inquilina é Cindy McCabe. Ela tirou o colete para deixar que eu admirasse seus seios nus. Também disse que uma vez deu em cima de Felicity, mas foi esnobada.

– Você a esnobou?

– Receio que sim. Eu estava atrasado para meu próximo encontro, que eu ainda não sabia que iria ter, mas que acabou sendo com o capitão Colder, o noivo enlutado. O capitão Colder me deu a chave para a edícula onde Felicity realmente morava. – Dill enfiou a mão no bolso de seu paletó, tirou a chave que Colder lhe dera e colocou-a sobre a mesa de vidro. – O apartamento fica na Filmore com a 19, não muito longe daqui.

– Do outro lado do Washington Park – disse ela.

– Você o conhece? – disse ele. – Quer dizer, você sabia que ela possuía um apartamento ali?

Singe sacudiu lentamente a cabeça.

– Não. Eu não sabia.

– E você era sua advogada, sua confidente, sua amiga. Ela nunca convidou você a ir até lá?

– Só ao dúplex. Eu estive lá poucas vezes. Disse-lhe que achava que ele parecia um pouco despojado, até um pouco estéril. Que não tinha a cara dela. Ela falou que não ficava muito lá porque estava passando a maior parte de suas noites livres com Colder.

– Felicity contou a você sobre a Sra. Colder?

Singe balançou a cabeça e desviou o olhar.

– Ele a internou.

– Você sabe por quê?

– Porque ela bebia demais.

– Não foi exatamente por isso. Ele a internou porque ela ameaçou matar Felicity, não apenas uma vez, mas com freqüência.

– Felicity nunca me contou isso – Singe falou com uma voz que era quase um sussurro.

Dill apanhou a chave que Colder lhe havia entregado. Ergueu-a para que Singe a visse.

– Quero usá-la amanhã depois do funeral. Quero ver onde Felicity realmente morava. E quero que você vá comigo.

– Você quer uma testemunha.

– Correto.

– OK. Está bem. – Ela terminou seu *brandy*, largou o copo e olhou para o relógio. – Está tarde – disse ela. – Você quer ficar aqui ou ir embora?

Dill só respondeu depois de vários segundos.

– Acho que vou embora.

Ela balançou a cabeça e levantou-se rapidamente, como se fosse para apressar o convidado de partida. Dill também se levantou. Ela ficou em pé olhando para ele, com um meio-sorriso confuso em seu rosto. Ele a tomou em seus braços e a beijou. Foi um beijo longo e voraz que nenhum dos dois parecia querer que acabasse. As mãos de Dill continuaram explorando e descobriram um corpo admirável. Pouco antes que ambos atingissem um território sexual do qual não haveria como recuar, ela afastou seus lábios e sua língua, deu um passo atrás e disse:

– Está acontecendo alguma coisa, não está?

– Quer dizer conosco?

Ele balançou a cabeça.

– Vai acontecer ou não. Quero dizer, algo ruim.

– Sim – falou Dill. – Acho que sim.

Ela balançou a cabeça, confusa, e foi com ele até a porta, onde eles se beijaram novamente. Desta vez foi algo mais definitivo que antes. Perguntas foram feitas e respondidas. Necessidades e inclinações declaradas. Ligeiras aberrações observadas. Quando acabou, Dill sentiu que eles se conheciam e ainda gostavam muito mais um do outro. Ele sorriu para ela e, em vez de murmurar algo carinhoso, perguntou:

– Onde Felicity afirmou ter conseguido todo aquele dinheiro?

Singe não pareceu esperar algo carinhoso. Foi como se eles já tivessem passado por tudo aquilo e estivessem agora se aproximando da intimidade absoluta. Ela franziu a testa e disse:

– Para o pagamento do dúplex e tudo mais?

Dill balançou a cabeça.

– De você. – Ela acrescentou um sorrisinho oblíquo. – Ela disse que você havia ficado rico.

– Pena que ela estava mentindo.

– Sim – disse Anna Maude Singe. – Mas nem tanto.

Capítulo 17

Dill estacionou o sedã Ford na garagem subterrânea do Hawkins Hotel, desembarcou, trancou o automóvel e dirigiu-se ao elevador. Quando passava pela segunda das grandes pilastras quadradas de concreto, um homem saiu de trás dela e disse:

– Como está o pescoço?

Dill se deteve. Sua mão direita moveu-se quase involuntariamente até o pescoço.

– Ainda um pouco dolorido – disse ele.

Outro homem se juntou ao primeiro. O segundo era esguio como um punhal e tinha cerca de 1,80m de altura. Parecia baixo e franzino perto do primeiro homem, que estava bem acima de 1,90m e tinha a constituição de um halterofilista que tivesse desistido ao chegar aos 40, o que Dill achava que teria acontecido três anos antes, possivelmente quatro. O halterofilista tinha cabelos ralos entre louros e grisalhos, tranqüilos olhos azuis e uma boca larga e feliz. O homem-punhal tinha cabelos tingidos de negro como carvão, olhos azuis mortiços e uma boca contraída que parecia triste ou cruel. Cruel, foi a decisão de Dill.

Ambos os homens vestiam ternos de verão de popelina cor de canela. O halterofilista usava uma camisa azul; o magrela havia escolhido branco. Nenhum deles usava gravata. Os ternos estavam abotoados e pareciam um pouco largos. Dill presumiu que os paletós escondiam as armas, pois nenhum dos homens parecia se incomodar com o paletó sob uma temperatura acima de 25 graus. Enquanto Dill dirigia pela Our Jack Street a caminho do hotel, notou que o luminoso do First National Bank proclamava uma temperatura de 30 graus às 13h17.

– Disse que o pescoço dele ainda está um pouco dolorido – falou o halterofilista.

O outro homem balançou a cabeça demonstrando remorso.

– Eu lamento. – Ele analisou Dill por um momento. – Nós não queremos nenhum problema, Sr. Dill.

– Nem eu – falou Dill.

O homem magro fez um gesto com a cabeça em direção ao final da garagem.

– Nós estamos ali na van – disse ele e começou a caminhar em direção a uma grande van Dodge azul que estava estacionada com a traseira contra a parede. Dill hesitou. O halterofilista sorriu prazerosamente e abriu o paletó. A arma estava ali. Dill deu apenas um ligeiro olhar, mas pareceu um revólver de cano curto. O halterofilista apontou com a cabeça em direção à van. Dill virou-se e se pôs em marcha atrás do homem magro.

Quando alcançaram a van, o homem magro abriu a porta corrediça lateral, revelando um interior personalizado. Dill pôde ver a pequena pia, fogão a gás, geladeira e o chão acarpetado com um felpudo tapete canela. As paredes eram revestidas com o que parecia ser madeira, embora Dill suspeitasse que fosse algum tipo de plástico texturizado. Não havia janelas no fundo da van.

– Você vai encontrar uma poltrona bem confortável à sua esquerda – disse o homem magro.

– Para onde estamos indo? – perguntou Dill.

– Para lugar algum.

O halterofilista tocou levemente o ombro de Dill e apontou com a cabeça para o interior da van. Dill deu um passo para dentro do veículo, virou à esquerda, e viu primeiro a poltrona e depois o homem que estava sentado no fundo da van, atrás de uma mesa. Sobre a mesa havia alguns copos, uma garrafa de vodca Smirnoff, um balde térmico com gelo, três garrafas de tônica Schweppes e o arquivo sobre Jake Spivey. A última vez que Dill vira o homem atrás da mesa havia sido em Gênova. No Hotel Plaza, na Piazza Corvetto. Havia quatro pessoas reunidas na sala de estar da suíte do quinto andar. Suíte 523, recordou, surpreso com sua própria memória. Lá estavam Dill, a então Sra. Dill, Jake Spivey e o homem que agora sentava atrás da mesa, Clyde Brattle.

Brattle sorriu.

– Ora – disse ele. – Ben.

– Ora, Clyde – Dill falou e indicou a poltrona reclinável que era revestida com uma imitação muito boa de couro. – Esta é minha?

– Por favor.

Dill sentou-se na poltrona e achou-a bastante confortável. Os dois homens entraram na van. O magro sentou em frente a Dill numa poltrona reclinável idêntica. Dill não pôde ver onde o halterofilista sentou. No chão, talvez. Dill virou-se para olhar. O halterofilista estava sentado em um banco embutido que girava para fora e para baixo no conjunto da cozinha. Era para sentar enquanto se descascavam cenouras, Dill pensou.

– Unidades compactas notáveis, não são? – disse Brattle depois que Dill se voltou.

– Notáveis.

– Este à sua frente é Sid e atrás de você é Harley.

– Harley e Sid – falou Dill.

– Faz um bom tempo, não faz? – Brattle fez uma pausa. – Sete anos?

– Quase oito. Gênova. Hotel Plaza. Suíte cinco-dois-três. Sua suíte.

Brattle sorriu em reconhecimento à memória de Dill.

– Acredito que você esteja certo. E como está a charmosa Sra. Dill?

– Ela está bem e nós nos divorciamos.

– Sério? Eu não sabia, ou se sabia, acho que esqueci. – Ele franziu a testa. Isso fez com que ele parecesse pensativo, solene, quase sincero. – Li a respeito de sua irmã, Ben. – Brattle fez uma pausa pelo tempo exato. – Eu lamento.

Dill balançou a cabeça.

– O funeral é amanhã, pelo que entendi.

– Sim.

– Presumo que esse é o verdadeiro motivo por que você está aqui. – Brattle bateu no arquivo sobre Jake Spivey com o indicador. – E não por causa deste lixo. – Ele sorriu calidamente. – Seja como for, como está Jake?

– Jake está bem.

– O velho Jake. – Brattle sacudiu a cabeça, ainda sorrindo em evidente apreciação às muitas qualidades adoráveis daquele velho patife do Jake Spivey. A cabeça que Brattle sacudiu era bonita como os bustos dos estadistas romanos mortos há muito tempo são freqüentemente belos, mas não muito belos. As feições nunca são muito regulares. As expressões nunca muito distantes. Os olhos vazios nunca traem nada. Dill uma vez passara uma longa tarde chuvosa na Espanha estudando uma sala cheia de tais bustos em Mérida. Vira naquelas faces mortas há tanto tempo o que agora via na face de Clyde Brattle: mundanidade, frio desprendimento e completo cinismo. Ele sentiu que devia ser uma atitude útil no tempo dos romanos, com os visigodos a caminho pelo leste e pelo norte.

Agora aos 55, Brattle podia facilmente passar por um daqueles cônsules romanos banidos que haviam servido por tempo demais em alguma lúgubre província distante. Havia a mesma leve contração dos lábios, o mesmo arrogante nariz afilado e aqueles mesmos olhos desiludidos sem uma cor particular, a não ser que a chuva de inverno tivesse cor. Os cabelos curtos finalmente haviam ficado grisalhos – grisalhos como o céu cinzento – mas ainda eram espessos, não repartidos e penteados apenas com os dedos, se tanto. A voz ainda era aquela fala lenta e rouca excessivamente educada, da qual qualquer traço regional havia sido há muito extirpado.

– O que você diria de uma bebida? – Brattle perguntou.

– Eu diria ótimo.

– Que bom.

Sid, o magro, levantou-se e em silêncio preparou duas vodcas-tônicas. Pousou uma delas na frente de Brattle e entregou a outra a Dill. Brattle tomou um gole, suspirou e sorriu.

– Suponho que você soube que eu havia voltado – disse ele.

Dill fez que sim com a cabeça.

– Disseram que você cruzou a fronteira por Detroit.

– É bastante chato, como você bem sabe, Ben, ficar assim na clandestinidade. – Ele olhou para o homem chamado Sid. – O Sr. Dill esteve com Jasper, Sid.

– Sério? – disse Sid. – Quem é Jasper?

– É o quê, não quem – interveio a voz do halterofilista de seu poleiro no banco.

– Você está certo, Harley – disse Brattle. – *Era* um quê. A Casa Branca no período Ford instalou-o pouco depois do adeus um tanto estúpido do Sr. Nixon. Quanto você acha que ele desviou naquele dia, Ben? Quase um quinto?

– Eu não sei – falou Dill. – Não sei até que ponto ele podia ter acesso àquilo.

– Então por que foi que eles chamaram o que quer que isso fosse de Jasper? – perguntou Sid.

– É do meu entendimento – disse Brattle –, e Ben pode me corrigir se eu estiver errado, que quando as negociações estavam caminhando para o perdão do Sr. Nixon, o Sr. Ford ficou chocado ao saber que, em suas palavras, "algum Jasper se mandou com três porras de milhões de dólares". Porque todo esse dinheiro estava dando sopa em algum lugar naquela época. O Comitê para a Reeleição do Presidente. O dinheiro SUJO.

– Claro – falou Sid. – Eu lembro disso. Sempre me perguntei quem se deu bem com aquela grana.

– Então eles criaram Jasper – continuou Brattle – e trouxeram algumas pessoas para dentro dele, pessoas de fora, pessoas não corrompidas, como o Ben aqui, e os puseram em busca do butim desaparecido. Tudo extremamente por baixo do pano. Nem mesmo Langley sabia sobre isso. Nem o FBI. Na verdade, ambos estavam entre os primeiros na lista de suspeitos, certo, Ben?

– Certo.

– Então o Ben aqui e alguns outros patriotas passaram os anos da administração Ford vagando pela Europa à procura dos Jaspers que haviam desaparecido com as três porras de milhões de dólares.

Você passou quase um ano em Londres, não foi, Ben, e depois quase dois anos em Barcelona?

– Mais ou menos isso.

– Depois o que aconteceu? – Harley perguntou da cozinha da van. – Eu nunca soube o que aconteceu.

– Não aconteceu nada. Embora você tenha chegado perto, não foi, Ben?

– Muito perto.

– Eu gosto de pensar que Jake e eu fomos de alguma ajuda.

– Você ajudou, Clyde.

– Mas não o suficiente. – Brattle suspirou. – Eles estavam mortos então... os Jaspers, quero dizer. Havia três deles pelo que eu me lembro. – Ele olhou para Dill esperando confirmação.

– Três – concordou Dill.

– Dois homens e uma mulher. Uma combinação complicada, quando você pára para pensar. Condenada ao fracasso.

– Então quem acabou ficando com o dinheiro... os três milhões? – Sid perguntou.

Dill olhou para ele.

– As pessoas que os mataram.

– Ah – Sid falou com um ar de total entendimento. – É, bem, claro. Eu entendo. – Ele balançou a cabeça como se tudo aquilo fizesse perfeito sentido.

– E o Ben aqui passou três ou mais anos esplêndidos na Europa. – Brattle olhou para Dill e sorriu. – Foram bons anos, não foram, Ben?

– Como você disse, Clyde, eles foram esplêndidos.

Brattle estava vestindo uma camisa pólo branca que fazia seu bronzeado intenso parecer ainda mais intenso. A camisa não tinha etiqueta da marca em seu bolso. Dill suspeitou que Brattle teria pago de bom grado preços de roupas sob medida desde que ela não tivesse marca. Então ele enfiou a mão no bolso da camisa, tirou um isqueiro suíço de ouro a gás, apanhou um maço de Gauloises de cima da mesa, e ofereceu um a Dill, que recusou com um movimento de cabeça. Brattle acendeu um dos cigarros, tragou prazerosamente e soprou a fumaça. Seu quinto cigarro do dia, Dill pensou. Talvez o sexto.

– Você está com o subcomitê há quanto tempo agora... três anos? – perguntou Brattle.

– Perto disso.

– Como consultor.

– Certo.

– Pagam bem?

– O suficiente.

– Hábitos espartanos, necessidades simples, correto?

– Absolutamente.

– Você e o jovem senador Ramirez têm um bom relacionamento profissional, eu presumo.

– Baseado num caloroso respeito mútuo.

Brattle sorriu diante da resposta de Dill com sua ponta de sarcasmo.

– E também há o conselheiro das minorias, o jovem Sr. Dolan. Timothy, não é?

– Timothy.

– Educado pelos jesuítas e pelos velhos políticos de Boston. Quem poderia esperar uma educação mais saudável ou mais prática? Ele é um homem com alguma ambição, eu suponho... o jovem Tim?

– Ele é um democrata profissional de Boston, Clyde.

– Isso não precisa nem dizer. – Brattle tomou outro gole de sua bebida e deu outra profunda tragada em seu cigarro, no que Dill o invejou. – Como você sem dúvida está suspeitando, Ben, eu tenho uma proposta para o senador... e para o jovem Dolan, também, é claro.

Dill balançou a cabeça.

– Eu quero tomar minha vacina, pode-se chamar assim.

– Que dose de vacina, Clyde?

– Talvez dois anos em uma das mais tranqüilas canas federais e uma razoável multa de, bem, não mais de 200 ou 300 mil. – Ele sorriu. Era um sorriso quente que revelava uma autoconfiança inabalável.

– Dois anos em vez de perpétua, certo? – falou Dill.

– Perpétua é uma sentença tão indeterminada. Uma vez que os portões da prisão ressoem atrás de mim – eles ressoam, não? – eu posso morrer em uma semana, e imagine como todos se sentiriam enganados então.

– Em algumas cadeias que eu conheço – falou Sid – você pode não durar nem uma semana, Clyde, uma vez que os manos dêem uma olhada no seu rabo fresco.

– O que o senador ganha? – Dill perguntou.

– Um embrulho caprichado. Ele pode ir até o pessoal da Justiça com três, além de mim, o que é igual a quatro, se minha aritmética ainda servir para alguma coisa.

– Quais são os três que você pretende negociar?

– Dick Glander, para começar, e também Frank Cour. Eles poderiam jogar a rede nos dois em menos de 24 horas.

– Glande, Cour e você se conhecem há muito tempo, não é? Dezenove anos, vinte?

Brattle balançou a cabeça, um leve sorriso triste em seus lábios.

– Dezenove. – Ele ergueu os ombros e o leve sorriso triste sumiu. – Mas chega um tempo na vida de um homem em que mesmo as mais antigas amizades devem ser sacrificadas para o bem comum. Felizmente, eu tenho tudo a respeito deles – coisa firme – e eles não têm praticamente nada sobre mim. Se os papéis estivessem invertidos, bem, eu esperaria que eles fizessem a mesma escolha difícil que eu fiz. Em outras palavras, eu esperaria que eles me servissem antes que eu os servisse. – Um sorriso novamente, desta vez com autêntico divertimento. – Minha hipocrisia não incomoda você, incomoda, Ben?

– Ela é reanimadora – falou Dill. – Mas eu estou um pouco preocupado com sua aritmética. Você disse três. Glander e Cour somam apenas dois.

Harley deu um risinho de seu banco de cozinha.

– Você esqueceu alguém, Clyde.

Sid fez um ruído profundo com sua garganta, que Dill interpretou como um tipo de regozijo. Ainda fazendo o barulho, Sid piscou para Dill e apontou com a cabeça para Brattle como se dissesse, Velho Clyde.

O próprio Brattle ergueu suas sobrancelhas para expressar falsa surpresa.

– Meu Deus, não me diga que eu esqueci de Jake?

– Você esqueceu de Jake, Clyde – disse Sid, ainda fazendo o ruído alegre em sua garganta.

Brattle abaixou as sobrancelhas e sorriu novamente para Dill.

– E Jake soma três, além de mim, que sou o quarto, como eu disse.

– O que você tem contra Jake? – Dill perguntou.

– Contra Jake? – disse Brattle. O sorriso se apagou. – Com toda a sinceridade, Ben... com toda a honestidade... eu tenho o suficiente contra Jake Spivey para jogar três sentenças perpétuas consecutivas em cima dele, sem esperança de condicional.

– Três pelo menos – disse Harley. – Talvez até quatro.

– Jake é meu bilhete premiado – continuou Brattle. – Meu toma-lá-dá-cá definitivo. Meu pecúlio folheado a ouro. Minha isca irresistível. Minha passagem para os anos dourados de descanso merecido e aposentadoria. Jake fez coisas terríveis, Ben... coisas terríveis, horríveis, chocantes.

– Jake é mau mesmo – Sid concordou.

– Atos impronunciáveis – Brattle falou para Dill com um novo e divertido sorriso. – E eu posso provar todos eles. Diga isso ao senador... e ao jovem Dolan, também.

– Certo – falou Dill.

– Ótimo – disse Brattle. – Ah – ele acrescentou como se lembrasse de algo. – Você pode querer isto de volta. – Ele apanhou o arquivo sobre Jake Spivey e devolveu-o para Dill, que se levantou, largou sua bebida sobre a mesa, aceitou o arquivo e se sentou novamente. – Realmente não há nada mais que lixo aí – disse Brattle, com seu tom calculadamente desapontado.

– Não é o que está nele que é importante, Clyde.

– Não estou bem certo de ter entendido.

– Claro que entendeu. Jake alega que pode enforcar você na árvore mais alta. Acontece que acredito nele.

Brattle adotou uma nova expressão de total sinceridade que Dill não recordava ter visto antes. A atuação do velho camarada melhorou desde que nos encontramos pela última vez, Dill pensou. Ele era bom na época, agora é soberbo.

– Eu vou lhe dar uma palavra de recomendação, Ben – disse Brattle. – Um conselho. O que eu vou dizer a você eu levei... – ele fez uma pausa para calcular os anos com cuidado – ...16 anos para aprender. É realmente bastante simples e é só isto: não acredite em uma maldita palavra que Jake Spivey disser.

– Nem uma maldita palavra – concordou Sid.

– Se ele dissesse que estava respirando, eu não acreditaria nele – falou Harley.

– Nem... uma... maldita... palavra – disse Brattle, separando suas palavras para dar ênfase. – Diga isso ao senador.

– Ok.

– Quando você acha que poderá falar com ele?

– O senador? – falou Dill. – Logo depois que ligar para o FBI e contar a eles onde eu vi você.

– É claro – disse Brattle. – Que estupidez a minha. – Ele estendeu sua mão. Dill não hesitou. Levantou-se e aceitou-a, deu as costas e moveu-se em direção à porta aberta. Harley saiu do banco dobrável para fechar a porta novamente.

– Lamento pelo seu pescoço – disse ele.

Dill olhou para ele e balançou a cabeça.

– Claro – falou, e deu um passo para fora da van. Antes que Dill alcançasse o elevador, ouviu o motor da van dar a partida. Ele apertou o botão do elevador, virou-se e observou a van acelerar rampa acima e sair de vista. Não se preocupou em memorizar o número da placa.

Capítulo 18

Em seu quarto, Dill parou em frente à janela e olhou para as ruas quase desertas às duas da madrugada. Podia ver o letreiro digital do First National Bank declarando que a temperatura havia caído para 30 graus, e que eram 2h09. Também já era sábado, 6 de agosto, o dia em que se realizaria o enterro de Felicity Dill, a detetive de homicídios, segundo escalão, falecida.

Dill estava tentando decidir qual ligação telefônica fazer primeiro. Ele pensou que havia a possibilidade de que as chamadas, e especialmente a ordem em que elas fossem feitas, pudessem afetar as vidas daqueles que as recebessem, nos anos que se seguiriam. Por estar enfrentando dificuldades para decidir a ordem, Dill acusou a si mesmo de debilidade filosófica... de deixar que a mera amizade ficasse no caminho do dever, de irresponsabilidade e de outras obrigações morais semelhantes. Você está sofrendo de um sério caso de escrúpulos, disse para si mesmo, e a melhor cura para isso é a lógica, do tipo frio e implacável.

Ele foi até a escrivaninha, onde estava o uísque, sentou-se e pegou uma folha de papel de carta do hotel. Usando a caneta esferográfica do hotel, listou quatro nomes:

FBI
Senador Ramirez
J. Spivey
T. Dolan

Dill ficou olhando para os quatro nomes durante vários segundos, tentando decidir qual deles chamar primeiro. Estendeu a mão para a garrafa de uísque e derramou uma dose em seu copo. Uma dose de lógica do Old Implacable *blended* devia ajudar, pensou ele, então bebeu o uísque em dois goles e desejou, talvez pela milésima vez, que ainda fumasse.

Continuou observando a lista até que novamente apanhou a caneta do hotel e escreveu um único algarismo depois de cada nome. Quando terminou, largou a caneta, reclinou-se em sua cadeira e olhou para o que havia escrito:

FBI–4
Senador Ramirez–3
J. Spivey–1
T. Dolan–2

Você deveria proteger o seu rabo, pensou ele. Deveria descer até o *lobby* e usar o telefone público, porque algum dia, talvez até daqui a anos, um terno azul alinhado com uma brilhante pasta plástica fornecida pelo governo irá aparecer no hotel e exigir os registros das ligações telefônicas feitas por um certo Benjamin Dill naquela manhã de 6 de agosto – naquela mesma manhã quente de agosto em que ele enterrou sua irmã e preveniu o famoso fugitivo internacional John Jacob Spivey. Perguntem a si mesmos, senhoras e cavalheiros do júri, Dill fez isso por lucro, por vantagem pessoal... ou por algum outro motivo que vocês e eu pudéssemos acaso entender? Não. Ele fez isso por algo que descreve como amizade, por algo que ele chama de lealdade. E qual era exatamente a base desta alegada lealdade? Uau, Dill faria vocês acreditarem que ele e Spivey já foram camaradas, companheiros, colegas de infância... até mesmo amigos do peito. Agora eu pergunto a vocês, membros do júri, que tipo de sociopata seria amigo do peito de tipos como John Jacob Spivey, o homem mais procurado do mundo? E assim por diante e por aí afora, Dill pensou enquanto suspirava, apanhava o telefone e discava um número.

O telefone tocou nove vezes, depois dez, e por fim, ao décimo primeiro toque, foi atendido com um grosseiro e sonolento "Quem é, porra?"

– Seu amigo do peito, Benjamin Dill.

– Você está bêbado? – Spivey perguntou.

– Você está acordado?

– Deixe-me acender um cigarro.

Ao fundo, Dill pôde ouvir a voz de Daphne Owens perguntando: Quem é? e Spivey respondendo: Pick. O que ele quer a esta hora?, ela reclamou num tom entre sonolento e lamurioso. Como vou saber que porra ele quer até falar com ele?, Spivey respondeu e voltou ao telefone com um:

– O que é?

– Sou eu.

– Sim, eu sei que é você, mas o que mais?

– Brattle voltou.

Houve um silêncio que durou vários segundos antes que Spivey finalmente dissesse:

– E daí?

– Voltou para cá, eu quis dizer.

– Está aqui na cidade?

– Exato.

– Bem. – Spivey ficou novamente em silêncio por talvez uma dúzia de segundos. – Quem está com ele?

– Alguém grande chamado Harley e alguém com o cabelo tingido de preto chamado Sid.

– Aqueles cretinos.

– Ele vai negociar você, Jake. Ele vai entregar você embrulhado para presente a Ramirez, juntamente com Dick Glander e Frank Cour. Ele disse que pode jogar a rede nos dois em 24 horas. Também disse que tem o suficiente contra você para três condenações perpétuas consecutivas, sem condicional. Para sempre. Clyde falou que fará isso em troca de uma pena de dois anos em alguma casa de repouso federal e uma multa de não mais de 200 ou 300 mil.

– Com que aparência está? – perguntou Spivey.

– Confiante.

– Ele sempre parece assim. Onde você o viu?

– No subterrâneo do hotel. Em uma van.

Houve mais uma longa pausa e depois Spivey falou:

– Bem, obrigado por ligar, Pick. Estou agradecido.

Não foi a reação correta, Dill pensou. Onde estava o pânico, o medo, a voz trêmula? Ele está me agradecendo por contar-lhe onde vi pela última vez o seu cão perdido.

– Só isso? – Dill perguntou.

– Não consigo pensar em mais nada.

– Clyde parecia terrivelmente seguro de si, Jake.

– Essa é a profissão dele... a profissão do acredite-em-mim.

– Ele pareceu mais seguro de si que o habitual.

– Veja, ele quer um acordo, é só. Você disse que ele está querendo cumprir dois anos em troca disso. Bem, eu quero um acordo, também, mas não vou cumprir nenhuma porra de dois anos. Eu quero imunidade. Agora sugiro que você vá falar com aquele seu Senador Garoto e descobrir em quem ele e a justiça vão preferir pôr as garras... em mim ou em Brattle. Eu sinto que ele vai dizer que é em Brattle. Bem, eu posso entregar Brattle a ele em uma baixela. Diga isso a ele. Veja o que ele diz. Se concorda que prefere agarrar Brattle a mim, então é aí que eu vou ter que começar a me preocupar com o velho Clyde, porque então ele vai tentar... bem, fazer alguma coisa.

– Eu tenho que ligar primeiro para o FBI e contar a eles onde vi Brattle.

– É – disse Spivey, com um tom completamente desinteressado. – Faça isso. – Ele deu uma risadinha. – Quer dizer que você ainda não ligou para eles?

– Não.

Spivey riu novamente.

– Sabe o que você é, Pick? Você é totalmente piegas.

– Pode ser.

– Conte-me o que o senador diz.

– Certo.

– E nós ainda podemos contar com você no domingo?

– Claro, Jake – falou Dill. – Pode contar comigo.

Depois de desligar, Dill teve a impressão de que havia passado a última hora ou pouco mais que isso vagando por uma terra vasta e totalmente não cartografada com um daqueles mapas antigos que diziam: Aqui Há Monstros. Dill sabia que o mapa estava certo. Havia passado por esse caminho antes. Mesmo assim, você ainda não acredita que eles realmente existam... os monstros. Não, isso não é verdade. Você acredita que eles existam mesmo, mas depois de 15 anos vigiando-os, escrevendo sobre eles e até seguindo seus rastros, você ainda acha que eles são normais, inofensivos e domesticados. Domados até.

Mas e se eles forem, afinal de contas, a norma e você a aberração? O pensamento encantou Dill. Sua simplicidade era cativante, sua oferta implícita de absolvição, irresistível. Ele estava tão satisfeito com a noção inspirada pelo uísque que verteu o final do Old Smuggler em um copo e o bebeu. Então ele inverteu a ordem que anteriormente havia decidido com tanto cuidado (adeus, lógica fria) e ligou para todos os três números telefônicos nos quais o senador Ramirez poderia ser encontrado no Novo México.

Mais tarde, alguns iriam alegar que se o senador Ramirez estivesse onde disse que estaria, em qualquer um dos três números, ele poderia ter evitado que aquilo acontecesse – ou evitado pelo menos parte daquilo. Mas os que fizeram tal declaração eram em sua maioria profissionais da política e adversários políticos do senador. Tim Dolan sempre contra-argumentava que não importava realmente para quem Dill telefonara naquela manhã porque ninguém teria evitado que acabasse por acontecer o que aconteceu. O próprio Dill nunca declarou absolutamente nada, e foi ele quem fez as três ligações para o Novo México e foi atendido pelas três diferentes secretárias eletrônicas que disseram, em dois idiomas, que o senador não estava disponível, mas que retornaria a chamada desde que a pessoa que o procurava deixasse nome e telefone depois do sinal. Dill deixou seu nome e número três vezes e depois acordou Tim Dolan em Washington.

Depois de relatar suas conversas com Jake Spivey e Clyde Brattle, Dill parou de falar e esperou a reação de Dolan. Não levou muito tempo para que aquela mente política chegasse à conclusão que Dill sabia que ela iria chegar.

– Ambos querem esfolar um ao outro, não é... Spivey e Brattle? – disse Dolan em um tom satisfeito do qual toda a sonolência havia ido embora.

– Assim parece.

– Então nós pegamos os dois.

– Tim – falou Dill –, não estou certo de que você tenha realmente entendido esses caras.

– O que há para entender? Vamos deixar eles esfolarem um ao outro e depois nós os serviremos ao molho para a Justiça. O senador ganhará noventa segundos nos noticiários de TV e será um herói em sua terra por três dias, talvez até uma semana.

– Acho que você vai ter que se decidir entre um ou outro – Dill falou.

– Não ambos, hein?

– Não.

– Ok – disse Dolan. – Qual deles?

– Não cabe a mim fazer a escolha.

– Você está se esquivando, Ben.

– Eu sei.

– Ok, vou lhe dizer o que faremos. Vamos jogar isso para o senador e deixar que ele decida. O que você diz?

– Ótimo – falou Dill.

– Então está combinado. Ele e eu estaremos aí no final da segunda-feira ou na terça-feira pela manhã.

– A audiência ainda está de pé?

– Não exatamente – disse Dolan. – Nós decidimos que não queremos ir a público tão cedo. O que o senador quer é se encontrar em particular com Spivey. Você pode arranjar isso?

– Sim.

– E quanto a Brattle?

– Eu tenho o pressentimento de que ele vai se manter em contato – disse Dill.

– Com você?

– Comigo.

– Veja se consegue ajeitar um encontro entre ele e o senador.

– E o FBI?

– O que têm eles?

– Alguém tem de ligar para eles. A respeito de Brattle.

– Deixe que eu faça isso – falou Dolan. – Eu conheço uns dois caras lá que são quase razoáveis.

– Você cuida disso então? – Dill perguntou.

– Eu cuido disso – prometeu Dolan. – É melhor dormir um pouco. Você parece exausto.

Mais tarde, ninguém além de Dill teria uma resposta muito boa para a pergunta que os intrigados membros do grande júri federal faziam com mais freqüência:

– Por que vocês simplesmente não comunicaram o FBI ou algo parecido, rapazes?

– Eu pensei que alguém havia feito isso – Dill replicou todas as vezes.

Capítulo 19

A limusine que o departamento de polícia mandou para um Benjamin Dill um tanto de ressaca, às 9h15 daquela manhã de sábado, era um Cadillac 1977 preto que, segundo o motorista, tinha 260 mil quilômetros rodados e já havia pertencido ao prefeito.

– Não pertencia realmente a ele, entende – explicou o sargento de polícia de meia-idade vestindo uniforme de gala que disse que seu nome era Mock –, mas lhe foi designado, e depois, quando lhe compraram um novo, este voltou para a frota. O senhor disse que quer pegar mais alguém?

– Uma Srta. Singe na 22 com a Van Buren.

– O Lar dos Velhinhos, certo? – disse o sargento Mock, segurando a porta traseira aberta para Dill, que embarcou no carro com ar-condicionado e afundou em suas almofadas macias. – Era assim que costumavam chamá-lo... o Van Buren Towers, digo – Mock acrescentou enquanto ia para trás do volante. – Não sei por que o chamavam assim, mas chamavam.

O sargento arrancou o grande carro do meio-fio em frente ao Hawkins Hotel e seguiu para o norte pela Broadway. Ele olhou pelo espelho retrovisor para Dill, que estava desabado no canto direito, olhando para o tráfego leve da manhã de sábado.

– Lamento pelo que aconteceu à sua irmã, Sr. Dill – disse o sargento Mock. – Ela era uma pequena realmente legal... embora eu me recorde que Felicity não era tão pequena assim... 1,70m ou 1,75m, perto disso.

– Um e setenta e cinco – falou Dill.

– Alta para uma mulher.

– Sim.

– O senhor prefere que eu me cale?

– Isso pode ajudar.

– Quer beber um pouco?

– Um pouco.

– Olhe naquele compartimento à direita, à sua frente... o senhor tem de fazê-lo deslizar para abrir. Coloquei três latas de Bud geladas ali, só por precaução.

– Você é um anjo – falou Dill, abrindo o armário e retirando uma das latas ainda cobertas de gelo. Ele a abriu e bebeu gratificado.

O sargento sorriu pelo espelho retrovisor.

– Eu sempre faço isso quando sou designado para funerais – disse ele. – A primeira coisa que faço quando me levanto pela manhã é me dirigir à cozinha e enfiar três ou quatro latas no *freezer* – você sabe, isso as deixa boas e geladas. Muitas pessoas precisam de uma coisinha quando vão a um funeral. Coisas tristes, funerais. – Ele fez uma pausa. – Bem, agora vou ficar quieto.

– Obrigado – falou Dill.

Anna Maude Singe vestiu-se de preto – um preto simples, caro e total – a não ser pelas luvas brancas, que ela carregava. Ela saiu do Van Buren Towers escoltada pelo sargento Mock, que havia se oferecido para ir buscá-la. Dill escorregou para o canto esquerdo da limusine quando Mock abriu a porta do lado direito para Singe. Ela entrou no carro com graça, primeiro seu traseiro, seguido por suas longas pernas de dançarina, que ela puxou para dentro com um movimento suave. Ela se virou para examinar Dill, que estava vestindo seu terno azul-escuro, uma camisa branca e a gravata de malha de seda preta. Singe fez um movimento de cabeça manifestando tanto seu cumprimento quanto sua aprovação.

– Você está com uma aparência ótima – disse ela – e essa ressaca que está tentando esconder empresta uma certa credibilidade à tristeza.

– De certo modo eu sabia o que você falaria pela manhã – disse Dill.

Ela sorriu.

– Qualquer um não iria saber?

Novamente atrás do volante, o sargento Mock deu a partida, virou sua cabeça e disse:

– A dama não parece precisar de uma cerveja, Sr. Dill, mas se precisar, você sabe onde ela está. Agora eu vou erguer a divisória para que vocês possam ter privacidade. Pessoas que vão para funerais sempre gostam de privacidade.

– Obrigado – falou Dill. Mock apertou um botão, a divisória de vidro se ergueu da parte de trás dos bancos frontais e o grande carro arrancou para longe do meio-fio.

– Quer uma cerveja? – Dill perguntou.

Singe fez que não com a cabeça.

– Onde você conseguiu a ressaca?

– Sozinho no meu quarto.

– Não acho que você teria bebido tanto comigo.

– Eu tive uma visita.

– No seu quarto?

– Na garagem do hotel. Nós conversamos em sua van.

– Quem?

– Clyde Brattle. – Dill fez uma pausa. – Eu não contei a você sobre Brattle, contei?

Novamente, ela fez que não com a cabeça.

– Talvez seja melhor eu contar.

– Onde eles guardam aquela cerveja? – ela perguntou.

– No armário à sua frente... é só fazer a porta deslizar para abrir.

Singe abriu o armário, tirou uma cerveja, pressionou a tampa para baixo e entregou-a a Dill.

– Ok – disse ela –, me conte.

Dill tomou um longo gole da segunda cerveja e depois contou a ela sobre seu encontro na van Dodge azul com Clyde Brattle e os dois homens chamados Harley e Sid. Quando ele acabou, eles estavam perto da Igreja Batista de Trinity, que ficava localizada entre a 13 e a Sherman, a pouco mais de 15 quadras do Van Buren Towers.

Singe pareceu pensativa por um ou dois segundos após Dill acabar sua narrativa. Depois ela franziu a testa e disse:

– Eu acharia melhor que você mesmo tivesse chamado o FBI.

– É – falou Dill. – Eu também.

Havia muito mais batistas na cidade e no estado que qualquer outra religião, seguidas – não muito de perto – por metodistas, presbiterianos, cristãos, fundamentalistas de várias classes e etnias, católicos e um surpreendente número de episcopais, que a maioria das pessoas pensava serem tão prósperos, elegantes, orientais e nem de perto tão dados a rituais estranhos quanto os católicos com sua fidelidade suspeita a Roma. Em 1922, circulou um rumor de que o papa deveria passar pela Union Station com o MKT das 12h17 vindo de Chicago e um número estimado em três mil pessoas compareceu para ver se era verdade. A maioria havia ido apenas para admirar, mas outros haviam pensado em levar piche e penas. Todos ficaram desapontados quando Pio XI não deu nem um passo para fora do trem.

A Igreja Batista de Trinity fora construída na metade dos anos 1950 a partir de projetos desenhados por um professor de arquitetura da universidade, o qual se distinguia por seus gostos extremos em *design*, mulheres e política. A legislação do estado não pensava necessariamente que as mulheres de um homem, ou qualquer apito que ele preferisse tocar, fossem da sua conta, mas ela sabia, como um de seus membros expressou, "manter o olho vivo na política". Os membros também sabiam que não desejavam nenhum comuna ensinando os garotos na universidade. Então eles intimaram o professor a comparecer diante do subcomitê da Assembléia Legislativa do estado para atividades subversivas e o atormentaram impiedosamente quanto às suas teorias políticas esquisitas, e depois que se cansaram disso, sobre suas mulheres e seus projetos.

Um deputado de 72 anos de idade de uma região do estado conhecida como Little Dixie brandiu a representação de uma peça de estatuária de estilo um tanto livre, que se destinava a embelezar o terreno da igreja. Ele queria saber se o professor realmente pensava que era daquele jeito que João Batista se parecia. O professor respondeu que achava que de fato ela se parecia bastante com João. Sorrindo com doçura, ele então perguntou se o comitê já havia encontrado algum fio vermelho na barba do santo, mas nenhum dos seus membros conseguiu compreender exatamente o que ele estava insinuando. Os depoimentos se encerraram pouco depois. O professor escreveu uma carta de demissão em quatro palavras ("Fodam-se. Eu me demito") e foi embora para lecionar na Universidade da Califórnia em Berkeley. Os batistas seguiram em frente e construíram a igreja que ele lhes havia projetado. Quase todos agora gostavam imensamente dela.

Dill ficou surpreso com o número de automóveis que ocupavam o estacionamento da igreja e estacionavam em fila dupla em frente a ela. Ele contou 24 motocicletas da polícia – todas Harley-Davidsons chacoalhadoras de ossos, notou, e não as infinitamente superiores Kawasakis. *Made in America* ainda vale alguma coisa por aqui, ele concluiu, apertou o botão para abaixar o vidro divisório e perguntou:

– Todas essas pessoas não estão aqui apenas para o funeral da minha irmã, estão?

– Certamente que estão – disse o sargento Mock. – Sua irmã era uma policial, Sr. Dill, e quando policiais são assassinados, outros policiais comparecem. Eu vi a lista. Puxa, nós temos aqui policiais vindo de lugares tão distantes quanto Denver, Omaha e Memphis e de todo o caminho desde Nova Orleans.

– De onde mais? – Singe perguntou.

– Deixe-me pensar. Dallas, Fort Worth, Houston, Amarillo, Oklahoma City, Tulsa, Kansas City, Little Rock, Santa Fé, Albuquerque e... ah, sim... há um que disse que vinha de Cheyenne. Eles vão presenciar, Sr. Dill, é isso. Todos vão presenciar.

Faltavam poucos minutos para as dez quando Mock estacionou a limusine no espaço reservado para o principal enlutado, desembarcou e abriu a porta para Singe e Dill. Quinze ou 16 policiais desarmados ainda estavam em pé do lado de fora, todos vestindo suas alinhadas fardas de verão cáqui. Por algum motivo, Dill esperava que eles estivessem vestidos de azul. Podia sentir que eles o apontavam um para outro como o irmão da falecida Felicity Dill.

Um tenente de aspecto sereno e pele morena apresentou-se como o tenente Sanchez, expressou delicadamente suas condolências e se ofereceu para acompanhar Dill e Singe. Ele os conduziu por entre os policiais para o interior da igreja. Era a primeira vez que Dill a via por dentro e ficou impressionado com o talento do arquiteto. Parecia sem dúvida uma igreja batista, ele pensou, mas uma onde realmente se erguesse uma exultante gritaria ao Senhor e se passasse um momento infernalmente bom fazendo isso.

O interior era de granito (com não mais do que um toque avermelhado) e se elevava com avidez, quase alegremente, como se de fato compelido para a glória. Dill achou que os vitrais tinham um desenho interessante e não totalmente abstrato. Concluiu que se alguém ficasse entediado com o sermão poderia sempre contemplar as janelas e construir suas próprias histórias. Se sua irmã tivesse que orar em igreja, Dill pensou que poderia muito bem ser esta. Ela teria gostado da arquitetura, pelo menos.

O tenente Sanches conduziu Singe e Dill para o corredor central e os entregou ao detetive-chefe John Strucker, que estava à espera. Era a primeira vez que Dill via Strucker de uniforme. Ficou impressionado com a elegância com que o chefe o vestia, assim como com o uniforme em si, que havia sido costurado meticulosamente com o que parecia ser linho cor de canela, embora não estivesse enrugado o bastante para ser desse tecido. Sob seu braço esquerdo Strucker trazia seu quepe de guarnição, que tinha muito ouro entrelaçado em sua aba.

– Nós estamos ocupando toda a ala da frente – Strucker murmurou e os acompanhou até a fila da frente à direita. Um homem se levantou da fileira frontal esquerda e caminhou em direção a eles. Era um homem mais velho, na casa dos 60, pelo menos, e Dill finalmente o reconheceu como Dwayne Rinkler, o chefe de polícia. Fazia anos que ele o vira pela última vez e a face longa e estreita do chefe parecia ter ficado mais comprida; os frios olhos azuis aparentavam ter ficado mais gelados e os lábios finos haviam finalmente desaparecido, deixando apenas uma larga linha traçada a régua. Rinkler também havia perdido a maior parte de seus cabelos e adquirido um bronzeado intenso. Vestia seu uniforme quase tão bem quanto Strucker. Havia ainda mais ouro entrelaçado em seu quepe.

Strucker fez as apresentações e o chefe Rinkler apertou primeiro a mão de Singe e depois a de Dill.

– Nós estamos profundamente chocados, Sr. Dill – disse ele com seu baixo áspero –, todos nós.

– Obrigado – falou Dill.

– Ela era uma ótima mulher – acrescentou Rinkler, balançando a cabeça como para confirmar sua própria afirmação. Ainda balançando a cabeça, ele deu as costas e voltou para seu lugar. Strucker juntou-se a ele. Dill e Singe tomaram seus lugares do outro lado do corredor.

Depois de sentar, Dill observou o caixão pela primeira vez. Ele não podia realmente ver o próprio caixão porque estava coberto com uma grande bandeira dos EUA. De cada lado do esquife seis altos e robustos policiais vestindo imaculados uniformes de verão permaneciam numa imóvel posição de descansar. Dill se perguntou há quanto tempo eles estariam em pé daquele jeito.

Em algum lugar, um coro misto começou a cantar. Dill seguiu o som, virou-se e olhou para cima. Na galeria do coro, 12 oficiais de polícia, homens e mulheres muito jovens, erguiam suas vozes sem acompanhamento em uma execução lenta e melancólica do "The Battle Hymn of the Republic". Aparentemente eles pretendiam cantar todos os quatro versos enquanto a igreja se enchia. Dill achou que eles cantavam muito bem e imaginou se Felicity teria tido objeções ao hino. Poderia ter tido um dia, ele concluiu, mas não agora.

Quando o hino acabou sobreveio a costumeira quantidade de murmúrios, pigarros e tosses meio reprimidas. O ministro de aparência jovem fez a sua aparição e subiu lentamente ao púlpito, de onde avaliou a assembléia com olhos tristes por trás de sinceros óculos com aros de chifre.

– Nós estamos aqui hoje – disse ele – para prantear a morte e orar pela alma de alguém que não pertencia a esta igreja ou a esta fé, mas que escolheu uma vida de serviço público dedicada a proteger tanto esta fé quanto esta igreja. Nós estamos aqui para prantear e orar pela detetive Felicity Dill e para agradecer a ela por sua vida tão curta de serviços dedicados a esta comunidade.

Ele prosseguiu nesse tom por outros cinco minutos – um jovem mortalmente aborrecido, Dill pensou, aparentemente devoto e obviamente sincero. Quando o jovem ministro pronunciou a inevitável expressão "em vão", Dill desistiu de escutar como sempre fazia quando alguém falava essas palavras. Elas sempre vinham logo depois de "sacrifício", outra palavra que fazia a atenção de Dill peregrinar. Alguém assassinou minha irmã, pensou ele, enquanto a voz do jovem ministro crescia e diminuía. Se Felicity não morreu em vão, eu não sei quem morreu.

Sobreveio um novo som e Dill percebeu que o jovem ministro havia terminado e o coro da polícia estava cantando ainda outro hino. Os 12 jovens e recém-banhados policiais homens e mulheres estavam executando "*Amazing Grace*",* um hino que Felicity Dill particularmente detestava. "Leia a letra algum dia, Pick", ela

---

* Maravilhosa graça. (*N. do E.*)

lhe escrevera pouco depois que Jimmy Carter tornou público que *Amazing Grace* era seu hino favorito. "Estou dizendo para você realmente lê-la e então você vai compreender por que as pessoas ainda se conformam com toda a merda com a qual elas se conformam." Dill escutava a letra agora, realmente escutava, mas elas não significavam absolutamente nada para ele, embora pensasse que o coro da polícia as cantava muito bem mesmo.

Depois que o hino acabou, Dill presumiu que o serviço fúnebre também tivesse acabado, mas não. O jovem ministro já havia descido do púlpito e agora outra pessoa o ocupava. A outra pessoa era Gene Colder, diácono batista e capitão da divisão de Homicídios, com um aspecto alinhado e melancólico num uniforme de gala que aparentava ser tão belamente cortado quanto o do detetive-chefe. Colder apertou o atril, não por nervosismo, mas com o ar de um orador experiente que tem algo importante a dizer. Seus olhos examinaram seu público, começando por aqueles que estavam no fundo e terminando em Dill na primeira fila, para quem ele fez um leve aceno de cabeça. Colder então localizou o enlutado para quem ele pretendia falar – o qual parecia estar saindo – e começou.

– Pediram-me para dizer algumas palavras sobre a detetive de segundo escalão Felicity Fredricka Dill (meu Deus, como ela odiava Fredricka, Dill pensou), não apenas porque ela estava na minha divisão, a de Homicídios, mas também porque nós éramos amigos. – Colder fez uma pausa e acrescentou. – Muito bons amigos.

Agora todo mundo sabe que estavam dormindo juntos, se já não soubessem antes, Dill pensou.

– A detetive Dill era o que eu chamaria uma policial entre os policiais – Colder prosseguiu. – Ela ganhou suas promoções, e foram promoções realmente rápidas, por seu trabalho duro e freqüentemente brilhante. Não hesito em dizer que se ela vivesse e perseguisse sua carreira com esse mesmo brilho e determinação, poderia ter-se tornado a primeira detetive-chefe feminina desta cidade e, isto não é em absoluto inconcebível, sua primeira chefe de polícia feminina. – O capitão Colder sorriu levemente. – Desnecessário dizer que ela teria se tornado capitã.

Depois disso, Colder falou sobre que pessoa maravilhosa a detetive Dill havia sido. Ele enalteceu sua inteligência e sua bravura. Tinha coisas gentis a dizer sobre seu saudável bom senso e sua compaixão incomum. Descreveu sua perda como trágica e seu legado como duradouro, embora Dill não soubesse o que ele queria dizer com isso. Colder esqueceu de mencionar a apólice de seguro de vida de 250 mil dólares da detetive morta e seu dúplex de tijolos amarelos, que também eram parte do seu legado, mas não uma parte especialmente duradoura, na opinião de Dill.

Por fim, Colder falou:

– Eu só posso repetir o mais alto cumprimento que nós podemos prestar a ela: era uma policial entre os policiais, e sentiremos saudades dela. Todos nós.

O diácono agora passava seus olhos pela congregação, pois era assim que Dill passara a pensar nela, e convidou-a a juntar-se a ele e orar ao Senhor. Dill observou quando as cabeças da guarda de honra se curvaram e eles rezaram juntos em posição de descansar.

Quando a oração acabou, o coro da polícia disparou um cântico novamente. Dill, que não era freqüentador de igrejas, pensou que esta fosse "Abide with Me".* Ele olhou para Anna Maude Singe, que pegou sua mão e a apertou.

– Pense desta forma – disse ela em voz baixa. – Em algum lugar ela está rindo.

– Claro – falou Dill, que absolutamente não acreditava nisso. Ele se voltou para encontrar o capitão Colder que se aproximava, o qual apertou primeiro a mão de Singe e depois a de Dill. – Agradeço o que disse, capitão – afirmou Dill.

– Eu acredito em cada palavra que falei.

– Foi muito comovente – disse Singe.

---

* Espere comigo. (*N. do E.*)

– Obrigado. – Ele olhou para Dill. – Tudo funcionou a contento... a limusine e tudo mais?

– Foi perfeito. Tenho muito a lhe agradecer.

– Bem, vou acompanhá-los de volta a seu carro. Ele ficará logo atrás de Felicity. – Não atrás do carro fúnebre, Dill observou, mas da ainda não sepultada Felicity. Colder sorriu de modo tranqüilizador. – O serviço fúnebre diante da sepultura é muito breve, muito formal. Vamos?

Enquanto caminhavam pelo corredor, Dill procurou alguém conhecido – algum velho amigo da família para que ele pudesse fazer um movimento de cabeça ou sorrir –, mas não havia ninguém. Ela possuía amigos aqui, pensou ele, mas você não os conhece porque o lapso de dez anos entre suas idades era quase intransponível. Ele notou a seção de policiais forasteiros que sentavam juntos, bem vestidos e alinhados em seus diversos uniformes, e olhou para eles com curiosidade e simpatia enquanto passava.

E foram estes que vieram sepultar Felicity, Dill se deu conta. Policiais e esposas de policiais. Os próprios policiais eram jovens ou de meia-idade. Acho que não há mais velhos policiais, tirando o chefe de polícia. Acho que eles cumprem seus vinte ou trinta anos, garantem sua pensão e caem fora. Detetive Dill. Sargento Dill. Capitã Dill. Detetive-chefe Dill. Chefe de polícia F. F. Dill. Bem, quem sabe. Isso poderia ter acontecido.

No lado do corredor na penúltima fila estava sentado Fred Y. Laffter, o repórter policial ancião. Ele se levantou e emparelhou com Dill e num rouco sussurro disse:

– Nós vamos soltar a matéria sobre a apólice de seguro de sua irmã, o dinheiro que ela pagou por seu dúplex e toda aquela merda. Algum comentário que você queira fazer?

Dill parou.

– O que você quer dizer com "nós"?

Laffter apontou um dedo para o alto e ergueu os ombros.

– Os do andar de cima me disseram que querem soltá-la, por isso vou soltá-la. Eu ainda posso colocar você em um parágrafo, se quiser, embora seja idéia minha, não deles.

– Nada a declarar – falou Dill. – Nada.

– Pelo amor de Deus, Laffter, não agora – Colder falou e se interpôs entre Dill e o velho.

– Eu estou fazendo um favor a ele – disse Laffter.

– Não agora, porra – disse Colder.

Laffter olhou para ele friamente.

– Esse é o meu trabalho, filhinho – disparou ele, deu um passo ágil em volta de Colder e novamente confrontou Dill. – Sem ressentimentos, garoto.

– Caia fora da porra do meu caminho – falou Dill.

Capítulo 20

Conduzido pelas duas dúzias de Harley-Davidsons, que eram elas próprias conduzidas por um carro-patrulha verde e branco com suas luzes piscando, a procissão fúnebre de um quilômetro e meio de extensão rodava à imponente velocidade de 25 quilômetros por hora em direção ao cemitério Green Glade of Rest, que um dia havia sido uma fazenda pouco produtiva na periferia a leste da cidade.

A parte central do Green Glade era um labirinto não muito complicado de cerca de um quarto do tamanho de um campo de futebol americano. O labirinto era composto por sebes de alfenas de dois metros e meio de altura e uns 60 centímetros de espessura. Também havia trilhas de cascalho para caminhar e bancos de pedra em recantos convenientes, onde os enlutados podiam sentar para descansar e pensar longamente sobre a vida e a morte e qual o sentido de tudo isso. No entanto, a trilha era difícil para se caminhar, os bancos de pedra, desconfortáveis, e o labirinto, geralmente evitado pelas pessoas que visitavam o cemitério.

Nos últimos cinco anos o departamento de polícia havia enterrado 17 de seus oficiais imolados no Green Glade Rest. A detetive Felicity Dill seria a décima oitava. Antes de o departamento de polícia comprar seu próprio lote no cemitério, os policiais MES eram enterrados nos diversos locais da cidade. MES significava Morto em Serviço.

Praticamente todos que estiveram no culto na igreja também compareceram à cerimônia de sepultamento. Conforme prometido, a cerimônia foi breve. Um capelão de polícia leu o Salmo 23. Um esquadrão de atiradores de elite disparou uma salva de tiros de rifle. Um corneteiro soprou o "toque de silêncio" em sua corneta. A leal guarda de honra, exercendo também a função de carregar o féretro, dobrou a bandeira que cobria o esquife em um caprichado triângulo e presenteou-a a Dill, que não tinha a mais remota idéia do que fazer com ela. E depois estava acabado, a irmã morta estava enterrada e ainda não era meio-dia.

O lote dos MES do departamento de polícia ficava sobre uma suave colina. Quando o serviço fúnebre acabou, a maioria dos enlutados de uniforme começou a caminhar lentamente de volta para seus veículos, evitando o labirinto. Alguns poucos se demoraram para apertar a mão de Dill e murmurar seus pêsames. Enquanto Dill e Anna Maude Singe seguiam lentamente seu caminho até a limusine à espera, ele apertava as mãos que lhe eram oferecidas e polidamente agradecia os murmúrios.

Dill e Singe se viram quase sozinhos não muito longe do labirinto quando alguém deu um tapinha no ombro dele. Ele se voltou, e assim também fez Singe. Eles se viram banhados pelo fulgor angelical do sorriso que pertencia a Clay Corcoran, que havia amado a irmã falecida.

– Simplesmente não pude ficar de fora, Sr. Dill – disse Corcoran.

– Ben – falou Dill.

– Ben – Corcoran concordou e voltou seu sorriso cálido para Singe. – Como vai você, Smokey?

Singe disse que estava ótima. O sorriso inebriante do grandalhão desapareceu e ele tornou-se sério.

– Achei que foi um funeral distinto – disse ele. – Creio que Felicity teria rido um pouco aqui e ali, mas tudo correu realmente de acordo.

Corcoran parecia estar solicitando a confirmação de Dill, por isso este disse que ele também achou que tudo tinha ido muito bem. Corcoran olhou por cima das cabeças de Dill e Anna Maude Singe. Por trás deles os policiais, com seus uniformes de verão, passavam ao largo do labirinto em direção a seus carros, embora pelo menos um quarto deles, em sua maioria os que haviam trazido suas esposas, estivessem agora reunidos em pequenos grupos para conversar.

Corcoran soltou sua voz profunda no que ele deve ter esperado que fosse um murmúrio de confidência.

– Eu lhe disse que iria xeretar um pouco por aí? – Ele fez disso uma pergunta, por isso Dill balançou a cabeça em resposta. – Bem – Corcoran continuou no mesmo tom –, acho que posso ter descoberto algo. – Novamente, ele olhou por sobre suas cabeças como se tivesse medo de ser ouvido. Aparentemente satisfeito, ele acrescentou: – Mas vou ter que lhe fazer algumas perguntas primeiro.

– Ok – falou Dill.

– Há esse cara chamado Jake Spivey que... – Corcoran nunca chegou a terminar sua sentença, e depois Dill pensou que os reflexos daquele homem enorme haviam sido incríveis. Corcoran deu um golpe de quadril em Dill que o fez planar. Ele aterrissou a um metro e meio de distância. Era a primeira experiência de Dill com esportes de contato e ele a achou estranhamente hilariante.

Antes mesmo que Dill tivesse atingido o solo, Corcoran usou seu braço direito para enlaçar Anna Maude Singe e fazê-la estender-se no chão. A feição agradável havia fugido e a expressão intimidadora de Corcoran retornou quando ele se deixou cair sobre um joelho e agarrou algo sob a barra da perna direita de sua calça.

Dill olhou para onde Corcoran estava olhando. Viu o grande punho e a pequena arma apontando através da espessa sebe de alfenas a pouco mais de dez metros de distância. Talvez, Dill pensou mais tarde, a pequenez da arma fizesse o punho parecer maior. Ele viu a arma disparar. Ouviu o detestável estampido agudo de um único tiro. Dill se voltou e viu que ele havia atingido Corcoran, que estava ajoelhado, abaixo da garganta. O grande homem deixou cair a pequena e estreita automática calibre 25 que acabara de sacar do coldre preso à canela de sua perna direita. Ele pressionou ambas as mãos contra a ferida em sua garganta. No momento seguinte, retirou suas mãos ensangüentadas e olhou para eles com assombro.

Corcoran ficou apoiado sobre um dos joelhos por dois segundos, três segundos, quatro segundos, depois suspirou e lentamente se deitou na grama. Sangue borbotava de sua garganta. Dill, levantando-se, olhou à sua volta. As únicas pessoas que ainda estavam de pé eram as esposas dos policiais. Os próprios policiais haviam se deixado cair no gramado. Alguns caíram de bruços. Uma dúzia de outros se ajoelharam, com as pernas direitas ou esquerdas de suas calças levantadas, revelando canelas brancas e peludas e os pequenos coldres de couro cingidos a elas.

Mais tarde Dill calculou que o silêncio que se seguiu ao único tiro não durou mais do que três ou quatro segundos e não a hora inteira que pareceu naquele momento. Uma das esposas dos policiais finalmente gritou à visão de Corcoran caído na grama, seus joelhos dobrados quase até o peito e o sangue ainda fluindo de sua garganta. Depois do grito, os berros e a confusão começaram.

Dill foi o primeiro a alcançar Corcoran. Os olhos verdes do grande homem ainda estavam abertos, mas não totalmente focados, embora ele parecesse reconhecer Dill. Ele tentou falar, mas em vez disso produziu uma grande bolha rosada que estourou com um minúsculo estalo. Os lábios de Corcoran se movimentaram novamente e Dill inclinou-se para ouvir. Os que estavam observando mais tarde disseram ter pensado que Corcoran conseguira dizer apenas duas ou três palavras antes que o sangue finalmente parasse de jorrar da ferida. Da boca de Corcoran saiu um último suspiro. Este formou outra bolha rosada que estourou quase imediatamente. Então o coração ficou sem sangue, parou de funcionar e Corcoran estava morto.

Dill levantou-se vagarosamente. Um policial que parecia ter recebido treinamento médico ajoelhou-se rapidamente ao lado de Corcoran e usou dedos hábeis para procurar algum sinal de vida. Não descobriu nenhum e sentou sobre os tornozelos, sacudindo sua cabeça.

Dill ajudou a trêmula Anna Maude Singe a se levantar. Quando perguntou se estava ferida, ela fez lentamente que não com a cabeça, com seus olhos fixos no grande corpo contorcido de Clay Corcoran. Dill pôs um braço em volta de Singe para levá-la dali. Viu seu caminho bloqueado pelo capitão Gene Colder. Um momento depois, o detetive-chefe John Strucker veio correndo. Colder olhou para

Strucker, como se pedisse autorização. Strucker a concedeu com um aceno de cabeça.

– Conte-nos rápido, Dill – disse Colder com uma voz dura e firme. – Disseram que ele falou algo. Você conseguiu entender o que foi?

Dill balançou a cabeça.

– Claro. Ele disse "Isso dói. Isso dói." Disse isso duas vezes.

– Só isso? – perguntou Strucker, com a descrença em seu tom, se não em seu rosto.

– Só isso.

Strucker voltou-se para Colder.

– Você sabe o que fazer, capitão. É melhor cuidar disso.

– Sim, senhor – Colder falou, virou-se e se afastou apressado, ora apontando para um policial, ora acenando para outro. Foi a única vez que Dill pôde lembrar de ter ouvido Colder chamar Strucker de senhor.

O detetive-chefe tirou um charuto do bolso de seu peito e lentamente removeu o celofane, sem afastar seus olhos do corpo do falecido Corcoran. Ele amassou o celofane em uma pequena bola e atirou-a para longe. Ainda com o olhar fixo em Corcoran, mordeu a ponta do charuto, cuspiu-a e o acendeu com um isqueiro descartável.

– Você o conhecia, hein... o Corcoran? – Strucker perguntou, ainda olhando para o homem morto.

– Ele disse que saía com a minha irmã.

– É verdade – disse Strucker, voltando por fim o olhar para Dill. – Ele saía.

– Disse que foi policial.

– Ele era. Não era mau, embora fosse bem melhor como zagueiro. Ele contou o que fazia atualmente?

– Ele afirmou que era detetive particular – Dill falou. – Um intimidador, foi como ele se referiu.

Strucker sorriu, mas foi um pequeno sorriso que se apagou quase imediatamente.

– Não era mau nisso tampouco, embora fosse melhor no futebol americano que em qualquer outra coisa. Ele simplesmente apareceu e se apresentou a você onde... no hotel?

– Correto.

– Sobre o que vocês conversaram?

– Minha irmã, o que mais poderia ser?

– Ele contou a você que ela o abandonou de uma hora para a outra?

– Sim.

– Ele ainda estava bravo por isso?

– Parecia mais resignado que qualquer outra coisa... resignado e triste, é claro.

Strucker voltou-se para Anna Maude Singe.

– Você o conhecia também, não é, Srta. Singe?

– Sim. Bastante bem.

– O que aconteceu aqui... alguns minutos atrás?

– Não estou absolutamente certa.

Strucker tragou seu charuto, soprou a fumaça para o ar e para longe de Singe. Ele balançou a cabeça para ela de maneira encorajadora.

– Apenas me conte o que viu e o que você lembra.

Ela franziu a testa.

– Bem, Clay veio até nós e disse que achou que tinha sido um belo funeral e que tudo parecia ter corrido bastante bem. O Sr. Dill concordou e depois Clay falou que estivera investigando, ou xeretando, talvez, e que precisava perguntar algo ao Sr. Dill. Mas então, bem, então eu acho que ele viu algo atrás de nós... atrás do Sr. Dill e de mim... porque depois daquilo tudo aconteceu tão terrivelmente rápido. Ele deu um encontrão no Sr. Dill...

Dill interrompeu:

– Ele me deu um golpe de quadril.

Strucker balançou a cabeça e novamente sorriu de modo encorajador para Singe.

– Então seu braço disparou assim – disse ela, demonstrando como o braço de Corcoran havia se movido. – E a próxima coisa de que me lembro é de estar caída de costas.

– Ele a derrubou pelo pescoço? – Strucker perguntou para Dill.

– Aparentemente.

– Depois eu ouvi o tiro – prosseguiu Anna Maude Singe – e ergui os olhos para ver Clay, no entanto ele estava agachado sobre um dos joelhos nesse momento, ajoelhado, e tinha a perna de sua calça levantada e uma pequena arma em sua mão. Mas ele deixou a arma cair e sua mão subiu até sua garganta e saiu ensangüentada. Depois disso, ele simplesmente decidiu deitar. Pareceu assim, de qualquer forma. Ele deitou e seus joelhos subiram até seu peito e ele apenas... ele apenas se contorceu e morreu.

Então ela desviou os olhos.

– Você tem certeza? – Strucker perguntou.

Ela balançou a cabeça.

– Sim, eu tenho certeza.

Strucker voltou-se para Dill.

– O que você viu?

– A mesma coisa... exceto que também vi um punho apontando uma arma entre as sebes bem ali. – Dill apontou para onde um grupo de policiais estava agachado sobre suas mãos e joelhos, com seus uniformes de gala, revistando cuidadosamente o gramado do cemitério perto do ponto da cerca viva que ele havia indicado. Ele presumiu que estavam procurando um cartucho deflagrado.

Strucker observou-os por um momento e sacudiu desconsoladamente sua cabeça.

– Olhe para eles – disse. – Todos uniformizados e tão parecidos quanto ervilhas numa vagem. Ele poderia ter arranjado um uniforme de uma outra cidade em algum lugar, ir até o funeral, vir para cá, atirar em Corcoran e se esgueirar pelo outro lado do labirinto. Poderia ter acontecido assim.

– Talvez – Dill falou.

Strucker olhou para ele com interesse renovado.

– O que quer dizer com talvez?

– Da primeira vez que conversei com Corcoran, ele me disse que fazia trabalho de guarda-costas com freqüência. Talvez tenha sido isso que ele fez aqui... quase por reflexo. Ele tirou Anna Maude e eu do caminho e depois tentou pegar o atirador... só que isso não funcionou muito bem.

Strucker aspirou pensativamente seu charuto, tossiu duas vezes, e depois balançou a cabeça – um tanto de má-vontade, Dill pensou.

– E o atirador estava atrás de quem? – Strucker perguntou. – De você?

Dill olhou para Singe.

– Ou dela.

Os olhos de Singe se arregalaram por um segundo e sua boca se abriu, mas contraiu-se rapidamente para que ela pudesse formar o E de seu sobressaltado "*Eu?*"

– Talvez – falou Dill.

– Por que diabos eu?

– Quanto a isso – disse Dill –, por que diabos qualquer pessoa?

Capítulo 21

No quartel-general da polícia, o sargento Mock esperou na limusine do lado de fora, enquanto Dill e Singe faziam breves declarações para um gravador. Depois ele os conduziu de volta ao Hawkins Hotel. A pergunta que Dill estivera esperando não veio até ele e Singe descerem pelo elevador para a garagem subterrânea e estarem sentados no Ford alugado, com o motor funcionando e o ar-condicionado graduado tão forte quanto possível. Do lado de fora, o mostrador do relógio e termômetro do First National Bank estava indicando 38 graus às 13h31.

– Por que você não contou a eles o que Clay disse sobre Jake Spivey? – perguntou Anna Maude Singe.

– O que ele disse?

– Ele disse: "Há esse cara chamado Jake Spivey que..." – Ela fez uma pausa. – Textualmente assim.

– Há esse cara chamado Jake Spivey que o quê? – falou Dill.

– Eu não sei.

– Nem eu, e foi por isso que eu não contei a eles. Por que você não contou?

– Você é meu cliente.

– Não foi por isso – Dill falou e engatou a ré do Ford para fora de sua vaga.

– Talvez – disse ela –, talvez eu não tenha dito porque Clay poderia estar prestes a falar: "Há esse cara chamado Jake Spivey que me convidou para ir à casa dele no domingo para um churrasco e um mergulho na piscina e eu entendi que vocês estão indo, também" ou... – ela ficou em silêncio.

– Ou o quê? – Dill perguntou enquanto dirigia rampa acima.

– Eu não sei.

Eles saíram na Our Jack Street, seguiram até um sinal vermelho na esquina da Broadway, pararam e dobraram à direita ainda com o sinal fechado – uma prática lógica que a cidade havia concebido em 1929, e que mais tarde foi adotada sem reconhecimento da origem pela Califórnia.

Depois de dirigirem para o norte pela Broadway por dois quarteirões, Dill falou:

– Está com fome?

– Não.

– Então conclua o seu "ou".

– Ou – disse ela – há esse cara chamado Jake Spivey que me pediu para ser seu guarda-costas e evitar que alguém o mate.

– Isso não está mau – falou Dill.

Ela sacudiu a cabeça, rejeitando todas as suposições.

– As variações são intermináveis – disse ela. – E insensatas.

– Tem certeza de que não está com fome? – ele perguntou.

– Eu gostaria de uma bebida.

– Certo, vamos parar em algum lugar e você pode pedir uma bebida e eu um sanduíche e outra bebida.

– E depois?

– Depois – Dill falou –, bem, depois nós vamos ver onde Felicity realmente morava.

Anna Maude Singe mudou de idéia e pediu um sanduíche de *bacon*, alface e tomate com um *bloody mary* no Binkie's Bar and Grille. O "e" no final do Grille havia incomodado Dill, mas por dentro o lugar era bastante convidativo, apesar de ter fórmica e plantas em demasia. Ele pediu uma cerveja e um *cheeseburger*. O sanduíche revelou-se soberbo. Singe disse que o seu também estava excelente.

Depois que ela comeu o último pedaço do sanduíche e lambeu um pouco de maionese de um de seus dedos, disse:

– O que você espera achar?

– No apartamento dela?

Singe balançou a cabeça.

– Eu não sei – disse ele.

– Os tiras já não estiveram lá?

– Sim. Claro.

– Então o que você está procurando?

– Algum pequeno vestígio de minha irmã – falou Dill. – Até aqui, parece não haver nenhum.

A grande casa ficava exatamente em frente ao Washington Park. O parque era composto por 25 acres em uma profunda depressão que ficara assim porque um dia havia sido uma olaria. A argila escavada do terreno fora para os tijolos vermelhos comuns empregados na construção da maioria das casas da cidade até 1910. Depois disso, a cidade cresceu numa arrancada repentina, os preços dos terrenos subiram e a área ao redor da olaria se tornou economicamente atrativa para os verdadeiros especuladores imobiliários – com a ressalva de que ninguém queria morar perto de onde os tijolos eram feitos. A cidade rapidamente decidiu que progresso e lucros eram mais importantes que tijolos. Ela condenou a olaria e transformou o buraco de 25 acres de seu terreno no Washington Park. Foi na piscina pública do parque que Benjamin Dill e Jake Spivey aprenderam a nadar.

A velha casa de tijolos era um amplo edifício de três andares construído em 1914, com calhas largas e uma imensa varanda de tela. Seus 16 aposentos se assentavam sobre um excelente lote de esquina que tinha 60 metros de comprimento e 45 de largura. Quanto à sua arborização, havia olmos, cornizo, alfarrobeira, dois damasqueiros e um pessegueiro. No fundo que dava para o beco estavam os dois andares da edícula onde a detetive morta supostamente havia morado.

Depois de estacionar o Ford na rua 19, Dill e Anna Maude Singe seguiram caminhando pela calçada até o beco. Lá ele pegou a chave que o capitão Colder havia lhe dado e usou-a para destrancar a porta do andar térreo. No interior havia um íngreme lance de escada de degraus estreitos. Não havia janelas na escadaria, o que a tornava escura e abafada. Dill apalpou a parede, encontrou um interruptor e o ligou. Ele começou a subir os degraus seguido de Anna Maude Singe.

No topo da escada havia uma pequena plataforma, com não mais de um metro ou um e vinte. Dill usou a mesma chave na fechadura da segunda porta. Funcionou. Ele abriu a porta, entrou, encontrou o interruptor, acendeu-o e soube imediatamente que Felicity Dill havia realmente morado ali.

Por um único motivo, lá estavam os livros: duas paredes recheadas deles, mais as pilhas organizadas no chão e nos fundos batentes das quatro águas-furtadas que davam para o beco. Um aparelho de ar-condicionado GE também estava acoplado a uma das janelas. Dill foi até ele e o ligou. Apanhou um dos livros e notou que ele havia sido publicado pela editora de uma universidade pública. Enquanto folheava, leu o título em voz alta para Singe: *Apicultura na Nova Inglaterra do século XVIII*. As páginas continham sublinhados e anotações. Dill repôs o livro no lugar e virou-se para inspecionar o restante da sala.

Perto de onde Singe estava havia uma grande poltrona de encosto profundo com um descanso para os pés. Um abajur de pedestal de bronze curvo estava posicionado para que sua luz incidisse por sobre o ombro esquerdo do leitor sentado nela. Dill lembrou ter aprendido isso no ensino fundamental. A luz para a leitura deve sempre incidir por cima do ombro esquerdo. Ele nunca entendeu por que e tentou lembrar se havia repassado essa curiosa noção para Felicity. Não acreditava que ainda ensinassem isso na escola.

– Esta é mesmo a sala dela – disse ele.

Singe apanhou um vaso brilhoso azul e amarelo da mesinha de centro, examinou-o e o recolocou no lugar.

– Eu me lembro de quando ela comprou isto – disse. – Nós fomos a um bazar de fundo de quintal. Era assim que Felicity comprava várias de suas coisas... em bazares de fundo de quintal. Ela dizia que isso conferia a tudo um ar desesperado... dramático até.

– Essa era minha irmã – falou Dill.

– Você notou uma coisa?

– O quê?

– Não há poeira.

Dill olhou em volta, passou seu dedo pela borda da prateleira mais alta e examinou-o à procura de poeira.

– Você tem razão. Acho que eles vasculharam cada livro.

– A polícia?

Ele confirmou com a cabeça.

– Eles são horrivelmente organizados.

– Gene Colder provavelmente cuidou disso.

Dill novamente olhou à sua volta. Realmente não havia muito mais para ver: um tapete oriental gasto no chão, que ele achou que fosse feito a máquina; algumas pinturas na parede – pinturas do gênero de Felicity, Dill pensou, o que significava que elas continham mais emotividade que arte. Uma delas era de um mulher de expressão triste em trajes europeus do século XVIII, inclinada no parapeito de uma janela. Dill pensou que sua expressão era a que uma suicida devia ter. Outra era de um bêbado gordo e ruidoso sentado em um banco de três pernas com um caneco de cerveja num joelho e uma taberneira rechonchuda e com um sorriso afetado no outro. Parecia ser do início do século XIX. Um terceiro quadro era uma pintura abstrata de cores tão berrantes que era quase um grito de fúria. Um sofá estava encostado contra uma parede. A mesinha de centro ficava em frente a ele. Também havia algumas cadeiras, um suporte para revistas (cheio) e uma estante posicionada num canto. Nenhum dos móveis combinava e no entanto nenhum deles parecia deslocado.

Um curto corredor saía da sala de estar. Dill seguiu por ele e notou que o banheiro ficava à direita e uma pequena cozinha à esquerda. Ele acendeu a luz da cozinha e viu os temperos. Havia um suporte para temperos com seis fileiras que continha pelo menos trinta ou quarenta tipos. Também havia uma prateleira de um metro e vinte abarrotada de livros de receitas. Ele abriu uma das portas do armário e descobriu-o cheio de alimentos enlatados, mais um generoso suprimento de Kool-Aid. Como de costume, pensou Dill com um sorriso, há gêneros enlatados suficientes para durar todo o inverno. Uma inspeção do refrigerador revelou que alguém o havia limpado de todos os perecíveis – a polícia, provavelmente – deixando apenas seis garrafas de cerveja Beck's. Ninguém havia desligado a geladeira e a cerveja ainda estava gelada.

– Quer uma cerveja? – ele perguntou para Anna Maude Singe, que estava abrindo e fechando as gavetas da cozinha.

– Uma cerveja seria ótimo – disse ela.

– Está vendo algum abridor?

– Aqui – disse ela, tirando-o de uma gaveta e o entregando a ele. Dill abriu as duas cervejas e deu uma para ela. – Quer um copo? – ele perguntou.

– Vai se conservar mais gelada na garrafa. – Ela bebeu do gargalo, voltou para uma das gavetas e a abriu. – A prataria dela está toda aqui.

– Essa foi a herança que ela recebeu de nossos pais falecidos. Toda ela.

– Ela a conservava polida – disse Singe, e fechou a gaveta. – O que vem agora... o banheiro?

– Pode ser.

Era um banheiro grande e antiquado, revestido até a metade de suas paredes por azulejos brancos. No piso, havia pequenos ladrilhos brancos hexagonais. Tanto a banheira quanto a pia tinham torneiras separadas para água quente e fria. O armário de remédios não tinha nada interessante.

– Nenhum medicamento controlado – Dill falou, fechando a porta do armário.

– Felicity era muito saudável. – Singe olhou para ele com curiosidade. – Encontrou o que estava procurando?

Ele balançou a cabeça.

– Ela vivia aqui. E aparentemente gostava. Isso era tudo o que eu estava procurando, na verdade.

– Vamos tentar o quarto?

– Claro.

O dormitório não era tão grande quanto a sala de estar porque seu tamanho havia sido reduzido pelo acréscimo de um grande *closet*.

Havia belas cortinas amarelas nas vidraças e um alegre tapete marrom e branco no chão. A cama era de solteiro, grande o bastante para uma pessoa e até para duas, supondo que o número dois não planejasse passar a noite.

O quarto também continha um divã de aparência antiga, que lhe dava o ar de um *boudoir*. Uma mesa de jogar cartas, uma luminária, uma máquina de escrever elétrica portátil e uma cadeira de lona lhe davam o ar de Felicity Dill.

Dill atravessou o quarto até o *closet* e fez com que uma de suas portas deslizassem para abri-lo. O armário estava cheio de roupas femininas, todas organizadamente penduradas em cabides, com os trajes de inverno em sacos plásticos e os de verão prontos para usar. Dill empurrou as roupas penduradas para um lado a fim de ver se havia mais alguma coisa que valesse a pena observar e descobriu o homem no fundo do *closet*. O homem tinha um rosto longo e estreito que exibia um sorriso bobo. Seus olhos eram de um castanho amarelado e pareciam encurralados. Dill achou que eles também pareciam sagazes.

– Que diabo é você, amigo? – Dill perguntou.

– Deixe-me explicar – disse o homem.

Dill deu um rápido passo para trás, olhou em volta à procura de algo duro, avistou o batente da janela e espatifou a garrafa de cerveja contra ele. Isso deixou-o com uma arma formada pelo gargalo da garrafa e 7 a 10 centímetros de vidro verde em lascas afiadas.

– Explique aqui fora – Dill falou.

O homem saiu do *closet* carregando um pequeno estojo de ferramentas e ainda exibindo seu sorriso tolo.

– Eu vou dizer exatamente o que quero que você faça – falou Dill. – Eu quero que você largue esse estojo com muito cuidado, depois leve a mão a um de seus bolsos com o mesmo cuidado – não me importa qual bolso – e tire dele algum documento de identificação. Se não fizer isso, eu vou cortar o seu rosto.

– Fique calmo – disse o homem, ainda sorrindo seu sorriso fixo. Ele largou o estojo de ferramentas conforme havia sido instruído, enfiou a mão num bolso da calça e tirou uma carteira já gasta. Ele a ofereceu a Dill.

– Dê a ela – Dill falou.

O homem ofereceu a carteira a Anna Maude Singe. Ela se aproximou dele com cautela, quase arrancou a carteira de sua mão e prontamente deu um passo para trás. Abriu-a e encontrou uma carteira de motorista.

– Ele é Harold Snow – disse Singe. – Eu me lembro desse nome.

– Eu também – Dill falou. – Você mora com Cindy, não?

– Você conhece Cindy? – disse o homem, com um tom surpreso e o sorriso bobo ainda tentando agradar.

– Nós nos conhecemos – falou Dill.

– Harold é o inquilino – disse Singe. – Do dúplex. Seu nome estava no contrato.

– Eu sei – disse Dill.

O sorriso tolo de Harold Snow finalmente desapareceu. Os olhos castanhos amarelados deixaram de parecer encurralados e em vez disso começaram a parecer matreiros.

– Vocês não são os tiras então – ele disse em um tom aliviado.

– Sou pior que isso, Harold – Dill falou. – Eu sou o irmão.

Capítulo 22

Harold Snow obedeceu as instruções de Dill com exatidão. Ele se agachou com as mãos para trás, tateou à procura da alça do estojo de ferramentas, encontrou-a e se levantou segurando o estojo logo abaixo do fundilho de suas calças de brim.

– Agora nós vamos até a sala de estar, Harold, onde está mais fresco – disse Dill. – Mas quando eu disser pare, quero que você pare ou eu cortarei uma orelha fora. Entendeu?

– Entendi – falou Snow.

– Vamos lá.

Snow entrou primeiro no corredor, seguido por Dill. Anna Maude Singe foi por último. Quando chegaram à porta da cozinha, Dill falou:

– Pare, Harold.

Snow parou.

– Você sabe onde estão as facas? – Dill perguntou para Singe.

– De que tipo você quer?

– Alguma que impressione Harold.

– Certo.

– Você não precisa de faca alguma – disse Snow.

– Cale a boca, Harold – falou Dill.

Ele pôde ouvir Singe abrir e fechar uma gaveta na cozinha. Um segundo mais tarde ela veio, dizendo:

– Que tal esta?

Dill virou-se para olhar. Ela segurava uma faca de pão de aparência cruel.

– Ótima – disse Dill, tomando a faca e entregando o gargalo quebrado da garrafa de cerveja para ela.

– Ok, Harold, para a sala de estar.

Ainda carregando o estojo de ferramentas atrás dele, Snow andou para a sala de estar seguido por Dill e Singe. Ela jogou o gargalo da garrafa de cerveja em uma cesta de lixo.

– Você pode largar o estojo, Harold – Dill falou.

Era algo desajeitado abaixar-se com o estojo por trás dele, mas Snow conseguiu fazer isso e depois tornou a se levantar.

– E agora? – disse ele.

– Sente ali.

– Aqui? – disse Snow, movendo-se para a grande poltrona com o descanso para os pés e o abajur de pedestal de bronze.

– Essa mesmo.

Snow sentou na poltrona.

– O seu estojo de ferramentas está destrancado, Harold? – Dill perguntou.

– Está.

– Vamos abri-lo e ver o que há dentro. – Snow começou a se levantar. – Não você, Harold – disse Dill, gesticulando com a faca de pão para que ele recuasse.

Anna Maude Singe ajoelhou-se ao lado da caixa de ferramentas e a abriu. Ela ergueu uma bandeja com ferramentas variadas e inspecionou o fundo do estojo.

– Ou ele é o homem da companhia telefônica ou o que vem para consertar o *hi-fi* – disse ela. – Só que eu não acho que nenhum deles teria isto em sua caixa de ferramentas.

Dill olhou rapidamente para sua esquerda e depois novamente para Harold Snow.

– Está carregada? – perguntou ele para Singe.

– Sim, está.

– Vamos ficar com ela. – Singe se levantou, foi até Dill, e entregou o revólver Smith & Wesson calibre 38 de cinco tiros e cano curto. Ele entregou a faca de pão a ela. Dill apontou a arma para Snow e sorriu. O sorriso fez com que Snow engolisse em seco.

– Nós vamos contar para os tiras, Harold, que surpreendemos você roubando, você puxou isto para nós, eu o tirei de você e depois o atingi no joelho. O joelho direito, eu acho. – Dill moveu a arma para que ela apontasse para o joelho direito de Snow.

– Você não faria isso – disse Snow.

– Por que ele não faria? – falou Anna Maude Singe.

– Meu Deus, garota, as pessoas não saem por aí simplesmente atirando em outras pessoas.

– Ele é o irmão, Harold... lembra? A morte da irmã dele o deixou um tanto transtornado.

– Harold – disse Dill.

Snow olhou para ele.

– O quê?

– Eu vou perguntar o que você está fazendo aqui. Se você mentir para mim, eu prometo que vou atirar em você... no joelho. Entendeu?

– Você não vai atirar em mim – disse Snow, com o tom mais desafiador que ele conseguiu produzir.

Dill puxou o gatilho da pistola. A arma disparou. A bala do calibre 38 entrou rasgando no descanso para os pés em frente aos joelhos de Snow. Este gritou e se encolheu em sua poltrona. Dill se perguntou se alguém teria escutado o tiro. Provavelmente não, decidiu, não ali no beco, nos fundos do terreno de 60 metros. Também decidiu que no fundo não se importava.

– Desculpe, Harold – Dill falou e apontou cuidadosamente a arma, desta vez com ambas as mãos, para o joelho direito de Snow.

– A fita! – Snow gritou. – Só isso. Apenas a fita.

Dill abaixou a pistola.

– Que fita, Harold? – ele perguntou gentilmente.

– A última – falou Snow.

– A última. E onde está esta última fita?

Snow apontou para o teto.

– No espaço sobre o forro. É uma espécie de ático. Você pode chegar lá passando pelo alçapão no teto do *closet* do dormitório.

– Como você sabe que a fita está lá, Harold?

– Eu pus o gravador.

– O gravador?

Snow balançou a cabeça.

– É ativado pela voz e funciona com a energia da casa, portanto eu não precisava me incomodar com baterias.

– Quando você fez tudo isso, Harold? – Anna Maude Singe perguntou.

Snow olhou para ela, depois novamente para Dill.

– Que diabo é ela? – perguntou.

– Ela é minha testemunha para quando eu balear você no joelho, Harold. Mas se você responder nossas perguntas, talvez eu não tenha que fazer isso.

– Posso fumar? – Snow perguntou.

– Não – disse Dill. – Quando você pôs o gravador no sótão?

– Cerca de seis meses atrás. – Snow ficou aborrecido. – Por que eu não posso fumar?

– Porque não – Dill falou. – Por que você colocou o gravador lá?

– Fui pago para isso, foi esse o motivo.

– Quem pagou você, Harold?

– Um cara.

– Aposto que esse cara tem um nome.

– Eu não posso contar o nome dele – disse Snow. – Ele é um... um cliente.

– Harold – disse Anna Maude Singe suavemente.

Ele olhou para ela.

– O quê?

– Você não é um advogado, Harold, ou um médico, ou um padre, ou mesmo um detetive particular, por isso não há norma de confidencialidade envolvida aqui. Você não tem clientes, Harold. O que você tem são fregueses esquivos, e se você não nos contar quem é esse cara, o Sr. Dill vai atirar no seu joelho. Certo, Sr. Dill?

– Absolutamente – Dill falou.

Snow olhou para Dill, depois novamente para Singe, e depois mais uma vez para Dill. Ele passou sua língua sobre o lábio superior como se tentasse lamber o suor. Sua testa também estava coberta pela transpiração. Ele usou a manga de sua camiseta azul ensopada para enxugá-la. Depois disso, secou suas mãos nas pernas das suas calças de algodão cru. Por fim, baixou o olhar até que seus olhos repousassem no buraco esfarrapado que a bala do 38mm fez no apoio para os pés. Ele falou para o móvel numa voz baixa, quase inaudível. – O nome dele é Corcoran. Clay Corcoran. – Ergueu os olhos para Dill. – Ele costumava sair com sua irmã e vai arrancar a porra da minha cabeça fora quando descobrir que eu contei a você.

Dill sacudiu sua cabeça.

– Ele não vai arrancar sua cabeça fora, Harold.

– Você não o conhece.

– Claro que eu o conheço. Mas ele não vai arrancar a sua cabeça porque alguém atirou nele. Por volta do meio-dia. Hoje.

A surpresa de Snow era obviamente verdadeira. Sua boca se escancarou e seus olhos se arregalaram. A descrença estava escrita em seu rosto. Por fim, ele conseguiu dizer:

– Atiraram nele? – e não havia nada além de dúvida em sua voz.

– Eles o mataram, Harold – disse Anna Maude Singe. – No cemitério.

– Conte-nos, Harold – Dill falou quase com gentileza. – Volte desde o princípio e nos conte sobre você, minha irmã e Clay Corcoran.

– Posso fumar?

– Claro que você pode.

Snow pescou um maço de Vantage mentolado do bolso de sua calça e acendeu o cigarro com um fósforo de papel. Ele soprou a fumaça e olhou para Dill.

– Tem certeza que ele está morto? – disse ele.

– Ele está morto, Harold. Eu o vi morrer.

Os olhos castanho-amarelados de Snow se apertaram de maneira pensativa.

– Você o matou?

Dill apenas sorriu e disse:

– Do princípio, Harold.

Snow olhou à procura de um cinzeiro. Anna Maude Singe encontrou um e entregou-lhe. Ele não agradeceu. Em vez disso, bateu algumas cinzas no cinzeiro e disse:

– Nós nos mudamos logo depois que sua irmã comprou o lugar... o lugar na 22 com a Texas. Nós não a víamos muito, eu e Cindy. Então uma noite Corcoran foi até lá quando ela não estava e aprontou o diabo no patamar do segundo piso.

– Quando minha irmã não estava lá, certo?

– Sim. Certo. Ele já estivera lá uma vez antes de aprontar o diabo, mas sua irmã estava em casa naquela vez. Dessa vez ela não estava. Nem Cindy. Só eu. Então eu fui ver qual era o problema. Ele estava bêbado e falastrão e disse que ele e sua irmã haviam rompido e agora ela estava morando com outra pessoa. Ele não disse quem era o outro cara, mas eu já sabia. Bem, que diabo, aquilo cheirava a grana fácil, por isso eu fiz uma proposta a ele. Disse-lhe que podia fazer um microfone minúsculo funcionar através do piso e gravar tudo o que sua irmã e o outro cara dissessem em uma fita. Corcoran quis saber que porra era eu. Eu lhe contei meu nome e que eu trabalhava com eletrônica. Ele quis saber quanto isso custaria. Eu lhe disse e ele falou que faria negócio. Disse a ele que não tínhamos negócio algum até eu ver o dinheiro. Ele me falou para ir até seu escritório no dia seguinte e nós ajeitaríamos tudo. Então foi o que eu fiz. Eu fui até o escritório dele. Ele se revelou um detetive particular. Eu lembro de quando ele jogava futebol americano, mas não sabia que era detetive particular.

– Ele tinha um escritório – disse Dill. – Onde?

– No Cordell Building, conhece?

Dill fez que sim com a cabeça.

– Ele estava sóbrio quando você o encontrou em seu escritório – falou Singe.

– Sólido como uma rocha, dona. E todo profissional. Ele me contou exatamente o que queria. Queria o microfone colocado no chão do quarto e um grampo no telefone dela, também. E queria que ele fosse ativado pela voz. Bem, isso ia custar caro e eu disse a ele e falei quanto. Ele puxou um rolo de notas de 100 e me pagou... sem recibo, sem perguntas, sem mais nada. Então, foi o que eu fiz.

– Com que freqüência Corcoran pegava as fitas? – Dill perguntou.

– Uma vez por semana – Snow falou e apagou seu cigarro no cinzeiro.

– O que havia nas fitas? – disse Dill.

Snow encarou Dill por um momento, e este pensou ter visto que a apreensão e o medo haviam deixado seus olhos. Foram substituídos por algo que Dill finalmente identificou como ganância. Ele acredita que de algum modo vai fazer uns trocados com isso no final das contas, pensou.

– Você quer saber o que estava nas fitas, hein? – disse Snow. – Bem, havia som de trepada nas fitas, eu acho, mas não sei com certeza porque não as escutei. Eu fiz muito esse tipo de serviço e quando eu comecei, costumava escutar as fitas, mas depois de algum tempo você pára de fazer isso porque é sempre a mesma merda.

– Então você não as ouviu? – Singe perguntou.

– Não.

– Nem uma vez?

– Eu escutei um pouquinho da primeira para verificar a qualidade, mas depois eu simplesmente as jogava num envelope.

– E depois? – Dill falou.

– Bem, depois Corcoran liga e diz que quer me ver. E novamente, ele é todo profissional. Estou dizendo que era como fazer negócio com a IBM ou alguém assim. Ele disse que sua irmã tinha outra casa onde ela passava muito tempo e queria que ela recebesse uma escuta, também. Bem, ele estava se referindo a este lugar aqui. Então eu passei de carro, dei uma olhada e não gostei das condições, por isso voltei lá e disse a ele. Quer saber o que ele respondeu? Ele disse "Quanto?" Só isso. Quanto? Bem, eu tinha um problema aqui. Ele queria escuta no quarto e no telefone. Eu podia fazer isso com facilidade e preparar tudo ali no sótão. Mas como eu pegaria as fitas? Quero dizer, eu poderia entrar aqui uma vez para instalar o equipamento, mas não poderia invadir toda semana apenas para apanhar as gravações, podia?

– Então o que você fez, Harold? – Dill perguntou.

– Trechos – disse Snow.

– Trechos.

– É. Eu adaptei um transmissor, tipo radioamador, sabe?

Dill balançou a cabeça.

– Eu usei um gravador em baixa rotação ativado por voz, certo? Ou seja, você pode gravar horas com essa coisa. Por isso a cada dois ou três dias eu vinha com a van, estacionava e mandava o sinal para o rádio lá no sótão. Isso rebobinava a fita e mandava a gravação de volta para mim em trechos – talvez dois, três, quatro segundos. Nunca mais do que cinco. Eu gravava no meu equipamento da van, depois regravava em velocidade normal e entregava para Corcoran.

– E funcionou? – perguntou Dill.

– Claro que funcionou.

– Parece caro.

– E é.

– O quanto é caro, Harold? – Anna Maude Singe perguntou.

Em vez de responder, Snow puxou novamente o maço de Vantage mentolado do bolso de sua calça e acendeu um.

– Sabe, eu estava pensando – disse ele enquanto agitava o fósforo e o largava no cinzeiro. – Tudo isso deve valer alguma coisa para vocês, amigos.

Dill suspirou, inclinou-se para a frente e golpeou o joelho direito de Snow com o cano do revólver. Este gemeu, derrubou o cigarro e agarrou seu joelho com ambas as mãos. Dill se abaixou, apanhou o cigarro e enfiou-o entre os lábios de Snow.

– Não seja estúpido, Harold – disse. – Você não é muito esperto, mas também não é burro. Quanto Corcoran pagou a você?

O cigarro ainda estava entre os lábios de Snow e ele ainda massageava o joelho agredido quando falou:

– Mil por semana.

Anna Maude Singe assobiou suavemente.

– Como ele pagou você, Harold? – ela perguntou.

– O que quer dizer com como ele me pagou? – Snow falou e tirou o cigarro de sua boca. – Com dinheiro.

– Vivo?

– Isso mesmo, dinheiro vivo.

– Você acha que era dinheiro dele, Harold? – Dill perguntou.

Mais uma vez, a astúcia rastejou em seus olhos.

– Sabe, essa é uma pergunta bem interessante. Acho que era mesmo o dinheiro dele quando fiz o primeiro trabalho. Mas depois eu acho que ele começou a usar dinheiro de outras pessoas. Eu acredito que havia outras pessoas que queriam descobrir em que sua irmã estava envolvida.

– Ele encontrou um cliente, hein? – Dill falou.

– É. Um cliente.

– Quem?

– Como é que eu vou saber? Se alguém joga mil por semana em notas de 10 e 20 na sua mão, você não vai fazer muitas perguntas.

– Ou escutar as gravações? – disse Anna Maude Singe.

– Eu não as escutei, dona. O pouco que ouvi era em sua maioria papo de trepada, e isso não me interessa. – Ele fez uma pausa. – Mas eu vou contar isto a vocês.

– O quê? – Dill perguntou.

– Ele queria que eu grampeasse mais alguém.

– Corcoran?

– É. Ele disse "faça seu preço". Então eu fui até lá, dei uma olhada, voltei e disse que não havia jeito. Veja só, esse cara estava preparado como se esperasse que alguém fosse aprontar para cima dele.

– O que Corcoran disse quando você falou que não faria isso? – Dill perguntou.

– O que ele podia dizer? Eu não disse a ele que não faria; eu falei que não podia. Se você não pode, não pode.

– Quem era ele, Harold? – disse Dill.

– Algum cara com uma grande casa em Cherry Hills, é tudo que eu sei.

– O nome dele era Jake Spivey?

Harold Snow já não se importava em parecer surpreso diante de nada que Dill falava.

– É – disse Snow. – Jake Spivey. Como é que você sabia?

Capítulo 23

Com sua própria arma apontada para ele, Harold Snow usou a banqueta da cozinha para subir no vão do telhado acima do *closet* do dormitório e trazer para baixo o gravador e o equipamento transmissor. Era menor do que Dill esperava – não muito maior que uma caixa de charutos – e acondicionado em um estojo de metal verde.

– É só isso? – ele perguntou a Snow.

– Só isso.

– E os microfones?

Snow apontou para algo no teto sobre a cama. – Está vendo aquilo?

– O quê?

– Parece um buraco de prego.

– Estou vendo.

– Aquele é o microfone. Eu vou deixar aí. Não compensa o trabalho de tirar. Eu grampeei esse telefone, também.

– Você não acha que os tiras descobriram isso quando revistaram o local?

Snow sacudiu sua cabeça.

– Não, a menos que eles tivessem subido no vão do teto, e eles não fizeram isso.

– Como você sabe?

– Talco. Eu espalhei um pouco de talco por lá depois de instalar isto. Ainda estava lá.

Anna Maude Singe aproximou-se e olhou para a pequena caixa de metal verde que Harold Snow ainda segurava.

– Você disse que há uma última fita nele.

– É verdade.

– Você pode rodá-la? – disse ela. – Quero dizer, você pode tocá-la para nós ouvirmos?

Snow olhou para Dill, que tinha deixado a pistola pender ao seu lado.

– Posso ficar com meu equipamento se fizer isso? Posso conservar isto? – ele moveu a caixa verde no ar por um momento. Dill ergueu a arma. Snow apressou-se com sua explicação. – Olhe, eu mesmo montei isto e vale uns dois mil. Eu sei onde posso conseguir pelo menos dois mil por isto.

– Pode ficar com ele, Harold – Dill falou.

– Não há muito aqui – Snow avisou.

– Apenas ligue, Harold – Dill falou novamente.

A primeira coisa que eles ouviram foi um clique abafado.

– Isso é o telefone sendo tirado do gancho – Snow explicou.

– Por que ele não tocou?

– O equipamento não pega a campainha.

– Alô – disse a voz de mulher. Era a voz da irmã falecida de Dill. Ele sentiu um pequeno calafrio. Um *frisson*, pensou, surpreso que a palavra tivesse lhe ocorrido.

Uma voz de homem disse:

– Então?

– Acho que no mesmo horário e local – respondeu Felicity Dill.

– Certo – falou o homem. Houve um leve clique. Um breve silêncio. Outro clique. E Felicity Dill novamente falou: – Alô.

– Outra ligação telefônica – disse Snow.

VOZ MASCULINA: Sou eu.

FELICITY: Oi.

VOZ MASCULINA: Não vou poder hoje à noite, droga.

Dill reconheceu a voz. Ela pertencia ao capitão Gene Colder.

FELICITY: Que *pena*. O que houve?

COLDER: Algo aconteceu e o Ogro disse que precisa de mim por perto.

FELICITY: É melhor você não deixar ele ouvir você o chamar desse jeito.

COLDER: (risos) Eu peguei isso de você, não foi?

FELICITY: Só não deixe Strucker ouvi-lo.

COLDER: Você vai sentir minha falta?

FELICITY: Claro que vou sentir sua falta.

COLDER: O que vai fazer?

FELICITY: Bem, já que você não vem pra cá, acho que vou até o dúplex e lavar meus cabelos.

COLDER: Eu gostaria de ajudar.

FELICITY: A lavar meus cabelos?

COLDER: A lavar você toda.

FELICITY: (risos) Da próxima vez.

COLDER: Eu tenho de ir. Amo você.

FELICITY: Eu também.

COLDER: Tchau.

FELICITY: Até breve, querido.

Houve um clique e depois disso, nada, até que uma voz de homem disse:

– Parece que ela lia muito.

Snow desligou o aparelho.

– São os tiras. Você quer ouvir isso?

Dill disse que queria e Snow ligou o aparelho, mas não havia muito mais nela além de um ocasional "O que acha disso, Joe?" E por fim, houve apenas silêncio.

– Pode rodar mais uma vez para nós, Harold? – falou Dill.

– *Tudo*?

– Só a primeira chamada telefônica.

FELICITY: Alô.

VOZ MASCULINA: Então?

FELICITY: Acho que no mesmo horário e local.

VOZ MASCULINA: Certo.

Depois um leve clique e Dill falou:

– Mais uma vez, Harold. – Snow novamente rebobinou e repetiu as quatro linhas da conversa.

– De novo – disse Dill.

Snow tocou-as novamente. Dill olhou para Anna Maude Singe.

– Duas palavras apenas – disse ela. – "Então" e "Certo".

– Não é suficiente?

Ela franziu a testa.

– Não para mim.

– Para mim também não – Dill falou e voltou-se para Harold Snow. – Harold, você pode ficar com seu aparelho maravilhoso, mas eu quero a fita.

– Está dizendo que eu posso ir?

– Depois que eu tiver a fita.

Snow rapidamente rebobinou a fita, retirou-a e a entregou. Ele desconectou o gravador-transmissor, enrolou o fio em torno dele e enfiou tudo embaixo de seu braço esquerdo.

– Você não precisava ter batido em mim – disse ele enquanto se curvava para apanhar sua caixa de ferramentas.

– Desculpe – Dill falou.

– Posso pegar minha arma de volta?

– Não.

– Você pode tirar as balas e entregá-la para mim.

– Adeus, Harold.

Harold Snow começou a se dirigir para a porta.

– Essa fita deve valer alguma coisa para você. Cem pratas ao menos.

– Vá para casa, Harold.

Snow parou na porta.

– Você poderia abrir a porta, pelo menos?

Dill se aproximou e abriu a porta que dava para a escada.

– Deixe-me perguntar uma coisa a você – disse Snow. – Ela estava num esquema, não estava... Felicity?

– Eu não sei, Harold.

– Você devia ter cuidado melhor dela.

Dill balançou a cabeça.

– Provavelmente. – Ele fez uma pausa. – Uma última coisa, Harold.

– O quê?

– A gravação que nós acabamos de ouvir. Você consegue estabelecer uma data para ela?

A ganância pipocou novamente nos olhos de coiote. – Por 100 pratas, eu posso.

Dill sacudiu sua cabeça em derrota, pegou sua carteira, tirou duas notas de 50 e enfiou-as no bolso da calça de Snow.

– Foi nesta quarta-feira – disse Snow.

– Como você sabe?

– Porque eu apaguei a fita na terça-feira. Teria de ser na quarta-feira porque na quinta... bem, você sabe o que aconteceu na quinta-feira.

– Ela morreu na quinta-feira – disse Dill.

Snow balançou a cabeça, ia dizer algo, mudou de idéia e começou a descer os degraus. Quando estava na metade do caminho, parou, voltou-se e ergueu os olhos para Dill.

– Eu lamento – disse ele. – Digo, lamento ela ter sido assassinada.

– Obrigado, Harold.

Snow balançou de novo a cabeça, virou-se novamente e continuou a descer os degraus.

Capítulo 24

Dill estava sentado, com sua bebida na mão, no sofá da sala de estar de Anna Maude Singe. Novamente observava a grande reprodução de Maxfield Parrish quando ela veio de seu banho vestindo um curto robe de seda branca que era transparente o bastante para se enxergar através dele. Ela sentou-se no sofá. A grande almofada central do sofá os separava.

Dill largou sua bebida na mesa de centro e disse:

– Eu posso ver através disso.

– Eu sei.

– Você tem um corpão, como eles dizem em Baltimore.

– Em parte herdado e em parte adquirido.

– Dança?

– Como você sabia?

– Principalmente pelo seu modo de andar.

– Eles acharam que ela me ajudaria com isto – ela falou e tocou de leve cicatriz em seu lábio superior.

– O que é isso?

– Eu tive fissura labial. Até os sete anos eu falava de um jeito engraçado – ou peculiar, suponho. Depois fiz a operação e muita fonoterapia, e não falei mais de um jeito engraçado. Mas eu pensava que ainda o fazia. Por isso recebi aulas de balé – para aumentar minha autoconfiança.

– Deu certo?

– Na verdade, não. Mas aos 13 eu fiquei bonita. Foi quase da noite para o dia. Pareceu assim, de qualquer modo: totalmente súbito. Então eu decidi que queria fazer algo em que a aparência não contasse muito. Decidi me tornar advogada.

– Aos 13?

– Claro. Por que não?

– Aos 13 – disse Dill – eu queria ser embaixador das Nações Unidas.

– Por quê?

– Você tem de morar em Nova York. Você não tem que ficar em pé enquanto trabalha. Sempre há pessoas sentadas atrás de você, sussurrando segredos em seu ouvido e entregando importantes folhas de papel a você. Parecia um emprego estável. Eu era muito impressionado por pessoas com emprego estável quando tinha 13 anos.

Ele apanhou sua bebida da mesa de centro, bebeu um pouco, colocou de volta e foi para mais perto de Anna Maude Singe. Ele tocou a pequena cicatriz em seu lábio.

– Eu ainda tenho um pequeno problema com os meus rr – disse ela.

– Não percebi – Dill mentiu e beijou a cicatriz.

– Sabe o verdadeiro motivo por que eu desisti de dançar?

– Por quê?

– Porque era uma terapia. Eles diziam que eu era muito boa, mas eu imaginava que isso queria dizer que eu era boa apenas na terapia... em me curar. Por isso quando completei 13 anos decidi que estava curada e abandonei a dança.

A mão de Dill subiu até a cintura dela e começou a desatar a faixa frouxamente amarrada. Ela abaixou a cabeça para olhar.

– Seu robe – disse ele. – Lembra algo das figuras do quadro de Parrish.

– Eu sei. Quando eu estava tomando meu banho, pensei em você e fiquei excitada. Achei que o robe podia ajudar as coisas a acontecerem.

Ele fez o robe deslizar dos ombros dela. Seus seios eram muitos tons mais claros que o restante de sua pele, que era belamente bronzeada. Os mamilos estavam duros. Ele tocou primeiro o direito, depois o esquerdo.

– No quadro de Parrish – disse ele – eu nunca consegui concluir se eram rapazes ou garotas.

– Espero que você goste de garotas ou nós vamos ter um trabalho danado para nada.

– Eu gosto muito de garotas – disse ele e beijou o mamilo direito.

– Morango – disse ela. – O outro é baunilha.

Ele beijou o esquerdo.

– É mesmo.

Quando ele se endireitou, ela disse:

– Você está com roupa demais – e começou a afrouxar a gravata dele. Dill cuidou dos botões de sua camisa. Segundos mais tarde, suas roupas estavam no chão. Ela o examinou com franco interesse e disse: – Eu gosto de olhar para homens nus.

– Mulheres são melhores.

– Elas são legais, mas homens são melhor... não sei... projetados.

– Você é quem está dizendo.

– Tudo bem – disse ela. – É a coisa mais admirável do mundo.

– Não exatamente – disse ele, com suas mãos e seus dedos agora explorando a úmida suavidade entre as pernas dela.

Ela fechou os olhos e sorriu, com sua cabeça jogada suavemente para trás.

– Nós podemos começar no sofá e depois descermos para o chão.

– Onde há mais espaço.

– Certo. Depois você pode me carregar até o quarto, me jogar na cama, e fazer o que quiser comigo.

– Isso tem o som de uma tarde deliciosa.

– Assim espero – disse ela.

Eles se uniram então em um beijo quente, faminto e delirante. Permaneceram no sofá por algum tempo e depois de algum modo se viram no chão. Ficaram ali por um longo tempo. Não chegaram a ir para a cama.

Dill ainda estava deitado no chão atapetado, com seus braços cruzados sob a cabeça, quando Anna Maude Singe entrou nua na sala de estar trazendo duas latas de cerveja. Ela se ajoelhou ao lado dele e pôs uma das latas geladas sobre seu peito nu. Dill falou "Cristo!" e sorriu, tirando sua mão direita de trás de sua cabeça e agarrando a cerveja que estava em seu peito.

Singe ergueu sua própria cerveja em um arremedo de brinde e disse:

– A uma tarde deliciosa.

– E ela foi mesmo – disse ele e se ergueu para poder se apoiar em seu braço esquerdo.

– Você corre? – ela perguntou, examinando o corpo dele novamente. – Você parece corredor.

Dill desceu os olhos para seu corpo.

– Não, eu não corro. É minha herança, e está prestes a se gastar. É tudo que meu velho deixou para mim, um metabolismo notavelmente saudável. Ele me deixou seu nariz, também, mas podia ter guardado para ele.

– É um belo nariz – disse ela. – Faz você parecer o capitão César, o Soldado da Fortuna.

– Você não lembra do capitão César.

– Ele tinha um ordenança chamado Wash Tubbs. Uma vez eu tive um caso envolvendo violação de direitos autorais de uma velha tira em quadrinhos. Durante a pesquisa eu aprendi uma porção de coisas sobre o que costumavam chamar de diversão... mais do que queria aprender, provavelmente. Mas é por isso que eu realmente gosto do direito. Ele conduz você por alguns caminhos estranhos.

Ela se levantou, tremeu levemente pelo ar-condicionado, largou sua cerveja e vestiu seu fino robe branco. Dill continuou deitado de lado, apoiado sobre seu cotovelo esquerdo. Singe sentou no sofá e apanhou sua cerveja.

– Bem – disse ela –, em que você está pensando?

Dill deitou de costas no tapete e contemplou o teto.

– Felicity não estava em nenhum esquema.

– Não, eu também acho que não.

– Ela conseguiu o dinheiro em algum lugar, entretanto.

– Eu me pergunto onde.

– Quem sabe? – Dill sentou sem usar as mãos, alcançou sua camisa e sua cueca e começou a vesti-las. – O que você faz... mantém isto aqui em 20 ou 21 graus?

– Eu gosto do frio – ela falou. Depois de um gole de cerveja, ela usou um tom meditativo para dizer: – Jake Spivey.

– O velho Jake.

– Clay Corcoran estava para nos contar algo sobre ele.

– Quem quer que tenha atirado em Corcoran não fez isso apenas para impedir que ele falasse conosco.

– Como você sabe? – ela perguntou.

– Muito oportuno, muito perfeito, muito...

– Conveniente?

– Isso também – disse ele.

– Mas havia aquela outra ligação entre Jake Spivey e Corcoran – ela falou.

– Se você consegue acreditar em Harold Snow. Talvez eu pergunte a Jake amanhã.

– Acha que ele vai contar a você?

– Pode ser. – Dill apanhou suas calças, ergueu-se e começou a vesti-las.

– Meu Deus! – disse ela. – Uma perna de cada vez... exatamente como todo o mundo.

– O que você esperava?

– Depois desta tarde, algo... bem, diferente.

Dill sorriu.

– Vou tomar isso como um cumprimento.

– Você deve.

Dill virou-se para examinar a reprodução de Maxfield Parrish novamente.

– Garotas – disse ele, por fim. – Definitivamente garotas. – Ele se voltou novamente para Singe. – Aquele velho sujeito na igreja.

– O repórter?

– Sim. Lafter. Acho que é melhor eu conversar com ele.

– Telefone para ele.

Dill sacudiu sua cabeça.

– Alguém vazou os problemas de Felicity com dinheiro para ele logo depois que ela morreu. Ele segurou a história até hoje, mas agora vai soltá-la porque outro alguém mandou ele fazer isso. Eu gostaria de descobrir quem são todos esses alguéns.

– Você sabe onde ele mora?

– Laffter? Eu sei onde ele passa o tempo dele. Você gosta de carne?

Ela deu de ombros.

– Eu como. Que lugar você tem em mente?

– O Press Club.

– Quando?

– Por volta de oito horas.

– O que nós faremos até lá?

Dill sorriu.

– Podemos experimentar sua cama.

Ela devolveu o sorriso.

– Você vai ter que tirar suas calças antes.

– Eu posso dar um jeito nisso.

Eles não chegaram ao Press Club naquela noite de sábado antes das 20h35, porque Dill decidiu que queria parar em seu hotel para mudar de camisa e ver se havia alguma mensagem. Havia um recado em sua caixa para telefonar para o senador Ramirez em Tucumcari, mas quando Dill fez a ligação, tudo que conseguiu foi a educada desculpa bilíngüe de uma secretária eletrônica.

A temperatura havia caído para 33 graus quando eles entraram no Press Club, Dill vestindo uma camisa branca fresca e o terno azul do funeral, e Anna Maude Singe um vestido amarelo sem mangas que ele pensou que fosse linho, mas ela disse tratar-se de algum tipo de tecido sintético resistente a rugas.

Ele tocou a campainha do Press Club. Do lado de dentro, Levides, o Grego observou eles se aproximarem do balcão em L. Havia dois lugares vagos na extremidade menor do L e Levides fez um sinal de cabeça na direção deles. Quando eles se acomodaram nos bancos, Levides falou para Anna Maude Singe:

– Você costumava vir aqui com Geary da AP, não?
– Existe mais algum?
– Geary da UPI.
– Eu não conheço Geary da UPI.
– Ele também é um pateta. Singe, não?
– Ana Maude.
– Certo. – Levides fez um aceno de cabeça para Dill, mas manteve seus olhos em Singe. – Você não está se dando muito melhor.
– Ele foi o máximo que eu consegui arranjar – disse ela.
Levides voltou-se para Dill.
– Um enterro infernal, eu soube. Um cara foi morto. Mil tiras dando sopa por lá e alguém atira em um pobre coitado e ninguém vê nada. Eu quase fui. Agora queria ter ido.
– *Scotch* – falou Dill.
– E quanto a você? – Levides perguntou a Singe.
– Vinho branco.
Depois de servir o vinho a Singe e o *scotch* com água a Dill, Levides falou:
– Viu o jornal?
– O de amanhã? – perguntou Dill.
Levides balançou a cabeça, alcançou embaixo do balcão e tirou uma edição de domingo do *Tribune* aberta na página três.
– Chuckles alega que sua irmã ficou rica.
Era um artigo complementar assinado em duas colunas, inserido sob a matéria em três colunas que noticiava o assassinato no cemitério. A manchete em duas colunas dizia:

POLÍCIA INVESTIGA BENS
DA DETETIVE ASSASSINADA

A matéria fora escrita no que Dill sempre identificou como o estilo árido patenteado pelo *Tribune*, que era usado para noticiar estupro, assassinato, abuso de crianças, traição, devassas dos democratas e outras calamidades diversas que seriam lidas à mesa do café-da-manhã da família. A matéria não continha nada que Dill já não soubesse. Ele próprio fora mencionado por Laffter no último parágrafo como não tendo nada a declarar.

Dill passou o jornal para Singe e perguntou a Levides:

– Laffter ainda está aqui?

– Está lá atrás no canto dele, bêbado como um gambá, engolindo seu *chili* como de costume.

– Pergunte a Harry, o Garçom se ele pode nos arranjar uma mesa ao lado de Laffter.

Enquanto considerava o pedido de Dill, Levides usava o nó de um dos dedos para afagar pensativamente seu bigode.

– Por que não? – ele disse por fim, e foi em busca de Harry, o Garçom.

Singe levou outros trinta segundos para terminar a matéria. Ela pôs o jornal novamente sobre o balcão e disse para Dill:

– Nenhuma novidade em nada disso; nada nem remotamente difamatório. Acho que contei cinco usos de "supostamente". Tudo exceto sua morte é suposto. Eles só foram direto ao ponto para admitir que ela está morta.

– Eu notei – falou Dill, e bebeu mais um pouco do seu *scotch*. – Eu vou pegar pesado com o velho.

– Laffter?

Ele assentiu com a cabeça.

– Mais pesado do que você pegou com Harold esta tarde?

Novamente, Dill assentiu com a cabeça.

– Isso eu tenho que ver.

– Eu quero sua aprovação fria.

– Fria, distanciada e advocatícia.

– Certo. E não importa o que eu diga, não pareça surpresa.

– Ok. – Ela tomou um gole de seu vinho e depois examinou Dill com curiosidade. – Onde você aprendeu a fazer isso?

– Fazer o quê?

Antes que Singe pudesse responder, Levides retornou à extremidade mais curta do balcão.

– Harry, o Garçom disse que pode pôr vocês ao lado de Chuckles em cerca de cinco minutos. Tudo bem?

– Ótimo.

– Ele quer saber o que vocês querem comer.

Dill olhou para Anna Maude Singe e perguntou:

– Filé, batatas ao forno e salada?

Ela concordou.

– Malpassado.

– E um ao ponto.

Levides fez um aceno de cabeça e se afastou novamente. E novamente Anna Maude Singe virou-se para Dill e perguntou:

– Onde você aprendeu a fazer o que fez com Harold esta tarde?

– Eu não sei – Dill respondeu. – Acho que sempre fui assim.

– Mas é teatro, não é?

– Claro – disse Dill –, é teatro – e se perguntou se realmente seria.

Capítulo 25

O velho havia derramado um tanto de *chili-mac* na sua camisa de ponjê amarelenta. Estava tentando esfregá-la com um guardanapo que ele havia mergulhado em seu copo de água quando Dill e Singe sentaram perto dele. Laffter olhou para eles e depois voltou a trabalhar na mancha de *chili*. O banco estofado que corria junto à parede acabava no canto onde o velho estava sentado. Singe também sentou no banco, Dill em uma cadeira do lado da mesa que ficava em frente a ela. Sem olhar para Dill o velho disse:

– Gostou da minha matéria?

– Acho que eu contei a palavra suposto 13 vezes.

– Eu a usei quatro vezes, mas algum merda no copidesque enfiou mais um. – Então ele ergueu os olhos. – O que você tem em mente?

– Quer uma bebida?

– Se você estiver pagando, claro. – Ele fez um gesto de cabeça para Anna Maude Singe. – Quem é ela?

– Minha advogada – falou Dill. – Srta. Singe, Sr. Laffter, que alguns chamam de Chuckles*.

---

* *Chuckles*, em inglês, significa risadinha, riso contido. Já o sobrenome do personagem, Laffter, tem o mesmo som de *laughter*, que significa riso. (*N. do T.*)

Singe virou a cabeça e cumprimentou Laffter friamente.

– Você ri muito, Sr. Laffter?

– Raramente – disse o homem.

Harry, o Garçom apareceu na mesa de Dill com guardanapos e talheres. Enquanto os dispunha na mesa, perguntou se Dill e Singe gostariam de outras bebidas. Dill disse que eles continuariam com as que haviam trazido do balcão, mas acrescentou:

– Você pode trazer um drinque para Chuckles.

– O bode velho já bebeu bastante – disse Harry, o Garçom.

– Eu vou querer um conhaque, meu velho companheiro mouro – disse Laffter. – Um duplo.

Harry o Garçom o examinou.

– Derramou *chili* na sua camisa, hein? Bem, diz aí, você só a está vestindo há quatro dias. Poderia aproveitá-la por mais dois dias pelo menos, se não tivesse derramado alguma coisa nela.

– Ande logo e vá buscar a bebida, garçom – disse o velho, sua voz alta o bastante para fazer os rostos se voltarem.

– Estou pensando em parar de servir você neste exato momento – disse Harry, o Garçom.

O velho ergueu o olhar para ele.

– *Pensando? Você?* – Ele balançou a cabeça em descrença bem fingida.

– Velho repórter decrépito – disse Harry, o Garçom, e deu uma risadinha de comiseração. – Não há visão mais triste no mundo. Usado. Gasto. Nunca foi nada. Meio bêbado na maior parte do tempo. – Ele se virou para Dill. – Tem certeza de que você quer pagar um drinque para este velho otário?

– Tenho certeza – disse Dill.

Harry, o Garçom sacudiu sua cabeça e deu as costas. Enquanto saía, o velho ergueu a voz em uma fingida justificativa.

– Saudades da selva, sabem. – Ele sorriu sem alegria para Dill. – O que você acha que um conhaque duplo vai comprar para você?

– Eu necessito saber quem queria que aquela história sobre minha irmã fosse publicada. – Dill sorriu, mas foi um sorriso frio, desalmado até, exatamente como ele pretendia que fosse. – Esse foi o número um – disse ele. – Dois, eu preciso descobrir quem a vazou para você.

– Quer mesmo? – disse o velho.

– E três, se você não me contar, eu vou fazer o diabo para você desejar ter contado.

O velho bufou.

– O que você acha que pode fazer contra mim, Dill? Eu tenho fodidos 73 anos de idade. Tudo estará acabado para mim em breve. Você vai moer meus miolos para fora? Uma porrada e estou morto e você quer saber quais serão minhas últimas palavras? "Muito obrigado", só isso. Fazer me demitirem? Eu me mudaria para a Flórida e fritaria ao sol como devia ter feito cinco anos atrás. Você não pode me obrigar a desejar ter feito uma maldita coisa sequer.

Dill sorriu seu sorriso novamente.

– Minha irmã tinha uma apólice de seguros, Chuckles. Eu sou o único beneficiário. O montante que ela deixou é de um quarto de milhão de dólares. Você é indigente?

Os olhos azuis desbotados de Laffter tornaram-se desconfiados.

– O que quer dizer com indigente?

– Você está sem fundos? Quebrado? Duro? Liso? Na lona?

O velho ergueu os ombros.

– Eu tenho uns trocados.

– Ótimo. Então você pode pagar um advogado.

– Para quê?

– Você vai precisar quando eu processar você por calúnia. Não o *Tribune*. Só você. Você sabe que minha irmã não era corrupta, Chuckles, mas sua matéria diz que ela era. Eu não acho que será muito difícil provar má-fé... você acha, Srta. Singe?

– Acho que você tem um excelente caso – disse Singe.

– E quanto 250 mil dólares poderão comprar em honorários de advogado? – Dill perguntou a ela.

Singe sorriu.

– Anos. Anos simplesmente.

– Agora, se eu o processar, Chuckles, você acha que o *Tribune* vai assumir suas despesas legais?

– Você não tem um caso – disse o velho com um riso de desprezo. – Vocês não sabem nada sobre calúnia, nenhum de vocês.

Eu sei mais sobre calúnia do que vocês dois juntos. Eles vão rir de vocês no tribunal.

– Então nós apelaremos – disse Anna Maude Singe com outro sorriso.

– Apelações custam dinheiro – disse Dill. – Eu tenho 250 mil dólares para gastar, Chuckles. Quanto você tem?

– Você está falando merda – disse o velho, quando Harry o Garçom apareceu e pôs uma taça de conhaque na frente dele.

– Quem está falando merda? – perguntou Harry, o Garçom.

– Este porra diz que vai me processar por calúnia.

Harry, o Garçom sorriu para Dill.

– Precisa de uma testemunha? Precisa de alguém para se levantar na corte e dizer como este velho otário é sacana? Se precisa, eu sou o cara.

– Cai fora – disse Laffter.

Harry, o Garçom se afastou, sorrindo. Laffter observou-o ir. Lembrou então de seu conhaque, apanhou-o e bebeu. Quando abaixou o copo, estalou seus lábios e acendeu um de seus Pall Mall.

– Não havia calúnia naquela matéria – ele disse a Dill. – Você acha que eu não sei quando estou passando do limite?

Dill deu de ombros e olhou para Singe.

– Julgamentos por calúnia são questões que podem se estender por um longo tempo, não?

– Eles podem durar para sempre – disse ela.

Dill olhou novamente para Laffter.

– Você sabe o que o velho Hartshorne vai fazer quando eu o processar? Ele vai deixar você com as calças na mão, Chuckles, especialmente se o *Tribune* não for acusado. Ele não vai sequer lembrar seu nome. Pode até demitir você, mas isso não vai parar o processo. Eu tenho dinheiro e tempo. Não acho que você tenha muito de qualquer um deles.

Laffter acabou seu conhaque em um gole.

– Chantagem – disse ele.

– Justiça – disse Dill.

– Eu não disse que ela era corrupta.

– Você insinuou. Você me contou que escreveu outra matéria sobre ela antes, uma coluna, mas eles não a publicaram. Será interessante descobrir por quê.

– Eles a queimaram, foi só isso.

– Mas por quê? – Ana Maude Singe perguntou. – Eles a queimaram – se é que fizeram isso – por que era inexata, maliciosa, injusta... caluniosa? O quê?

– Era um tesão de matéria, dona, só isso. Era uma graça, no mínimo. Você não pode processar algo por ser uma graça.

– A história de hoje não era uma graça, Chuckles – disse Dill.

O velho encarou Dill por um longo momento. Por fim, num suspiro, disse:

– Você realmente faria isso, não faria?

Dill soube que havia vencido e quase desejou não tê-lo feito.

– Pode contar com isso.

– Cinco anos atrás eu diria para você ir se foder.

– Cinco anos atrás você tinha apenas 68.

– Então o que você quer?

– Quem vazou a história sobre as finanças da minha irmã?

– *Vazou?* – disse Laffter. – Como você sabe que foi vazamento? Eu tenho contatos ali que eu abro e fecho como uma torneira. Sabe há quanto tempo eu estou na seção policial?... Cinqüenta anos, todo esse tempo. Pense nisso. Cinqüenta anos... exceto durante a guerra. Vi recrutas entrarem para a polícia, envelhecerem e se aposentarem. Meu Deus, eu até vi recrutas terem filhos que estão eles próprios prontos para a aposentadoria. Porra, eu sou uma instituição por lá, Dill. Vazamentos! – Ele quase cuspiu a última palavra.

– Com quem você a conseguiu, Chuckles? – Dill perguntou.

O velho suspirou novamente, apanhou seu copo vazio e secou as últimas poucas gotas.

– O chefe – disse ele numa voz resignada.

– Quer dizer o chefe de polícia... Rinkler?

– O detetive-chefe, babaca. Strucker.

– Por quê?

– *Por quê?* – disse o velho em um tom incrédulo. – Você sempre pergunta a alguém por que ele conta alguma coisa a você? Era assim que você costumava fazer na UP, Dill? Alguém do palácio do governo deixava escapar alguma coisa e você dizia: "Meu Deus, por que você está me contando tudo isso?" Era assim que você costumava trabalhar, colega?

– Não.

– Então não me pergunte por quê.

– O que ele disse a você?

– Strucker? Ele disse: você pode achar isto interessante. Ele desembuchou e assinou embaixo. E sentou em cima... até hoje, quando veio a ordem e eles disseram "Vamos soltar aquele material sobre Felicity Dill que você tem". Foi uma matéria, só isso... notícia... e eu a fiz certa como uma linha reta, porque é assim que eu faço. E não havia uma palavra de difamação nela. Você sabe disso tanto quanto eu.

– A ordem veio de onde... do velho Hartshorne? – Dill perguntou.

– Eu não sei – disse Laffter. – Dele ou do Júnior. Que porra de diferença isso faz? – Ele fez uma pausa e depois disse: – É só isso! Isso é tudo, pelo amor de Deus! – Ele afastou a mesa com um empurrão e se levantou. – Você ainda quer me processar, Dill, bem, vá em frente e tenha um bom processo.

Laffter começou a contornar a mesa, mas parou. Seus olhos azuis pálidos ficaram saltados e um rubor vermelho-escuro se espalhou por seu rosto que se contorceu de pura dor. Ele bateu com sua mão direita no peito e se curvou para a frente. Começou a cair, então, e tentou se apoiar na mesa com seu braço e sua mão esquerda, mas eles se recusaram a cooperar. Ele se dobrou e teria caído se Harry, o Garçom não tivesse vindo correndo, segurado-o e deitado-o gentilmente no chão.

Harry, o Garçom ergueu os olhos para Dill.

– Diga para o Grego chamar os paramédicos para o velho otário – disse ele.

– Eu faço isso – disse Anna Maude Singe. Ela se levantou e correu em direção ao bar.

– Você não vai morrer na minha mão, velho – murmurou Harry, o Garçom, enquanto arrancava a gravata cinza sebenta de Laffter. – Você não vai morrer no meu território.

Harry, o Garçom sacudiu os ombros do velho e gritou "Você está bem?" para ele. Não houve resposta, mas ele não parecia esperar alguma. Pôs sua mão esquerda sob o pescoço do velho, ergueu-o e empurrou para baixo a agora suada testa com sua mão direita. A boca do velho se abriu. Harry, o Garçom se inclinou para ouvir e depois balançou sua cabeça, em quase desgosto.

– Eu vou ter que beijar você na boca novamente, velho – murmurou Harry, o Garçom. Ele conservou sua mão esquerda sob a nuca de Laffter, ainda a erguendo, e com sua mão direita comprimiu as narinas de Laffter para fechá-las. Harry, o Garçom aspirou profundamente, abriu sua boca tanto quanto era possível, colocou-a sobre a boca do velho e soprou para dentro dela. Dill pôde ver o peito do velho subir. Harry o Garçom retirou sua boca, verificou se o peito do velho estava descendo e viu que não estava, respirou completamente por quatro vezes rápidas na boca de Laffter. Desta vez o peito do velho se ergueu, desceu e depois parou.

Harry, o Garçom ajoelhou-se e verificou a artéria carótida no pescoço de Laffter, ao lado da laringe.

– Porra, velho – disse ele. Posicionou a base da sua mão esquerda a cerca de dois centímetros da extremidade xifóide do esterno, entrelaçou os dedos de suas mãos, inclinou-se sobre Laffter e pressionou para baixo. O peito do velho pareceu afundar cinco centímetros. Harry, o Garçom recuou, lançou-se para a frente e repetiu o processo. Ele o repetiu 15 vezes e depois se curvou rapidamente e soprou duas vezes na boca do velho.

Uma voz de mulher atrás de Dill falou:

– Isso não é desagradável? – Ele olhou em volta e viu que um pequeno ajuntamento de comensais curiosos havia se formado.

Harry, o Garçom ergueu os olhos para Dill.

– Você pode respirar boca a boca nele?

– Claro – Dill falou e se ajoelhou ao lado de Laffter. – Só me diga quando.

– Quando eu golpear cinco vezes novamente – disse Harry, o Garçom e começou a contar suas compressões em voz alta. Quando o garçom chegou em cinco, Dill aspirou profundamente, cobriu a boca do velho com a sua e soprou.

– Novamente – disse Harry, o Garçom.

Dill aspirou e soprou novamente. A boca do velho tinha gosto de fumaça de tabaco rançoso e conhaque. E provavelmente Polident, Dill pensou enquanto se esforçava para não começar a vomitar.

– Novamente em cinco – disse Harry, o Garçom.

– Certo – disse Dill.

Depois que o garçom fez novamente uma quinta compressão cardíaca, Dill de novo soprou seu hálito duas vezes para dentro dos pulmões do velho. Ambos ainda estavam nisso alguns minutos depois quando o corpo de bombeiros paramédicos chegou e assumiu a situação. Os paramédicos puseram Laffter sob oxigênio, içaram-no para uma maca e o conduziram para a frente do clube. Dill e Harry o Garçom foram com eles. Os espectadores voltaram para suas bebidas e jantares.

– Ele vai se recuperar? – Harry, o Garçom perguntou a um dos paramédicos.

– É, eu acho que sim. Você aplicou muito bem sua ressuscitação cardiorrespiratória novamente, Harry. Obrigado.

Quando os paramédicos partiram, Dill perguntou a Harry, o Garçom:

– Você fez ressuscitação cardiorrespiratória nele antes?

– Duas vezes.

– Cristo.

– Eu já disse para o velho otário várias vezes que ele não vai morrer aqui no meu território. Ele vai morrer em casa, sozinho na cama. Assim é como e quando ele vai morrer. Não aqui no meu espaço. Você disse mesmo que iria processá-lo?

Dill balançou a cabeça.

Harry, o Garçom sacudiu a cabeça e sorriu.

– Isso mexeu com ele. Isso certamente mexeu com ele. Você sabe para quem o velho vai deixar tudo o que ele tem?

Dill conseguiu apenas encarar Harry, o Garçom com absoluta incredulidade.

Harry, o Garçom continuou sorrindo.

– Isso mesmo. Para mim. Não é incrível? – Ele passou sua língua pelos lábios e fez uma careta. – E aquele velho não tem um gosto horrível?

Capítulo 26

Dill encontrou Anna Maude Singe na extremidade menor do balcão em forma de L, aconchegada sobre um copo de algo que parecia ser vodca *on the rocks*. Ele disse ao Grego que tomaria o mesmo, o que quer que fosse. Levides serviu a bebida e apontou para a mulher silenciosa.

– Eu disse a ela que na verdade não foi algo que vocês dois falaram ou fizeram, mas ela não engoliu.

Dill balançou a cabeça e bebeu. A bebida revelou-se vodca. Ele olhou para Singe. Ela continuava com os olhos fixos em seu copo.

– Eu disse a ela que o velho tem 73 anos – continuou Levides – e que ele põe para dentro pelo menos uma garrafa por dia, fuma três maços de Pall Mall, come gordura e porcarias e caminha talvez cinqüenta ou sessenta passos por semana, se tanto, e que essa foi a causa anteriormente e foi o que causou isso esta noite. Não alguma coisa que alguém tenha dito. – Ele fez uma pausa. – Meu Deus, você e Harry, o Garçom salvaram a vida dele.

– Se é que ele está vivo – disse Dill.

– E daí? Ele tem 73. – Levides fez outra pausa. – Maldito velho idiota.

– Eu quero sair daqui – disse Anna Maude Singe, ainda de olhos fixos em sua bebida.

Dill pôs uma nota de 10 dólares sobre o balcão, apanhou sua bebida, terminou-a em três goles, teve um estremecimento e disse:

– Vamos embora.

Ela se levantou em silêncio da banqueta do bar e começou a se dirigir à porta. Dill estava apanhando seu troco quando Levides, olhando para algum outro lugar, perguntou com o improvisado excesso de informalidade de sua voz:

– O que você disse ao velho Chuckles, afinal?

– Disse que ia processá-lo por calúnia.

– Não brinca – falou Levides enquanto Dill dava as costas e saía atrás de Anna Maude Singe.

Dill seguiu para o sul pelo TR Boulevard em direção ao centro. Ana Maude Singe se encolheu contra a porta do lado direito. Dill olhou para ela e disse:

– Não acho que você esteja com fome.

– Não.

– Eu também não.

– Eu gostaria de ir para casa.

– Certo – disse ele. – Você se importaria se eu parasse em uma farmácia?

– Para quê?

– Anti-séptico bucal. Ainda posso sentir o gosto dele.

Dill parou em uma farmácia com um relógio e termômetro digital cujo mostrador indicava que eram 21:39 e que fazia 30 graus. Ele comprou um pequeno frasco de Scope, saiu, destampou a embalagem no meio-fio, enxaguou sua boca e cuspiu na sarjeta, o que era uma coisa que ele não se lembrava de jamais ter feito antes – pelo menos não desde que era uma criança.

Ele voltou para o carro, deu a partida e arrancou para o meio da rua. Singe falou:

– Você não podia esperar até chegar em casa para fazer isso?

– Não – disse ele – eu não podia. Ainda sentia o gosto dele.

– Ele tinha gosto de quê?

– De morte idosa.

– Sim – disse ela –, é como eu imaginei que fosse o gosto dele.

Quando eles se aproximaram do Van Buren Towers, Dill começou a procurar um lugar para estacionar.

– Não se incomode com isso – ela lhe disse. – Só me deixe descer na frente do prédio.

– Ok.

Ele encostou na frente do edifício e parou. Anna Maude Singe não fez nenhum movimento para sair. Em vez disso, com o olhar fixo diretamente em frente, ela disse:

– Acho que eu não quero mais ser sua amiga.

– Eu lamento – disse ele. – Eu não tenho lá muitos amigos.

– Ninguém tem.

– Foi pela quase morte do velho?

Então ela olhou para ele e sacudiu lentamente sua cabeça.

– Você não estava tentando matá-lo.

– Tem razão. Eu não estava.

– Se eu continuar sendo sua amiga, e não apenas sua advogada, tenho medo que duas coisas possam acontecer.

– Quais?

– Eu posso me apaixonar por você... e provavelmente eu me meteria em algum tipo de encrenca em que não quero me meter. Ficar apaixonada por você... bem, eu posso lidar com isso. Pelo menos acho que sim. Com a outra coisa, eu não sei.

– Qual é a outra?

– A encrenca.

– Quer dizer como esta tarde, com Harold Snow? – Ela balançou a cabeça. – Você gostou daquilo. – Dill falou. – Isso eu posso dizer.

– Você está certo – disse ela. – Eu gostei. Nunca antes pensei que gostaria de uma coisa como aquela. Pensei que gostasse de coisas seguras, educadas. – Ela sacudiu sua cabeça como se estivesse maravilhada. – Mesmo desta noite eu gostei, quando nós estávamos apenas falando com aquele velho, com Laffter, e ele não foi logo caindo na conversa e engolindo a história. Ele respondeu à altura. Na verdade, ele se saiu melhor que você... que nós... na maior parte do tempo pelo menos e, bem, eu também gostei disso. Pelo menos, até ele tombar. Aquilo me chocou. Nem mesmo Clay sendo baleado me atingiu tão duramente. E o pobre e estúpido Harold Snow, bem, aquilo foi só uma pancada. Mas eu me envolvi no caso daquele velho. Eu ajudei a fazer com que aquilo acontecesse. E isso me abalou porque eu finalmente me dei conta de que não era apenas fingimento, era?

– Não – disse Dill.

– Você lembra que eu perguntei se você não estava apenas representando?

– Sim.

– Você não representa.

– Creio que não.

– Isso me deixa com medo e eu não quero sentir medo. Eu não quero me apaixonar por você tampouco. E não quero ser sua amiga.

– Só minha advogada.

– Se tanto.

Dill não estava nem um pouco seguro do que deveria dizer. Por isso não disse nada. Em vez disso, estendeu os braços e a puxou para ele. Ela foi de má vontade no começo, mas depois toda resistência cessou e suas bocas estavam novamente comprimidas em um de seus longos e quase furiosos beijos.

Quando acabou ela ficou meio deitada no assento do carro com sua cabeça apoiada no ombro dele.

– Eu queria isso – disse ela. – Eu queria ver se conseguia sentir o gosto da morte idosa.

– Conseguiu?

– Se ela tiver gosto de Scope, sim.

Ele a beijou novamente, com gentileza desta vez, quase apaixonadamente, e disse:

– Você não quer realmente ser apenas minha advogada, quer?

Ela suspirou.

– Eu receio que não.

– Você pode ser minha advogada e meu docinho.

– Seu *docinho*? Meu Deus.

– O que há de errado com isso?

Ela se ergueu para olhar para ele.

– Eu não quero mais nenhuma encrenca.

Dill sorriu.

– Você gosta disso. Encrencas. Você mesma disse.

Ela pôs a cabeça novamente no ombro dele.

– Docinho – ela disse com incredulidade. – Meu Deus. Docinho.

Enquanto dirigia pela Our Jack Street em seu caminho de volta para o Hawkins Hotel, Dill viu que o First National Bank estava proclamando um clima de 31 graus às 22h31. Ele automaticamente procurou a van Dodge azul de Clyde Brattle enquanto entrava na garagem subterrânea, mas não a viu. Dill saiu do Ford e se apressou até o elevador, contornando cuidadosamente as grandes pilastras quadrangulares de concreto. Ele subiu pelo elevador diretamente até o nono andar, sem se preocupar em parar na recepção para ver se havia mensagens.

Dill destrancou a porta do 981 empurrou-a para que abrisse, mas não entrou. O único som que ouviu foi o do ar-condicionado. Entrou rapidamente, trancou a porta e olhou no banheiro, mas encontrou apenas uma torneira pingando na pia. Ele a fechou.

De volta ao quarto, Dill foi até o telefone e discou para informações. Pediu e recebeu o número do Hospital St. Anthony. Telefonou para o hospital e depois de passar por quatro departamentos diferentes finalmente foi posto em contato com um Sr. Wade, que pareceu muito jovem e informal.

– Eu queria saber como está passando um de seus pacientes da UTI – falou Dill. – Laffter. Fred Y.

– Laughter, como em há-há? – perguntou o Sr. Wade.

– Como em L-a-f-f-t-e-r.

– Deixe-me verificar. Laffter... Laffter. Ah, sim, bem, ele morreu. Cerca de vinte minutos atrás. Você é parente?

– Não.

– Não há nenhum parente listado na admissão dele. Para quem você acha que eu devia telefonar?

Dill pensou por um momento e depois disse para o Sr. Wade chamar Harry, o Garçom no Press Club.

Mais tarde, Dill telefonou para o serviço de quarto e pediu que lhe mandassem uma garrafa de *scotch* J&B, um pouco de gelo e um sanduíche de carne. Quando chegou ele ignorou o sanduíche e preparou um drinque. Bebeu-o rapidamente, em pé, e depois preparou mais um.

Ele levou o segundo até a janela e ficou parado ali, bebendo-o gole a gole e olhando para a Our Jack Street na noite de sábado. Havia poucos carros na rua e ainda menos pedestres. Houve um tempo em que as pessoas vinham para o centro no sábado à noite, mas não faziam mais isso, e ele se perguntou para onde elas iam – ou se iam para algum lugar. Então pensou em Clay Corcoran, o falecido jogador de futebol americano convertido em detetive particular que havia amado a irmã morta de Dill. As duas mortes estavam ligadas de algum modo, Dill sabia, mas logo cansou de tentar compreender que ligação era essa. Pensou no rosto de cordeiro de Harold Snow, depois disso, mas apenas brevemente, pois em seguida seus pensamentos seguiram uma direção para a qual ele não queria que eles fossem e lembrou do velho repórter policial irascível que havia morrido sozinho no hospital, possivelmente de apoplexia. Pensou em Laffter por um longo tempo e parou apenas porque percebeu que seu copo estava vazio. Ele olhou para o mostrador do relógio e termômetro do First National Bank. Ele dizia que passavam dois minutos da meia-noite de domingo, 7 de agosto. Também avisava que a temperatura ainda era de 31 graus.

Dill afastou-se de sua vigília na janela, foi até o telefone e ligou para Anna Maude Singe. Ela atendeu ao sétimo toque com um alô quase inaudível.

– Ele morreu cerca de duas horas atrás – falou Dill.

Ela ficou em silêncio por vários segundos antes de dizer:

– Eu lamento. – Ela fez uma pausa. – Existe alguma coisa que eu possa fazer?

– Não.

– Você está se culpando, não está?

– Um pouco, eu acho. Eu o deixei bem nervoso.

– Bem, agora está feito. Acabou. Não há nada que você possa fazer a não ser que queira chorar por ele.

– Eu não o conhecia tão bem a esse ponto.

– Vou lhe dar um conselho de advogada então.

– Certo.

– Esqueça isso, docinho – ela disse e desligou.

Capítulo 27

Pouco depois das nove horas da manhã de domingo o telefone tocou no quarto de hotel de Dill. Ele estava dormindo quando começou a tocar e ainda estava meio adormecido quando o atendeu com um áspero alô e ouviu o senador Ramirez dizer:

– Aqui é Joe Ramirez, Ben. Você está acordado?

– Estou.

– Nós chegaremos amanhã por volta das quatro horas. Você poderia alugar um carro e nos encontrar no aeroporto, por gentileza?

– Nós?

– Dolan e eu. Ele vai chegar de Washington. Eu ainda estou em Santa Fé.

– Por volta de quatro horas – Dill falou. – Amanhã.

– Se não for incômodo, é claro.

– Eu estarei lá. Você pode aguardar um segundo?

– É claro.

Dill largou o telefone, foi até o banheiro, jogou água fria em seu rosto, voltou para o quarto, observou a garrafa de uísque, parou por um momento, abriu-a, tomou um rápido gole e voltou ao telefone com uma pergunta:

– Dolan contou a você sobre Clyde Brattle?

– Sim, ele me contou, e isso representa um problema, não?

– Eu disse a Dolan que você pode pegar Brattle ou Jake Spivey... mas não os dois.

– Não tenho certeza se concordo com isso, Ben. Acho que preciso conversar com ambos. Você pode ajeitar isso?

– Spivey não é problema. Vou vê-lo hoje. Mas terei de esperar que Brattle me telefone, embora tenha bastante certeza de que ele o fará... a não ser que o FBI o tenha apanhado.

– Você não lhes contou que ele está aí, contou? – o barítono do senador subiu no que soou para Dill bastante semelhante a um tom alarmado.

– Não conversei com o FBI, senador – ele disse cautelosamente. – Eu ia telefonar para eles, mas Dolan disse que cuidaria disso em Washington. Ele fez isso?

– Estou certo de que deve ter feito.

– Talvez fosse melhor eu ligar para o escritório deles aqui... só para ter certeza.

– Eu realmente acho que não, Ben – disse o senador em um tom que conseguia ser razoável e severo. – Tenho confiança que Dolan fez as coisas funcionarem em Washington. Uma ligação sua poderia... bem, confundir as coisas e destruir qualquer vantagem política que eu possa tirar disso. Estou falando em vantagem política em seus aspectos mais abrangentes, é claro.

– É claro – Dill falou, não se incomodando em ocultar seu ceticismo. – O que você quer que eu diga a Brattle quando ele telefonar?

– Diga-lhe que eu estou preparado para um encontro de inquirição totalmente em *off* amanhã à noite ou na manhã de terça-feira. – O senador fez uma pausa. – Somente ele, Dolan, eu... e você, é claro.

– E quanto a Jake Spivey?

– Faça-lhe a mesma oferta, mas não deixe que os horários coincidam.

– Vou arranjar isso – disse Dill.

– Ótimo. – O senador fez uma nova pausa. – E, Ben?

– Sim.

– Eu li uma breve nota no *The New Mexican* esta manhã. Era sobre o funeral de sua irmã. Um ex-policial foi assassinado nele?

– Clay Corcoran.

– O mesmo Corcoran que jogava para os Raiders?

– Ele mesmo. Ele também saía com a minha irmã.

– Eu... bem, eu não tenho muita certeza sobre como fazer minha próxima pergunta.

– A melhor coisa a fazer é simplesmente perguntar.

– Nada do que aconteceu a sua irmã ou a Corcoran tem algo a ver com você... ou conosco, tem?

– Não que eu saiba.

– Poderia ser terrivelmente embaraçoso se tivesse... embora eu não veja como isso seria possível.

– Eu também não vejo – falou Dill.

– Sim, bem, eu verei você amanhã, então... no aeroporto.

Dill afirmou que estaria lá. Depois que o senador desligou, ele chamou o serviço de quarto. No banheiro, ficou embaixo do chuveiro por cinco minutos, barbeou-se, escovou os dentes durante mais cinco minutos e vestiu suas calças cinza, camisa branca com as pontas da gola abotoadas e os mocassins pretos lustrados.

O café chegou exatamente quando ele acabava de se vestir. Deu mais 2 dólares de gorjeta para o mesmo camareiro e recebeu um satisfeito "obrigado, senhor" em retorno. O garçom partiu, Dill serviu-se de uma xícara de café, hesitou, acrescentou uma dose de *scotch* e sentou-se na escrivaninha para bebê-lo. Estava em seu quarto gole quando o telefone tocou novamente.

Depois que Dill disse alô, Clyde Brattle falou:

– Você já conversou com o nosso amigo da Terra do Encantamento?*

– Acabei de fazer isso.

– E?

– Ele quer um encontro completamente em *off* amanhã à noite ou terça-feira de manhã. Cedo. Só você, ele, Dolan e eu.

– Um tanto amontoado, não?

– O que você sugere?

---

* Apelido adotado pelo Novo México. (*N. do T.*)

– Eu gostaria de levar Sid e Harley... apenas para uma inspeção de segurança, é claro.

– Se você os levar, eu escolho o local do encontro.

Houve um intervalo até que Brattle falou:

– Desde que seja um local neutro.

– Minha irmã tinha uma edícula... com entrada para um beco e na frente de um parque. Muito discreto. Que tal lhe parece?

Brattle pensou a respeito.

– Sim – disse ele – isso deve servir. Qual o endereço?

– Na esquina da 19 com a Fillmore... no beco.

– Que tal às seis de amanhã?

– Melhor às sete – falou Dill.

– Até as sete, então – disse Brattle. – A propósito, eu percebi que você não chamou o FBI afinal. Por que não, se me permite perguntar?

– Como você sabe que eu não os chamei, Clyde?

– Que pergunta peculiar.

– Dolan está cuidando disso em Washington.

– Ele está fazendo isso agora? Bem, isso é ótimo. Sim, isso é esplêndido. Até amanhã, então.

Depois que Brattle desligou, Dill repôs o fone no gancho, ergueu-o novamente e ligou para informações. Ele pediu e obteve um número. Discou esse número e foi atendido no terceiro toque pelo alô de uma mulher.

– Cindy – Dill falou com fingido bom humor. – É Ben Dill.

– Quem?

– Ben Dill... o irmão de Felicity.

– Ah. Sim. Você. Bem, eu não posso falar agora.

– Eu quero conversar com Harold, Cindy.

– Com Harold?

– Isso mesmo.

Houve uma pausa e Dill pôde ouvir a voz abafada de Cindy McCabe chamando:

– É o irmão de Felicity e ele diz que quer falar com você.

Harold Snow atendeu a ligação com uma pergunta irritada:

– Que porra você quer?

– O que você acha de ganhar mil dólares, Harold, por uma hora de trabalho?

– Ãhn?

Dill repetiu a pergunta.

– Para fazer o quê?

– Apenas reponha no lugar o que você tirou ontem.

– Quer dizer lá... em frente ao parque e no ático?

– Mas sobre a sala de estar desta vez, Harold... para escutar melhor.

– Quando?

– Esta manhã ou esta tarde.

– Quando vem o pagamento?

– Você aceita cheque?

– Não.

– Ok. Em dinheiro. Mais tarde. Em algum momento da noite de hoje.

– Onde?

– Na sua casa.

– O que está acontecendo?

– Acredite em mim, Harold, você não quer realmente saber.

– Você quer que eu instale tudo exatamente como antes... só que desta vez sobre a sala de estar?

– Correto.

– E você virá com a parada mais tarde?

– O mais tardar às sete. Eu notei que você não quer que Cindy saiba sobre a parada.

– Eu não acho que isso seja realmente necessário – disse Snow.

– Eu também não, Harold – Dill falou e desligou.

Quando Dill apanhou Anna Maude Singe em seu apartamento era pouco depois do meio-dia e o rádio do Ford estava anunciando que o domingo, 7 de agosto, podia muito bem registrar o recorde de calor de todos os tempos. Ao meio-dia ele já era de 35 graus. Não havia vento, nem nuvens e nenhum alívio à vista.

Singe estava vestindo bermudas brancas, uma camisa de algodão amarela solta e sandálias. Quando embarcou no carro ela olhou para Dill de modo crítico.

– Para onde você disse que nós vamos?

– Para a casa de Jake Spivey.

– Para um culto religioso?

Dill olhou para sua camisa branca e suas calças cinza.

– Eu poderia enrolar as mangas, acho.

– Existe uma TG&Y aberta no caminho – disse ela. – Vamos comprar uma camisa e alguma coisa para você nadar. Depois você pode tirar suas meias e calçar seus mocassins e todo mundo vai pensar que você acabou de chegar do sul da Califórnia.

– O que a sigla TG&Y quer dizer mesmo? – Dill falou. – Eu esqueci.

– Tops, Guns & Yo-Yos* – disse ela. – Pelo menos, foi o que Felicity sempre afirmou.

Eles pararam na grande loja de departamentos de um *shopping center* que era, da última vez que Dill o viu, uma fábrica de laticínios. Ele comprou uma camisa pólo branca lisa e um calção de banho cor de canela. Quando voltou para o carro ele tirou a camisa com as pontas da gola abotoadas e vestiu a pólo.

– Agora as meias – disse ela.

– Você não acha isso um pouco ousado?

– Você está em casa, não em Georgetown.

– Elas caem um pouco esquisito em Georgetown, também – disse Dill enquanto se curvava para tirar as meias pretas à altura da canela. Elas eram do único tipo que ele sempre calçara, antes de mais nada porque eram exatamente parecidas e quando ele enfiava a mão na gaveta das meias, não tinha de se preocupar se elas combinavam.

– Que tal? – disse ele.

Singe novamente o inspecionou com olhos críticos.

– Você ainda parece estar indo para o escritório no domingo, mas acho que não há mais nada que nós possamos fazer a respeito.

– Onde está seu traje de banho? – ele perguntou.

– Estou usando por baixo da roupa... o pouco que há dele.

---

* Capas, Armas e Ioiôs, trocadilho com as iniciais da loja. (*N. do E.*)

Dill deu um sorriso enquanto ligava o motor e engatava a ré para sair de sua vaga no estacionamento.

– Está fazendo sua propaganda? – ele perguntou.

Ela sorriu.

– Eu faria bom uso de um cliente rico. É quem vai estar lá, não... pessoas ricas?

– Na casa de Jake Spivey? – Dill falou e sacudiu sua cabeça. – Não há meios de dizer quem vai dar as caras na casa de Jake.

Capítulo 28

Havia um jovem guarda mexicano no grande portão de ferro da casa de Jake Spivey. Da última vez que Dill o vira, o mexicano estava ajudando a cavar alguma coisa no quintal. Agora ele estava sentado numa cadeira dobrável de lona sob um guarda-sol de Cinzano. Perto de seus pés havia uma jarra térmica com algo gelado para beber. Atravessada em seu colo estava uma escopeta. Em seu quadril direito havia um revólver com cabo de plástico perolado no coldre.

O mexicano se levantou quando o carro de Dill chegou a meio caminho do portão e parou. O mexicano aproximou-se pelo lado em que Dill estava no Ford. Ele carregou a escopeta atravessada em seu peito. Dill notou que a trava estava solta. O mexicano inclinou-se para examinar cuidadosamente Dill e Singe através de seus óculos escuros. Ele balançou a cabeça pensativamente diante do que viu e disse:

– Vocês são?

– Eu sou Ben Dill e esta é a Srta. Singe.

Com o indicador ainda no gatilho da escopeta, que Dill reconhecia agora como uma calibre 12, o mexicano usou a outra mão para procurar dentro do bolso da camisa e tirar um cartão três por cinco que continha uma lista de nomes datilografada. Ele a examinou por um momento, depois balançou a cabeça e disse:

– Dill – pronunciando de modo muito parecido com til.

O mexicano usou sua escopeta para apontar em direção à casa.

– Siga até a casa – disse ele. – Alguém vai estacionar seu carro.

Dill agradeceu e começou a subir a pista curva de asfalto. Mais uma vez, todos os irrigadores estavam ligados e a grama parecia fresca, úmida e muito verde.

– Beauchamp Lane – Singe falou quase para si mesma. – Meu Deus, eu finalmente dei um jeito de entrar na velha casa de Ace Dawson em Beauchamp Lane.

– Eu tinha 11 anos da primeira vez que estive aqui – falou Dill. – Em uma festa de Natal.

– Você mentiu e forçou seu caminho até ela, você e Spivey. Felicity me contou isso. Eu sou uma convidada de verdade... bem, de certa forma.

A entrada de asfalto acabava pouco além da grande porta de carvalho e depois se convertia em um grande pátio onde uma dúzia de automóveis já estavam estacionados. Eram todos carros novos, em sua maioria caros veículos nacionais, o que incluía quatro Cadillacs, dois Lincolns, um Oldsmobile 98 e um Buick Rivera conversível. Mas também havia dois Mercedes, um Porsche e um grande BMW. Dill estimou que a pequena área de estacionamento contivesse 300 ou 400 mil dólares em automóveis... e um Ford alugado.

– Parece que eu estava certa – falou Singe enquanto outro jovem mexicano começava a se aproximar do carro.

– Sobre as pessoas ricas estarem aqui?

Singe balançou a cabeça no mesmo momento em que o jovem mexicano contornava rapidamente o Ford e abria a porta para ela. Ele sorriu educadamente quando ela desembarcou. O mexicano então esperou que Dill saísse de trás do volante. Quando ele o fez, o mexicano, ainda sorrindo, deslizou para o assento. Ele vestia uma camisa branca surrada por fora de suas calças pretas. O movimento de deslizar para o carro fez com que a barra da camisa se erguesse o suficiente para que Dill visse a automática em seu coldre. Achou que parecia uma 9 mm de fabricação estrangeira. O mexicano reparou no interesse de Dill pela arma. O sorriso desapareceu, depois voltou quase instantaneamente, mais gentil do que nunca, quando ele acionou o motor e habilmente encaixou o Ford num espaço vago entre um Cadillac e o BMW.

Antes que Dill e Anna Maude Singe pudessem tocar a "How Dry I Am" da campainha, a porta foi aberta por uma sorridente Daphne Owens que vestia ainda menos roupas que na primeira vez em que Dill a encontrou. Desta vez ela usava apenas a parte de baixo de um biquíni verde pálido e uma espécie de top sem mangas com cavas enormes que parecia ter sido feito de um velho suéter, embora Dill soubesse que não.

Ele fez as apresentações e por algum motivo sentiu-se gratificado quando as duas mulheres imediatamente detestaram uma à outra. Embora seus sorrisos fossem educados, seus cumprimentos ritualísticos e seu aperto de mãos informal, o encontro ainda assim produziu duas inimigas instantâneas.

– Como eu devo chamar você – Daphne Owens perguntou. – Anna, Maude ou ambos?

– A maioria das pessoas pronuncia os nomes juntos e me chama por ambos.

– É assim que eu farei. Você pode me chamar de Daffy... como o Patolino, não é, Sr. Dill?

– É – disse ele.

– Agora vamos lá para trás para que vocês possam beber alguma coisa e conhecer todo mundo.

Eles a seguiram pelo *hall* longo e amplo e passaram pelas janelas francesas que davam para um pátio que era formado, com aspecto de quebra-cabeças, por grandes placas irregulares de ardósia preta. Grama cuidadosamente cultivada e aparada crescia nos intervalos entre as placas. Dill suspeitou que, se estivesse alto o bastante, talvez no telhado da casa, a grama verde poderia representar uma palavra, um nome ou mesmo uma imagem. Provavelmente algo obsceno, pensou, e decidiu perguntar a Spivey sobre isso.

Quando olhou à sua volta viu que havia quatro pessoas chapinhando na grande piscina. Daphne Owens então apresentou Singe e ele para três diferentes grupos de convidados que estavam na faixa dos 30 e 40. Todos eram alinhados, bem-apessoados e seguravam taças de vinho ou Perrier em suas mãos, mas não cigarros. Os homens pareciam todos correr 10 quilômetros por dia; as mulheres, seguidoras do método de Jane Fonda. Dill esqueceu imediatamente seus nomes.

Mas não esqueceu os nomes dos próximos dois personagens que ele e Singe conheceram. Ambos eram homens e ambos mais idosos. O mais idoso era tão velho que talvez não fosse capaz de levantar de sua cadeira de ferro branca de jardim. O outro, que tinha apenas 67 anos, levantou-se com facilidade.

– Não creio que vocês conheçam os Hartshorne – disse Daphne Owens. – Sr. Jim Hartshorne e este é seu...

Antes que ela conseguisse terminar, o homem de 67 anos que havia se levantado estendeu sua mão para Singe e falou:

– Eu sou Jimmy Júnior.

Ela apertou sua mão e respondeu:

– Anna Maude Singe e Ben Dill.

– Quem são esses, Júnior? – perguntou o homem muito velho de seu assento de ferro.

– Srta. Singe e Sr. Dill, papai.

– Dill? Dill? – disse o homem muito velho com uma voz rachada. – Tome uma bebida conosco, Dill.

Daphne Owens perguntou a Dill e Singe o que eles gostariam de beber. Eles lhe disseram. Ela falou que mandaria alguém trazer e se afastou. O homem mais velho bateu na cadeira de ferro ao seu lado e disse:

– Você vai sentar aqui, jovem dama cujo nome eu lamento não ter pego.

– Anna Maude – disse Singe, sentando-se ao lado do homem muito velho, que vestia calças de um tecido cinza leve erguidas até quase o seu peito. Elas cobriam a maior parte de uma camisa azul de mangas curtas que tinha um pequeno crocodilo estampado nela. Em seus pés calçava tênis azuis. Óculos roxos protegiam seus olhos. Seu ouvido esquerdo, o que estava voltado para Singe, continha um pequeno aparelho auditivo. Havia um pouco de cabelo logo acima das orelhas, mas o resto partira há muito. Isso deixara uma cúpula lisa e bronzeada até chegar no limite de onde um dia os cabelos haviam estado. Ali começavam as rugas – um sulco paralelo depois do outro, até quase alcançar seu nariz, onde mudavam de direção e se transformavam em pequenos desfiladeiros verticais que corriam para rugas pequenas, curtas e finas e para outras, não tão finas, que partiam em todas as direções. Os lábios do velho eram de cor azulada e quando se abriam, sua boca revelava-se apenas um buraco escuro. O nariz ainda era afilado e inquisitivo, mas o queixo, que um dia fora firme, parecia pronto a se esfacelar. James Hartshorne Pai tinha 97 anos.

– Dill, você pode sentar aqui – disse o velho, batendo na cadeira que estava a seu outro lado. – Júnior, você traz outra cadeira.

Enquanto seu filho arrastava outra cadeira, o velho tornou a se dirigir para Anna Maude Singe.

– Gosto de mulheres com os braços nus – disse ele, dando no braço direito de Singe uma rápida pancadinha. – Eles me excitam, tanto quanto algo consegue me excitar hoje em dia, o que não é tanto assim. Mas braços nus sempre conseguem. "Downed with light brown hair." Alguém ainda o lê hoje em dia?

– Os garotos no colégio, eu soube – disse Singe. – Você o conheceu, não?

– Eliot?

– Desculpe. Eu quis dizer Ace Dawson.

– O velho Ace. Sim, eu conheci Ace. O personagem mais astuto que já subiu o Yellowfork. – O velho crocitou como um corvo e Dill presumiu que ele estivesse rindo. – Ele veio de algum lugar do Texas e eu vim de Shreveport. Eu acreditava que não se faziam mais homens como Ace. Pensava assim até conhecer o garoto que é dono deste lugar atualmente. Onde vocês conheceram Jake, a propósito?

– Eu ainda não o conheci – falou Singe.

O velho voltou-se para Dill justamente quando o jardineiro-camareiro mexicano chegava com as bebidas.

– Spivey é seu camarada, então, hein, Dill?

– Isso mesmo – disse Dill, aceitando seu drinque.

– Conhece-o há muito tempo?

– Desde sempre.

– Se você fosse eu, faria negócios com ele?

– Que tipo de negócios?

– Política, talvez?

– Acho que pode ter sido para a política que Jake esteve se dirigindo toda a sua vida.

O velho deu seu sorriso de lábios azuis.

– Aquela margem distante, hein?

– Talvez.

– Papai – disse Hartshorne Júnior.

– O quê?

– Acho que nós temos que agradecer ao Sr. Dill.

– É, você está certo. – O velho inclinou sua cabeça e examinou Dill. – Júnior e eu queremos lhe agradecer pela noite passada.

– A noite passada?

– Por tentar salvar a vida do jovem Laffter... você sabe, fazendo respiração boca a boca e tudo mais, você e aquele garçom crioulo do Press Club, qual é o nome dele, Harry. Eu já telefonei para agradecer. Parece que o hospital cometeu um erro idiota e chamou o negro depois que Laffter morreu. Bem, pelo menos parecia um erro até eu saber que Fred deixou tudo para o crioulo. – Ele olhou para seu filho. – Tem certeza que Laffter não era um maricas no final das contas?

Hartshorne Júnior franziu a testa.

– Ele deixou tudo para Harry, Papai, porque Harry o agüentou durante todos esses anos. Eu lhe disse isso.

– Bem, você deve saber... sobre maricas. – Ele virou-se para Dill e crocitou novamente. – Júnior nunca se casou por algum motivo. Ele tem sido o melhor partido da cidade há cerca de 45, 46 anos já. Não é verdade, Júnior?

Hartshorne Júnior ignorou seu pai e voltou-se para Dill.

– De qualquer forma, Sr. Dill, nós gostaríamos de lhe dizer que ficamos muito agradecidos pelo que o senhor fez.

– Quanto vocês realmente ficaram agradecidos? – Dill perguntou.

Hartshorne Pai lentamente tirou seus óculos roxos e colocou outro par de aro redondo de chifre. Trifocais, Dill observou. O velho inclinou sua cabeça para trás e examinou Dill através dos três planos focais. Os olhos por trás dos óculos pareciam negros e brilhantes e curiosamente jovens.

– O que passa por sua mente, Dill?

– Por que você soltou aquela matéria sobre minha irmã?

O velho olhou para seu filho idoso.

– Que matéria?

O filho franziu a testa novamente.

– Felicity Dill. Detetive de homicídios. Assassinada. Irregularidades financeiras. A última matéria de Laffter.

– Ah – disse o velho e depois encarou Dill. – Você é aquele Dill, hein? O irmão. Eu devia ter ligado as coisas. Mas ainda não entendi sua pergunta.

– Por que você soltou aquela matéria sobre as finanças de minha irmã?

– Você está pensando num processo?

– Não.

– Não lhe traria vantagem alguma. Não havia nada de difamatório nela. Nós temos advogados que cuidam disso. E por que não deveria soltá-la? Você está tentando sugerir que alguém diz o que eu devo e o que eu não devo publicar? – Antes que Dill pudesse responder, o velho se virou novamente para seu filho e disse:

– O que nós publicamos naquela porra de matéria, afinal de contas?

Hartshorne Júnior era um homem gorducho com uma grande cabeça arredondada e o rosto pequeno e rosado. A gordura em seu braço direito nu agitava-se quando ele erguia seu copo até os lábios. Sua boca era pequena e costumava se franzir como se estivesse pronta a dizer "Oh-oh!". Ele vestia calças amarelas e uma camisa verde-brilhante de manga curta com a barra para fora. À exceção dos olhos, ele não se parecia muito com seu pai. Os olhos de Hartshorne Júnior também eram pretos e brilhantes, mas não pareciam curiosamente jovens. Pareciam terrivelmente velhos. Ele tomou um gole de seu copo de vinho branco. Quando o colocou de volta sobre a mesa de tampo de vidro, a gordura em seu braço direito novamente se agitou.

– Nós soltamos a matéria – ele falou lentamente – porque nos foi solicitado pela polícia. – Ele limpou sua garganta. – Nós cooperamos com a polícia com freqüência, especialmente quando eles nos dizem que isso vai ajudar suas investigações. Quase todos os jornais fazem isso.

– Em sua investigação de quê? – perguntou Dill.

– Da morte de sua irmã, é claro – disse Hartshorne Júnior. – E também da morte do homem que foi assassinado ontem... o ex-jogador de futebol americano.

– Corcoran – Dill falou.

– Isso mesmo. Corcoran. Clay Corcoran.

– Sr. Hartshorne – disse Anna Maude Singe. Pai e filho olharam para ela. – Jimmy Júnior, eu quis dizer. – Ele sorriu. – Posso lhe perguntar uma coisa?

– É claro.

– Qual foi o policial que mandou vocês a soltarem? – ela perguntou em uma voz fria e monótona.

Hartshorne Pai crocitou mais uma vez.

– Esse agora é o tipo de pergunta que eu gosto. Franca. Direto ao ponto. Sem embromação. Uma pergunta como essa merece uma resposta. Conte a ela, Júnior. Conte a ela qual foi o policial que nos mandou soltar a matéria.

Hartshorne Júnior franziu seus lábios.

– Foi um pedido, não uma ordem, papai.

– Conte a ela.

– Foi Strucker – disse Hartshorne Júnior. – O detetive-chefe Strucker.

Hartshorne Pai olhou para Dill.

– Você vai tomar satisfações com ele, com Strucker? Talvez perguntar a ele por quê?

– Pode ser.

– Ele está aqui, você sabe?

– Strucker?

– É. Da última vez que eu o vi, não foi mais de meia hora atrás, ele estava se dirigindo para uma conversa particular com seu companheiro, Jake Spivey. Na biblioteca. – O velho olhou em direção à piscina. – Aquela que está ali é a Sra. Strucker – disse ele. – A de maiô preto.

Dill olhou e viu uma mulher alta de cabelos escuros apoiada na margem da piscina, do lado mais fundo. Achou que ela parecia estar por volta dos 40. Ela mergulhou impecavelmente na água. Foi um mergulho exemplar.

– Bela mulher – disse Hartshorne Pai. – O marido dela e Jake estão lá conversando sobre política.

– Nós planejamos nos juntar a eles mais tarde – falou Hartshorne Júnior.

– Falar sobre o futuro do chefe – disse seu pai e depois virou-se para observar a Sra. Strucker sair da piscina. Depois dirigiu-se novamente para Dill. – Qual você diria ser a coisa mais importante com que uma esposa pode contribuir para a campanha política de um homem?

– Dinheiro – falou Dill.

O velho balançou a cabeça em aprovação e novamente se virou para olhar a Sra. Strucker.

– E ela tem quase todo o dinheiro que existe.

– Algum tempo atrás – Dill falou –, talvez há um ano, você barrou uma matéria que Laffter escreveu sobre minha irmã. Ele disse que era um perfil inofensivo sobre uma garota detetive. Por que você a barrou... se é que o fez?

O velho ainda estava olhando para a Sra. Strucker.

– Receio que é melhor perguntar ao chefe sobre isso também, Sr. Dill.

Capítulo 29

O quarteto foi desfeito pela chegada do jardineiro-camareiro (e suposto mordomo), que perguntou a Dill se ele gostaria de juntar-se ao Sr. Spivey *en la* biblioteca. A idéia de Jake Spivey de dispor de um mordomo para enviá-lo com convite para um encontro na biblioteca muito particular do *Señor* Spivey pareceu engraçada a Dill, mas ninguém mais sorriu, nem mesmo Anna Maude Singe, que disse que estava pensando em nadar e começou a desabotoar sua blusa. Hartshorne Júnior disse que estava pensando em circular. Hartshorne Pai crocitou mais uma vez e disse que estava pensando em tirar um cochilo assim que Ana Maude acabasse de despir o resto de suas roupas.

Dill acompanhou o jardineiro-servente. E eles passaram pelo ponto do jardim onde os três mexicanos estavam cavando na sexta-feira. Dill então viu que o que eles estiveram cavando era um imenso braseiro para churrasco. Um quarto de carne estava tostando sobre um leito de carvão de castanheira. As costeletas de pelo menos três ou quatro leitões assavam sobre uma grelha. Uma grande panela de ferro com molho fervia de um lado. O chefe de cozinha era um negro idoso com os cabelos brancos, que parecia saber o que estava fazendo. O cheiro da carne assada deixou Dill faminto.

Pouco antes de eles entrarem na casa, Dill olhou novamente para a piscina. Viu Anna Maude Singe conversando com a Sra.

Strucker. No momento seguinte, Daphne Owens juntou-se a elas. Singe, rindo, disse alguma coisa para a Sra. Strucker e depois mergulhou na piscina. Dill, que entendia um pouco de mergulho, achou que ela mergulhou muito bem.

O calor do lado de fora, que já chegava a 37 graus, fazia com que parecesse quase frio o interior da casa com ar-condicionado. Depois que o mexicano puxou as portas duplas da biblioteca, Dill entrou no recinto, onde encontrou Spivey sentado atrás da mesa e Strucker em pé na frente dela, como se estivesse para sair. Spivey gritou para Dill:

– Como vai, Pick?

– Tudo bem – Dill falou.

– Você conhece o chefe aqui.

Dill disse que sim e fez um aceno de cabeça para Strucker, que respondeu ao cumprimento e disse:

– Eu estava de saída.

– Eu gostaria de conversar com você mais tarde – falou Dill.

– Ótimo – disse Strucker, que voltou-se para Spivey e acrescentou: – Nós podemos analisar tudo aquilo esta tarde.

Spivey se levantou.

– Nós vamos ajeitar alguma coisa.

– Acho que é melhor eu sair e me misturar – Strucker falou, deu um sorriso e partiu. Spivey observou pensativamente ele sair. Depois que Strucker fechou as portas duplas corrediças, Spivey sorriu para Dill. – Acho que ele quer ser prefeito. Isso só para começar.

– E para o futuro?

– Congressista. Ou governador. Ou senador. Um desses, de qualquer forma. O bicho da política o mordeu. – Spivey sorriu novamente. – É claro que a esposa está dando corda nele. Você a conheceu?

– Eu a vi.

– Ela é uma mulher e tanto. Podre de rica, como nós costumávamos dizer até você descobrir quem foi o rei Creso.

– Por falar em dinheiro, Jake, eu preciso de algum. Hoje.

Spivey franziu a testa.

– Cristo, Pick, é domingo. De quanto você precisa?

– Mil em dinheiro.

O franzido na testa de Spivey desapareceu.

– Porra, pensei que você estivesse falando de dinheiro. – Ele pôs a mão em um dos bolsos de seus *jeans* desbotados e tirou um rolo de notas presas com uma tira elástica. Ele destacou o elástico e contou dez notas de 100 dólares sobre a mesa, recolheu-as e ofereceu o dinheiro a Dill. Depois de Dill aceitá-las, prendeu o elástico novamente em torno do rolo de notas. Ainda tinha mais de sete centímetros de diâmetro. Dill sacou seu talão, sentou na mesa e começou a preencher um cheque.

– Você não está duro, está? – perguntou Spivey. – Se estiver, me mande pelo correio algum dia.

– Eu não estou duro – Dill falou, destacou o cheque e entregou-o a Spivey, que o dobrou e enfiou no bolso de sua camisa de cambraia azul sem conferi-lo.

– Quer uma cerveja? – perguntou Spivey.

– É claro.

Spivey sentou-se, tirou duas latas de Michelob de seu refrigerador embutido e entregou uma delas a Dill. Depois de abrir sua cerveja, Spivey tomou vários goles longos, sorriu prazerosamente e disse:

– A primeira de hoje, se você não considerar a que eu tomei no café-da-manhã, que eu não conto.

– Quem são todos os seus belos novos amigos? – Dill perguntou.

Spivey sorriu.

– Você quer dizer os jovens e agitados lá fora? Bem, senhor, deixe-me dizer a você quem eles são. São todos veteranos de nosso turbulento passado recente. Em 65 você encontraria alguns deles em Haight-Ashbury. Ou em Selma. Ou na marcha de 67 com Norman Mailer até o Pentágono. Mas quando toda aquela merda acabou eles voltaram para casa e para a escola, ou para a companhia petroleira do papai, ou para seu banco ou sua companhia de construção, ou casaram com alguém que tivesse feito isso, e depois se alistaram como eleitores independentes e fizeram rios de dinheiro e votaram em Reagan, ou para o velho John

Anderson de qualquer modo, e agora que estão com 40, ou perto disso, eles imaginam que estão preparados para fazer e acontecer de verdade. Afinal, eles conseguiram diminuir seu peso, estão fazendo aeróbica e não fumam mais maconha, a não ser talvez um pouquinho no sábado à noite, não vão muito fundo na coca e nunca sequer tocam em bebidas fortes. Por isso agora, por Deus, eles calculam que é hora de cumprir seu dever cívico e eleger alguém para alguma coisa. Bem, eu sou para eles uma espécie de glorioso guru político e comandante distrital por conta de ter mais dinheiro, a não ser do que Dora Lee Strucker, que tem mais dinheiro do que qualquer um.

– E Strucker é seu pupilo?

– Contanto que os Hartshorne dêem sustentação, o que eu considero que eles farão.

– Um prefeito da lei e da ordem, certo? – Dill falou.

Spivey sorriu.

– Você não é a favor de lei-e-ordem?, que você já deve ter notado que são uma só palavra nesta casa.

Dill deu um sorriso, tomou um gole de sua cerveja e depois olhou para o teto.

– Você pode se dar bem nisso, Jake.

– O que eu acredito que realmente estou fazendo é cultivar minha própria cerca de espinheiros. Cultivá-la alta e espessa o bastante para que ninguém venha xeretar dentro dela. – Ele fez uma pausa. – Exceto talvez aquele seu Senador Garoto.

– Eu conversei com ele – disse Dill, ainda olhando para o teto.

– E?

Dill desviou seus olhos do teto para olhar para Spivey.

– Acho que ele vai foder você, Jake.

Spivey balançou a cabeça calmamente.

– Ele vai fechar com Clyde, hein?

– Ele acha que pode agarrar vocês dois.

– Não há chance de ele conseguir agarrar Brattle direito sem mim, e ele não vai me ganhar a não ser que eu tenha imunidade. – Spivey acendeu um cigarro, tragou-o profundamente e soprou a fumaça para o alto. – Você viu meu garoto no portão?

– Sim, eu o vi.
– E o rapaz estacionando os carros?
– Também o vi.
– Eu estou esperando que o velho Clyde venha atrás de mim.
– Em pessoa?
– Deus, não. Ele vai mandar Harley e Sid encontrarem alguém. – Spivey deu uma risadinha. – Talvez ele já tenha publicado um anúncio na *Soldier of Fortune*.* Ou talvez Sid tente isso pessoalmente. O velho Sid gosta de merdas desse tipo.
– Você quer conversar com o senador?
– Quando?
– Amanhã. Ele e Dolan estão chegando às quatro.
– Quando ele vai ver Brattle?
– Às sete.
– O que você acha, Pick, devo ir primeiro ou por último?
Dill não hesitou.
– Primeiro.
– Por quê?
– Porque talvez eu consiga algumas garantias para você.
– O que isso vai me custar?
– Quanta influência você tem com Strucker?
Spivey deu de ombros.
– O suficiente, eu calculo. O que você quer?
– Eu quero que ele sente comigo e me conte os fatos. – Dill fez uma pausa. – Quaisquer que sejam eles.
– Sobre Felicity?
Dill fez que sim com a cabeça.
– Vou ver o que posso fazer – disse Jake Spivey.

Dill não foi apresentado a Dora Lee Strucker até depois de ter executado um não tão perfeito meio mortal do trampolim dos três metros. Quando entrou na água, ele achou que suas costas poderiam estar um nada mais direitas, mas também pensou que ainda

* Revista com anúncios de mercenários. (*N. do E.*)

assim havia sido um salto bastante bom. Salto ornamental era o único esporte em que Dill já havia participado a sério – provavelmente porque era em essência um esporte solitário. Ele o praticara durante o ensino médio e o fundamental, e mesmo em seu primeiro ano na universidade, quando se deu conta de que jamais ficaria melhor do que era naquele momento, o que não era ser bom o suficiente. Ele abandonou o esporte sem arrependimento e até com alguma sensação de alívio. Os únicos mergulhos que praticava agora eram na piscina do ginásio Watergate, quando seu humor o levava a isso, como acontecia irregularmente a cada duas semanas ou mais.

Quando ele escalou para fora da piscina, Anna Maude Singe aplaudiu jocosamente três vezes e disse:

– Exibido. – Ela estava usando um biquíni vermelho escuro que consistia em dois pequenos triângulos na parte de cima e a mera sugestão de alguma coisa na parte de baixo.

Se ela tirasse tudo, Dill pensou, pareceria muito menos nua. Ele disse:

– Eu só queria ver se o cérebro ainda podia dizer o que fazer ao corpo.

– Acho que você não conheceu a Sra. Strucker, conheceu? – disse Singe e voltou-se para a mulher que usava um maiô preto de peça única. – Ben Dill.

A Sra. Strucker estendeu a mão. Dill achou que ela tinha um aperto firme e forte e uma voz enérgica que disse:

– Eu achei que foi um belo mergulho.

Dill agradeceu e sentou ao lado de Singe, que estava acomodada de pernas cruzadas sobre uma grande toalha. A Sra. Strucker estava em uma cadeira feita com tubos de alumínio e malha plástica. Tinha pernas longas e bronzeadas de aparência sólida, quadris não muito grandes, uma cintura muito estreita, seios grandes e aparentemente firmes e ombros magníficos. Uma abundância de cabelos retintos estava presa no alto de sua cabeça. Abaixo deles havia uma face vigorosa: malares salientes, olhos pretos e boca larga. Também havia um toque aquilino em seu nariz, um toque atraente, e Dill se perguntou se ela teria algum ancestral indígena e como ela havia se tornado tão rica. Calculou sua idade em 43, embora ela pudesse facilmente eliminar cinco anos se fosse necessário. O detetive-chefe Strucker, ele concluiu, havia feito um bom casamento.

Singe falou:

– Eu estava contando à Sra. Strucker...

A Sra. Strucker a interrompeu.

– Dora Lee, por favor.

– Certo. Eu estava contando a Dora Lee como você e Jake Spivey se conhecem há anos.

– Éons – Dill falou.

Singe sorriu.

– Quanto tempo dura um éon, afinal?

– Duas eras ou mais, creio – disse a Sra. Strucker, e uma vez que havia uma leve ressonância geológica nisso, Dill concluiu que ela devia ter ganho seu dinheiro com petróleo. Ou seu ex-marido teria feito isso. Ou seu pai. Ou alguém mais. Ela sorriu e acrescentou: – O que é um bom tempo.

– Isso é mais ou menos há quanto eu conheço Jack – Dill falou. – Um bom tempo.

– Ele sempre foi tão... bem, tão irritantemente otimista? – perguntou a Sra. Strucker.

Dill fez um pequeno gesto que abrangia a piscina, a casa e o terreno.

– Talvez ele tenha um bom motivo para ser assim – disse ele com um sorriso. – É a síndrome de Micawber.* Algo só cai para ricochetear e voltar a subir, e para Jake é sempre assim e sempre foi.

– Você não parece nem um pouco invejoso, Sr. Dill... ou Ben, se não se importa com a súbita intimidade de velhos amigos.

– De modo algum – disse Dill. – Quero dizer, não sou de modo algum invejoso de Jake e não me importo de ser chamado de Ben de modo algum.

– Eu já observei – disse ela – que a boa sorte de um velho amigo é algumas vezes o desespero de outro.

---

* Personagem criado por Charles Dickens, tinha o otimismo como característica marcante. (*N. do T.*)

– Você provavelmente está certa – Dill falou. – Quando alguém que você conhece fracassa, sua reação imediata é "Graças a Deus foi com ele e não comigo". Mas quando alguém que você conhece tem sucesso, é "Por que ele, meu Deus, e não eu?" Mas Jake... bem, acho que Jake é uma espécie de milagre ambulante: você não acredita totalmente, mas certamente tem uma esperança infernal de que seja verdade.

– Você é muito afeiçoado a ele, não é?

– A Jake? Vamos dizer que Jake e eu entendemos um ao outro e sempre fomos assim. Isso vai um pouco além da afeição.

– Johnny, o meu marido, diz que Jake Spivey é o homem mais esperto que ele já conheceu.

– Não tenho certeza do que seu marido entende por esperto. Acho que Jake pode ser o homem mais astuto que eu já encontrei, o mais perspicaz, o mais...

– Matreiro? – sugeriu Singe.

– E o mais matreiro.

A Sra. Strucker observou Dill cuidadosamente, com um meio sorriso em seus lábios.

– Também tenho a sensação de que você confia nele cegamente.

Antes que Dill pudesse dizer que ela estava completamente errada, a voz de Jake Spivey explodiu a seis metros de distância.

– Quem é essa linda pequena seminua aí que ninguém me apresentou ainda?

Dill virou-se e disse:

– Ela não é tão pequena.

Quando Spivey chegou até eles, sorriu para Anna Maude Singe e disse:

– Por Deus, você está certo, Pick, ela não é.

– Jake Spivey – falou Dill –, conheça Anna Maude Singe, meu docinho.

– Docinho! – disse Spivey. – Caramba, você gosta mesmo de palavras fora de moda. – Ele ainda estava sorrindo para Singe. – Sabe como ele me chama às vezes? Ele diz que eu sou uma brasa, só que você tem que escutar muito de perto para entender como ele pronuncia isso. – Spivey mudou a direção de seu sorriso para a Sra. Strucker. – Como vai, Dora Lee?

– Muito bem, Jake, obrigada.

– Bem, isso é ótimo. Nós vamos comer em cerca de trinta minutos, por isso me digam se houver alguma coisa que vocês queiram.

– Há uma coisa – disse Singe.

– O que é, querida?

– Se eu plantar bananeira e engolir um bicho, alguém me leva para uma turnê por sua casa?

Spivey inclinou sua cabeça e sorriu para ela.

– Você cresceu rica ou pobre, Anna Maude?

– Um tanto pobre.

– Então eu vou lhe dar a turnê cara-olha-só-isso para pessoas pobres com acompanhamento pessoal de Jake Spivey pela mansão de Ace Dawson.

Singe ficou em pé de um salto.

– Sério?

– Sério. – Ele se voltou para Dill. – A propósito, Pick, aquele cara que você queria ver. Acho que ele está esperando você na biblioteca.

– Obrigado.

Spivey voltou-se novamente para Singe.

– Vamos, docinho.

O detetive-chefe Strucker não sorriu ou sequer fez um cumprimento de cabeça desta vez quando Dill, novamente vestindo calça e camisa, entrou na biblioteca. Strucker estava sentado em frente à grande mesa de Spivey, e Dill, por um momento, pensou em sentar-se atrás dela, mas imediatamente descartou a idéia como tola. Strucker também estava vestindo roupas informais – uma cara camisa esporte azul-escuro, calças creme e um par de mocassins Top-sider parecendo novos com meias brancas esportivas. Dill pensou que Strucker vestia a indumentária como um uniforme novo e desconfortável.

Tão logo Dill se sentou na outra cadeira em frente à mesa, Strucker falou:

– Sua irmã estava levando bola.

Dill não disse nada. O silêncio cresceu. Eles encararam um ao outro e o olhar do homem mais velho de algum modo conseguia ser ao mesmo tempo impassível e implacável. Era o olhar de alguém que há muito tempo havia determinado a verdadeira diferença entre o certo e o errado – e quem devia receber a culpa por isso. Era um olhar sem piedade. O olhar da lei. Por fim, Dill falou:

– Quanto?

Strucker olhou para o teto como se tentasse fazer uma conta difícil de cabeça. Também pescou um charuto do bolso de sua camisa.

– Em 18 meses – disse ele, e acendeu o charuto com um palito de fósforo. – Tire ou acrescente uma semana. – Ele se certificou de que o charuto estava bem aceso. – Nós calculamos que 96.283 dólares passaram pelas mãos dela. – Ele agitou o fósforo para apagá-lo e descartou-o num cinzeiro sobre a mesa de Spivey. – Cerca de 1.250 por semana ou um pouco menos se você quiser calcular por baixo. – Ele fez uma pausa para examinar a brasa na ponta do charuto. – Nós também sabemos onde foi parar uma parte dele: no dúplex; na apólice de seguros que ela assinou; no aluguel daquele outro lugar que ela possuía – a edícula – mas ainda faltam cerca de 50 mil. – Ele aspirou o charuto. – Esses 50 mil são bem interessantes.

Dill balançou a cabeça.

– É mais ou menos o que ela precisava para a parcela final.

– Mais ou menos.

– Por que você alimentou todo aquele lixo sobre ela no *Tribune* e depois quis ter certeza que eles publicassem?

Strucker deu de ombros.

– Publicidade é freqüentemente a ferramenta mais útil em qualquer investigação. Você sabe disso, Dill.

– O velho Fred Laffter me disse que escreveu uma matéria encantadora e inofensiva sobre Felicity algum tempo atrás. Eles disseram que você a barrou. Por quê?

Novamente, Strucker deu de ombros.

– Nós achamos que era prematura, só isso. Aquilo teria feito mais mal do que bem a ela.

– Ela estava no esquema de quem?

– Nós não sabemos.

– Por que ela foi assassinada?

– Também não sabemos isso, e antes que você pergunte quem a matou ou o que ela estava fazendo para ganhar aqueles 1.250 por semana, eu devo lembrá-lo de que esta é uma investigação de homicídio em andamento e que não há muito mais que eu possa contar a você que já não tenha contado.

– Diga-me como a morte de Clay Corcoran está ligada à de minha irmã.

– Não está.

– Besteira.

– Besteira – Strucker falou pensativamente, como se houvesse acabado de dar de cara com um sinônimo novo e interessante. – Bem, aqui vai mais alguma coisa sobre isso: Corcoran foi assassinado com projétil de ponta oca, calibre 22, a uma distância de aproximadamente 10 metros. Fico surpreso que o buraco na garganta dele não tenha sido maior do que foi. Estou ainda mais surpreso de que quem atirou nele tenha acertado. Ele deve ser o atirador mais fodido do mundo se, de fato, estava apontando para Corcoran.

– Para quem mais ele estaria apontando?

– Bem, havia você e a Srta. Singe.

– Ninguém estava atirando em mim.

– E que tal a Srta. Singe?

– Tampouco nela.

Strucker aspirou mais um pouco de fumaça de charuto, saboreou-a por um momento, soprou-a para o ar e disse:

– Eu dei alguns telefonemas para Washington. Não muitos. Dois ou três no máximo. Parece que você é bem conhecido lá, pelo menos por algumas pessoas. Pelo que eu entendi você está xeretando à procura de alguns fantasmas renegados, e pelo menos um desses é, por Deus, um caso difícil. Talvez um deles tenha imaginado que você estava chegando perto demais, vestido um uniforme de polícia de outro estado (isso soa como uma assombração, não é?), atirado em você, errado e acertado o pobre Clay Corcoran em seu lugar. – Ele ergueu seus grandes ombros de um modo estranho e quase mediterrâneo. – Poderia ter acontecido desse modo.

– Não – falou Dill –, não poderia. – Então ele fez uma pausa, em parte por causa das evasões de Strucker, e em parte porque não queria realmente dizer o que estava para dizer em seguida. – Pelo que eu entendi – disse ele –, você gostaria de ser prefeito.

Strucker agitou seu charuto com desprezo.

– Só falatório.

– Mas se o falatório resultar em algo mais, Jake Spivey será tremendamente útil a você, certo?

– Bem, sim, senhor, a ajuda dele seria muito apreciada, se ele achar por bem concedê-la.

Dill inclinou-se para a frente, como se fosse para examinar Strucker mais de perto.

– Eu posso jogar a rede no Jake – disse ele. – Posso mandar ele pelo ralo para onde ele não vai ser útil a ninguém.

Strucker novamente tragou seu charuto, tirou-o de sua boca, olhou para ele e disse:

– Seu amigo mais antigo.

– Meu amigo mais antigo. – Dill reclinou-se em sua cadeira. Sua voz se tornou fria e distante, quase sem inflexão. – Ela era minha irmã. A única família que eu tinha. Eu a conhecia melhor do que jamais conheci alguém em minha vida. Ela não era corrupta. Ela não estava no esquema de ninguém. Eu sei disso. E estou bem certo de que você também sabe. Também acredito que você tem conhecimento do que aconteceu a Felicity e por quê. Eu preciso saber o que você sabe. Por isso ou você me conta ou eu mando meu velho amigo e seu futuro político direto pela privada.

Strucker balançou sua cabeça quase em compaixão.

– Deve ser bastante difícil escolher entre um amigo vivo e uma parente morta.

– Não é tão difícil.

– Para você, talvez não. – Ele aspirou mais um pouco de fumaça, soprou-a e de novo examinou o charuto pensativamente. – De quanto tempo eu posso dispor... uma semana?

– Três dias – Dill falou.

– Uma semana seria melhor.

– Eu diria que está tudo bem, mas três dias é tudo o que eu tenho.

Strucker se levantou, espreguiçou-se um pouco e deu seu suspiro pesado.

– Três dias então. – Ele encarou Dill quase com curiosidade. – Você realmente faria isso, não faria... descartar seu velho amigo?

– Sim – ele falou. – Eu faria mesmo.

Strucker balançou novamente a cabeça como se confirmasse uma notícia que já esperava, mas que era ainda assim desagradável, deu as costas e caminhou para fora da sala. Dill observou-o sair. Quando a porta corrediça se fechou, Dill levantou-se e foi para trás da mesa de Spivey. Ele passou a mão por baixo do vão da mesa e acabou por descobrir a chave. Ele se apoiou em suas mãos e joelhos para examiná-la. A chave estava posicionada em "ligado". Dill deixou-a desse modo, abriu a gaveta de cima à direita da mesa, depois da gaveta do meio e finalmente a de baixo. O gravador japonês estava na última gaveta, rodando lentamente. E ele obviamente havia sido instalado por um perito. Dill fechou a gaveta gentilmente e se ergueu.

Ele olhou à volta da sala e depois falou com uma voz firme, alta e clara:

– Eu não estava brincando com ele, Jake. Eu realmente o faria.

Capítulo 30

A festa na casa de Jake Spivey começou a se desfazer quando o sol se pôs, e passava um pouco das 21h quando Dill e Anna Maude Singe chegaram ao dúplex de tijolos amarelos na esquina da 32 com a Texas Avenue. As luzes estavam acesas no apartamento térreo. O rádio do Ford alugado avisava que a temperatura havia caído para 30 graus, mas Dill achou que estava muito mais quente que isso.

– Bem, ele está em casa – disse Singe, olhando para as luzes no apartamento de Harold Snow.

– Segure-a na sala de estar se ele e eu formos para a cozinha – disse Dill. – Se ela for para a cozinha, você vai com ela e se certifica de que ela fique lá por pelo menos dois ou três minutos.

– Certo.

Eles saíram do carro e tomaram a calçada até a porta de moldura marrom com a bolha. Dill tocou a campainha. Segundos depois, a porta foi aberta por Harold Snow, que vestia uma camiseta, calção de tênis e parecia contrariado. Antes que Snow pudesse dizer alguma coisa, Dill falou em uma voz alta demais:

– Nós viemos tratar do aluguel, Harold.

Houve um breve ar de desconcerto que durou menos de um segundo até que os olhos de coiote sinalizassem sua compreensão. Snow virou sua cabeça para ter certeza de que sua voz chegaria até a sala de estar.

– Sim. Certo. O aluguel.

Snow conduziu-os pelo pequeno vestíbulo para a sala de estar, onde Cindy McCabe aplicava esmalte cor-de-rosa nas unhas dos pés e assistia a um programa de televisão que apresentava atores britânicos veteranos. Dill apresentou as duas mulheres e Cindy McCabe disse "Oi".

– Desligue essa merda – disse Snow. – Eles estão aqui para tratar do aluguel.

McCabe fechou o frasco de esmalte, levantou-se e, esforçando-se para proteger as unhas recém-pintadas, caminhou desajeitadamente sobre os calcanhares até o grande aparelho de televisão e o desligou.

– O que há com o aluguel? – disse ela.

– Meu Deus, está quente lá fora – Dill falou, esperando não ter que acrescentar: isso deixa mesmo a gente com sede.

Não precisou. A esperteza novamente passou voando pela face de Harold Snow e ele disse:

– Quer uma cerveja ou alguma outra coisa?

Dill sorriu.

– Uma cerveja seria ótimo.

– Traga-nos quatro cervejas, sim, boneca? – Snow falou para Cindy McCabe. Antes que ela pudesse responder, Anna Maude Singe disse:

– Deixe-me ajudá-la, Cindy.

McCabe balançou a cabeça com indiferença e começou a se dirigir à cozinha, ainda caminhando desajeitadamente sobre os calcanhares. Singe foi com ela.

– Onde estão as minhas mil pratas? – disse Snow em uma voz baixa e apressada.

– Você instalou aquilo lá, Harold?

– Eu instalei, exatamente como você disse... na sala de estar. Onde está minha grana?

Dill tirou as dez notas dobradas de 100 dólares do bolso de sua calça e as entregou para Snow, que as contou rapidamente.

– Cristo – disse ele –, você não podia ter arranjado um envelope? – Ele contou as notas uma segunda vez e depois as enfiou no bolso direito de seu calção de tênis.

– Tem certeza que está funcionando, Harold? – perguntou Dill.

– Funciona. Eu testei. Ativado pela voz, exatamente como antes. Engraçado, porém, é que eu encontrei algo mais.

– O quê?

– O que mais eu ganho?

Dill balançou sua cabeça de um modo desanimado.

– O aluguel, Harold. Você não precisa pagar o aluguel deste mês.

– E quanto ao próximo mês?

Dill fez uma careta.

– Lembre-se do seu joelho, Harold.

A ameaça fez Snow dar um rápido passo para trás. Quase um salto.

– Mas eu não tenho que pagar o aluguel deste mês, certo?

– Certo.

– Bem, o que descobri foi que alguém mais pôs escuta no lugar. Na sala de estar, quero dizer. Parece que talvez seja serviço de tira.

– O que quer dizer com serviço de tira?

– Quero dizer que foi feito por um profissional. Não tão hábil quanto eu, mas ainda assim ele sabia o que estava fazendo. Por isso eu a deixei no lugar, mas o que eu fiz foi injetar um pouco de mijo no microfone. Ele ainda vai pegar o som, mas levará uma semana para limpar a distorção. Se não conseguirem, tudo o que terão será um barulho esquisito. – Ele franziu a testa. – Você não parece muito surpreso.

Dill presumiu que Clyde Brattle havia encomendado a escuta no lugar onde aconteceria o encontro com o senador Ramirez, e nada do que Brattle fizesse jamais o surpreenderia. Ele sorriu para Snow e disse:

– Harold, apenas para demonstrar o quanto eu apreciei o seu empenho, você não precisa pagar o aluguel do próximo mês, também.

Em vez de parecer satisfeito, Snow franziu o cenho novamente. Ele tinha de aparar as arestas, Dill pensou. Dar uma volta a mais no parafuso.

– Não conte para Cindy – disse Snow. – Quero dizer, nós vamos contar a ela que eu não precisarei pagar o aluguel deste mês, mas não sobre o mês que vem. Certo?

– Ótimo.

– Bem, acho que nós já podemos sentar – Snow falou e indicou para Dill a poltrona cor de creme onde Cindy McCabe estivera sentada pintando as unhas. Depois que Dill se acomodou, Snow sentou-se no sofá do lado oposto. O sofá tinha uma capa estampada com borboletas monarca. Snow inclinou-se para a frente, com os cotovelos apoiados em seus joelhos nus, com uma expressão e um tom confidenciais. – Tudo isso tem algo a ver com sua irmã, não é?

– Errado – Dill falou.

A expressão de Snow passou de confidencial a cética. Mas antes que ele pudesse esboçar sua dúvida, Cindy McCabe voltou, carregando uma bandeja com quatro latas de cerveja abertas. Anna Maude Singe a acompanhava com dois copos em cada mão.

– Eu trouxe copos, se alguém quiser – disse ela.

Ninguém quis. McCabe serviu a cerveja e sentou ao lado de Harold Snow no sofá. Singe sentou na única outra poltrona da sala. Cindy McCabe olhou para Snow.

– O que há com o aluguel? – disse ela.

– Nós não precisamos pagar este mês.

– Sério? Como é isso?

Ela fez a pergunta para Dill, mas Harold Snow respondeu.

– Ele quer que nós cuidemos do lugar até ele decidir o que fazer. Até mostrá-lo, você sabe, para pessoas interessadas em comprar. – Ele olhou para Dill. – Certo?

– Certo.

– Ei, isso é legal – Cindy McCabe falou e sorriu.

– Mas vamos ter que pagar o do mês que vem – disse Harold Snow.

– Bem, claro, mas um mês grátis não é de se torcer o nariz. – Mais uma coisa ocorreu a ela. – Você agradeceu?

– É claro que eu agradeci.

– Bem, às vezes você esquece.

A campainha tocou e Harold Snow falou o que todos dizem quando a campainha soa depois que o sol se põe. Ele disse:

– Quem diabos pode ser?

– O coletor de impostos talvez – Cindy McCabe falou e deu uma gargalhada.

Snow levantou segurando sua cerveja, atravessou a sala de estar e desapareceu no pequeno vestíbulo. Eles puderam ouvi-lo abrindo a porta da frente. Também puderam ouvi-lo dizer:

– Sim, o que é?

Então ouviram o primeiro disparo da escopeta. Depois o segundo. Após este, foi um silêncio absoluto até que Cindy McCabe começou a gritar. Ela não saiu do sofá. Simplesmente permaneceu ali, amassando lentamente sua lata de cerveja com ambas as mãos e gritando repetidas vezes. A cerveja se derramou para fora da lata sobre suas pernas nuas. Anna Maude Singe levantou-se rapidamente, correu até McCabe e deu um tapa em seu rosto. Os gritos pararam. Singe ajoelhou-se ao lado de McCabe, arrancou a lata de cerveja amassada de suas mãos e amparou a mulher agora soluçante em seus braços.

Dill estava de pé. Ele se moveu lentamente em direção ao vestíbulo. Eu não quero olhar para ele, pensou. Eu não quero ver como ele está. Ele engoliu em seco quando viu Harold Snow e depois respirou bem fundo por quatro vezes. Snow jazia de costas no vestíbulo. A lata de cerveja ainda estava em sua mão esquerda. O lado direito de seu rosto havia sumido, embora o olho esquerdo permanecesse, ainda aberto. Mas não mais parecia esperto. A maior parte do tronco de Snow era uma depressão vermelha e úmida. Sangue, ossos e carne haviam espirrado nas paredes e no espelho pendurado na mais afastada delas. Dill ajoelhou-se ao lado do corpo e tentou lembrar em qual dos bolsos Snow havia posto os mil dólares. Decidiu que tinha sido no esquerdo. Mas depois de pôr sua mão nele, descobriu que estava errado, tentou o bolso direito e encontrou o dinheiro. Ele o colocou em seu próprio bolso e se ergueu, dando-se conta de que não respirara nem uma vez desde que se ajoelhara ao lado de Harold Snow. Você não quer sentir o cheiro dele, pensou. Você não quer cheirar a deterioração e o sangue. Você não quer sentir o cheiro da morte.

Dill voltou para a sala de estar. Cindy McCabe, ainda soluçando, levantou a cabeça do ombro de Anna Maude Singe.

– Ele... ele está...

– Ele está morto, Cindy – falou Dill.

– Ah, merda; ah, Deus; ah, merda – ela gemeu, jogou a cabeça de volta no ombro de Singe e começou novamente a soluçar.

Dill olhou em torno da sala e avistou a bolsa de Cindy McCabe em cima do aparelho de televisão. Aproximou-se, abriu a bolsa, tirou as dez notas de 100 dólares de seu bolso, certificou-se de que não havia sangue nelas e as enfiou bem no fundo. Depois ele foi até o telefone e chamou a polícia.

Os primeiros a chegar foram dois jovens oficiais uniformizados em um carro patrulha verde e branco. Eles chegaram com a sirene tocando e as luzes piscando. E nenhum deles tinha muito mais de 25 anos. Um deles tinha um nariz grande e bonito. O outro tinha um queixo desproporcional. Eles disseram seus nomes a Dill, que prontamente os esqueceu, e passou a pensar neles como o Queixo e o Nariz. O Queixo deu uma olhada no corpo de Harold Snow e depois olhou rapidamente para o outro lado – como se procurasse um lugar para vomitar. O Nariz observava o cadáver com fascinação. Por fim ergueu os olhos para Dill.

– Cano serrado, hein?

– Foi o que pareceu – falou Dill.

– Tem de ser – disse o Nariz e voltou-se para seu parceiro, que agora parecia extremamente interessado na pequena multidão de vizinhos que havia se reunido do lado de fora, a uma distância segura e respeitável. – Vá falar com eles – disse o Nariz a seu parceiro. – Pegue seus nomes. Pergunte se eles ouviram ou viram alguma coisa... e dê uma olhada nos fundos, também.

– Para quê?

– Talvez a pessoa com a escopeta serrada ainda esteja lá.

– A pessoa foi embora faz tempo.

– Verifique assim mesmo.

Depois que o Queixo se dirigiu aos vizinhos, o Nariz olhou para Dill. Eles ainda estavam em pé no vestíbulo.

– Quem é você? – o policial perguntou.

– Ben Dill.

– Bendill?

– Benjamin Dill.

– Certo – disse o Nariz e anotou o nome. – Quem é ele?

– Harold Snow.

Depois de anotar a informação, o jovem policial apontou para a sala de estar.

– Quem está lá fazendo todo esse barulho?

– A namorada dele e a minha advogada.

– Sua advogada? – Isso fez com que o Nariz ficasse momentaneamente desconfiado, mas ele deixou passar e voltou sua atenção novamente para o corpo de Harold Snow. Ainda parecia fasciná-lo. – O que ele fez... o falecido?

Dill sacudiu sua cabeça. Foi um pequeno gesto de comiseração.

– Ele atendeu a porta depois do anoitecer, eu acho.

O verdadeiro interrogatório não começou até que a divisão de homicídios chegasse, encabeçada pelo detetive sargento Meek e o detetive de primeiro escalão Lowe. Depois que Dill se identificou, Meek olhou para ele de modo perscrutador.

– Irmão de Felicity?

Dill balançou a cabeça.

– Você a conheceu?

Meek olhou pensativamente para o chão antes de responder. Depois ergueu os olhos para Dill e falou:

– É, eu a conhecia muito bem. Ela era... bem, Felicity era legal.

Foi Meek quem conduziu o interrogatório e o detetive Lowe cuidou do lado técnico. Meek era um homem alto e quase magro no final da casa dos 30 anos. Lowe não tinha muito mais do que 31 ou 32, de altura e peso pouco mais que medianos, e se havia uma característica que o distinguia era sua expressão completamente entediada – a não ser por seus olhos. Seus olhos cinza-azulados pareciam interessados em tudo.

O legista tinha chegado e ido embora, o fotógrafo havia acabado e eles estavam para remover o corpo de Harold Snow quando o capitão da divisão de homicídios Gene Colder entrou na sala de estar vestindo um agasalho esportivo azul-marinho e tênis Nike, e carregando um pote de sorvete que ele disse ser de calda de chocolate. Ele entregou o pote para o detetive Lowe e mandou que ele pusesse no *freezer*. O Queixo apresentou-se como voluntário para fazer isso e o detetive Lowe pareceu agradecido.

Cindy McCabe havia finalmente parado de soluçar. Ela ficou sentada no sofá com suas mãos no colo e seus joelhos afetadamente juntos. Falava apenas quando se dirigiam a ela. Sua voz era baixa e quase indistinta. Mais uma vez, para atender ao capitão Colder, ela contou sua história. Dill então repetiu a sua e Anna Maude Singe a dela. Colder olhou de modo inquisitivo para o sargento Meek, que nesse momento já havia escutado a mesma história três vezes. O sargento fez para o capitão um pequeno aceno de cabeça.

Colder olhou pensativamente para Dill.

– Você e eu vamos para a cozinha.

– Oficialmente? – disse Dill.

– O que quer dizer com oficialmente?

– Se isso for oficial – Dill falou –, ela vai comigo. – Ele apontou com a cabeça para Anna Maude Singe.

– Se você quer sua advogada presente, leve-a com você – disse Colder começando a se dirigir à cozinha. Dill e Singe o seguiram. Eles ficaram em pé e observaram Colder abrir o *freezer*, retirar seu pote de sorvete, encontrar uma colher, sentar à mesa da cozinha, abrir a tampa do pote e começar a comer a calda de chocolate, oferecendo-lhes apenas a explicação: Eu não jantei.

Eles também permaneceram de pé e observaram enquanto Colder acabava com quase metade do pote, tampava-o novamente e recolocava a embalagem no *freezer*. Quando sentou-se novamente à mesa, ele ergueu os olhos para Dill e perguntou:

– O que você sabe sobre Harold Snow?

– Não muito.

– Felicity alguma vez escreveu a você sobre ele?

– Não – Dill falou e voltou-se para Singe. – Você quer sentar?

Ela sacudiu sua cabeça.

– Eu acabei de me levantar.

Colder afastou uma cadeira da mesa da cozinha, mas nem Singe nem Dill sentaram nela.

– Nós começamos a investigar Harold logo depois que Felicity morreu – disse Colder. – E adivinha o que nós descobrimos? – Ele respondeu sua própria pergunta: – Harold era corrupto como um verme.

– Desonesto, você quer dizer – falou Singe com um sorrisinho de educação.

– Muito – disse Colder.

Dill sacudiu a cabeça em aparente descrédito.

– Ele me contou que era negociante de computadores.

– Ele era, parte do tempo – Colder falou –, mas trabalhava estritamente por comissão, e se não tivesse vontade de trabalhar alguns dias, bem, ele não precisava. Podia ficar em casa. Ou ir para algum outro lugar e fazer aquilo em que realmente era bom, que era roubar.

– O que ele roubava? – perguntou Dill.

– Tempo.

– Tempo?

– Tempo de computador – falou Colder –, *mainframe*, que é bastante valioso.

– Entendo – disse Dill.

– Bem, Snow os localizava, imaginava um jeito de roubá-los e os vendia. Ele era uma espécie de gênio da computação e da eletrônica. Algumas pessoas são assim. Elas podem não ser muito brilhantes para a maior parte das coisas, mas são verdadeiros gênios tecnológicos. Você conheceu caras assim, não, Dill?

– Acho que não – Dill falou.

– E quanto a você, Srta. Singe?

– Eu também não.

– Ah. Pensei que todo mundo tivesse conhecido. Bem, quando Snow não estava roubando e vendendo tempo de computador, estava fazendo outra coisa que também não era muito gentil. Ele grampeava telefones de pessoas e punha escutas em seus escritórios e quartos de dormir e coisas desse tipo, embora eu duvide que nós possamos realmente provar isso agora. Mas adivinhe quem foi seu último cliente?

– Você não quer que eu adivinhe – disse Dill.

– Tem razão. Não quero. Bem, seu último cliente foi Clay Corcoran – que caiu morto aos seus pés ontem no cemitério. E agora o pobre Harold cai morto aos seus pés aqui esta noite. Não é uma coincidência e tanto, Sr. Dill?

– Rara e estranha – Dill falou. – Mas deixe-me perguntar-lhe isto: que diabo Snow e Corcoran têm a ver com quem matou Felicity?

Colder encarou Dill por vários segundos. Foi um olhar que Dill sentiu que não continha nada além de desconfiança e desaprovação.

– Nós estamos trabalhando nisso – Colder disse por fim. – De fato, nós estamos trabalhando muito, mas muito duro nisso.

Colder se levantou da mesa, tirou seu pote de sorvete de calda de chocolate do *freezer*, e dirigiu-se novamente para a sala de estar. Dill e Singe o seguiram. Cindy McCabe ainda estava sentada no sofá, mas com as mãos no colo e os joelhos pressionados fortemente juntos. Colder aproximou-se dela.

– Srta. McCabe?

Ela ergueu os olhos para ele.

– Sim?

– Há alguém para quem nós possamos ligar em seu nome, sobre Harold?

Ela abaixou seus olhos.

– Há o irmão dele – ela disse.

– Qual é o nome dele?

– Jordan Snow.

– Você tem o seu número?

– Não, mas você pode consegui-lo do serviço interurbano de informações. Na nossa cidade, ele é o único Jordan Snow na lista.

Colder voltou-se para o sargento Meek.

– Peça para alguém telefonar para o irmão e conte a ele o que aconteceu.

– Onde é a nossa cidade? – o sargento Meek perguntou.

– Kansas City – disse Colder.

– Certo – disse o sargento Meek.

Capítulo 31

Eles discutiram por todo o trajeto até o Hawkins Hotel. A discussão ficou séria quando eles desceram do Ford alugado na garagem subterrânea do hotel e se dirigiram para o elevador. No elevador eles brigaram. Ainda estavam brigando quando Dill destrancou a porta do quarto 981 e a manteve aberta para Anna Maude Singe, que singrou quarto adentro, deixando como rastro a acusação "maldito otário" atrás dela.

– Vai dar certo – falou Dill, fechando a porta.

– Jamais – ela disparou.

– Veja – disse ele e cruzou o quarto até o telefone. Depois de erguê-lo, olhou para ela interrogativamente. – E então?

– O que há com você afinal? – ela protestou, o tom furioso, a face vermelha e raivosa sob o bronzeado. – Eu devo alguma coisa a você? Pelo quê? Porque nós transamos umas vezes? Eu não devo satisfação nenhuma a você, Dill. Nem uma maldita satisfação sequer.

Dill estava discando.

– Claro que você deve – disse ele. – Você é o meu docinho.

– Seu *docinho*! Meu Deus, eu nem mesmo gosto mais de você. Eu sou sua advogada. É só isso. E só o que eu tenho que fazer é lhe dar bons conselhos. Bem, aqui está um: não faça essa ligação. Se você quer telefonar para alguém, ligue para o FBI.

– Alguém já ligou para eles – Dill falou enquanto escutava o sinal do telefone. – Em Washington. Se eu telefonar para eles e estiver errado, isso vai foder o assunto que o senador tem a tratar com os dois. Fazendo isto... bem, se eu estiver errado, nada acontece.

– Nada de bom – disse ela no momento em que Daphne Owens atendeu o telefone em seu quinto toque. Dill identificou-se e poucos segundos depois Jake Spivey chegou com um:

– Eu recebi sua mensagem, Pick, a que estava no final da fita. Acho que você sacudiu um pouco o velho chefe Strucker. Acha mesmo que ele sabe quem matou Felicity?

– Ele acha que sabe.

– Então o que você tem em mente?

– Até que ponto você gostaria de tirar Clyde Brattle do seu pé numa boa?

Spivey não respondeu de imediato. Quando o fez, foi com uma pergunta cautelosa:

– Fazer um acordo com ele, você quer dizer?

– Algo desse tipo.

– Que tipo de acordo?

– Não pelo telefone, Jake. Mas eu acho que tenho uma idéia sobre a qual vocês dois deviam sentar para conversar – só você, ele e eu.

– Quando?

– Amanhã à noite, depois que vocês dois encontrarem o senador.

– Onde? – perguntou Spivey. – O local será importante, Pick. Em uma conferência com Clyde, o local será quase tão importante quanto aquilo sobre o que nós vamos falar. Portanto, onde vai acontecer?

– Só um segundo – disse Dill. Ele comprimiu o fone contra seu peito e olhou para Anna Maude Singe, que naquele momento estava deitada na cama, olhando para o teto. – E então? – Dill perguntou.

Ela não olhou para ele. Ainda estava olhando fixamente para o teto quando disse:

– Ok. Minha casa.

Dill levou o fone novamente ao seu ouvido.

– Eu estou pensando na casa de Anna Maude no Lar dos Velhinhos, mas ainda há alguns detalhes a resolver. Deixe que eu ligue para você novamente daqui a quinze ou vinte minutos.

– Estarei esperando – Spivey falou e desligou.

Depois que Dill abaixou o fone, ele se voltou para Singe e disse:

– Vamos.

Ela perguntou para o teto:

– Eu me questiono por que disse sim.

Dill destrancou a porta para a estreita escada que subia para o apartamento de sua irmã na casa com a garagem. A escadaria abafada era pelo menos dez graus mais quente que a temperatura do exterior, que parecia ter se acomodado para a noite em 32 graus.

Seguido por Anna Maude Singe, Dill subiu vagarosamente os degraus, destrancou a porta do pequeno patamar, entrou e acendeu o abajur de bronze. Quando Singe começou a fechar a porta, ele disse:

– Deixe aberta.

Foi até o telefone, tirou-o do gancho e novamente ligou para Jake Spivey. Quando o próprio Spivey atendeu, Dill falou:

– Sou eu.

– Você arranjou as coisas?

– Bem, acho que o lugar é neutro e razoavelmente seguro.

– Razoavelmente não basta, Pick, mas eu estive pensando e, bem, o Lar dos Velhinhos pode servir. Nós só temos que ter alguém nas escadas e no elevador. Meus mexicanos podem resolver isso. E eu creio que o velho Clyde vai querer Harley e Sid por perto, então o que nós vamos ter é uma espécie de barreira mexicana, que vai me servir muito bem. Que horário você tem em mente?

– Dez da noite de amanhã.

– Quando nós vamos nos encontrar com o senador?

– Ele chega amanhã às quatro da tarde – Dill falou. – Por que você não vai até o aeroporto comigo? Eu estou reservando para eles uma suíte no Hawkins. Nós podemos voltar todos juntos e conversar no carro e depois na suíte.

Spivey fez uma contraproposta. Dill sabia que ele o faria.

– Me diga você – falou Spivey. – Por que eu não passo lá às três e levo você até o aeroporto no meu Rolls-Royce? Jamais passaria pela minha cabeça machucar alguém quando se está fazendo um acordo como este.

– OK – disse Dill –, mas sem motorista.

– Menino, você realmente gosta de deixar as coisas bem explicadas para nós, os tolos, não é? – Spivey falou e desligou.

Vinte minutos mais tarde eles estavam na sala de estar de Anna Maude Singe, sentados no sofá. Ela segurava um copo de uísque com água e olhava toda a sala como se a estivesse vendo pela primeira vez.

– Então – disse ela – este é o lugar onde você vai fazer aquilo... no único lar que eu tenho.

Da outra extremidade do sofá, Dill falou:

– Bem aqui.

– Você ainda acha que esses telefonemas funcionam? E se nenhum deles estiver grampeado? Onde isso vai levar você?

– Acho que meu telefone no hotel está grampeado – Dill falou. – E o de Jake está, eu tenho certeza. Estou certo – bem, quase – de que o telefone da casa de Felicity no beco está grampeado. Agora ele deve estar. Então, quem estiver acompanhando aqueles grampos vai saber que Jake Spivey se encontrará aqui, amanhã à noite, com Clyde Brattle. Não acho que eles queiram que esse encontro aconteça.

– Por que não? – disse ela.

– Acho que foi isso que Corcoran descobriu. O porquê. Acho que foi por isso que ele foi assassinado.

– Mas você não tem certeza, tem?

– Não.

Ela olhou em volta da sala novamente.

– Algo de podre está para acontecer, não é?

– Sim. Provavelmente.

– Aqui. Quero dizer, aqui nesta sala.

– Sim.

– O que você vai fazer quando isso acontecer?

– Não sei ainda – Dill falou.

– Talvez seja melhor você começar a pensar a respeito.

– Sim – disse ele. – Talvez seja melhor.

Dill estava de pé às sete da manhã seguinte, fervendo a água para o café instantâneo na cozinha de Anna Maude Singe. Levou duas canecas da bebida para o quarto dela. Ela abriu seus olhos e sentou na cama, com os seios nus. Dill sentou na borda da cama, entregou a ela uma das canecas, inclinou-se e beijou seu seio direito. Ela puxou o lençol até o pescoço, tomou um gole do café e olhou a natureza-morta na parede oposta. Depois ela disse:

– Imagino o que vou fazer quando tiver minha inscrição cassada.

– Você pode morar em Washington por um tempo e quando cansar disso, nós podemos ir viver em algum outro lugar.

Ela o encarou com assombro.

– Por que você acha que eu quero fazer isso?

– Por que você é meu docinho.

– Não aposte nisso, Dill.

Às 7h49 daquela manhã de 8 de agosto, uma segunda-feira, Dill ficou preso no trânsito perto do cruzamento da Our Jack com a Broadway. Enquanto esperava, observou o mostrador do relógio e termômetro do First National Bank passar de 7h49 e 32 graus para 7h50 e 33 graus. O locutor do rádio, com uma voz cansada, estava prevendo 40 graus às 15h.

Depois de estacionar o Ford no subterrâneo, Dill tomou o elevador até o *lobby* e parou em frente ao balcão para ver se havia alguma correspondência ou mensagem. Não havia. A mulher idosa que ele havia tomado por hóspede permanente do hotel também estava no balcão. Quando ela se voltou, olhou para ele, hesitou e depois falou.

– Você é o garoto de Henry Dill, não é? – disse ela com uma voz suave.

– Sim, sou. Você o conheceu?

– Há muito tempo – disse ela. – Eu sou Joan Chambers. – Ela observou Dill por um ou dois segundos. – Você se parece com seu pai, sabe? O mesmo nariz. Os mesmos olhos. Ele e eu passamos um verão juntos uma vez. Foi em 1940 – o que antecedeu o último verão antes da guerra. Às vezes penso que foi o último bom verão que já houve. – Ela fez uma pausa e depois acrescentou – Eu li sobre sua irmã. Felicity. Lamento muito.

– Obrigado – Dill falou.

– Desculpe-me, senhora – disse uma voz de homem. A Sra. Chambers deu um passo para trás. Dill se virou. A voz pertencia ao capitão Gene Colder. Ele não estava mais vestindo seu agasalho de corrida azul e seus tênis Nike. Em vez disso, usava um paletó de lã bege cuidadosamente passado, uma gravata de tafetá e uma camisa azul cujo colarinho era preso com um alfinete de ouro. Colder também estava recém-barbeado, mas havia olheiras sob seus olhos e a expressão em sua boca era severa.

– Eu estava esperando você – disse ele, com aparente indiferença à mulher que ainda ouvia.

– Por quê? – Dill perguntou.

– Nós sabemos quem matou sua irmã – disse Colder.

– E também já não era sem tempo – disse a mulher que havia passado seu último bom verão com o pai de Dill. Então ela deu as costas e se afastou.

Capítulo 32

Numa mesa de canto da cafeteria do Hawkins Hotel, Colder explicou que não fora idéia sua informar Dill sobre as descobertas do departamento. Ele viera, explicou, apenas por insistência do detetive-chefe, John Strucker.

– Eu estou aqui desde as sete – acrescentou ele.

– Quem a matou? – perguntou Dill.

A garçonete chegou naquele momento e Colder pediu café, suco de laranja e torradas de centeio. Dill falou que queria apenas café. Quando a garçonete se afastou, Colder sacou uma pequena caderneta em espiral e começou a falar, sem ler textualmente suas anotações.

– Foi obtido um mandado com o juiz distrital F.X. Mahoney às 23h57 de domingo, 7 de agosto. O mandado foi apresentado e uma busca completa foi feita nas dependências da Texas Avenue nº3212, que pertencia a Felicity Dill, falecida, e era ocupada por Harold Snow, falecido, o inquilino, e por Lucinda McCabe, também inquilina e amásia do falecido Snow. A busca foi conduzida pelo detetive sargento Edward Meek e pelo detetive Kenneth Lowe sob a supervisão do capitão Eugene Colder. O detetive-chefe John Strucker também estava presente.

– Quem a matou? – perguntou Dill.

Colder não respondeu. Em vez disso, começou a ler da caderneta novamente, mas foi interrompido pela garçonete, que pôs café na frente de Dill e café e suco na frente de Colder, informando-o de que as torradas viriam num instante. Colder pegou o copo de suco de laranja e bebeu. Depois voltou para a caderneta.

– Por volta de 0h41, uma caixa de ferramentas de aço cinzento com cadeado foi descoberta. A caixa de ferramentas estava escondida sob e atrás de duas colchas e três malas no armário do quarto ocupado pelo falecido Snow e sua amásia, McCabe. Quando questionada, McCabe insistiu que não fazia idéia de como a caixa de ferramentas havia ido parar no armário.

Colder interrompeu sua récita porque a garçonete chegou com as torradas de centeio. Ele largou a caderneta para passar manteiga na torrada. Dill observou-o em silêncio e se perguntou o que teria sucedido entre Colder e Strucker, e o quanto a discussão teria sido desagradável.

Colder novamente leu em sua caderneta.

– A tranca da caixa de ferramentas foi forçada pelo sargento Meek, que depois a abriu na presença do chefe Strucker, do capitão Colder, do detetive Lowe e de Lucinda McCabe. – Colder ergueu os olhos para Dill. – Então há uma lista completa de coisas que nós encontramos no compartimento superior, mas eu não vou lê-las.

Dill balançou a cabeça.

– No compartimento inferior, os seguintes itens foram encontrados, removidos e etiquetados pelo sargento Meek:

– Primeiro – 10.200 dólares em notas de cem dólares.

– Segundo – quatro cápsulas explosivas de fulminato de mercúrio.

– Terceiro – uma pistola automática Llama calibre 25, número de série... – Colder interrompeu-se e ergueu os olhos para Dill novamente. – Você quer o número de série?

Dill fez que não com a cabeça.

Colder fechou a caderneta.

– Bem, é isso. A arma de fabricação espanhola está na balística. Eles estão verificando se é a mesma que matou Clay Corcoran. Se for, então isso quer dizer que Snow pôs a bomba no carro de Felicity por um preço e depois matou Corcoran, que devia estar em cima dele. Sua próxima pergunta será: quem matou Harold Snow?

Nós ainda não sabemos. E foi por isso que discuti sobre contar a você o que nós já descobrimos. Você tem uma boca muito grande, Dill, e freqüenta círculos bem suspeitos. Eu disse a Strucker que achava que você não manteria a boca fechada sobre isso, mas ele me mandou contar a você de qualquer modo. Talvez imagine que você possa acenar com alguns votos quando ele se candidatar a prefeito. Mas nada disso é da minha conta, também. Então. Alguma pergunta?

Vários segundos se passaram antes que Dill sacudisse sua cabeça e dissesse:

– Acho que não.

– Não sei se o conhecimento sobre quem matou Felicity faz você se sentir melhor ou não. Espero que sim.

– Acho que estou me sentindo do mesmo jeito.

– Eu também. Snow foi apenas um cúmplice contratado. Agarrar o filho-da-puta que o contratou é a única coisa que vai me fazer sentir um pouco melhor.

– Harold Snow – Dill falou pensativamente.

– Harold Snow – Colder concordou.

– Dez mil pratas.

– Dez mil e duzentas.

– Por algum motivo – falou Dill – eu pensava que matar Felicity custaria bem mais.

Dill subiu para seu quarto sozinho no elevador. Quando passou pelo sexto andar ele deu um sorriso irônico, quase triste, e disse em voz alta:

– Bem, inspetor, acho que isso encerra o caso.

Em seu quarto, tomou banho e se barbeou. Vestindo apenas uma cueca, ele deitou na cama com as mãos entrelaçadas atrás da cabeça e ficou olhando para o teto. Às dez em ponto, ele pediu um bule de café. Às onze, fez que eles mandassem um sanduíche de presunto e um copo de leite. Quando terminou seu almoço, ele pôs a bandeja no corredor, sentou em sua mesa e enumerou os fatos como ele os conhecia. Quando terminou, jogou a caneta esferográfica na mesa, quase certo de que jamais saberia quem realmente plantara a bomba no carro de sua irmã morta.

Às 14h30 ele ergueu o telefone e chamou o serviço de informações em busca do número do departamento de polícia. Então discou o número e perguntou pelo detetive-chefe John Strucker. Dill teve de se identificar para dois oficiais, um homem e uma mulher, antes de ser atendido.

Depois de Strucker dizer alô, Dill falou:

– Não foi Harold Snow, foi?

– Não foi?

– Não – disse Dill. – Harold era de Kansas City.

– Kansas City – repetiu Strucker.

– Isso não tinha lhe ocorrido... Kansas City?

Strucker deu um de seus suspiros – um longo e lamentoso, que parecia que ia durar para sempre.

– Sim, isso me ocorreu.

– Quando?

– Cerca de 18 meses atrás.

– Você está bem adiante de mim, não é?

– É isso o que eu faço, Dill. É no que eu sou bom. – Strucker suspirou novamente, desta vez de um modo fatigado. – Não foda com tudo, pelo que é mais sagrado, Dill – ele disse e desligou.

Dill se levantou da mesa, tirou seu paletó azul do funeral do armário e estendeu-o na cama. Da gaveta da cômoda ele tirou sua penúltima camisa branca limpa. Vestiu-se rapidamente, preparou para si mesmo um *scotch* com água e sem gelo e bebeu-o em pé em frente à janela, observando a esquina da Broadway com a Our Jack Street. Quando terminou de beber faltavam cinco minutos para as três. Ele virou-se e se dirigiu à porta. Passou pela cômoda, parou e voltou. Depois de um momento de hesitação, ele abriu a gaveta da cômoda e, de sob a trouxa de camisas imundas, tirou o revólver 38mm que um dia pertencera a Harold Snow. Dill contemplou a arma por vários segundos. Você não precisa disso, falou a si mesmo. Você não o usaria mesmo se precisasse. Ele pôs a arma novamente sob as camisas sujas, fechou a gaveta, continuou parado por um segundo ou dois, abriu de novo a gaveta, tirou o revólver e o enfiou no bolso direito da calça. Havia um espelho de corpo inteiro na porta que dava para o corredor. Dill notou que a arma quase não fazia volume.

Quando o sedã Rolls-Royce Silver Spur cinzento de Jake Spivey estacionou na frente do Hawkins Hotel, eram, de acordo com o mostrador do First National Bank, 15h01 e fazia 40 graus.

Dill embarcou no carro com ar-condicionado e esperou até que Spivey arrancasse para o trânsito antes de dizer:

– Há quanto tempo nós nos conhecemos, Jake?

Spivey pensou um pouco.

– Trinta anos, eu calculo. Por quê?

– Em todos esses trinta anos, você alguma vez imaginou que um dia me apanharia na frente do Hawkins em um Rolls-Royce?

– Não era um Rolls – disse Spivey. – Na época eu sempre pensava que seria um Cadillac.

Eles seguiram para oeste pela Forrest, cujo nome era uma homenagem ao general confederado Nathan Bedford Forrest. Alguns dos moradores antigos, a maioria vinda dos confins do sul, chamavam-na de "Fustest Street" em homenagem à estratégia – ou tática – do general, que dizia "Get there fustest with the mostest", chegar mais rápido com o máximo. Dill ouvira a história de seu pai, embora ele próprio jamais tivesse ouvido ninguém chamá-la de Fustest Street. Quando perguntou a Spivey sobre isso, ele disse que seu avô a chamava desse modo, mas seu avô era um sujeito muito velho, que nasceu em 1895 ou por aí.

Enquanto rodavam pela área reconstruída da cidade, eles tentavam lembrar o que um dia havia se erguido em lugar dos novos edifícios que haviam sido construídos ou que ainda estavam em construção. Às vezes eles conseguiam lembrar; às vezes não. Spivey disse que não conseguir fazia-o sentir-se velho.

– Por que você voltou para cá, Jake... de verdade? Não foi apenas para cultivar uma cerca de espinheiros para você. Poderia ter feito isso em qualquer lugar.

Spivey pensou a respeito por um momento.

– Bem, que diabos, acho que voltei pelo mesmo motivo por que Felicity nunca partiu. É o meu lar. Mas você, Pick, você sempre odiou isso. Eu nunca. Lembro-me daquele verão quando você tinha 11 anos, seu pai o levou para Chicago e você viu pela primeira vez uma massa de água do qual não conseguia enxergar o outro lado. Pensei que nunca fosse ouvir o fim da história. Chicago. Meu Deus, você fez aquilo parecer um paraíso e tanto. Mas eu fui para lá quando tinha 17 ou 18 e tudo o que vi foi uma grande cidade de merda que algumas pessoas de fala esquisita construíram num grande e velho lago sujo.

– Eu ainda gosto de Chicago.

– E eu ainda gosto desta cidade porque entendo os filhos-da-puta daqui e isso, como dizem por aí, significa que este é meu lar. Eu acho que o lar é onde eu quero cultivar minha cerca de espinheiros e mostrar quão rico o pobrezinho do velho Jake Spivey se tornou. – Ele sorriu. – Este é um dos motivos. Mostrar aos filhos-da-puta o quanto você ficou rico.

– Revanche – falou Dill.

– Não me critique.

– Não estou – disse Dill. – Não estou criticando de modo algum.

Quando estavam a meio caminho do Aeroporto Internacional Gatty, Dill fez uma pergunta da qual pensou que já sabia a resposta. Foi a primeira de uma série de perguntas cujas respostas poderiam decidir quem viveria, quem morreria e quem iria parar na cadeia.

Dill fez a primeira pergunta do modo mais informal que pôde.

– Quando você viu Brattle pela última vez?

– Cerca de um ano e meio atrás... em Kansas City.

– Você disse que foi até lá apenas para assinar alguns papéis.

– Bem – falou Spivey, prolongando a palavra –, pode ter sido um pouquinho mais do que isso, Pick.

– Como?

– Clyde estava bem puto da vida comigo. Ele achava que eu estava devendo a ele... devendo o suficiente para mentir por ele para os federais. Eu tive de dizer a ele que não devia tanto a ninguém. Bem, nós tomamos alguns drinques e ele começou a gritar e esbravejar que se eu não testemunhasse a favor dele, era claro como o dia que eu tampouco poderia testemunhar contra. Então eu falei para ele bater o mais forte que pudesse. E ele respondeu que eu podia contar com isso. Então eu dei uma porrada nele e ele me devolveu a porrada, e foi nessa hora que Sid e Harley vieram correndo e nos separaram antes que ambos tivéssemos ataques cardíacos. Então o velho Clyde olhou para Harley e Sid, apontou para mim e disse "Estão vendo esse cara?". E eles disseram que sim, eles estavam me vendo muito bem. Então Clyde adotou um tom dramático e disse "Pois dêem uma boa olhada nele, porque ele é um homem morto, entendem o que eu estou dizendo?". Então foi Harley ou Sid, não me lembro qual dos dois agora, quem disse algo como claro, Clyde, nós entendemos muito bem. Acho que deve ter sido Harley quem falou. Bem, nosso negócio estava feito, os papéis todos assinados, por isso eu caí fora dali, voei de volta para casa e contratei um bando de mexicanos.

– Brattle já tentou alguma coisa? – Dill perguntou.

– Não tenho certeza. Cerca de um ano ou mais depois que contratei meus mexicanos, também contratei um cara chamado Clay Corcoran... o que foi morto no funeral de Felicity?

Dill confirmou com a cabeça.

– Contratou-o para fazer o quê?

– Ver se ele conseguia passar por meus mexicanos.

– Ele conseguiu?

– Ele disse que não conseguiria, mas que gostaria de tentar mais uma vez e contratar outro cara que era tido como o bom em grampear telefones e plantar escutas e merdas do gênero. Então eu disse para ele ir adiante. Bem, cerca de um mês ou mais antes de ser assassinado, Corcoran telefonou para me contar que o cara que ele contratou considerou impossível se aproximar da minha casa. Na época isso fez com que eu me sentisse um pouco melhor, mas agora Corcoran foi assassinado e eu parei de me sentir assim.

– Alguma vez Corcoran mencionou o nome do sujeito que ele contratou?

– Ele não mencionou e eu não perguntei. Por quê?

– Não tem importância – falou Dill. – Quem escolheu Kansas City para o encontro... você ou Brattle?

– Brattle.

– Por quê?

– Por quê? Porra, Pick, Clyde nasceu lá. É a cerca de espinheiros dele, sua cidade natal.

– Não sabia disso – Dill mentiu. – Ou, se sabia, devo ter esquecido.

Capítulo 33

O conselheiro da minoria no subcomitê, Tim Dolan, e Jake Spivey nunca haviam se encontrado. Quando apertaram as mãos na frente da estátua de bronze de William Gatty, Dill se surpreendeu com a semelhança da dupla. Suas roupas contribuíam. Ambos vestiam ternos de riscado enrugados e amarrotados (um azul e o outro cinza) com camisas abertas nos pescoços, dos quais gravatas frouxas oscilavam como idéias tardias. Ambos estavam de sete a dez quilos acima do peso, a maioria dos quais havia ido para suas barrigas. Ambos suavam copiosamente a despeito do ar-condicionado. Ambos pareciam sedentos.

No entanto, a semelhança era mais do que física. E quando apertaram as mãos, Dill sentiu que cada um deles reconheceu no outro um espírito familiar, com uma comunhão de atitudes, abordagens e flexibilidade. O instinto parecia dizer-lhes que ali um acordo poderia ser feito, um ajuste obtido, um compromisso sensato pactuado. Aqui, ambos pareciam pensar, está alguém com quem se pode fazer negócio.

As banalidades tinham de vir primeiro. Quando Spivey perguntou se Dolan fizera um bom vôo, este respondeu que não tinha muita certeza porque dormira durante toda a viagem desde Herndon, Virgínia. Quando Dolan perguntou a Spivey se o clima ali era sempre daquele modo, Spivey disse que estava, na verdade, um tanto frio para agosto, mas que provavelmente esquentaria até o final do mês. Cada um deles ria ao reconhecer no outro um membro de longa data da Confraria Internacional dos Gozadores.

Dolan então voltou-se para Dill e, depois de perguntar sobre seu bem-estar, informou-o de que o vôo do senador chegaria de 20 a 25 minutos atrasado. Sugeriu que eles se dirigissem ao bar do aeroporto à procura de alguma coisa gelada e úmida. Dill falou que estava ótimo e Spivey disse achar que aquilo soava como uma idéia infernalmente boa. Em momento algum Dolan demonstrou a mais discreta surpresa diante da presença inesperada de Spivey.

Sentaram-se num reservado de canto e pediram três garrafas de Budweiser. Jake Spivey pagou. Ninguém apresentou objeções. Eles ergueram seus copos, disseram tintim ou algo igualmente sem sentido, tomaram um gole profundo e depois falaram sobre beisebol, ou melhor, Spivey e Dolan conversaram sobre beisebol enquanto Dill fingia escutar. Dolan parecia impressionado pela aguçada análise de Spivey de como o Red Sox ainda podia se dar bem nas finais. Ainda com sede, eles pediram outra rodada de cerveja e assim que a terminaram, o avião do senador foi anunciado. Foi então que Dill deu o seu segundo lance.

Ele se virou para Spivey e disse:

– Jake, há algumas coisas que eu preciso discutir com Tim e queria saber se você poderia receber o senador quando ele sair do avião?

Spivey hesitou apenas um momento.

– Claro – disse ele. – Será um prazer. Eu nunca fui apresentado a ele, você sabe, mas vi sua imagem no jornal e na TV, por isso acredito que não terei problemas em reconhecê-lo.

– É só procurar o garoto mais jovem que sair do avião – disse Dolan.

Spivey riu, disse que faria isso e saiu. Dolan voltou-se para Dill e deixou a surpresa transparecer em seu tom, se não na sua expressão.

– Que porra foi essa?

– Primeiro me conte sobre você e o FBI. Que tipo de acordo você fez com eles?

– Nenhum acordo, Ben.

– Nenhum?

– Nenhum.

– Por que diabos não?

Dolan franziu a testa pensativamente, talvez até judiciosamente. Aí vem o dissimulado de Boston, Dill pensou. Dolan disse:

– Por dois motivos. Primeiro, vazamento.

– Do FBI?

– Como de um cartucho de papel.

– Qual o segundo?

– Segundo. Bem, o segundo é por vantagem política. Se o garoto trouxer isso a público por conta própria, estará com a faca e o queijo na mão.

– E se ele não conseguir – falou Dill – estará na merda... e você com ele.

– Nós discutimos isso – disse Dolan. – Ambos concordamos que o risco é aceitável.

– Ouça-me, Tim. Para que fique registrado, eu acho que vocês dois cometeram um erro. Um erro enorme. Acho que vocês deviam ter chamado o FBI – para que fique registrado.

Dolan deu de ombros.

– Ok. Está registrado. E agora me conte por que você mandou Spivey receber o garoto.

– Você notou como ele foi de boa vontade?

Dolan balançou a cabeça.

– Isso significa que ele não está preocupado em passar pelo detector de metais.

Dessa vez surpresa e choque se espalharam pela bela face rechonchuda irlandesa de Dolan. E medo, também, Dill pensou. Apenas um traço.

– Meu Deus – disse Dolan. – Você quer dizer que as coisas aqui serão assim?

– Exatamente assim – Dill falou.

O senador e Jake Spivey pareciam estar conversando amigavelmente quando tomaram a esteira rolante dos passageiros através do longo corredor que dava para onde Dill e Dolan esperavam. Spivey transportava a capa com o terno do senador; este carregava sua própria mala.

Depois que o senador cumprimentou Dill e Dolan, Spivey entregou a capa do terno para Dill e foi buscar o carro. Os três homens esperaram por ele do lado de dentro da entrada principal do aeroporto.

– Parece que faz calor aqui – disse o senador Ramirez.

– E faz – falou Dill.

Ramirez voltou-se para Dolan.

– E então?

– Ben registrou sua objeção. Ele acha que nós devíamos ter ido ao FBI.

O senador balançou a cabeça como se a atitude de Dill fosse esperada, senão razoável em termos gerais.

– Não há ganho sem risco, Ben – disse ele, e virou-se para apreciar o aeroporto de menos de dois anos de existência. – Quem foi Gatty, afinal? – ele perguntou.

– Ele deu a volta ao mundo de avião com Wiley Post em 31 – Dill falou, sem se importar se o senador sabia quem era Post.

Aparentemente ele sabia, pois disse "Ah" em um tom de apreciação, passou mais um olhar geral no terminal aéreo e acrescentou:

– Belo aeroporto – e novamente voltou-se para Dill. – Qual é o preço final de Jake Spivey?

– Imunidade.

– O que você acha?

– Aceite – falou Dill.

– Tim?

– Aceite com cautela.

Novamente, o senador balançou a cabeça, de modo pensativo dessa vez, e disse:

– Pelo menos até nós descobrirmos o que Clyde Brattle tem a dizer sobre si mesmo.

– Certo – disse Dolan. – Nunca assine o contrato até saber quanto oferece a concorrência.

Uma das elegantes sobrancelhas do senador se ergueu.

– Folclore de Boston?

– Isso está no catecismo.

– Bem – falou o senador –, o que nós faremos é conversar com ambos e depois formar nossas opiniões. – Ele se voltou para inspecionar novamente a estátua de bronze. – William Gatty, hein? Ele parece um cara e tanto.

Enquanto eles permaneciam esperando que Jake Spivey trouxesse seu carro para mais perto, Dill examinou o senador, que ainda examinava a estátua. Você vem até aqui, jovem senhor, Dill pensou, liberto de escrúpulos ou consciência, sem mencionar o bom senso. Você vem armado unicamente com ambição do tipo desregrado e ardente, que pode ser suficiente ou não. Será interessante ver a batalha iniciada. Será ainda mais interessante ver quem vence.

– Cristo – disse Tim Dolan, quando Spivey estacionou sua máquina de 100 mil dólares na frente da entrada do aeroporto.

O senador sorriu discretamente.

– Por alguma razão – disse ele – eu sabia que seria um Rolls.

Não era realmente uma suíte o que Dill havia reservado para o senador Ramirez e Tim Dolan no sexto andar do Hawkins Hotel. Na verdade, eram meramente dois quartos interligados – um deles com duas camas geminadas e o outro com uma cama de solteiro, um sofá, e algumas cadeiras adicionais. Eles pediram que lhes mandassem café. As xícaras vazias agora repousavam sobre a mesinha redonda, juntamente com os cinzeiros e o bloco de anotações amarelo oficial de Tim Dolan, no qual nenhuma palavra havia ainda sido escrita. Spivey fumava um charuto; Dolan seus cigarros; o senador e Dill, nada. Estavam todos em mangas de camisas, exceto Dill, que ainda tinha o revólver enfiado no bolso de sua calça. O encontro, depois de apenas 45 minutos, já havia chegado ao seu impasse.

Jake Spivey reclinou-se em sua cadeira, pôs o charuto no canto de sua boca e sorriu alegremente por trás dele.

– Tim, o que você está me pedindo para fazer é subir no cadafalso, enfiar minha cabeça no laço, deixar que vocês dêem alguns puxões – só para ter certeza de que está confortável – e depois eu ainda devo dizer como foi uma honra estar ali na ocasião do meu próprio enforcamento. Então, dependendo de como estiver o seu humor nesse dia, talvez vocês abram o alçapão e talvez não.

– Ninguém vai abrir alçapão algum, Jake – disse Dolan.

Spivey olhou para ele com ar zombeteiro.

– Vocês têm os votos de todo o comitê?

– Nós os temos – falou o senador Ramirez.

Spivey virou-se para estudar o senador com interesse.

– Bem, senhor, tenho certeza de que o senhor sabe somar tão bem quanto eu, provavelmente melhor porque eu não sou realmente bom nisso. Mas contratei alguns advogados em Washington, que todo mundo diz serem realmente bons. Deus sabe que eles têm de ser. Eles cobram bastante. Bem, esses advogados de lá – depois de somarem aqui e subtraírem ali – bem, eles dizem que você terá entre dois e três votos de desvantagem. Provavelmente três.

– Então eu sugiro que você contrate uma assessoria diferente – disse Ramirez.

– Senador, deixe-me fazer-lhe uma pergunta simples.

– É claro.

– O que o senhor quer que eu faça, tirando os noves fora, é ajudá-lo a enforcar Clyde Brattle, certo?

O senador balançou a cabeça.

– Então o que é que eu ganho?

– Você está pedindo imunidade total.

– Isso é o que eu estou pedindo. Mas o que é que eu vou ganhar?

– Imunidade é uma possibilidade considerável – falou Ramirez.

Spivey sorriu.

– Possibilidade não paga o frete, considerável ou não.

– Seria prematuro de nossa parte dizer qualquer outra coisa neste estágio, Sr. Spivey. Você sabe disso.

– Jake – falou Tim Dolan.

Spivey virou-se para olhar para ele. Dolan se inclinou para a frente, persuasivo.

– Deixe-me colocar desta maneira, Jake. Brattle é mau mesmo e nós queremos mesmo pegá-lo. Você... bem, você é mau apenas pela metade, talvez até mesmo um quarto mau. Portanto, se nós tivermos de escolher entre você e Brattle – escolher quem vai levar no rabo – então nós vamos atrás dos maus de verdade e de Brattle, e assim também a Justiça, e eu posso quase com toda certeza garantir a você total imunidade.

Spivey sorriu de novo e Dill percebeu que a cada vez o sorriso ficava mais frio.

– Aí está aquele "quase" novamente – disse Spivey –, que é quase tão ruim quanto "possibilidade considerável". O sorriso frio se tornou gelado. – Sabem o que eu acho que vocês estão realmente tentando fazer? – O sorriso frio ainda estava presente quando ele olhou primeiro para Dolan, depois para o senador, e então novamente para Dolan. Seu olhar escorreu sobre Dill.

Foi o senador quem finalmente falou:

– O quê?

– Eu acho que vocês estão tentando me prender *e também* o velho Clyde. Acho que vocês estão acertando um acordo com Clyde em que ele vai descansar num daqueles clubes de campo federais por um ano ou dois e, em troca, ele vai me entregar a vocês – e talvez mais alguns outros caras em quem eu estou pensando. Ou ele diz que vai nos entregar a vocês. Clyde mente muito, vocês sabem. Na verdade, ele mente o tempo todo – de manhã, ao meio-dia, à noite. Mas eu vou lhes mostrar os fatos: Clyde não pode me entregar a vocês, não importa o que ele alegue.

– E quanto àquela coisa no Vietnã, Jake? – falou Dill.

Spivey pareceu grato pela pergunta.

– Bem, aquilo tudo aconteceu há muito tempo, não foi? E ninguém mais está cagando para aquilo mesmo. Mas o que eu fiz lá foi como empregado contratado pelo Governo dos Estados Unidos. E se o que eu fiz não foi muito bonito, não foi nem um pouco pior do que alguns dos outros fizeram. Então, se vocês pensam que podem me usar como bode expiatório por aquilo, estão redondamente enganados. Para fazer isso vocês vão precisar de mais do que Clyde Brattle. Vocês vão precisar que a Agência dê apoio e isso é algo que não vão conseguir.

– E o que aconteceu depois? – perguntou Dill.

– Quer dizer depois que o último helicóptero partiu de cima da embaixada e nós perdemos e voltamos para casa? Bem, depois disso eu comprei umas coisas e as vendi. Foi só isso.

– Negociar com o inimigo é como alguns poderiam chamar isso, naturalmente – disse o senador.

O pequeno meio-sorriso que apareceu no rosto de Spivey foi significativo. Aí vem, pensou Dill. O que ele estava guardando para o final. Ele olhou para Dolan e Ramirez e viu que eles também haviam sentido isso.

A voz de Spivey era baixa e quase gentil quando ele disse:

– Eles ainda não chamaram isso de negociação com o inimigo... e vocês querem saber por quê?

Dill não achou que ninguém realmente quisesse. Por fim, foi o senador quem calmamente perguntou:

– Por quê?

– Eu fui instruído para isso – Spivey falou.

– Quem instruiu você?

– Langley. – O meio-sorriso estava de volta então, não mais cruel, mas triunfante. Ou vingativo, Dill pensou. – Foi há muito tempo, senador – Spivey prosseguiu –, quase dez anos já, e talvez você não lembre, mas...

O senador interrompeu.

– Eu lembro.

– ...nós caímos fora e deixamos aquilo tudo dando sopa. Toneladas e toneladas. Armamento pesado, armamento leve, chame como quiser, simplesmente dando sopa. Os despojos. Bem, aquilo acabou e o pessoal do velho Ho finalmente ganhou, como qualquer pessoa com uma gota de bom-senso sabia que ia acontecer. Mas eles não precisavam de *todo* aquele equipamento. Uma parte sim, é claro, mas não tudo. Mas Langley conhecia pessoas que queriam. Pessoas na África, no Oriente Médio, na América do Sul e na América Central, era só escolher. Então o nosso trabalho, meu e de Clyde, era comprar do pessoal do Ho em dinheiro vivo e vender em dinheiro vivo para aquelas pessoas que tinham suas próprias insurreiçõezinhas em andamento – ou contra-revoluções, ou levantes estúpidos, ou como você quiser chamar. Aquelas eram as pessoas que Langley de certo modo estava procurando e encorajando. Portanto, foi o que fomos instruídos a fazer e foi o que nós fizemos, e foi assim que pela graça de Deus nós ficamos ricos. Então, se você quiser me indiciar por isso, vai ter que indiciar também Langley e todo um bando de outros caras, e para dizer a verdade, senador, eu não acho que você tenha cacife bastante para levar isso em frente.

– Mas e depois de tudo aquilo, Jake? – falou Dill. – Depois do Vietnã?

– Depois, hein? Bem, depois daquilo Clyde ficou ganancioso, e se tornou mau, e ficou ainda mais rico e eu caí fora. Eu não tive nada a ver com o que houve depois, mas sei o que aconteceu. Portanto, se tudo o que vocês querem é enforcar o velho Clyde... bem, que merda, caras, eu forneço a corda. – Ele fez uma pausa e acrescentou em uma voz dura e baixa: – Mas não toquem em mim.

Houve um silêncio até que o senador sorriu e disse:

– Bem. Eu diria que pelo menos nós chegamos a um entendimento sobre nossas respectivas posições, não acha, Tim?

Dolan olhou para Spivey e sorriu.

– Eu diria que sabemos muito bem onde Jake se apóia.

O senador se levantou. O encontro havia acabado. Depois que Spivey ficou de pé, o senador estendeu-lhe a mão.

– Você foi franco conosco, Jake... importa-se com isso? Com o Jake? – Spivey sacudiu sua cabeça. – E nós apreciamos isso. Vamos discutir entre nós e eu tenho certeza de que algo poderá ser arranjado para nos deixar a todos razoavelmente contentes. – O senador estava sorrindo quando apertou a mão de Spivey. Era um sorriso agradável, reconfortante até, mas não reconfortante e agradável o bastante para garantir nada.

Spivey devolveu o sorriso – seu ligeiro e breve meio-sorriso –, deu as costas, pegou seu paletó de riscado, atirou-o sobre o ombro e se dirigiu para a porta. Parou ao som da voz de Dill.

– Eu vou descer com você, Jake.

Enquanto esperavam o elevador, Spivey falou:

– Acho que é melhor eu mesmo fazer aquele acordo com o velho Clyde.

– Acho que é melhor – disse Dill.

Capítulo 34

Às 18h daquela tarde de segunda-feira, a temperatura do lado de fora ainda estava em 38 graus. Um pouco depois das seis eles fizeram amor sobre a grande mesa antiga de carvalho. A mesa ficava no escritório dela, no conjunto que Ana Maude Singe dividia com um contador. O contador havia se rendido e ido para casa pouco depois das 16h do que havia se demonstrado o dia mais quente do ano. A secretária que ele e Singe também compartilhavam permaneceu até as 16h15, antes de também entregar os pontos e ir embora.

Dill havia primeiro assinado os papéis. Eles davam a Singe poder de procuradora e a autorizavam a resgatar a apólice de seguro de vida de sua irmã e, se possível, vender o dúplex de tijolos amarelos. Depois de rabiscar seu nome pela última vez, Dill largou a caneta esferográfica e tocou o braço nu e bronzeado de Singe. De repente, eles estavam em pé, beijando-se freneticamente, ela manipulando o cinto de Dill, ele a calcinha de Singe, fazendo com que ela deslizasse por seus quadris e pernas nuas. Ela terminou com o cinto e ele fez uma pausa suficiente para se livrar de seu paletó. Suas calças e cueca foram ao chão com um tinido e a arma caiu de seu bolso. Nenhum dos dois percebeu porque estavam ocupados demais com o mecanismo da coisa. Mas logo eles se livraram das roupas e tudo então foram investidas, retiradas e pequenos gritos, e finalmente a explosão compartilhada e a doce rendição.

Dill ficou em pé depois de um instante, com suas calças e cueca ainda enroscadas no calcanhar. Ana Maude Singe sentou na borda da mesa, arrumando sua saia para baixo dos joelhos e sorrindo, obviamente satisfeita consigo mesma. Ela olhou para o chão, preparada para rir das calças e da cueca emaranhadas em volta dos tornozelos de Dill. Mas, quando viu a arma caída no piso de madeira, seu sorriso foi embora e ela não riu. Disse "Ah, merda" em vez disso.

Dill abaixou-se e ergueu suas calças e cueca, afivelou o cinto, curvou-se novamente, apanhou o revólver e o enfiou no bolso direito. Depois ergueu o paletó de onde ele havia caído e o vestiu.

– Você me diria em quem vai atirar? – ela falou.

– Em quem você sugere?

– Isso foi cretino – disse ela, escorregando para fora da mesa e dirigindo-se à janela que dava para a Second com a Main, seis andares abaixo. – Não quero cretinices agora. O que nós fizemos em cima dessa mesa durante cinco, dez ou quinze minutos, ou quanto tempo tenha sido, bem, foi a trepada mais erótica e prazerosa que eu já tive, o que, como você deve imaginar, é considerável. – Ela fez uma pausa. – Eu não sei por quê, mas foi.

Dill balançou a cabeça, quase com gravidade.

– Eu também achei.

– Então eu vi a arma caída ali e tudo aquilo passou. O gozo... ou seja lá o que for. Eu vou olhar para aquela mesa agora e vou me recordar de ter feito amor com você em cima dela, mas não vou lembrar de como isso foi tremendo. Tudo que vou lembrar é dessa maldita arma.

– Eu lamento – disse ele. – Sobre a arma.

Ela se virou, sentou atrás da mesa e abriu uma gaveta. Tirou sua bolsa, apanhou um conjunto de chaves e ofereceu-o a Dill.

– A que tem um ponto de esmalte vermelho abre minha porta. – Ele as pegou, examinou a que tinha o ponto vermelho, e deixou-as cair em seu bolso. Ela olhou para o relógio. – É melhor você ir.

– Eu ainda tenho alguns minutos – disse ele.

– É melhor você ir.

– Tudo bem.

Ela franziu a testa.

– Quando eu posso ir para casa?

Dill pensou.

– Às onze e meia, eu diria. Nada além disso.

– Você vai estar lá?

– Claro, se você quiser que eu esteja.

Ela ainda estava com o cenho franzido quando disse:

– Eu não sei se quero ou não.

– Se não quiser, você pode me jogar para fora.

Ela balançou a cabeça e disse:

– É melhor você ir.

– Certo – disse ele, voltando-se e se dirigindo para a porta.

– Dill – disse ela.

– Sim?

– Eu queria que você não estivesse com a arma.

– Eu também – disse ele, abrindo a porta e partindo.

Aos cinco minutos antes das sete daquela noite a temperatura havia caído para 35 graus. O sedã Ford alugado com Dill ao volante estava estacionado a cerca de 10 metros do beco que passava atrás da grande casa antiga na esquina da 19 com a Fillmore. No beco ficava o apartamento ou edícula com garagem onde a irmã de Dill morara algum tempo e onde ele havia marcado o encontro com Clyde Brattle para as 19h.

Sentado ao lado de Dill estava Tim Dolan. No banco de trás estava Joseph Luis Emilio Ramirez, o Senador Garoto do Novo México, cujos olhos negros brilhavam com o que Dill supunha ser excitação.

– Como você disse que são os nomes deles? – o senador perguntou, com os olhos fixos no Oldsmobile 98 azul escuro que estava estacionado na contramão rua acima e do outro lado do beco. Dois homens estavam sentados nos bancos da frente do Olds. Seus rostos eram indistintos.

– Harley e Sid – falou Dill. – Eles trabalham para Brattle. Pelo que sei, sempre trabalharam.

– O que eles fazem?

– Tudo o que ele mandar eles fazerem. No momento, acho que estão se certificando de que o FBI não foi convidado.

– Onde está Brattle? – Dolan perguntou.

– Ele vai aparecer.

Eles ficaram sentados em silêncio por um minuto ou dois. Um táxi dobrou a esquina da 20 com a Fillmore e seguiu em direção ao Ford de Dill, paralelamente à olaria transformada em parque do outro lado da rua.

– Eu diria que é Brattle no táxi – Dill falou.

Pouco antes de alcançar o Oldsmobile, o táxi acelerou. No momento em que passou pelo Ford estacionado de Dill ele estava se movendo a pelo menos 80 quilômetros por hora.

– Aquele era mesmo Brattle – disse Dill.

– Por que ele não parou?

– Ele vai voltar. Harley e Sid provavelmente sinalizaram para ele com as luzes de freio. – Dill consultou seu relógio. – Bem, falta um minuto. Acho que é melhor nós irmos.

Ele desembarcou e contornou o carro. O senador deslizou pelo assento e desembarcou pelo lado direito, carregando sua pasta.

– Ponha isso de volta – falou Dill –, a não ser que você queira que Harley e Sid enfiem suas patas nela.

– Ah – disse o senador. – Sim. Entendo. – Ele pôs sua pasta no banco traseiro do Ford. Dill verificou se todas as quatro portas estavam trancadas. Eles começaram a se dirigir à edícula. O Oldsmobile acendeu e apagou suas luzes. Dill acenou.

– Brattle vai querer ter certeza de que nenhum de nós tem uma escuta – falou Dill enquanto punha a chave na fechadura da porta que dava para a escadaria abafada. Antes de abrir a porta, ele se virou para olhar para Ramirez e Dolan. – Vocês não têm, têm?

O senador sacudiu a cabeça. Dolan disse:

– Porra, claro que não.

– Nós provavelmente vamos ter de desabotoar nossas camisas de qualquer maneira.

– E quanto a ele? – Dolan perguntou.

– Brattle? Nós faremos ele desabotoar a dele também.

Passavam cinco minutos das sete horas quando Clyde Brattle chegou, acompanhado de Harley e Sid. Dill ligara o ar-condicionado e a temperatura diminuíra para quase confortáveis 25 graus. O senador e Dolan haviam tirado seus paletós. Quando Tim Dolan perguntou a Dill por que não tirava o dele, ele respondeu que não estava sentindo tanto calor. Dolan olhou para ele com curiosidade, mas não disse nada por causa da batida na porta.

Foi Dill quem a abriu. Quem bateu foi o grandalhão, Harley. Atrás de Harley estava Sid e afastado alguns degraus abaixo, vinha Clyde Brattle.

– Só vocês três? – Harley perguntou.

Dill balançou a cabeça.

– Só nós três.

– Vocês não se importam se Sid e eu verificarmos?

– Eu não me importo.

Harley e Sid entraram, seguidos lentamente por Clyde Brattle, que fez um cumprimento de cabeça para o senador e Dolan, mas ignorou Dill. Harley seguiu para o fundo do apartamento, o dormitório e o banheiro. Sid ficou com a sala de estar e a cozinha. Dill foi com ele e observou-o trabalhar. Concluiu que Sid era muito bom. Sabia onde olhar e o que procurar e também onde não olhar. Ele não perdia tempo. Em menos de cinco minutos Sid estava de volta à sala de estar. Ele sacudiu sua cabeça para Brattle. Harley chegou um momento depois e fez o mesmo.

Brattle sorriu quase se desculpando para Ramirez e disse:

– Senador, se não se importa nós gostaríamos que você e o Sr. Dolan desabotoassem suas camisas... apenas para evitar qualquer constrangimento mais tarde.

– É claro – disse Ramirez, e começou a desabotoar sua camisa, que, Dill notou, era feita sob medida. O senador, com sua camisa desabotoada, revelou um peito e uma barriga bronzeados e em forma. A camisa aberta de Dolan exibiu um corpo flácido, branco e estranhamente glabro.

– Você também, Clyde – falou Dill, começando a desabotoar sua própria camisa. Brattle sorriu, tirou seu paletó e desabotoou a camisa. Seu abdômen era liso e sem bronzeado. Dill manteve seu paletó vestido, mas tirou as pontas de sua camisa para fora da calça e a segurou bem aberta para que todos vissem.

Brattle sorriu para Sid e apontou com a cabeça para Dill.

– Reviste-o mesmo assim, por favor, Sid.

Sid encontrou a arma quase imediatamente e mostrou-a para Brattle.

– Ele tem só esta peça – disse.

Depois de aparentemente avaliar o achado, Brattle deu de ombros e disse:

– Acho que todos podem se vestir agora.

Sid devolveu a arma para Dill, que a pôs de lado e começou a enfiar as fraldas de sua camisa novamente para dentro das calças quando se virou para Harley e Sid e falou:

– Até breve, rapazes. – Eles olharam para Brattle. Ele acenou com a cabeça. Harley e Sid partiram. Por algum motivo ninguém disse nada até que o som de seus passos não pudesse mais ser ouvido nos degraus.

O senador assumiu o controle, então. Acomodou Brattle em uma cadeira e ele próprio e Dolan no sofá. Perguntou a Dill se haveria alguma coisa gelada para beber, mesmo água se não houvesse mais nada. Dill falou que achava que poderia haver um pouco de cerveja.

Dill voltou da cozinha com as últimas quatro garrafas de cerveja de Felicity e quatro copos. Ele as pôs sobre a mesa de centro e deixou que cada um se servisse. Brattle derramou sua cerveja no copo, provou-a, deu um sorriso de apreciação, voltou-se para o senador e disse:

– Então. Presumo que vocês já conversaram com Jake.

– Hoje, você quer dizer? – falou Ramirez, sem deixar escapar nada.

– Como ele está... ainda protestando sua inocência?

O senador sorriu.

– Pelo menos ele não é um fugitivo.

Tim Dolan inclinou-se para a frente, com ambas as mãos trançadas em volta de seu copo de cerveja.

– Você está aqui para negociar, Sr. Brattle. Vamos ouvir o que tem a oferecer.

Brattle fez um pequeno gesto de depreciação.

– Eu ofereço a mim mesmo, é claro. Uma alegação de culpa de certas indiscrições em troca de uma certa dose de indulgência.

– Quanto tempo de indulgência? – perguntou Dolan.

– Diria, ah, 18 meses?

Dolan sorriu, embora nisso houvesse quase tanto esgar quanto sorriso.

– Em vez de 99 anos, certo?

– Eu ainda não acabei – disse Brattle.

– Prossiga – disse o senador.

– Além de mim, eu também posso entregar a vocês Jake Spivey, cuja culpa neste assunto é apenas um nada menor do que a minha.

– Spivey – disse o senador. – Bem, Spivey, eu creio, já está fisgado. Nós podemos puxá-lo para o barco, dar uma boa olhada nele, e decidir se ficamos com ele ou se o jogamos de volta.

– Spivey é parte do meu pacote – disse Brattle. – Receio que vocês terão de ficar com ele... peixe pequeno ou não.

O senador olhou para Tim Dolan, que fez os cantos de sua boca descerem em uma expressão que dizia "E daí se Spivey pegar um ano ou dois... quem se importa?". O pequeno movimento de cabeça do senador respondeu que ele não se importava.

– Até aqui, Clyde – disse Dill –, você está nos oferecendo a si mesmo e a Jake. Eu não sei se Jake é pescado ou não. Mas você é o verdadeiro prêmio. O peixe grande. O troféu. No fundo, tudo o que nós precisamos fazer é levantar da cadeira, ir até aquele telefone que está ali, ligar para o FBI, contar para eles que você está aqui e pedir para trazerem a rede. E isso não requer nenhuma negociação ou acordo. Só uma ligação telefônica.

– Isso me ocorreu – falou Brattle.

Dill sorriu.

– Aposto que sim. – Ele virou-se para o senador. – Acho que Clyde tem algo mais a oferecer. Algo irresistível.

– Um estímulo – disse Brattle com um sorriso prazeroso.

O senador não devolveu o sorriso. Ele perguntou:

– O quê? – em vez disso.

Brattle levou sua mão até o bolso do paletó e retirou um cartão.

Passou-o primeiro para Dolan, cujas sobrancelhas se ergueram depois de ler o que estava escrito ali e cuja surpresa o fez dizer:

– Minha Nossa. – Ele entregou o cartão para o senador, que o leu sem nenhuma expressão e começou a guardá-lo em seu bolso até ver a mão estendida de Dill. Depois de uma apenas breve hesitação, o senador passou o cartão para Dill, que leu os quatro nomes escritos nele com uma voz alta e clara.

Dois dos nomes eram palavras familiares, dotadas da familiaridade ouvida ocasionalmente nos noticiários da tarde, lida nas seções de destaque de pelo menos um jornal diário e comprada ou assinada em quase qualquer outra revista que não o *Guia da TV*. Os dois outros nomes eram menos conhecidos, mas ainda familiares e muito respeitados por aqueles que pensavam em si próprios como manda-chuvas de Washington. O primeiro dos nomes menos conhecidos pertencia a um homem que ainda era um oficial de posição extremamente alta na CIA. O segundo nome não tão bem conhecido era de outro homem que também havia sido um alto oficial da CIA, mas atualmente era um caro lobista em Washington. O primeiro nome familiar era de um representante do estado-maior das forças armadas na Casa Branca. O segundo nome familiar era o verdadeiro prêmio: uma ex-estrela da CIA que desde então havia se tornado um senador dos EUA.

– O que está dizendo, Clyde – Dill falou –, é que você tem informações quentes sobre todos esses caras. – E novamente, Dill leu os quatro nomes, mas dessa vez com uma voz normal, quase indiferente.

– Eu tornei todos os quatro ricos – disse Brattle. – Abastados, de qualquer modo.

– Você pode provar isso, é claro – disse o senador.

– Sim, eu posso provar.

Dill em particular ficou surpreso com a pergunta seguinte de Tim Dolan. E sentiu que os rapazes de Boston ficariam não apenas surpresos, mas também desapontados. A pergunta de Dolan foi:

– E agora você quer que nós o ajudemos a pôr esses quatro caras na cadeia?

O senador quase não pôde conter a exasperação em sua voz quando se dirigiu a Dolan e lançou:

– Pelo amor de Deus, Tim!

Dolan encarou o senador. E então uma expressão de compreensão e profundo apreço se espalhou por sua bela face irlandesa. Dill também achou que havia um toque de reverência na fisionomia quando Dolan lentamente se virou de novo para Brattle e disse:

– Ah, sim. Entendo. Você não os quer necessariamente na cadeia. O que você está oferecendo é a oportunidade de mantê-los fora do caminho.

Brattle sorriu para Dolan como teria sorrido para um estudante obtuso que houvesse se demonstrado inesperadamente promissor.

– Exatamente – disse ele e voltou-se para Ramirez. – E então, senador?

Dill intuiu que ele já sabia que direção o senador iria tomar. Ainda assim, deu-lhe um conselho silencioso. Ponha homens importantes na cadeia, jovem senhor, e você não ganhará nada além de uma fama fugaz. Mantenha homens importantes fora da cadeia, e certifique-se de que eles saibam que é você que os está mantendo fora, e você ganha um poder imenso. E poder, é claro, é tudo de que trata sua profissão de escolha: como consegui-lo; como mantê-lo; como usá-lo.

Dez segundos devem ter se passado antes que o senador respondesse a pergunta de Clyde Brattle.

– Eu creio – disse ele vagarosamente – que nós podemos chegar a algum tipo de consenso, Sr. Brattle.

E foi então que Dill soube, supondo que o falecido Harold Snow não tivesse mentido para ele, que Jake Spivey jamais precisaria passar um só dia na cadeia.

Capítulo 35

Dill conduziu Clyde Brattle escada abaixo. Quando chegaram ao último degrau, Dill falou:

– Jake quer um encontro. Ele quer fechar um acordo com você.

Brattle virou-se e examinou Dill cuidadosamente. Começou pelos seus sapatos e seguiu seu caminho até chegar aos olhos. Pareceu achar os olhos de Dill particularmente interessantes.

– Quando? – perguntou ele.

– Hoje às dez da noite.

– Onde?

– No apartamento de minha advogada. Aqui está o endereço. – Dill entregou a Brattle uma tira de papel em que estavam escritos o nome e o endereço de Anna Maude Singe. Brattle não o leu. Enfiou no bolso de seu paletó, em vez disso.

– Como é o lugar? – perguntou Brattle.

– Os únicos meios de chegar são a escada e um elevador. Jake vai levar dois de seus mexicanos. Você pode levar Harley e Sid. Eles podem ficar todos por perto e vigiar uns ao outros.

– Quem mais estará lá? – Brattle perguntou.

– Só você, Jake e eu.

– Por que você?

Dill deu de ombros.

– Por que não?

Depois de um segundo ou dois, Brattle balançou sua bela cabeça romana.

– Vou pensar a respeito – disse ele, virando-se e atravessando a porta para o anoitecer de agosto.

Ainda não eram oito horas quando Dill voltou para a sala de estar de sua irmã morta. Ao acompanhar Brattle escada abaixo ele havia dado ao senador e a Tim Dolan tempo suficiente para pensar no arranjo que tornaria possível que eles aceitassem a proposta de Brattle. Mas antes eles teriam de tirar Dill do caminho. Ele conjeturou como fariam isso. Sabia que eles seriam desleais; quase esperava que fossem hábeis.

Quando ele voltou para a sala de estar, Tim Dolan lhe fez uma pergunta que fez com que Dill imediatamente afastasse a habilidade. Dolan perguntou:

– Você acha que ele engoliu?

– Brattle?

– Sim.

– Pareceu ter engolido – falou Dill.

O senador sorriu.

– Acho que nós todos jogamos com bastante perícia, não concorda? – Antes que Dill pudesse responder, o senador prosseguiu:

– Especialmente quando o Tim aqui interpretou o seu cara estúpido.

Dill balançou a cabeça.

– Aquilo por certo foi convincente.

– Ele engoliu – disse Dolan, com sua expressão confiante, mas seu tom um nada duvidoso.

– Engoliu mesmo – Dill falou e perguntou para o senador:

– E agora?

– Agora? Bem, agora nós vamos dar linha a ele por apenas um dia ou dois e depois o pescamos. Eu acredito, porém – ele acrescentou lentamente, deixando que um ar sábio, pensativo, atravessasse seu rosto quase perfeito –, eu acredito que nós devemos deixar todas as negociações com Brattle por ora, você não?

– Ele é conselheiro – falou Dill. – Deve fazer seu trabalho.

– Ótimo – disse Ramirez. – A propósito, Ben, eu quero cumprimentá-lo pela forma como você conduziu tudo aqui. Excelente mesmo. Primeira classe.

– Obrigado.

O senador tinha mais uma pergunta. Ele perguntou de modo tão casual quanto lhe foi possível.

– Você acha que é verdade?

– Você está falando daqueles quatro nomes que ele deu a você de caras que tornou ricos?

O senador balançou a cabeça.

– Claro – disse Dill. – É verdade. Se não fosse, por que Brattle iria trazê-los à tona? Que bem isso faria a ele?

– Exatamente o que eu penso.

– Eu também – falou Dolan.

– Bem – o senador anunciou como uma voz vívida e alegre demais –, eu estou faminto. Por que nós não vamos todos comer um grande bife em algum lugar?

– Eu vou deixar para outra vez – Dill falou e notou o pequeno ar de alívio que apareceu no rosto do senador, que no entanto se transformou quase imediatamente em moderada suspeita. Dill prosseguiu quase imediatamente com sua explicação. – Vou voltar para Washington amanhã ou depois e esta será provavelmente a última chance que eu terei de olhar isto aqui para ver se há alguma coisa de Felicity que eu queira levar... retratos de família, cartas, coisas desse tipo. Por que vocês não levam o carro e eu chamo um táxi mais tarde?

Depois que Dill entregou as chaves do automóvel para Dolan e pediu que ele as deixasse em sua caixa de recados no hotel, o senador olhou pela sala de estar pela última vez e disse:

– Sua irmã vivia aqui há algum tempo?

– Não, não muito.

– Lugarzinho acolhedor, não é?

Depois que o senador e Dolan partiram, Dill levou o banquinho da cozinha para o quarto. Ele abriu a porta corrediça do *closet*, empurrou as roupas de Felicity para um lado e posicionou o banco sob o alçapão do teto que dava para o ático da edícula – ou o vão do telhado.

Em pé sobre o banco da cozinha, Dill pressionou as palmas de suas mãos contra o alçapão. Este cedeu com facilidade. Ele o empurrou para um lado. O banco da cozinha tinha somente 90 centímetros de altura e com sua estatura Dill fazia com que o topo de sua cabeça ficasse no mesmo nível dos 2,75 metros do teto. Ele agarrou a beira da abertura do alçapão, deu um impulso, apoiou seus cotovelos contra a borda e depois de um espernear frenético, conseguiu erguer um joelho. Depois disso foi relativamente fácil.

As vigas do teto estavam cobertas com pedaços de chapas de compensado que formavam uma espécie de trilha. Dill tirou de um dos bolsos a vela que ele havia encontrado na cozinha e acendeu-a com um palito de fósforo. Seguiu o caminho de compensado em direção à área do teto da sala de estar. Enquanto rastejava pelo compensado, dizia silenciosamente ao falecido Harold Snow: você não mentiria para mim, Harold, não é? Não, não você. Nunca. Mil dólares por 15 minutos de trabalho. Então por que você mentiria para mim?

Quando Dill atingiu o que pensou ser o centro do teto da sala de estar, ele parou, ergueu a vela e descobriu que Harold Snow não havia mentido afinal. O pequeno gravador ativado pela voz estava exatamente onde Snow havia dito que ele estaria. Dill apertou o botão de rebobinar, retirou a fita cassete e colocou-a em um bolso. Deixou o gravador onde estava e fez o caminho de volta pela trilha de compensado até a abertura do alçapão. Foi muito mais fácil descer do que subir. Mais uma vez em pé sobre o banco de cozinha, ele pôs a tampa do alçapão de volta no lugar.

Depois de carregar o banco de volta para a cozinha ele parou e escutou. Não havia nenhum som em particular que o tivesse feito apurar os ouvidos, mas sim a ausência deles. Foi até a janela da cozinha e olhou para fora. A vista dava para o beco e do outro lado dele havia um quintal que ostentava seis altos álamos brancos. Os álamos geralmente se curvavam, agitavam e tremulavam, mesmo com a mais leve brisa. Naquele momento eles estavam perfeitamente imóveis porque não havia vento – absolutamente nenhum.

Então, subitamente ele chegou, descendo do norte, do Canadá, de Montana e das Dakotas. Os álamos a princípio tremularam, depois se agitaram e por fim dançaram loucamente sob o frio e severo vento norte.

No momento em que Dill desligou todas as luzes, certificou-se de que as janelas estavam fechadas, desceu a escada e passou pela porta, eram 20h33 e estava escuro. A temperatura havia caído 15 graus nos últimos 35 minutos e estava agora em 20 graus. O vento norte estava começando a produzir rajadas. Havia um cheiro de chuva. Dill tremeu com o frio repentino e achou que aquela era uma sensação curiosa. Mas afinal, pensou ele, assim é qualquer dia frio de agosto.

Dill atravessou em diagonal a velha olaria que havia sido transformada num parque. Tão logo alcançou a piscina municipal onde ele e Jake Spivey haviam aprendido a nadar e Dill aprendera sozinho a mergulhar, a chuva começou – gotas robustas e ruidosas que golpeavam o pó e exalavam um doce cheiro de limpeza. Dill parou e ergueu seu rosto para a chuva. A sensação prazerosa durou apenas poucos segundos antes que o frio se instalasse. Dill se apressou atravessando a chuva, agora aos trotes. Ele ficou úmido, depois molhado, e no momento em que saiu do parque perto da 18 com o TR Boulevard, estava encharcado, tremendo e desejando que a chuva parasse.

Havia uma farmácia na esquina da 18 com o TR Boulevard durante anos, Dill recordou. Ele se perguntou se ela ainda estaria ali. The King Brothers, lembrou. Fazemos Entregas. Ela havia conservado sua máquina de soda mesmo depois que todas as outras farmácias haviam se desfeito das suas. Os irmãos King diziam que não consideravam uma farmácia realmente uma farmácia sem uma máquina de soda. Quando Dill saiu do parque avistou o velho letreiro de néon com sua econômica abreviatura: King Bros Drugs. Ele trotou pela calçada e se enfiou loja adentro ao abrigo da chuva.

Era um lugar que ainda oferecia um pouco de tudo e a primeira compra que Dill fez foi uma toalha de banho. Usou-a para se enxugar enquanto caminhava pelos corredores à procura de um pequeno gravador. Encontrou um, um Sony Super Walkman, comprimido entre as caixas de Mr. Coffee e os conjuntos de chaves de boca cromadas. Dill levou o Sony até o balcão. Um homem por volta dos 60 estava em pé atrás da caixa registradora. Dill pensou que ele podia ser um dos irmãos King, mas não tinha certeza, e culpou sua memória vacilante com a aproximação da senilidade.

O homem pegou o Sony, olhou o seu preço, balançou a cabeça demonstrando sua avaliação e disse:

– Não dá pra ganhar dos japoneses – quando Dill lhe entregou uma nota de 100 dólares.

O homem colocou o Sony em uma sacola e a passou por cima do balcão juntamente com os 99 centavos do troco.

– Eu o coloquei numa embalagem de sorvete – disse ele. – Isso vai mantê-lo ao abrigo da chuva.

– Obrigado – falou Dill. – Você tem um telefone público? Eu preciso chamar um táxi.

– Você pode chamar um, mas ele nunca vai vir. Não numa noite como esta.

– Então eu chamarei outra pessoa – disse Dill.

– O telefone está logo ali atrás – disse o homem, fazendo um aceno de cabeça em direção ao fundo da loja. Ele encarou Dill por um momento. – Diga-me, você não costumava vir aqui quando era um garoto?... Bem, isso deve ter sido há 25, 30 anos... você e seu colega, que era um tanto gorducho naquela época.

– Ele ainda é – Dill falou.

– Eu me lembrei do seu nariz – disse o homem. – Não o tenho visto por aqui ultimamente, porém. O que você fez, mudou-se da vizinhança?

– Eu me mudei um pouco para o norte e para o leste – Dill respondeu.

O homem balançou a cabeça.

– É, uma porção de pessoas estão seguindo esse caminho.

Dill introduziu uma moeda no telefone público e ligou para Anna Maude Singe em seu escritório. Ela respondeu ao segundo chamado. Ele contou a ela onde estava detido e ela disse que iria buscá-lo. A segunda ligação de Dill foi para Jake Spivey.

Depois de Spivey dizer alô, Dill falou:

– Está feito.

– Clyde disse que estará lá?

– Ele disse que ia pensar a respeito.

– Isso significa que ele estará lá. Quem mais?

– Somente eu – disse Dill. – Melhor marcar para as nove e meia em vez das dez.

– Bem, vai ser uma noite realmente interessante – Spivey falou e desligou.

Dill foi para a frente da farmácia e ocupou um banco ao lado da máquina de soda. Ele se perguntou se ainda chamariam aquilo de *soda jerks*. Como quer que chamassem, Dill pediu para o que estava atrás do balcão uma xícara de café. Enquanto esperava, examinou o Sony para ver se tinha pilhas. Não tinha, por isso ele comprou algumas, colocou-as no aparelho, inseriu o plugue do fone de ouvido em seu conector, introduziu a fita cassete, colocou o fone em seu ouvido e apertou o botão *play*.

A primeira coisa que ouviu foi "Sessenta e nove é demais, testando, testando. Dez, nove, oito, sete, seis, cinco, quatro, três, dois e fogo. Testando... testando... testando... e vá se foder, Dill". Era a voz do falecido Harold Snow, soando muito viva. Houve um breve silêncio. Depois Dill ouviu a voz de Tim Dolan: "Você não quer tirar seu casaco?" e sua própria resposta: "Não estou sentindo tanto calor." Isso foi seguido pela voz de Harley dizendo: "Só vocês três?" E novamente Dill: "Só nós três." Obrigado, Harold, Dill pensou, e apertou o botão de parar e depois o de avanço rápido.

Com uma dose criteriosa de retrocessos e avanços, Dill logo encontrou o ponto da fita que ele queria – aquele em que a conversa entre o senador Ramirez e Tim Dolan tinha lugar enquanto Dill acompanhava Clyde Brattle pela escadaria da edícula. Mais tarde, Dill jamais lembraria da conversa sem que uma palavra saltasse espontaneamente em sua mente: iluminadora.

Dolan falou primeiro: Ele já foi?

Depois o senador: Sim.

DOLAN: Meu Deus.

SENADOR: Agora você entende?

DOLAN: Claro que agora eu entendo. Até uma criança entenderia.

SENADOR: Eu quero aqueles quatro caras, Tim.

DOLAN: Cristo, eu não o culpo. Você vai levar toda a fama por entregar Brattle e Spivey à justiça, e aqueles outros caras vão ficar para sempre perguntando a que altura quando você disser "pulem".

SENADOR: Porém há Dill.

DOLAN: Você pode demiti-lo.

SENADOR: Não seria inteligente.

DOLAN: Arranje para ele um trabalho fácil em Roma ou Paris ou algum outro lugar. Faça com que ele se sinta grato.

SENADOR: Melhor. Acho que vou começar a tirar ele do caminho esta noite. Deixe comigo.

DOLAN: Ele está voltando.

SENADOR: Certo.

Ouviu-se o som de uma porta sendo aberta e fechada e depois Dolan perguntando: "Você acha que ele engoliu?" e Dill replicando: "Brattle?" Depois disso, Dill apertou o botão de parar e então o de rebobinar. Ele devolveu o gravador e o fone de ouvido para a embalagem de sorvete. Lembrando de seu café, ele apanhou a xícara e o provou. Havia esquecido do açúcar, por isso adicionou um pouco. Sentou-se no balcão de mármore da máquina de soda, o mesmo balcão em que ele havia passado horas quando criança, e pensou sobre o buraco que havia cavado para si mesmo. Assombrou-se com sua profundidade e com suas bordas escorregadias e se perguntou se ainda conseguiria sair de dentro dele.

Capítulo 36

De volta ao seu quarto no Hawkins Hotel, Dill tomou banho e vestiu seu paletó de riscado e suas calças cinza enquanto Anna Maude Singe ouvia a fita no Sony. A fita estava quase acabada quando Dill vestiu o paletó, foi até a escrivaninha e começou a pôr moedas, chaves, passagem aérea e a carteira em seus bolsos. O último item foi o revólver 38mm. Ele novamente o enfiou no bolso direito de sua calça. Ela observou, mas não fez nenhum comentário, e continuou escutando as últimas palavras da fita enquanto elas saíam pelo fone de ouvido. Quando as palavras acabaram, ela apertou o botão de parar, depois o de rebobinar e disse:

– Isto é uma bomba.

– Eu sei.

– Você tem uma cópia?

– Não.

– Você deveria fazer cópias.

– Vou deixar que Spivey faça isso.

– Vai entregá-la a ele?

– Acho que sim.

Ela balançou lentamente a cabeça.

– Então você fez uma escolha e tanto, não?

– Eu fiz?

– É claro. Você tinha de escolher entre seu amigo e seu governo, e escolheu seu amigo.

– Essa não é uma escolha muito difícil – Dill falou. – Mal chega a ser uma escolha, na verdade.

Ele apanhou o telefone e discou para informações. Quando o operador finalmente atendeu – depois que uma gravação o aconselhou a primeiro consultar a lista telefônica –, Dill perguntou o número do telefone residencial de John Strucker, o detetive-chefe. O operador de informações disse-lhe poucos segundos depois que tal número não estava na lista. Dill desligou.

– Fora da lista? – perguntou Singe.

Ele confirmou com a cabeça.

– Deixe-me tentar. – Ela tirou uma agenda de endereços de sua bolsa, folheou-a, encontrou um número e discou para ele. Quando a ligação foi atendida, ela disse:

– Mike? – e quando Mike disse sim, ela falou Aqui é Anna Maude. Eles conversaram por alguns momentos e então ela disse que precisava entrar em contato com John Strucker em sua casa. Mike aparentemente tinha o número à mão, porque ela o escreveu no verso do envelope do hotel que apanhou na escrivaninha. Ela então agradeceu a Mike, despediu-se e desligou.

– Quem é Mike? – Dill perguntou.

– Mike Geary, como em Geary da AP.

– Aquele com quem você costumava ir ao Press Club.

– Correto.

– Eu estou com ciúmes – disse Dill enquanto apanhava o telefone e discava o número que ela havia escrito no envelope.

– Não, você não está – disse ela.

O telefone tocou três vezes e foi atendido por uma voz de mulher. Dill presumiu que fosse Dora Lee Strucker, a esposa rica. Dill se identificou, pediu desculpas por ligar tão tarde e perguntou se podia falar com o marido dela. Ela disse que era ótimo ouvir Dill em qualquer horário e que Johnny atenderia no estúdio.

Strucker atendeu com um evasivo “Sim”.

– Até que ponto você gostaria de laçar Clyde Brattle?

– Brattle, hein?

– Brattle.

Strucker suspirou. Era o suspiro mais sepulcral de Strucker que Dill já havia escutado.

– De Kansas City? – Strucker retrucou, quase como se tivesse esperança de que Dill dissesse Não, este Brattle em particular é de Sacramento ou Buffalo ou Des Moines.

– De Kansas City – disse Dill. – Originalmente.

– Onde? – Strucker perguntou.

Dill passou-lhe o número e o endereço do apartamento de Anna Maude Singe.

– Quando?

– Às dez em ponto.

– Às dez, hein?

– Às dez.

– Vou pensar a respeito – Strucker falou e desligou. Não era exatamente a reação que Dill estava esperando. Pela lógica, pensou ele, Strucker deveria ter saltado ao ouvir isso. A não ser, é claro, que ele precisasse confirmar com alguma outra pessoa. Dill discou o telefone de Strucker novamente. Estava ocupado. Ele interrompeu a ligação e discou o número de Jack Spivey. Também estava ocupado. Dill abaixou o fone lentamente. Eles podiam estar conversando um com outro, disse a si mesmo, ou para qualquer um entre um milhão de outras pessoas.

– Você está estranho – disse Singe.

– Estou?

– Como se ele tivesse dito não.

– Ele disse que ia pensar a respeito.

– Isso não é o que se esperaria que um policial dissesse. Ele deveria dizer "Segure Brattle até eu chegar e não o deixe sumir de vista" – ou alguma coisa parecida.

– A não ser que ele... – Dill deixou o pensamento morrer porque era apenas seminascido e extremamente feio, grotesco até.

– A não ser que ele o quê? – intimou Singe.

– Ele já soubesse que Brattle estaria lá.

Os olhos dela ficaram muito abertos e Dill novamente se deu conta de como eles eram bonitos. A preocupação os tornava ainda mais escuros, pensou ele. Quase violeta.

– Se ele sabia sobre Brattle antes de você ligar – disse ela –, isso significa que alguém está prestes a se ferrar. Você, provavelmente.

– Talvez – falou Dill. – Talvez não.

Foi então que a nova briga começou. Anna Maude Singe insistiu em ir com Dill. Ele recusou. Ela alegou que era seu maldito apartamento e que podia entrar lá a qualquer maldito momento que ela desejasse. Dill replicou que ela podia ter a maldita certeza de que não iria com ele. Ela ameaçou telefonar para o senador e contar a ele sobre a gravação. Dill ofereceu o telefone a ela. Ela o tomou, discou 0 e solicitou o quarto do senador Ramirez. Dill tomou o telefone de suas mãos e o bateu no gancho. Alguns momentos depois eles chegaram a um acordo: ela iria junto, mas não entraria. Em vez disso, ela esperaria no carro de Dill e observaria quem entrasse e quem saísse. Ela disse achar que aquilo soava estupidamente bobo. Dill falou que se ele não saísse em uma hora, não seria estupidamente bobo, seria uma terrível desgraça. Ela quis saber o que ela teria de fazer se ele não saísse em uma hora. Ele disse que ela deveria chamar alguém, mas quando ela perguntou quem, ele respondeu que não sabia. Alguém. Com isso eles saíram.

Ainda estava chovendo quando eles estacionaram o Ford alugado de Dill do outro lado da rua em frente ao Van Buren Towers. Ele subitamente se deu conta de que sempre pensava no edifício de apartamentos primeiro como O Lar dos Velhinhos, e só depois o traduzia em sua consciência para o nome apropriado. A chuva era firme e implacável, e como todas as coisas firmes e implacáveis, aborrecida. Dill encontrou uma vaga para estacionar diretamente em frente à entrada do edifício, mas Anna Maude Singe falou:

– Você não vai conseguir colocar esta coisa aqui.

– Veja – disse Dill, que se orgulhava de sua habilidade para manobrar grandes carros em lugares impossíveis. Ele estacionou o Ford com eficiência e até um toque de floreio. Quando terminou, havia apenas cerca de 15 centímetros de espaço em cada extremidade do veículo. Singe ainda não estava impressionada.

– E se eu tiver que sair daqui às pressas? – ela perguntou.

– Acho que você não consegue – disse ele.

Ela consultou seu relógio.

– Nove e vinte e cinco.

– É melhor eu ir.

– Você tem uma capa de chuva?

– Não.

– Você tem que ter uma capa de chuva.

– Bem, eu não tenho.

Ela franziu a testa.

– Eu não quero que você entre lá.

– Por que não?

– Ah, pelo amor de Deus, adivinhe.

Ele sorriu, passou um braço em volta dela e gentilmente a puxou para si. Ela foi de bom grado. Eles se deram um longo e um tanto ansioso beijo e quando ele acabou ela voltou para seu lugar e o examinou com um ar pensativo.

– Eu não sei, Dill – disse ela.

– O quê?

– Talvez eu seja o seu docinho afinal.

Levando o gravador Sony em sua embalagem de sorvete da King Brothers, Dill cruzou a rua correndo através da chuva para dentro do Van Buren Towers. No *lobby* descobriu que ficara úmido, mas não molhado. Ele tomou o único elevador até o quinto andar, seguiu pelo corredor, destrancou a porta do apartamento de Anna Maude Singe e entrou. Depois de acender duas lâmpadas, ele consultou seu relógio e viu que eram 9h29. Começou a se dirigir ao banheiro, mas parou para uma breve inspeção ao quadro de Maxfield Parrish. Novamente concluiu que as duas figuras no quadro eram garotas.

No banheiro, ele usou uma toalha para enxugar suas mãos, seu rosto e seu cabelo cor de cobre. Olhou no espelho e viu um traço de batom em sua boca. Removeu-o com a toalha, contemplando seu reflexo. Você parece cansado, velho, assustado e seu nariz é grande demais, disse para si mesmo, e voltou para a sala de estar.

Estava examinando o quadro de Maxfield Parrish novamente quando ouviu a batida. Foi até a porta, abriu-a, e Jake Spivey entrou, vestindo um sobretudo Burberry.

– Meu Deus, Jake, você parece saído diretamente de *Intriga internacional.*

– Não, não pareço – disse Spivey. – Eu pareço um gordo de sobretudo, e a única coisa que parece mais imbecil do que isso é uma porca de camisa branca. Mas Daffy comprou para mim e, bem, que diabos, estava chovendo, por isso eu vesti o filho-da-puta.

Spivey já estava desabotoando o sobretudo molhado e se virando para dar à sala de estar uma boa inspeção.

– Porra, se isso não parece algo saído de 1940. Ela não estava neste andar, estava?

– Quem?

– Tia Louise. Você lembra da tia Louise de Jack Sackett?

– Lembro.

Spivey fechou os olhos e sorriu.

– 19 de julho, 1959. Quase duas e meia da tarde. – Ele abriu seus olhos, ainda sorrindo. – Eu consigo lembrar de tudo aquilo mas não em que andar ela estava.

– No quarto – Dill falou, recordando subitamente. – Número quatro-dois-oito.

Spivey balançou a cabeça.

– Acredito em você. – Ele ergueu o sobretudo molhado. – O que você quer que eu faça com isto?

Dill apanhou casaco e disse que iria pendurá-lo atrás da porta do banheiro. Quando voltou, Spivey estava sentado no sofá contemplando o quadro de Parrish. Dill perguntou se ele queria uma bebida. Spivey sacudiu sua cabeça e disse:

– Álcool e Clyde Brattle não se misturam. – Ele desviou sua atenção do quadro para Dill. – Clyde pareceu estar disposto a firmar um acordo?

– Pode ser... dependendo do que você tenha a oferecer.

– Eu estive pensando sobre isso, Pick, e não tenho lá muita coisa. O que eu tenho pode dar 25 anos a Clyde, mas, que merda, o que são 25 anos quando você está encarando 100 anos?

Dill apanhou a embalagem de sorvete da King Brothers de cima do velho toca-discos e entregou-o a Spivey, que perguntou:

– O que é isto? – seu tom e sua expressão eram totalmente desconfiados.

– Calda de chocolate.

Spivey encarou Dill por vários segundos, depois abriu a sacola, como se ela pudesse conter uma bomba ou uma cobra. Ele tirou o pequeno gravador Sony.

– Eu sempre gostei de Sony com calda de chocolate. – Olhou novamente para Dill. – Quer que eu toque isto?

– Isso mesmo.

Spivey analisou brevemente os controles, pôs o gravador na mesinha de centro e apertou o botão *play*. O som desta vez saiu do pequeno alto-falante de uma polegada da máquina. As vozes eram claras mas minúsculas. Dill observou enquanto Spivey escutava. E Spivey ouviu com total absorção e concentração, fazendo apenas duas perguntas de uma palavra, que foram – Ramirez? – e – Dolan? – quando as vozes do senador e do conselheiro da minoria foram ouvidas pela primeira vez. Não havia surpresa em seu rosto, Dill notou. Nenhuma surpresa, nenhum júbilo, nenhuma apreciação. Nada além do semblante curiosamente vazio e neutro que se manifesta quando a mente está em absoluta concentração.

Mas quando acabou, o sorriso veio – o sorriso de Spivey: cheio de vilania e satisfação, malícia e humor. Um sorriso de malfeitor, Dill pensou.

Com um sorriso ainda iluminando e uma expressão de discreta avidez acrescentada a ele, Spivey falou:

– Você não gostaria de me vender esta pequenina gravação aqui, gostaria, Pick?

– Pode ser.

– Quanto você está pedindo?

– Quanto você está disposto a pagar, Jake?

– Cada centavo que eu tenho... e lanço Daffy e a picape no negócio, também.

– Com essa fita – disse Dill – você não terá de ir para a cadeia.

– Você não sabe o que esta fita realmente significa, sabe, Pick?

– O quê?

– Puxa, é a cerca de espinheiros definitiva, isso que ela é. Porra, com isto eu não terei nem de *pensar* em ir para cadeia. – O sorriso apareceu. – Vamos lá, Pick, quanto é que você realmente quer por ela?

– Meu preço cala-a-boca?

– É só dizer, eu pago.

Dill então sentiu a tensão chegando. Começou em seus ombros, disparou pelo seu pescoço e agarrou-se em volta de sua boca. Seus lábios enrijeceram; o interior de sua boca secou. Vá em frente, disse para si mesmo. Cuspa isso, e se tiver a boca seca demais pra cuspir, escreva.

– O que eu quero, Jake – Dill falou vagarosamente, surpreso com o quanto ele soava calmo e razoável. – O que eu quero é seja lá quem for que tenha assassinado Felicity.

O sorriso de Spivey desapareceu. Uma careta tomou seu lugar. Era uma careta de pesar. Spivey olhou para o quadro de Parrish à sua esquerda. Estudou-o por vários segundos, depois baixou os olhos para o gravador e mordeu seu lábio inferior por pelo menos três ou quatro vezes. Por fim, ele olhou novamente para Dill. A careta havia sumido. O sorriso voltou e os olhos estavam brilhando com o que Dill tomou por astúcia e boa vontade.

– E então? – perguntou Dill.

– Sem problemas – disse Jake Spivey.

Capítulo 37

Um quase eufórico Jake Spivey mudou de idéia sobre tomar um drinque. Dill foi à cozinha e a vasculhou até encontrar o limitado suprimento de bebidas de Anna Maude Singe. Ele serviu dois copos de vodca *on the rocks* e levou-os de volta para a sala de estar. Entregou um dos copos para Spivey, que estava sentado, e disse:

– Estou ouvindo.

Spivey tomou um grande gole de sua bebida, enxugou sua boca com as costas da mão, sacudiu sua cabeça e – sorrindo o tempo todo – disse:

– É só sentar e me deixar cuidar disto, Pick.

– Confiar em você. – Dill não fez disto uma pergunta.

Spivey balançou a cabeça.

– Pode confiar.

– Eu não confio em ninguém, Jake.

– Deve ser solitário – Spivey falou e ia começando a dizer outra coisa, mas foi interrompido pelo som da batida na porta da sala de estar. Dill consultou seu relógio. Eram exatamente 22h. Spivey levantou-se e disse:

– Por que você não deixa o velho Clyde entrar?

Dill foi até a porta e a abriu. Parado no corredor, ostentando um sorriso ligeiramente confuso, com uma capa branco-pérola, um chapéu combinando com a roupa e carregando um guarda-chuva molhado, estava Clyde Brattle. Dill achou que Brattle lembrava mais do que nunca algum cônsul romano há muito desaparecido. Talvez fosse a maneira como ele usava a capa de chuva largada descuidadamente sobre seus ombros. Poucos homens podiam usar uma capa desse jeito sem parecerem tolos. Dill não achou que Brattle parecesse nada tolo. Quando muito, parecia um pouco com algum patrício forçado pela fortuna a recorrer aos agiotas e determinado a tirar o melhor proveito disso.

– Entre – Dill falou.

Brattle então entrou na sala, e no momento em que o fez, Spivey deu um passo de trás da porta aberta e pressionou uma pistola automática contra suas costas. Brattle sorriu e parou.

– Bem, Jake, que bom encontrá-lo novamente.

– Para junto daquele belo quadro, Clyde – disse Spivey.

Brattle olhou em volta.

– O Parrish, você quer dizer?

– Aquele com as duas bichas.

– Acho que são garotas, na verdade – Brattle falou, andou até a parede e apoiou-se nela com ambas as mãos, um guarda-chuva ainda enganchado em seu braço direito.

– Recolha o casaco, o chapéu e o guarda-chuva, Pick – disse Spivey. – Devagar e com cuidado. Quando tiver feito isso, ponha tudo naquele armário ali. – Dill seguiu as instruções, voltou para o lado de Spivey e perguntou:

– E agora?

– Agora faça uma boa revista nele. Calcanhares, virilha, tudo. Talvez nós tenhamos até de fazer ele abrir a boca para dar uma olhada lá dentro.

Brattle sacudiu a cabeça e suspirou.

– Às vezes você é tão aborrecido, Jake.

– Maus modos fazem uma longa vida, Clyde.

– Um aforismo, meu Deus. Bem, quase isso, seja como for.

Dill encontrou uma pequena Walter automática quando sua revista chegou à cintura de Brattle. A pistola estava em um coldre de couro preso ao cós da calça sem cinto de Brattle. Ele nunca usou cinto, Dill pensou, enquanto examinava a arma. Suspensórios, talvez, com um terno de três peças, mas nunca um cinto.

– Eu vou ficar com isso – Spivey falou. Dill entregou a Walter a ele. Spivey deixou-a cair no bolso esquerdo de seu paletó.

– Você pode se endireitar e ficar de frente agora, Clyde – disse Spivey. – Pegue uma cadeira. A que você achar que parece confortável. Pick aqui vai até trazer uma bebida para você. Eu sei que há vodca, mas não sei o que mais ele tem.

– Vodca está ótimo – disse Brattle enquanto se endireitava, caminhava até a poltrona e se acomodava. Spivey reassumiu seu lugar no sofá. Pôs sua automática sobre a mesa de centro perto do gravador Sony. Dill notou que a automática era uma Colt 38.

– *On the rocks*? – Dill perguntou a Brattle.

Brattle sorriu.

– Perfeito.

Enquanto servia a bebida na cozinha, Dill não ouviu nenhuma voz vindo da sala de estar. Quando voltou com o drinque de Brattle, pensou que o silêncio lembrava aquele que há entre dois muito velhos amigos que há muito tempo tivessem esgotado todos os temas de interesse mútuo e cujo único laço agora fosse uma familiaridade entorpecida.

Brattle levou seu copo aos lábios, bebeu um gole quase com delicadeza, abaixou-o e disse:

– Bem, a chuva foi mesmo bem-vinda, não?

– Clyde – falou Spivey.

Brattle girou sua cabeça para olhar para Spivey.

– Sim?

– Nós faremos um acordo aqui esta noite, você e eu, mas primeiro eu quero que você escute uma coisa.

– Algo interessante?

– Acho que sim – Spivey falou e comprimiu o botão *play* do gravador.

Dill observou enquanto Brattle escutava – exatamente como havia observado Spivey. Primeiro, um ligeiro franzir de cenho atravessou as feições de Brattle, mas depois isso desapareceu e sua expressão relaxou como se ele estivesse ouvindo e acabasse de identificar uma peça musical, talvez uma sonata, certamente uma velha favorita, que tivesse ouvido muito tempo atrás. Brattle inclinou sua cabeça para trás contra a poltrona. Fechou seus olhos. Sorriu levemente. Ele escutou cada palavra.

Quando acabou, Brattle abriu seus olhos, olhou para Dill e perguntou:

– Serviço seu?

– Sim.

– Genial. – Brattle voltou seu olhar para Spivey. – Bem, Jake, parabéns. Agora vamos ver que tipo de acordo nós podemos arranjar. O que você está pedindo?

– Duas coisas – disse Spivey. – Primeiro, nós vamos ter de esquecer tudo sobre mim e o que eu possa ou não ter feito durante aqueles anos em que você e eu aprontamos juntos.

– É claro. Isso é óbvio. Que mais... dinheiro?

– Por Deus, eu nem pensei nisso. Mas não, não dinheiro. Eu tenho dinheiro bastante.

Brattle ergueu sua sobrancelha esquerda de modo a formar um arco delicado.

– Sabe de uma coisa, Jake? Não creio que jamais tenha ouvido alguém dizer isso antes em minha vida. Não com a verdadeira intenção de dizer isso, pelo menos. Mas tudo bem. Eu aceito. Agora, o que é que você quer?

– Eu quero o nome do babaca que matou a irmã de Pick.

Ambas as sobrancelhas de Brattle se ergueram desta vez. Ele pareceu genuinamente confuso quando virou a cabeça para examinar Dill.

– Sua irmã?

– Felicity Dill. Detetive de homicídios de segundo escalão.

– Como eu disse a você. Eu li a respeito. Depois houve aquele grande funeral. Alguém assassinado nele. Mas tirando isso, sou totalmente ignorante. – Ele fez uma pausa. – Desculpe. Mas sou.

– O que você é, Clyde – falou Spivey –, é o mentiroso mais fodido que já respirou.

– Você *quer* alguém por aquilo, Jake? É isso? Você *precisa* de alguém? Se for isso, pode ficar com Harvey. Ou Sid. Ou ambos. Eles não fizeram aquilo, é claro, mas pegue-os com as minhas bênçãos. Talvez eles possam até deixar um bilhete suicida confessando tudo. Você costumava ser ótimo com bilhetes suicidas, Jake.

Spivey sacudiu sua cabeça e sorriu.

– Por Deus, você é um cara e tanto, Clyde, é mesmo. Agora deixe-me dizer o que eu acho. Você mandou alguém atrás de mim cerca de... ah, eu diria um ano e meio atrás. Como eu sei? Eu sei do mesmo modo como você saberia se alguém viesse atrás de você. Você pode sentir isso. Farejar. Ter a sensação tátil. Quase sentir o gosto. Quem quer que você tenha mandado estava aproveitando seu tempo, sem pressa alguma, esperando pelo lugar perfeito, o momento certo e tudo mais. De certo modo eu senti isso, também. Mas então a irmã de Pick esbarra com isso de algum modo, e ela explode em seu carro. Portanto, me diga quem você contratou para acabar comigo, Clyde, e eu posso contar a Pick aqui quem matou a irmã dele.

Brattle tomou outro delicado golinho de seu drinque. Enquanto abaixava o copo, ele balançou desgostosamente sua cabeça.

– Eu não sei exatamente o que dizer, Jake, além de simplesmente negar...

A forte batida na porta do apartamento interrompeu Brattle. Ninguém se mexeu. Spivey e Brattle encararam um ao outro com desconfiança por um breve segundo e depois, quase em uníssono, transferiram seus idênticos olhares de suspeita para Dill. A batida se repetiu, embora fosse mais do que um bater de porta desta vez, era um alto golpear e por sobre ele veio uma voz rude que gritou:

– Polícia! Abram!

Foi Dill quem se dirigiu até a porta e a abriu. Gene Colder, o capitão da divisão de homicídios, precipitou-se porta adentro, com sua arma apontada.

– Ninguém se mexe! – disparou ele. – Todo mundo parado.

Ninguém se moveu. Colder estava semi-agachado, com ambas as mãos envolvendo o revólver. E ele vestia uma jaqueta impermeável curta e calças de gabardine marrom que Dill achou que pareciam caras. A jaqueta impermeável estava úmida, e assim também as calças, mas não molhadas. Nos pés de Colder havia sapatos marrons de cadarço. Eles estavam parcialmente cobertos por galochas. Dill não conseguia se lembrar da última vez que vira alguém usando galochas durante uma chuva de verão.

Colder dirigiu um olhar para Dill.

– De costas contra aquela parede – ordenou.

– Quer que eu levante minhas mãos? – Dill falou.

– Apenas as mantenha à vista. – Colder olhou brevemente para Jake Spivey, que ainda estava sentado no sofá. – E você, gorducho, você fique sentado aí. Spivey, não é?

Spivey confirmou com a cabeça.

– Jake Spivey.

Ainda em sua posição agachada, ainda segurando sua arma com ambas as mãos, Colder voltou sua atenção e seu corpo na direção de Clyde Brattle.

– E só me diga quem diabos é você? – exigiu.

Brattle ainda estava sentado na poltrona, com suas pernas cruzadas. Ele sorriu e largou sua bebida. Sua mão esquerda moveu-se em direção ao bolso interno de seu paletó enquanto ele dizia:

– Se você me permitir que eu lhe mostre algum documen...

Ele parou de falar quando o capitão Gene Colder baleou-o na testa, pouco acima do olho esquerdo. O impacto do projétil jogou Brattle para trás contra a poltrona. Quando ele começou a cair, Colder baleou-o novamente, desta vez no peito.

Ninguém se moveu por um segundo ou dois. Ninguém disse nada. Lentamente o capitão Colder se endireitou de sua posição agachada e pôs o revólver novamente no coldre preso ao seu cinto sob a jaqueta impermeável. Ele se voltou para Dill.

– Eu não tive escolha – explicou. – Ele estava tentando pegar sua arma.

– Claro – disse Dill. – Sem dúvida.

Spivey se levantou e vagarosamente aproximou-se do falecido Clyde Brattle. Permaneceu em pé olhando para ele durante vários segundos, depois sacudiu sua cabeça e disse:

– Bem, que merda, Clyde, o que você esperava?

Ele se ajoelhou ao lado do corpo e dirigiu o olhar do Brattle morto para o ereto capitão Colder, como se medisse a distância e o ângulo. Spivey então pôs a mão no bolso esquerdo de seu paletó. Ele tirou a Walter automática que havia pertencido a Brattle. Apontou a automática para Colder e atingiu-o a pouco mais de dois centímetros acima de onde a curta jaqueta impermeável acabava.

Colder cambaleou um passo para trás, depois dois, pressionando ambas as mãos contra a ferida. Ele caiu de joelhos e olhou para o sangue escorrendo entre seus dedos. Lentamente, ergueu sua cabeça para olhar para o inexpressivo Jake Spivey. Parecia estar procurando no rosto de Spivey a resposta para uma pergunta importante, mas não encontrando nenhuma, virou sua cabeça o mais para esquerda que ela podia chegar e gritou um nome. O nome que ele gritou era Strucker.

O detetive-chefe John Strucker, parecendo alinhado e enxuto, caminhou através da porta ainda aberta do apartamento um segundo depois. Tinha um charuto aceso na mão esquerda. Estava vestido com um terno de seda cinza no qual Dill, por alguma razão, pôs uma etiqueta de preço de 800 dólares. Strucker se virou, fechou a porta, cumprimentou Dill com a cabeça e caminhou até o ainda ajoelhado capitão Colder.

Colder ergueu os olhos para ele.

– Spivey... foi Spivey – ele sussurrou.

Strucker deu as costas, aproximou-se de Spivey e estendeu-lhe sua mão. Spivey colocou nela a Walter automática. Strucker retirou o lenço do bolso de seu paletó e cuidadosamente esfregou a arma.

– Isto era de Brattle? – ele perguntou a Spivey.

Spivey balançou a cabeça.

– Ele era destro ou canhoto?

– Destro – Spivey falou.

O ainda ajoelhado Colder gemeu e resmungou:

– Que porra, Strucker, faça alguma coisa.

– Estou tratando disso – Strucker falou, deu um de seus pesados suspiros, prendeu o charuto entre seus dentes e curvou-se sobre o falecido Clyde Brattle. Ele envolveu a Walther com a mão direita de Brattle e inseriu o seu dedo direito por dentro da guarda e sobre o gatilho. Mirou a Walther automática para o ainda ajoelhado e de olhos fixos capitão Colder. Strucker disparou a automática com o dedo do homem morto e atingiu o capitão Gene Colder no peito, bem na região onde o coração devia estar. Colder foi jogado para trás com o impacto, depois voltou para a frente e caiu sobre seu lado esquerdo. Um tremor percorreu seu corpo. Depois ele ficou imóvel.

Strucker tirou o charuto de sua boca e aproximou-se do corpo do capitão de polícia morto. Ele o contemplou por um momento, ajoelhou-se e cuidadosamente tirou o revólver de Colder de seu coldre e o colocou perto da mão direita inerte. Strucker se levantou, voltou-se para Dill e perguntou:

– Satisfeito?

– Não sei – disse Dill. – Conte-me a respeito.

Capítulo 38

Strucker consultou seu relógio.

– Você vai ter a versão de dois minutos – disse ele – porque quando a divisão de homicídios atravessar aquela porta, eu vou transformar Colder num bravo e dedicado policial que trocou tiros com o mais procurado fugitivo dos Estados Unidos. – Ele se voltou para Jake Spivey. – Que tal lhe parece?

– Simplesmente ótimo – disse Spivey.

Strucker voltou-se novamente para Dill.

– Ela trabalhava para mim, a sua irmã. Para mim e ninguém mais. Seis meses depois que eles trouxeram Colder de Kansas City, ele não parecia bem. Ele havia mudado. Suas atitudes se alteraram. Seu interesse não era o mesmo. É difícil explicar para um civil, mas eu sabia que havia alguma coisa acontecendo com ele. Ele comprou uma casa que era um pouquinho bonita demais. Seus ternos eram uns 100 dólares caros demais. Ele não era estúpido a ponto de comprar uma Mercedes, mas surgiu com um Olds 98. Então houve aquele negócio sujo com a esposa dele. Você ouviu a respeito.

Dill balançou a cabeça.

– Ele a internou.

– Então foi por essa época que eu chamei Felicity e contei a ela o que eu estava pensando e sentindo e o que queria que ela fizesse a respeito. Bem, sua irmã era uma mulher brilhante, e bonita, e se eu não fosse tão velho e tão feliz com Dora Lee... bem, eu mesmo podia tê-la cortejado, ainda que Felicity fosse pobre como Jó. Mas ela me contou que essa é uma tradição entre os Dill... ser pobre.

– Ela estava certa – disse Dill.

– Então ela se tornou um pote de mel e Gene Colder caiu direto nele, mas, porra, quem poderia culpá-lo? Eu não. Mas o que eu queria saber era quanto dinheiro ele tinha, e de onde estava vindo, e o que ele estava fazendo para ganhá-lo. Levou quase uns malditos seis meses para Felicity descobrir quanto dinheiro ele tinha, que era em torno de 700 ou 800 mil dólares. Colder deu a ela o dinheiro para a entrada do dúplex e muito mais além disso, mas acho que isso você já calculou.

– Em parte – Dill falou.

– Mas o que sua irmã não conseguiu descobrir foi de onde o dinheiro vinha, porque não vinha. Quero dizer, Colder simplesmente o possuía, entende?

– Sim – disse Dill –, eu entendo.

– E então, um dia, ela mencionou você e Jake Spivey para ele e como vocês dois haviam crescido juntos e tudo mais. Bem, Colder não podia saber muito sobre isso. Então, poucos meses depois, eles estavam em casa, a de Colder, era uma tarde de sábado, eu me lembro, e ele foi até uma loja comprar um pouco de cerveja ou alguma outra coisa e Felicity começou a vasculhar. Ela encontrou um livro de registros deste tamanho. – As mãos de Strucker mensuraram um pequeno livro de registros de 17 por 22 centímetros. – Então ela o abriu e o que leu era tudo que havia dito a ele sobre Jake. Não você. Só Jake. Então eu fui fazer uma visita a ele na velha mansão de Ace Dawson.

– Foi amor à primeira vista – disse Spivey com um sorriso.

– E vocês dois decifraram tudo, certo? – falou Dill. – A ligação entre Colder e Clyde Brattle em Kansas City.

Strucker balançou a cabeça.

– Quanto você acha que Brattle pagou a Colder para matar Jake? – Dill perguntou. – Um milhão?

Strucker balançou a cabeça.

– No mínimo. Bem, nós – Jake e eu – concluímos que se pudéssemos simplesmente manter Jake vivo, Brattle apareceria cedo ou tarde para descobrir por que ele não estava recebendo aquilo por que pagou. E quando ele se mostrasse, bem, eu iria laçá-lo e isso certamente não faria mal algum ao meu futuro político. Jake e eu já havíamos conversado um pouco sobre isso.

– E você simplesmente deixou Felicity exposta como uma isca – falou Dill

– Colder ainda não havia feito nada – disse Strucker. – Você precisa ter isso em mente.

– E você está dizendo que ele assassinou Felicity quando descobriu o que ela estava aprontando.

Strucker balançou sua cabeça com um ar sombrio. E depois desse gesto veio outro de seus longos suspiros tristes.

– Nós não podíamos provar isso, porém. Não tínhamos um caso.

– Besteira – disse Dill. – Você podia ter agarrado Colder por Felicity. Ou pelo ex-namorado dela, como era o nome dele, Clay Corcoran. Ou pelo pobre coitado do Harold Snow. Cristo. Harold era realmente o mais fácil. Mas você não fez isso, não é, porque ainda estava à espera de Brattle. Caras, vocês negociaram minha irmã por Clyde Brattle.

Strucker, em dois passos largos e velozes, estava ao lado de Dill. Ele agarrou seu braço esquerdo e o fez girar. O detetive-chefe apontou para o chão. Seu rosto era um espasmo enrugado de raiva. Sua voz a de uma grosa.

– Quem é aquele ali caído em seu próprio sangue, mijo e merda? Aquele é Gene Colder. *Capitão* Gene Colder, que era o policial de homicídios mais fodido que eu já conheci. Ele matou sua irmã sem deixar um vestígio e depois foi orar em seu funeral. Ele baleou Clay Corcoran na garganta a 10 metros de distância com uma 22 automática e seiscentos outros policiais parados em volta com os dedos enfiados em seus rabos. Ele usou uma escopeta de cano serrado em Harold Snow e depois voltou saltitando, carregando um pote de sorvete, assumiu a investigação e plantou a evidência que provaria que Harold Snow matou Felicity. Você acha que ele não sabia o que estava fazendo? Por que porra você acha que um cara como Clyde Brattle pagaria um milhão de dólares a ele? E se Gene tivesse sido só um pouco mais sortudo esta noite, teria pego Brattle, conservado o dinheiro e a lei jamais o tocaria. Mas ali está ele. No chão. Morto.

Dill moveu sua mão e retirou a garra de Strucker. Então ele caminhou até a mesa de centro.

– E se não tiver sido ele? – Dill perguntou.

Strucker olhou rapidamente para Jake Spivey, que pareceu confuso.

– O que ele está insinuando? – disse Strucker.

– Alguma coisa – falou Spivey.

– Você disse que não pode provar que ele matou Felicity... ou Corcoran, ou mesmo Harold Snow. Mas se você não pode provar que ele os matou, ele é inocente.

– Ele os matou – disse Strucker. – Todos eles.

– Você acha que foi ele.

– E você também, Pick – afirmou Spivey.

– Talvez – Dill falou, abaixou sua mão, apanhou o gravador, retirou a fita cassete e guardou-a num bolso.

Spivey se levantou.

– Você não está achando que vai sair por aquela porta com essa fita, está? – disse ele.

– Ela deveria ser sua cerca de espinheiros, Jake. A definitiva. Mas agora ela é minha. – Dill olhou para Strucker e depois novamente para Jake Spivey, que havia esticado sua mão para apanhar a Colt 38 automática da mesa de centro. – Eu estou preocupado com vocês dois – Dill falou. – Preocupado com o quão alto vocês subirão e o que farão quando chegarem lá. E se vocês forem longe o bastante e suficientemente alto, então um dia vocês podem começar a lembrar de mim e de que eu estava aqui nesta sala na noite em que vocês fizeram o que fizeram. E então talvez vocês possam começar a se perguntar se talvez não devessem fazer alguma coisa a meu respeito. Então, quando vocês começarem a pensar assim, lembrem disto: eu tenho a fita.

Spivey sacudiu tristemente a cabeça e ergueu a automática até que ela estivesse apontada para Dill.

– Pick, eu não posso deixar você passar por aquela porta com essa fita.

– O que há nela? – Strucker perguntou.

– Tudo o que nós precisamos para me manter longe da prisão e fazer de você prefeito e depois senador.

– Ora essa – disse Strucker.

Dill falou:

– Eu estou indo embora, Jake.

– Nós vamos ter de parar você de um modo ou de outro – disse Spivey, com sua voz triste e preocupada. Ele dirigiu o olhar para Strucker.

O detetive-chefe sacudiu lentamente sua cabeça.

– Não.

– Que quer dizer com não? – Spivey perguntou.

– Se nós tirarmos essa fita dele, ele vai falar – sentenciou Strucker. – Sobre esta noite. Se nós o deixarmos partir, ele não fará isso. – Ele olhou para Dill. – Certo?

– Certo.

– A não ser, é claro – Strucker falou para Spivey –, que você queira atirar nele e acabar com isso. Nós podemos dar um jeito de abafar.

Dill esperou que Spivey dissesse ou fizesse algo. Spivey novamente baixou os olhos para a automática e mais uma vez apontou-a cuidadosamente para Dill. Enquanto o fazia, uma expressão de dor autêntica se espalhou vagarosamente por seu rosto. Dill se perguntou se ouviria a arma disparar. A dor então abandonou o semblante de Spivey e o arrependimento pareceu ter tomado seu lugar. Ele abaixou lentamente a automática e disse:

– Merda, eu não posso fazer isso.

Dill deu as costas, abriu a porta e partiu.

Capítulo 39

Enquanto ele caminhava tranqüilamente pelo corredor em direção ao elevador, portas se abriram cautelosamente e assustados rostos de meia-idade espiavam para fora. Dill olhou para aquelas faces e disparou:

– Polícia. – As portas se fecharam.

No *lobby* estavam apenas os dois mexicanos que trabalhavam para Jake Spivey. Ambos vestiam ternos alinhados de um cinza muito escuro. Eles olharam um para o outro quando Dill saiu do elevador e o mais velho da dupla sacudiu a cabeça, como se dissesse não se incomode. Dill foi até ele e falou em espanhol:

– Onde estão os outros dois homens... o grande e o magro com os olhos mortiços?

O mexicano sorriu.

– Quando chegamos nós os persuadimos de que eles tinham negócios importantes a tratar em outro lugar. Eles partiram para resolvê-los.

O mexicano ainda estava sorrindo de contentamento quando Dill atravessou a porta do *lobby* e saiu para a chuva. Ele atravessou a rua correndo, passou de lado pelo estreito espaço na traseira do Ford e abriu a porta frontal do passageiro.

– Você dirige – disse a Anna Maude Singe.

Ela escorregou para trás do volante quando Dill entrou.

– Se isto é uma fuga – disse ela – vai levar uma hora só para sair do estacionamento.

– Bata no carro de trás, gire o volante totalmente para a esquerda, acerte o carro da frente e continua fazendo isso até liberar o seu pára-lama frontal direito.

– Você está dizendo para eu fazer como sempre faço – ela falou.

Ela precisou apenas de 20 segundos e cinco batidas para livrar o Ford de seu espaço confinado. Ela acelerou pela Van Buren até chegar à 23, então ouviu a sirene, encostou à direita e parou. Uma viatura verde e branca dobrou com os pneus cantando na esquina empoçada de chuva, com sua sirene gritando e suas luzes piscando. Singe tirou seu pé do freio e mais uma vez arrancou cautelosamente na volta da esquina. Mas novamente ela pisou no freio à visão de um sedã escuro sem identificação que veio correndo pelo lado oposto da rua, com uma luz vermelha piscando atrás da grade de ventilação do capô.

Singe continuou sentada atrás do volante sem se mexer até que Dill falou:

– Vamos. – O carro se moveu lentamente.

– Os tiras – disse ela. – Eles estão indo para a minha casa, não é?

– Sim.

– Eu vi Jake Spivey e aqueles dois mexicanos dele entrarem. Depois entraram mais três homens e poucos minutos depois dois deles saíram correndo.

– Esses eram Harley e Sid. Eles trabalhavam para Clyde Brattle.

– Depois Strucker e Gene Colder entraram juntos.

– Sim.

– O que aconteceu?

– Brattle e Colder estão mortos.

– Onde?

– Na sala de estar.

– Na *minha* sala de estar?

– Sim.

– Ah, merda, merda, merda. – Ela acelerou automaticamente. – Não me conte isso. Eu não quero saber. Por que deveria? Eu nem sei para onde estou indo.

– Para o aeroporto.

– E quanto às suas coisas no hotel?

– Eles ficarão com elas.

Ele enfiou a mão em seu bolso e tirou a fita cassete.

– Está vendo isto?

Ela olhou e balançou a cabeça.

– Você não a entregou para Spivey, então?

– Não. Estou pondo na sua bolsa. – Ela o viu fazer isso e depois voltou sua atenção para o trânsito. – Você sabe onde é possível fazer cópias? – ele perguntou.

Ela confirmou com a cabeça.

– Faça seis cópias amanhã.

– Amanhã? – disse ela. – E quanto a hoje à noite? Em qual inferno eu vou dormir hoje à noite?

– Há um Holiday Inn perto do aeroporto, não é?

– Sim.

Ele pegou sua carteira, retirou três notas de 100 dólares – quase as últimas, observou – e enfiou o dinheiro na bolsa, ao lado da fita.

– Pague seu quarto em dinheiro. Use um nome falso... Mary Borden.

– Eu não me pareço com nenhuma Mary Borden.

– Use-o mesmo assim. Fique com o Ford e amanhã saia apenas para copiar a fita. Depois volte para o seu quarto. Eu vou telefonar para você ao meio-dia.

– Meio-dia.

– Sim.

– E se você não ligar?

Dill suspirou.

– Se não ligar, pegue a fita e vá até o FBI.

Na entrada do Aeroporto Internacional Gatty, Benjamin Dill e Anna Maude Singe deram-se um beijo de adeus. Foi um beijo breve, apressado e quase sem ternura. Ela ficou olhando ele sair do carro.

– Ligue para mim, desgraçado – disse ela.

No aeroporto Dill deu uma volta analisando as partidas agendadas. Por fim, tomou um vôo da Delta que partiria para Atlanta em

45 minutos. Ele comprou uma passagem só de ida na primeira classe, pagou em dinheiro e usou o nome de F. Taylor. Em Atlanta, ele sabia que poderia pegar um vôo para o Aeroporto Nacional de Washington.

Dill passou a maior parte do tempo antes da partida numa privada no banheiro dos homens. Ali ele esfregou cuidadosamente o revólver de Harold Snow com um lenço, embrulhou a arma em um jornal que havia comprado e jogou-a numa cesta de lixo em seu caminho de saída do banheiro dos homens. A bordo do avião, viu-se sentado numa poltrona do corredor ao lado de um homem de aparência alegre por volta dos 50. O homem parecia um falastrão. Dill esperou que ele não fosse. O avião levantou vôo, sobrevoando a cidade. O homem contemplou as luzes através da chuva e depois voltou-se para Dill.

– Esta é uma vista e tanto – disse ele. – Quer dar uma olhada?

– Não – disse Dill. – Acho que realmente não quero.

Às 9h46 da manhã de terça-feira, 9 de agosto, o táxi deixou Dill na frente de seu prédio na esquina das ruas 21 e N, noroeste. Ele olhou à sua volta e os avistou, dois sedãs Mercury, simples e sem identificação, que podiam muito bem ter um Governo dos EUA gravado em suas portas. Um deles, azul-escuro, estava estacionado na rua N. Havia dois homens nele. O outro, cinza escuro, estava parado na zona de estacionamento proibido em frente ao edifício verde-bile do velho, na 21. Também havia dois homens dentro dele.

Dill entrou no seu prédio e consultou a caixa postal. Havia três contas, nove peças publicitárias, um exemplar de *Newsweek* e uma carta de sua irmã morta.

Quarta-feira, 3 de agosto.

Querido Picklepuss:

A única fofoca de verdade que eu tenho para você esta semana envolve a sua antiga paixão da universidade, a muito metida e de nariz empinado Barbara Jean Littlejohn (nascida Collins). E se você não se *recorda muito bem o que fazia dela uma metida, basta lembrar que ela era presidente do seu grêmio na universidade, o Tes Trams. Pelo amor de Deus, Pick, leia de trás para frente!* Atualmente casada com Art Littlejohn, gerente da maior TG&Y da cidade, a adorável Barbara Jean foi flagrada furtando em uma loja na semana passada – está preparado? –, a Sears! Ela estava tentando sair pela porta da frente com uma estola de marta sintética que vestiu. Afinal, quem iria perceber em pleno mês de julho, a uma temperatura de 38 graus?*

Quanto à sua irmã, a ás dos detetives, ela está chegando ao fim de uma longa e bastante sórdida aventura que um dia destes eu contarei a você em detalhes. Amanhã de manhã eu vou sair para revelar tudo ao distinto e aborrecido FBI. Por que, você pode perguntar, eu não revelo tudo ao meu eminente policial-chefe, o honesto John Strucker, detetive-chefe e marido de viúva rica? Bem, eu não confio mais no John Honesto, ou no seu recém-conquistado melhor amigo, que não é nenhum outro senão seu velho chapa, Jake Spivey, que agora reside em salões de mármore. Você consegue imaginar o maltrapilho Jake matraqueando na velha mansão de Ace Dawson?

Durante o último ano e meio eu estive trabalhando como agente dupla ou tripla, na versão domiciliar. Eu tenho problemas com o conceito de agente tripla porque isso é uma abstração matemática e eu, como você sabe muito bem, tenho uma tendência intuitiva que simplesmente abomina abstrações, especialmente Álgebra 3, em que fui reprovada duas vezes.

Os personagens principais deste melodrama insípido somos eu (estrelando, é claro), o Honesto John Strucker, Jake Spivey (nos bastidores, até agora) e meu atual caso, o capitão Gene Colder da Homicídios, que – apesar de sua aparência ameaçadora – é um verdadeiro fralerma, que aqui é como eles chamam o cruzamento entre um fraco e um palerma. Dinheiro envolvido. Toneladas dele. E política. E algum misterioso personagem enigmático internacional chamado Clyde Brattle, de quem você deve ter ouvido falar. Eu descobri o bastante para ficar assustada e talvez apenas o suficiente para plantar Colder, o fralerma, na cadeia. Talvez. Por isso esta

---

* *Tes Trams* lido de trás para frente resulta em *smart set*, expressão que se refere a pessoas ricas, elegantes e afeitas à moda. (*N. do T.*)

tarde eu postei esta carta e amanhã vou levantar quando os primeiros raios brilharem e ir direto para o FBI onde pretendo Contar Tudo.

A propósito (que é mais fácil de soletrar que oportunamente), eu fiz um seguro de vida de 250.000 dólares nomeando você como único beneficiário. Se algo me acontecer, ligue para minha advogada, Anna Maude Singe, que combina beleza e miolos, e então você pode fazer o seu pior, o que, como ambos sabemos, você tem feito com freqüência.

Ah. Só mais uma coisa. Se algo me acontecer, não acredite em uma única maldita palavra que eles contarem por aqui. E agora que eu o deixei excitado e atraí o seu interesse, direi até breve e também lhe mandarei...

...todo o meu amor,
Felicity

A carta havia sido escrita no papel favorito de sua irmã: as folhas pautadas de um bloco de notas oficial amarelo. As duas folhas não estavam totalmente preenchidas com a bela caligrafia que ela havia aprendido sozinha de um livro durante aquelas férias de verão, quando contava 12 anos de idade. Antes disso ela escrevia tudo em letras de fôrma. Ou quase tudo.

Dill leu a carta parado em frente à sua alta janela, quase do chão ao teto, que dava para o prédio de apartamentos do velho do lado oposto da rua. Quando ergueu os olhos, viu que o velho estava do outro lado com sua polaróide, tirando uma fotografia do Mercury cinza-escuro do governo que estava parado numa zona de estacionamento proibido. Dois homens saíram do Mercury e foram em direção ao velho. Eles pareciam estar protestando. O velho gritou com eles e apontou para a placa de Proibido Estacionar. Os dois homens do governo apontaram para a câmera do velho e disseram alguma outra coisa. Ele rapidamente escondeu a câmera atrás das costas e mais uma vez gritou com eles. Dill não pôde ouvir o que ele gritava. Ameaças e palavrões, provavelmente.

Um carro da Polícia Metropolitana estacionou e dois policiais de uniformes pretos desembarcaram para ver qual era o problema. Os policiais uniformizados ficaram turvos e Dill se deu conta de que seus olhos estavam úmidos. Ele os desviou da janela e enxugou as lágrimas.

Todos eles a mataram, de certo modo, pensou ele, e agora todos vão pagar alguma coisa por conta disso. Caso contrário, o pastor estaria errado e ela terá morrido em vão, embora morrer em vão não seja no fundo tão ruim, uma vez que acontece com quase todo mundo. É com viver em vão que realmente se deve tomar cuidado, e Felicity nunca desperdiçou um dia fazendo isso.

Ele decidiu que teria cerca de cinco a dez minutos antes que os agentes do governo, quem quer que fossem, viessem bater à sua porta. Foi até o telefone na parede da cozinha e ligou para o serviço interurbano de informações para pedir o número do Holiday Inn do aeroporto onde Anna Maude Singe estava esperando. Quando o telefone tocou, Dill se perguntou o quanto realmente ela era uma boa advogada e se ela iria gostar de Washington. Mais do que tudo, ele se perguntou se ela seria capaz de mantê-lo fora da prisão.

TÍTULOS DA COLEÇÃO NEGRA:

Noir americano – Uma antologia do crime de Chandler a Tarantino, editado por Peter Haining
Los Angeles – cidade proibida, de James Ellroy
Negro e amargo blues, de James Lee Burke
Sob o sol da Califórnia, de Robert Crais
Bandidos, de Elmore Leonard
Tablóide americano, de James Ellroy
Procura-se uma vítima, de Ross Macdonald
Perversão na cidade do jazz, de James Lee Burke
Marcas de nascença, de Sarah Dunant
Crime no colégio, de James Hilton
Noturnos de Hollywood, de James Ellroy
Viúvas, de Ed McBain
Modelo para morrer, de Flávio Moreira da Costa
Violetas de março, de Philip Kerr
O homem sob a terra, de Ross Macdonald
Essa maldita farinha, de Rubens Figueiredo
A forma da água, de Andrea Camilleri
O colecionador de ossos, de Jeffery Deaver
A região submersa, de Tabajara Ruas
O cão de terracota, de Andrea Camilleri
Dália negra, de James Ellroy
Rios vermelhos, de Jean-Christophe Grangé
Beijo, de Ed McBain
O executante, de Rubem Mauro Machado
Sob minha pele, de Sarah Dunant
Jazz branco, de James Ellroy
A maneira negra, de Rafael Cardoso
O ladrão de merendas, de Andrea Camilleri
Cidade corrompida, de Ross Macdonald
Tiros na noite, de Dashiell Hammett
Assassino branco, de Philip Kerr
A sombra materna, de Melodie Johnson Howe
A voz do violino, de Andrea Camilleri
As pérolas peregrinas, de Manuel de Lope
A cadeira vazia, de Jeffery Deaver
Os vinhedos de Salomão, de Jonathan Latimer
Uma morte em vermelho, de Walter Mosley
O grande deserto, de James Ellroy
Réquiem alemão, de Philip Kerr

Cadilac K.K.K., de James Lee Burke
Metrópole do medo, de Ed McBain
Um mês com Montalbano, de Andrea Camilleri
A lágrima do diabo, de Jeffery Deaver
Sempre em desvantagem, de Walter Mosley
O coração da floresta, de James Lee Burke
Dois assassinatos em minha vida dupla, de Josef Skvorecky
O vôo das cegonhas, de Jean-Christophe Grangé
6 mil em espécie, de James Ellroy
O vôo dos anjos, de Michael Connelly
Uma pequena morte em Lisboa, de Robert Wilson
Caos total, de Jean-Claude Izzo
Excursão a Tíndari, de Andrea Camilleri
Mistério à americana, organização e prefácio de Donald E. Westlake
Nossa Senhora da Solidão, de Marcela Serrano
Ferrovia do crepúsculo, de James Lee Burke
Sangue na lua, de James Ellroy
A última dança, de Ed McBain
Mistério à americana 2, organização de Lawrence Block
Mais escuro que a noite, de Michael Connelly
Uma volta com o cachorro, de Walter Mosley
O cheiro da noite, de Andrea Camilleri
Tela escura, de Davide Ferrario
Por causa da noite, de James Ellroy
Grana, grana, grana, de Ed McBain
Na companhia de estranhos, de Robert Wilson
Réquiem em Los Angeles, de Robert Crais
O macaco de pedra, de Jeffery Deaver
Alvo virtual, de Denise Danks
O morro do suicídio, de James Ellroy
Sempre caro, de Marcello Fois
Refém, de Robert Crais
O outro mundo, de Marcello Fois
Cidade dos ossos, de Michael Connelly
Mundos sujos, de José Latour
Dissolução, de C.J. Sansom
Chamada perdida, de Michael Connelly
Guinada na vida, de Andrea Camilleri
Sangue do céu, de Marcello Fois
Perto de casa, de Peter Robinson
Luz perdida, de Michael Connelly
Duplo homicídio, de Faye e Jonathan Kellerman
Correntezas da maldade, de Michael Connelly

Este livro foi composto na
tipologia Goudy em corpo 11/14 e
impresso em papel off-white 80g/m²
no Sistema Cameron da Divisão Gráfica
da Distribuidora Record